Das Buch:
Kommissar Johan Klinger ermittelt in einem Mordfall im zwielichtigen Bordell »Die Maske«. Bei seinen Ermittlungen machen er und sein Kollege Otto Volmar jedoch ein paar haarsträubende Entdeckungen und stoßen auf Verbindungen zum Mord am dänischen Außenminister Albert Como. Als Klinger und Volmar zur ersten Festnahme schreiten wollen, greift plötzlich der Geheimdienst ein. Beide werden von ihrem Fall abgezogen, Klinger nach Kuba versetzt – angeblich, um den international gesuchten Terroristen Mehmet aufzuspüren, der in das Mordkomplott verstrickt sein soll.

In Havanna quartiert er sich im Hotel Marazul ein, um mit Stern, einem Geheimagenten aus Wien, zusammenzutreffen. Kurz darauf ist Stern tot, und Klinger vermisst seinen Pass. Er scheint in einer Falle zu sitzen. Irgendjemand hat größtes Interesse daran, dass er nicht die richtigen Schlussfolgerungen zieht.

Der Autor:
Bjarne Reuter wurde 1950 in der Nähe von Kopenhagen geboren. Er ist Lehrer, widmet sich aber seit 1980 ausschließlich dem Schreiben und hatte zuerst mit seinen zahlreichen Kinder- und Jugendbüchern Erfolg. Bisher hat er neben einigen Filmdrehbüchern etwa sechzig Bücher verfasst und gilt als einer der meist gelesenen Autoren Dänemarks.

Bjarne Reuter im Diana Verlag:

Das Zimthaus (62/0014)
Die Himmelsstürmer (62/0093)
Kinderspiele (62/0143)
Der Museumswächter (62/0206)
Am Ende des Tages (62/0246)

Bjarne Reuter
Hotel Marazul

Roman

Aus dem Dänischen
von Knut Krüger

DIANA VERLAG
München Zürich

Diana Taschenbuch Nr. 62/0280

Die Originalausgabe
»Den kubanske kabale«
erschien bei Gyldendal, Kopenhagen

Deutsche Erstausgabe 10/2002

Der Diana Verlag ist ein Unternehmen
der Heyne Verlagsgruppe, München
Printed in Germany 2002

Umschlagillustration: Ferenc Regös
Umschlaggestaltung: Hauptmann und Kampa
Werbeagentur, CH-Zug
Satz: Filmsatz Schröter GmbH, München
Druck und Bindung: Elsnerdruck, Berlin
Gedruckt auf chlor- und säurefreiem Papier

ISBN: 3-453-21228-2

http://www.heyne.de

Das Fahrrad des dreizehnjährigen Mädchens mit den schweren Satteltaschen schlingert hin und her.

Sie heißt Gudrun und teilt nahe der großen Umgehungsstraße die Morgenzeitungen aus.

Nachdem sie ihre Arbeit erledigt hat, kauft sie für ihre Familie das Frühstück und fährt durch den Westwald nach Hause – zumindest im Sommer, wenn es hell auf den Pfaden ist.

Eines Tages hält sie am Waldrand an, weil sie einen Mann erblickt, der sonderbar verdreht auf dem Boden liegt. An seiner Körperhaltung erkennt Gudrun, dass er nicht schläft. Sie nimmt ihren Walkman ab und schiebt ihr Fahrrad langsam über das Gras. Der Mann im Anzug liegt auf dem Bauch.

Gudrun spricht ihn an, während sie sich umsieht.

»Sind Sie verletzt?«, fragt sie vorsichtig und stellt ihr Fahrrad ab. Erst jetzt sieht sie das schwarze Loch im Nacken des Mannes, das sich unmittelbar über dem mit braunem Blut durchtränkten Kragen befindet.

Gudrun geht um den Mann herum und betrachtet das bleiche Gesicht, die Augen, deren leerer Blick auf die Umgehungsstraße gerichtet ist.

Sie kniet sich hin, kneift die Lider zusammen und ist sich ganz sicher, dass es Außenminister Albert Como ist, den sie gefunden hat.

Havanna, 1987

Er stand hinter dem Rollladen und lauschte seinem Atem. Seinem Atem und dem Surren der Klimaanlage. Obwohl es dämmerte, ließ die Wärme nicht nach. Sie wurde nur greifbarer und rollte – wie die Brandung in Santa María del Mar – in rhythmischen, schweren und ruhigen Wellen heran.

Er ging ins Badezimmer, wusch sein Gesicht mit kaltem Wasser, vermied es jedoch, sich im Spiegel zu betrachten. Hastete plötzlich zur Balkontür und riss diese sperrangelweit auf, während er eine Hand gegen die Brust presste. Blieb einige Minuten keuchend stehen. Diese gottverdammte Hitze. Diese gottverdammte Feuchtigkeit.

Aus der Dunkelheit drang Orchestermusik zu ihm herauf.

»Wo treibt Stern sich nur rum?« Die Worte quollen ihm wie Speichel aus dem Mund.

Er zog die weißen Segelschuhe an, die er sich aus gegebenem Anlass gekauft hatte. Als wäre er ein Tourist. Das war nicht einmal besonders komisch.

»Ich geh runter zum Strand«, teilte er der Wand mit, »und schnappe ein wenig frische Luft.«

In einiger Entfernung spielte ein zwölfköpfiges Orchester. Die Musiker standen auf einem runden Podest, umgeben von gelben Palmen, deren Blätter im Tropenwind klapperten, als wären sie aus Holz.

Johann schlenderte ein Stück am Wasser entlang, bevor er auf das Orchester zuging. Blieb kurz stehen und nahm die groteske Szenerie in Augenschein: Das temperamentvolle Orchester, das aus älteren Männern mit glänzenden Haaren, schwarzen Hosen und Hemden in den kubanischen Nationalfarben bestand. Eine kunterbunt gekleidete Sängerin hielt ein altmodisches Mikrofon in der Hand. Ihr gegenüber standen drei vereinzelte junge Leute im Dunkeln, barfuß, rauchend und gleichgültig, sowie eine kleine Gruppe von Spaniern. Frauen, die sich ihre Jacken um die Schultern gelegt hatten. Männer mit nach innen gekehrtem Gesichtsausdruck. Im Dunkeln. Auf Kuba wird Strom gespart. Unreife Kokosnüsse leuchteten im braunen Sand.

Sie stand ein wenig abseits. In einem roten Kleid. Auffallend allein und sonderbar verloren. Um nicht zu sagen: mit leeren Händen.

Als er sie anblickte, setzte sie sich in Bewegung und ging auf ihn zu, als habe sie auf ihn gewartet. Sie lächelte nicht, sie kam einfach. Langsam, schlurfend, als würden sie einander kennen.

Er hatte sie eigentlich nicht mit hinaufnehmen wollen. Und als sie in dem kleinen, zinkfarbenen Aufzug standen, dachte er, dass er keine Ahnung hatte, was er zu einer Prostituierten sagen solle, obwohl er sich sein gesamtes Erwachsenenleben hindurch mit ihnen abgemüht hatte. Ihnen Handschellen angelegt, sie auf unzählige Rücksitze gestoßen und während der Verhöre mit ihnen gesprochen hatte. Zu dieser passte das Wort Luder am besten. Oder vielleicht das biblische Metze? Nein, Luder. Eine indiskutable Profession. Zu allen Zeiten.

Plötzlich stand sie aufrecht am Fußende des Bettes. Bereit. Mit hängenden Armen. Abwartend.

Johan ging ins Bad und befeuchtete sein Gesicht.

Als er zurückkam, hatte sie ihm den Rücken zugekehrt. Wirkte angespannter als zuvor.

Sein Unterbewusstsein sandte ihm einen Schnappschuss, der zeigte, wie sie sich über die Nachttischschublade beugte.

»Die stehlen bestimmt auch.«

Was tat Stern nur in diesem Moment? Lauschte oder onanierte er? Vielleicht verhandelte er. Zwei Zimmer weiter.

Vielleicht war er in der Stadt und tauschte Informationen aus. Der große Geheimagent.

Im Spiegel des Fensters sah sie ihn an. Langte nach dem Reißverschluss auf dem Rücken ihres Kleides.

Ich bin total impotent, dachte er, und betrachtete ihr Gesicht, während der Reißverschluss sich öffnete.

Ein Bild von Hannah im flammenden Herbst. All die Luft. All der Sauerstoff. Ihr Mund lacht. Ihre Lippen bewegen sich.

Als das Kleid auf den Boden glitt, nahm er zwei Schluck aus der Cognacflasche und konstatierte, dass sie jetzt leer war. Wie schnell man sich eine neue Angewohnheit zulegen konnte. Eine Folge der Monotonie.

Die Tür zum Balkon stand immer noch offen.

Das Tanzorchester hatte seine kurze Pause beendet. Der Samba, die Brandung, die Klimaanlage.

Ich bin schon ziemlich angeheitert, um nicht zu sagen stockbesoffen. Er wollte die Klimaanlage ausschalten und roch ihr Parfüm, das dezenter war als erwartet. Vielleicht existierte eine russische Variante von Chanel No. 5, oder man war inzwischen darüber hinaus. In der Scheibe sah er, wie sie die Cognacflasche auf dem Nachttisch anstarrte. Sie trug einen puderfarbenen Unterrock, der ihn an ein Nachthemd erinnerte.

Er füllte zwei Gläser. Danach knöpfte sie sein Hemd auf, das völlig durchgeschwitzt war.

Ihr Teint war dunkel, fast wie bei einer Mulattin, obwohl sie keine negroiden Züge hatte. Sie zog sich den

Unterrock über den Kopf, während er sich auf die Bettkante setzte. Betrunken. Ihre Finger an seinen Hüften, ihre Nägel im Nacken, ihre Lippen an seinem Ohr spürte. Mühsam kam er auf die Beine, damit sie ihm die Hose ausziehen konnte. Sie kniete auf dem Bett und streichelte seinen Schwanz. Draußen hatte die Musik aufgehört. Zurückgeblieben waren nur das Zirpen der Zikaden, das Schlagen der Wellen und das ferne Grummeln Havannas.

»Be a big boy«, flüsterte sie mit starkem Akzent.

Er blickte auf ihr Gesicht hinab. Sie schaute ihn bittend an.

Ich tauge zu gar nichts, dachte er mit zitternden Knien. Auch nicht zum Polizisten. Er schaute sie mutlos an. Sie sah gut aus, jung, höchstens fünfundzwanzig. Feste Brüste, ein schöner Körper. Keine blauen Flecke und keine sichtbaren Narben. Sie schlang die Arme um seine Hüften und küsste ihn behutsam auf den Bauch. Johan leerte sein Glas und schubste sie weg, als sie seinen Schwanz in den Mund nahm. Er schaltete die Klimaanlage wieder an, weil ihm die Stille auf die Nerven ging. Sie sah ihn an. Mit unsicherem Blick.

»Come on … be a big boy …«

Johan öffnete sein Portemonnaie und gab ihr zwanzig Dollar.

Sie lächelte kurz, zog ihr Kleid an und ging mit einem Schulterzucken aus der Tür. Er lief ihr nach und drehte sie im dunklen Gang zu sich herum. Für den Bruchteil einer Sekunde sah er erneut Hannah sowie Hardinger mit dem kleinen Mädchen und der Puppe vor sich, als die Nutte ihre Träger von den Schultern gleiten ließ – vielleicht, damit er das Kleid nicht zerriss. Er fiel über sie her, spürte ihre Haut, vernahm ihren fremdartigen Duft und fühlte ihre jungendliche Kühle an seinen Lippen. Sie bewegte sich nicht und gab keinen Laut von sich, als er versuchte, sie im Stehen zu nehmen. Schließlich schob sie ihn vorsichtig weg und führte ihn zurück zum Bett, wo er sich auf sie wälzte und in sie eindrang. Sie lag auf dem Rücken und wandte den Kopf ab, als er sie zu küssen versuchte. Sie ging seinem Mund aus dem Weg.

Er griff um ihre Pobacken und begann sie rhythmisch zu stoßen. Er stöhnte laut und dachte, ich bin ein Schwein …

»Nutten gibt es überall«, murmelte er in seiner Muttersprache, »auch auf Kuba.«

Er bohrte sein Gesicht ins Kissen und versuchte sich auf seinen Orgasmus zu konzentrieren.

»Ich verspreche dir … wir finden das Schwein.«

»Come on. Be a big boy now.«

Sie begann ihm zu helfen. Um es hinter sich zu bringen. Es sickerte aus ihm heraus und hinterließ nur ein schwaches Frösteln.

»Mit Hannah war es anders«, murmelte er, rollte sich mühsam zur Seite und versuchte sie an sich zu drücken. Sie schob ihn weg und sandte ihm ein verhaltenes Lächeln.

»Und hier liege ich … und vögle … What … what is your name?« Er wusste nicht, ob sich Lachen oder Weinen in seine lallenden Laute mischte. Es klang erbärmlich.

Er starrte an die Decke und wunderte sich über ihre Reinlichkeit. Sie blieb beinahe zehn Minuten im Bad. Vielleicht gab es da, wo sie herkam, keine Dusche.

Danach sah sie vollkommen verändert aus. Hatte sich auch die Haare gewaschen.

»Why can't you stay a little longer?«, nuschelte er.

Sie sah ihn verlegen an und ging zur Tür. Johan rappelte sich auf und stützte sich gegen die Wand.

»Die Schweine haben Como erschossen«, flüsterte er und trocknete sich die Unterlippe mit dem Laken. Sie schloss die Tür hinter sich.

Das Restaurant war groß und kühl wie eine Molkerei.

Am Fenster saß eine zehnköpfige Gruppe. Nach ihren Uniformen und ihrer blassen Haut zu urteilen, handelte es sich um Russen. Sie lachten viel, obwohl sie starr vor sich hinblickten und ihr Verhalten sich nach der bestehenden Hackordnung richtete.

Die Kellner standen an den gekalkten Wänden und hielten die Hände auf dem Rücken. Das Hotel Marazul konnte sechshundert Gäste beherbergen. Doch es gab höchstens zwölf Besucher, die sich auf vier Etagen verteilten. Es hallte in der Lobby und sang in den Laubengängen, und das blaue Wasser des im Parterre gelegenen Swimmingpools lag künstlich und unberührt da.

Am Eingang stand der Direktor mit dunklem Anzug und steifem Lächeln. Ein karibischer Moskauer.

Johan saß wie immer am Stammtisch. Seine Finger trommelten auf die weiße Decke. Er dachte an den einsamen Strand, den lächelnden Rettungsschwimmer, den endlosen Tag und die bohrende Sehnsucht, die sich in seinem Magen festgebrannt hatte. Nach nur fünf Tagen hatte er aufgehört an Como, Mehmet, die Ermittlungen und Stern zu denken.

»Ich will nach Hause«, sagte er leise und beharrlich, während er mit der Speisekarte auf die Tischdecke schlug.

Victor Stern kam wie immer um Punkt sieben. Vielleicht wartete er solange oben auf dem Zimmer. Vielleicht basierten sein gesamtes Leben, sein Rhythmus und sein Glaube auf starren Gewohnheiten, vor allem auf festen Essenszeiten. Die Sicherheit der Monotonie.

Er betrat den Raum mit einem gemessenen, um nicht zu sagen distinguierten Lächeln und erinnerte an einen französischen Minister, einen Schweizer Impresario oder einen italienischen Gourmet. Doch weit gefehlt. Anfangs hatte Johan gedacht, Stern schaue auf die Kubaner herab und verachte die Russen. Aber vielleicht war er auch vollkommen unpolitisch. Der perfekte Agent. Ein Mann bei der Arbeit. Eine Hand, die das Weinglas am Stiel anfasste. Und ein Blick, der sich längst sattgesehen hatte und nichts mehr aufnehmen konnte. Ein Dasein ohne Leidenschaft, genau wie bei der Nutte von gestern. Er trug eine hellgraue Sommerhose mit dezenten Bügelfalten, ein dunkelrotes Polohemd und schwarze Schuhe mit sichtbaren Nähten. Wie eine Uhr von Rolex, ein Mercedes Benz oder eine Pfeife von Dunhill.

Entgegenkommend nickend zog er mit einem Lächeln, das dem Kellner galt, seinen Stuhl unter dem Tisch hervor. So weit war die Ausbildung des Kellners anscheinend nicht gediehen. Stern amüsierte sich über die Kubaner.

Er überflog die Speisekarte und bestellte »pollo frito« für sie beide.

»Schon wieder Schwierigkeiten mit dem Rasierapparat, Klinger?«

Johan strich sich über das Kinn und spürte seine Bartstoppeln. Dabei hatte er für die Körperpflege den ganzen Tag Zeit gehabt.

»Dabei hatte ich für Körperpflege den ganzen Tag Zeit«, sagte er.

Stern rieb sich die Hände und ignorierte Johans offensichtliche Unzufriedenheit mit ihrer Zusammenarbeit.

»Du hast doch einen Adapter bekommen, oder?«

Der Kellner kam zurück. Huhn sei aus.

Stern unterhielt sich mit ihm in fließendem Spanisch.

»Wir bekommen stattdessen ein Schweinesteak mit Reis und braunen Bohnen.«

Johan zuckte die Schultern und dachte an den ersten

Tag, als er – nur eine Stunde nach ihrer Ankunft im Hotel – seinen Rasierapparat an die Steckdose angeschlossen hatte, woraufhin auf der gesamten Etage der Strom ausgefallen war.

»Typisch«, hatte Stern gesagt. »Ein großes, schönes Hotel mit vielen Zimmern, tipptopp in Schuss, ordentlicher Service, und dann vergessen sie, ein Wechselstromrelais zu installieren.«

Eine Stunde später, nach Behebung des Stromausfalls, gingen sie auf die oberste Etage, auf der sich eine Terrasse mit sechzig Liegestühlen befand. Johan murmelte, Kuba sei nur ein flaches Stück Land in Grün und Gelb, doch mit einem türkisfarbenen Meer, das einem den Atem verschlage.

Stern hatte nickend die übrigen Liegestühle betrachtet und ergänzt: »Und fast keine Touristen.«

Dann hatte er händereibend hinzugefügt, das Marazul sei für ihre Zwecke perfekt geeignet. Im Hotel hielten sich nur ein paar Kanadier und eine kleine spanische Reisegruppe auf, doch in wenigen Tagen würden sie es ganz für sich allein haben. In idealer Entfernung zu Havanna. Der Bus hielt direkt vor der Tür.

Auch in dieser Hinsicht verfolgte er offenbar eine einfache Strategie, die darauf hinauslief, dass Johan sich im Hotel bereit hielt, während er, Stern, sich in der Stadt umsah.

Johan hatte sich engagiert und kooperativ gezeigt und Tag für Tag zugeschaut, wie Stern sich auf den Weg machte, zusehends einsilbiger wurde und sich immer rätselhafter benahm.

Johan stocherte in den Bohnen und nahm einen Schluck Mineralwasser.

»Meinst du nicht, dass es an der Zeit wäre, mich in den Stand der Ermittlungen einzuweihen, Victor?«

»Natürlich«, sagte Stern. Genau wie am Tag zuvor.

»Leider ist Havanna auch nicht mehr das, was es mal war. Ich meine, was unsere Arbeit betrifft.«

Stern hatte die schlechte Angewohnheit, sich mit Andeutungen zu begnügen, und Johan musste seine ganze Geistesgegenwart aufbringen, um überhaupt zu begreifen, dass es sich um Andeutungen handelte.

Zum Dessert bekamen sie Karamellpudding. Stern offenbarte seine Vorliebe für Süßes und bestellte dazu »Copelia«, ein gehaltvolles Sahneeis, über das er einen längeren Vortrag hielt. Danach ließ er sich über österreichische Mehlspeisen aus. Als er beim Blätterteig angelangt war, schob Johan so abrupt seinen Stuhl zurück, dass es durch den großen, leeren Speisesaal hallte.

Stern sah ein wenig verlegen aus und zuckte entschuldigend die Schultern.

»Weißt du, was ein ›Mohito‹ ist, Klinger?«, fragte er vorsichtig.

»Si, Señor«, antwortete Johan, »das Nationalgetränk. Ein so genannter Hemingway Special, aber ich mache mir nichts daraus und habe auch kein gesteigertes Interesse an österreichischen Mehlspeisen. Ich sitze jeden Tag drei Stunden in der Bar herum und versuche die Zeit totzuschlagen. Die Cocktailkarte kenne ich in- und auswendig und weiß, dass der Kellner mir für meine Sonnenbrille seinen Tageslohn, für meine Badehose seinen Wochenlohn und für meinen Anzug seinen Jahreslohn überlassen würde. In seinem Oberkiefer hat er drei Plomben, die sich proportional zu seinem übrigen Gebiss verhalten, weil er nur sechs Vorderzähne besitzt. Um es kurz zu machen: Ich habe keine Lust mehr, hier rumzuhängen und die Wand anzuglotzen, also frage ich dich: Glaubst du, sie sind in Havanna, oder nicht?«

Stern senkte ein wenig den Kopf. Johan hatte ziemlich laut gesprochen. Drüben am russischen Tisch war es still geworden.

Johan sah ihn an.

»Ich glaube ... einer von ihnen ist hier, Klinger«, sagte Stern lächelnd. »Ich möchte sogar so weit gehen zu behaupten, dass ich sicher bin, dass einer von ihnen hier ist.«

Er wirkte jetzt wie ein Arzt, der sich gegen seinen Willen dazu hatte hinreißen lassen, dem Patienten seine Diagnose mitzuteilen.

Johan nickte ohne den Blick abzuwenden. Er dachte an den kleinen, lächerlichen Notizblock, der zwischen den Hemden im Koffer lag. Die Notizen waren in einem Privatcode verfasst und schlossen Joghurttabletten und Feuchtigkeitscreme mit ein. Außerdem drei Namen: Mehmet, Yüce und Ismet. Er kannte sie auswendig.

Stern stand seufzend auf.

Sie gingen in der Dämmerung spazieren, redeten über die calypsofarbenen amerikanischen Wagen aus den Fünfzigern, die ihnen hin und wieder hupend entgegenkamen.

»Man kommt sich wie in einem lausigen Spielfilm mit Frank Sinatra vor«, sagte Stern lachend.

Johan entgegnete, dass er gern noch weitere Informationen hätte.

Stern biss sich auf die Unterlippe

»Wir sind hier nicht zu Hause«, brachte er mit plötzlichem Ernst, womöglich sogar ein wenig Furcht in Erinnerung. »Sie können jederzeit unsere Pässe und unsere Rückflugtickets einziehen; dann kriegt uns niemand, ich wiederhole: *niemand* mehr hier raus!«

Er sah Johan in die Augen und schüttelte sich eine kleine Pille auf die Hand, die er rasch hinunterschluckte. Johan ging durch den Kopf, dass Stern vielleicht krank sei. Vielleicht würde er sogar bald sterben, vielleicht handelte es sich bei den Pillen um Nitroglycerin, vielleicht um Lakritze.

»Aber du bist an ihnen dran?«

»Ja, ich bin an ihnen dran.«

Sie setzten sich auf eine Bank. Stern hatte seinen Zimmerschlüssel mit der Nummer 226 auf seinem Schoß liegen. Womöglich ein Zeichen von Ungeduld.

Johan, der in Zimmer 222 wohnte, sagte, er höre manchmal Geräusche aus 224, dem Zimmer, das eigentlich leer stand.

Stern schaute ihn ungläubig lächelnd an.

»Unmöglich«, sagte er. »Ich habe alle drei Zimmer reserviert.«

»Warum?«

»Warum? Sagen wir mal ... aus Sicherheitsgründen.« Er klopfte Johan beinahe väterlich auf den Oberschenkel.

»Ist das ein alter Trick von dir? Lernt man so was bei der Geheimdienstausbildung? Immer dran denken: auch das mittlere Zimmer buchen!«

Der Alte lachte. »Du hast ja Humor, Klinger. Ich mag Leute, die Humor haben.«

Johan fragte sich, ob Sterns Verhalten nicht eigentlich eine Unverschämtheit war. Danach gingen sie zum Strand hinunter. Johan warf einen Stein in die Luft und beobachtete Stern, der mit hängenden Armen am Wasser stand. Eine seltsame Art, am Meer zu stehen. Vielleicht war er so viel Wasser nicht gewöhnt. In Wien gab es wohl nur das Wasser, das aus der Leitung kam.

Als sie auf ihr Hotel zugingen, um in der Bar das obligatorische Bier zu trinken, blieb Stern plötzlich stehen, blickte rasch die Hotelfassade hinauf und zog Johan hastig mit sich fort.

Er wollte kein Bier mehr, entschuldigte sich und eilte zum Fahrstuhl.

»Wir finden sie schon!«, rief er. »Gute Nacht, Klinger.«

Johan sah, wie die Fahrstuhltüren sich schlossen. In der Bar fixierte Johan den Barkeeper, den munteren Farbigen mit den wenigen Zähnen, der hingebungsvoll seine Gläser polierte.

Auch Johan hatte den schwachen Schimmer und die schattenhafte Gestalt in Sterns Zimmer gesehen, als sie über die Straße wollten. Dennoch bestellte er jetzt ein weiteres Bier.

Er lächelte den Barkeeper müde an.

»Not many guests at this … hotel?«

»Yes Sir …«

»I saw a Spanish family the other day …«

»Yes Sir. They came tomorrow.«

Johan nickte seufzend.

»Mañana«, sagte der Mann.

»Si, si. I understand, we are alone, me and my friend«, sagte Johan lächelnd.

»Yes Sir, all alone«, entgegnete der Barkeeper grinsend und starrte begehrlich auf seine Hose, »and maybe a señor from Madrid.«

Johan ließ sich vom Hocker gleiten. Als er über den orangefarbenen Laubengang auf seine Zimmertür zuging, fragte er sich, ob Stern sich womöglich eine Prostituierte hatte kommen lassen. Vielleicht dieselbe, die auch bei ihm gewesen war. In diesem Fall musste das Mädchen einen eigenen Zimmerschlüssel haben. Doch Johan hatte Stern mit seinem Schlüssel am Strand sitzen sehen, vielleicht etwas zu demonstrativ. Andererseits würde ein Mann wie Stern wohl kaum einer Prostituierten seinen Schlüssel oder einen Ersatzschlüssel überlassen. Also musste Victor Stern überraschenden Besuch von einer Person bekommen haben, die sich selbst Einlass verschafft hatte. Vielleicht war der Mann zu früh erschienen.

Johan schloss seine Zimmertür hinter sich.

Bevor er ins Badezimmer ging, sagte er: »Je weniger man weiß, desto besser.« Er drehte die Dusche auf.

»Yes, Mr. Stern!«, rief er. »We have a visitor. Is it a friend or an enemy? Or is it just a secret?«

Er lächelte und nahm seinen Rasierapparat zur Hand. Den Stern als Shaver bezeichnete.

Er hielt sein Gesicht dicht vor den Spiegel.

»I too can do some tricks, you know«, sagte er und entfernte den Adapter.

Hielt den Stecker mit den beiden kleinen Kontaktstiften drei Zentimeter vor die Steckdose, die für zwei so kleine Stifte nicht gemacht war.

»Ich könnte Hannah einen Brief schreiben«, sagte er zu seinem Spiegelbild. »Eigentlich sollte ich alles aufschreiben.« Er kannte niemand, der etwas anderes als Rapporte verfasste. Er konnte ja Tagebuch führen. Um seiner selbst willen. Ein Selbstgespräch führen. Handgeschriebene, ausgeklügelte Lügen. Wie Fotos, die man mit dem Selbstauslöser aufnahm. Er hatte sie für eine typische Tagebuchschreiberin gehalten. Das Therapeutische lag ihr. Nicht dass sie jemals so etwas erwähnt hatte. Es gab ohnehin viele Dinge, die sie nie erwähnt hatte. Verschwiegenheit wäre ein zu milder Ausdruck. Lüge. Ganz einfach. Lüge.

Er sah seinen Rasierapparat an. Und jetzt Stern. War auch er durch und durch verlogen? Oder handelte es sich in seinem Fall um Verschwiegenheit?

Er konnte einen Brief an sie schreiben. »Liebe Hannah«. Nichts mit »Geliebte Hannah«. Es sollte förmlich und ausgewogen klingen, ein Beweis seines inneren Gleichgewichts. Der letzte Brief. Aus einer anderen Welt.

Er steckte die Kontaktstifte in die Steckdose. Die Klimaanlage, das Licht, die Radiomusik, alles verlosch mit einem Seufzen.

Johan erlaubte sich ein schwaches Lächeln. Der zuvor

so orangefarbene Laubengang schimmerte nun nachtblau. »Sieht viel echter aus«, murmelte er verbissen und legte den Rasierapparat aus der Hand.

»Ein kleiner Gruß aus Havanna, wo alles nach Plan verläuft. Nachdem ich eine Weile über unsere Beziehung nachgedacht habe, bin ich nun, auch aufgrund der räumlichen Distanz, in der Lage, sie nüchtern und mit dem Maß an Sympathie zu betrachten, das du sicherlich verdienst.«

Er trat auf den Balkon. Glänzende Einleitung: drei Lügen nacheinander. Beinahe hätte er selbst an sie geglaubt. Was die Ermittlungen betraf, so traten sie – sofern man überhaupt den Plural benutzen durfte – auf der Stelle. Vielleicht waren sie gar nicht hier, um Comos Mörder zu finden. Perpetuum mobile war bei der Polizei kein unbekannter Begriff.

Er schwang die Beine über die Brüstung und fragte sich, ob das kubanische Bier stärker war als das einheimische. Unter ihm lagen der Weg, der Strand und die Palmen im Dunkeln.

»Ich bin ganz schön angeheitert«, flüsterte er und wartete ein paar Minuten.

Vielleicht war es ihm diesmal geglückt, den Strom im gesamten Hotel lahm zu legen.

Er drückte sich an der Fassade entlang und gelangte auf den Balkon des Zwischenzimmers 224.

Vielleicht sollte er es bei den letzten sechs Wörtern bewenden lassen, den einzigen Wörtern, die der Wahrheit entsprachen: »Ich vermisse dich in jeder Sekunde.« Er betrachtete seine Hände, legte den Kopf in den Nacken, schloss die Augen – und schon zeichnete sich ihr Gesicht ab. »Wie konntest du das nur tun, Hannah?«, flüsterte er und hörte im selben Moment, wie die Balkontür geöffnet wurde. Er hatte damit gerechnet, dass die stickige Zimmerluft sie nach draußen treiben würde.

Für einige lange Sekunden hörte er nur die Zikaden und die Brandung; dann erklang die Stimme des Fremden. Johan lauschte an der Wand und beobachtete den blauen Dunst einer Zigarre. Der Mann sprach Englisch mit spanischem Akzent. Zweifellos ein Kubaner. Sie plauderten über kubanische Hotels.

Er versuchte leiser zu atmen und sah Hannah aus dem Bett aufstehen, im Supermarkt einkaufen, in der Küche umhergehen und Rune zuwinken. Spürte ihre Hände auf seinen Wangen. Aufrichtigkeit und Nähe.

»I can't give you more money.« Sterns Stimme.

Plötzlich waren sie so nah dran. Und mit einem Mal packte ihn die Angst an der Kehle. Die Angst als Folge der Wiederholung. Als er mit ihr im Flur stand, das Foto unter seinem Hemd. Die Lüge zwischen ihnen. *Wer bist du, Hannah?*

Stern atmete schwer und versetzte damit die Wand beinahe in Schwingungen.

»I have to be sure that this is his address, you know. Are you sure?«

»Positively!«

Der Mann klang eine Spur arrogant. Entspannt und gleichgültig.

»How often have you seen him?« Stern gab sich Mühe, ebenso entspannt zu wirken.

»Twice.«

»Only twice? In ten days?«

»Twice in four days«, korrigierte der Kubaner. »Is this genuine Bourbon?«

»Yes, it's genuine Bourbon. You can take it, as a gift.«

Stern klang ein wenig erschöpft, ein wenig reizbar.

»Gracias.«

Stille. Einer von ihnen raschelte mit Papier.

»What is Cerro?«

»It is the neighbourhood, the district, very easy to find. Close to the hospital. You know the big hospital?«

»No, I don't.«

»You can't miss it. Are you sure this is American whisky?«

»Yes. Little road, very little. Maybe you know Calzada del Cerro?«

»No, I don't. But I have a map. What number?«

»No number. Poor People. No numbers in this part of Havana.«

Stern seufzte. Johan spürte das Gewicht seines Körpers, als er sich an die Wand lehnte.

»But how do I find the house if I don't have the number?«

»Green house. Old, spanish style. In the front, two big palmtrees, easy to find …«

Stern murmelte etwas und entfernte sich von der Wand. Lehnte sich offenbar über den Balkon, vielleicht um die frische Brise zu spüren, die vom Meer her kam. Johan sah einen Teil seines linken Ellbogens.

»Does he live … alone?«

»Sometimes. Sometimes woman with him.«

»Are you sure?«

»Yes, I'm sure.«

In diesem Moment kehrte der Strom und mit ihm das Surren der Klimaanlage zurück. Der Kubaner lachte. Kurz darauf schloss sich die Balkontür wieder.

Johan stand auf, schwang die Beine über die Brüstung des mittleren Balkons und wollte gerade auf seinen eigenen hinüberwechseln, als er die Hose auf dem Bett erblickte. Er trat näher an die Balkontür heran. Sonderbar klamm am ganzen Körper. Zimmer 224 war bewohnt. Das Zimmer, das sie die ganze Zeit für leer gehalten hatten. Das Johan für leer gehalten hatte.

Victor Stern hatte die Angewohnheit, einen Butterklumpen auf die Mitte seines Toasts zu legen und diesen dann im Kreis zu drehen, während er die Butter verteilte. Johan begann diese Angewohnheit zu irritieren. Wie so vieles andere. Er hatte den größten Teil der Nacht wachgelegen, um sich darüber klar zu werden, was er tun sollte.

»Warum bin ich überhaupt hier?«, fragte er Stern leise. »Ich sitze ja doch nur auf meinem Zimmer und glotze die Wand an.«

»Bis jetzt bist du ausschließlich ... in Bereitschaft gewesen, das stimmt.« Stern roch an der Marmelade.

»Zu Hause wäre ich mehr von Nutzen, zusammen mit Otto, meinem alten Kollegen.«

»Ihr wart zusammen bei der Sitte, nicht wahr?«

Johan nickte seufzend und senkte den Kopf.

»Ich kann gut verstehen, dass du ungeduldig bist, Klinger«, murmelte Stern mit einer Stimme, die mehr als andeutete, dass er auf diese Frage gewartet hatte. »Übrigens sollte man annehmen, dass sie hier einen ordentlichen Kaffee machen können, und dann servieren sie einem solch eine Plörre.« Er schaute Johan freundlich an. »Wie alt bist du eigentlich?«

»Siebenunddreißig.«

»Was sagt deine Frau dazu, dass du plötzlich ...«

»Ich habe keine Frau.«

»Ach, nein?« Stern senkte die Stimme. »Hör zu, Klinger: Wir bewegen uns auf dünnem Eis. Sehr dünnem Eis. Wir sind ganz auf uns allein gestellt. Wir können nicht einfach zum Hörer greifen und Hilfe anfordern. Wir befinden uns mitten in Havanna, dessen Regierung den internationalen Terrorismus unterstützt, zumindest Terroristen Unterschlupf gewährt. Wir sind vollkommen auf uns selbst angewiesen. Es ist extrem wichtig, dass du das verstehst. Die Dinge brauchen ihre Zeit. Wenn wir uns hier zu zweit blicken lassen, könnten wir genauso gut gleich eine Polizeiuniform anziehen. In der gegenwärtigen Situation haben wir alle Möglichkeiten. Du musst mir einfach vertrauen.«

»Du hast gestern Besuch gehabt.«

Stern nickte unbeeindruckt.

»Das stimmt, und natürlich hast du ein Recht, darüber informiert zu werden. Ich wollte es dir erzählen, Klinger. Schau nicht so skeptisch, ich wollte es wirklich.«

»Wer war es?«

»Ein Informant aus Polizeikreisen, ein alter Bekannter, Spanier. Möglicherweise kann er uns weiterhelfen. Doch auch er muss sich vorsehen.«

»Was kann er für uns tun?«

Sterns Stimme klang ein wenig heiser, als er sagte: »Er kann uns helfen, Mehmet aufzuspüren.«

Johan seufzte. Fast bereute er seine Ungeduld. Das war unprofessionell.

Stern tupfte sich mit der Serviette den Mund ab und wollte aufstehen.

»Es wohnt jemand auf Zimmer 224«, sagte Johan mit gespielter Beiläufigkeit.

Stern zögerte ein paar Sekunden, bevor er entgegnete: »Unmöglich. Ich habe dieses Zimmer persönlich reserviert. Aus Sicherheitsgründen. Dort wohnt niemand.«

»Trotzdem liegt eine Hose auf dem Bett. Ich gehe davon aus, dass du einen Schlüssel hast.«

Der Alte zögerte und blickte Johan mit verändertem Ausdruck an. Nicht unfreundlich.

»Ja. Ich habe einen Schlüssel. Aber woher weißt du eigentlich, dass …«

»Weil ich gestern Abend – im heldenhaften Versuch, herauszufinden, worüber du mit deinem kubanischen Freund sprichst – auf den Balkon geklettert bin.«

Stern schüttelte kaum merklich den Kopf, lächelte und sah auf seine Uhr.

»Habe mir schon gedacht, dass du für den Stromausfall verantwortlich warst. Du kannst jetzt mit raufkommen, wenn du willst.«

Zimmer 224 war, wie erwartet, beinahe steril sauber und leer. Keine Hose, keine Spur, nicht ein einziger Wasserfleck im Badezimmer.

Johan ging rasch wieder hinaus. Stern schloss die Tür ab.

»Man kann wohl nicht ausschließen, dass die Zimmermädchen etwas im Zimmer vergessen haben«, sagte er mit bagatellisierendem Lächeln.

»Die Zimmermädchen? Die kümmern sich doch wohl nicht um die leeren Zimmer.«

Stern breitete entschuldigend die Arme aus. »Ich muss jetzt leider los, Klinger.« Plötzlich schaute er auf. »Hast du etwa Heimweh?«

»Ja. Ich habe Heimweh. Du wirst es mir nicht glauben, aber ich führe bereits Selbstgespräche.«

Sie standen auf dem menschenleeren langen Gang mit den gleichartigen Türen, der für den Touristenboom gewappnet war, den weder das Hotel noch die Insel je erleben würden.

Stern blickt Johan ernst an und entfernte ein kleines Haar von seinem Kragen.

»Noch zwei Tage.«

Johan sah ihm in die Augen und musste sich wider Willen eingestehen, dass der Mann ihm sympathisch war. An einem anderen Ort, unter anderen Umständen würde sich Victor Stern als kluges und warmherziges Individuum erweisen, als guter Jahrgang mit der richtigen Anzahl an Jahren auf dem Etikett. Er hatte – so absurd sich das anhörte – etwas Chevalereskes an sich und sollte eigentlich über so ordinäre Dinge wie Terror, Mord und politische Intrigen erhaben sein. Doch wenn es sich bei dem Ermordeten um den Außenminister des Landes handelte, galten vermutlich andere Regeln.

Vielleicht war »unser Mann in Wien« der Einzige, der mit dem richtigen Maß an Diskretion in der Lage war, solch einen delikaten Fall zu lösen. Und möglicherweise sollte der bodenständigere und vor allem weniger raffinierte Klinger als Mann fürs Grobe in Erscheinung treten, nachdem der weltgewandte Victor Stern das Feld bereitet hatte.

»Noch zwei Tage. Dann werden wir entweder aktiv oder wir fahren nach Hause. Kannst du damit leben?«

Johan nickte, obwohl er wusste, dass er im Lauf der nächsten halben Stunde sein Versprechen brechen und sich selbst ins Rampenlicht drängen würde.

Als sich Stern kurz darauf mit seiner Aktentasche auf den Weg zur Bushaltestelle machte, stand Johan in der Lobby parat, so wie an jedem anderen Morgen. Doch dieser sollte anders verlaufen.

Johan beobachtete, wie Stern an der Haltestelle wartete. Der Bus hatte sich geringfügig verspätet. Als er bei flimmernder Hitze auftauchte, schien er, wie üblich, aus allen Nähten zu platzen. Stern musste sich hineinquetschen. Niemand stieg aus. Alle Fahrgäste fuhren weiter bis ins Zentrum. Als der Fahrer Gas gab, begann Johan zu laufen. Der Gestank der Abgase war unbeschreiblich. Die drei obligatorischen Jugendlichen auf dem hinteren Trittbrett johlten und pfiffen, als der hellhäutige Tourist zu ihnen aufsprang und sich keuchend zurücklehnte.

Vierzig Minuten später waren sie in Havanna. Stern fuhr erwartungsgemäß mit all den anderen bis zur Endstation.

Johan, der noch nie im Zentrum gewesen war, folgte ihm in angemessenem Abstand. Sie passierten einen offenen Platz mit vier großen Lautsprechern, aus denen scheppernde Musik dröhnte. Niemand schien zuzuhören. Hin und wieder wurde die Musik von einer temperamentvollen Stimme unterbrochen. Stern überquerte einen breiten Boulevard und wusste offensichtlich, wohin er wollte.

Johan notierte sich den Namen: Ave De La Independencia. Sie erreichten die Altstadt. Gelbliche Palmen standen vor pastellroten und -blauen spanischen Häusern mit grünen Fensterläden. Der Verkehr wurde schwächer. Überall sah man die bunten amerikanischen Wagen aus den Fünfzigern mit ihren flammenden Calypsofarben.

Stern bewegte sich ruhig und zielstrebig, wie ein einfacher Mann auf dem Weg zur Arbeit. Vor dem Hotel Habana Libre blieb er abrupt stehen, sah auf seine Uhr, verglich sie mit der Uhr des Hotels und fischte ein Zigarettenetui aus seiner Jackentasche. Die Aktenmappe zwischen seinen Füßen, zündete er sich eine Zigarette an und ließ seinen Blick zerstreut über den Verkehr schweifen. Johan wusste nicht, dass Stern rauchte. Er hatte ihn stets für einen typischen Nichtraucher gehalten. Kurz darauf trat Stern die Zigarette aus und fixierte das gelbe Taxi, das langsam auf ihn zurollte.

Eine Stunde später saß Johan wieder in seinem Hotelzimmer. Eine Flasche Mineralwasser, die Stille und sein schwitziger Körper – ein sinnloses Stillleben.

Unter der Dusche fasste er den Entschluss, der in den letzten vierundzwanzig Stunden gereift war. Mit einem um die Hüften gewickelten Handtuch studierte er die Balkontür. Sie ließ sich sicherlich mit einer Kreditkarte öffnen. Er hatte keine Kreditkarte, aber eine kleine, flache Metallplatte, die er vor ewigen Zeiten von Otto bekommen hatte.

Von seinem Balkon aus konnte er durch die Palmblätter hindurch den Aussichtsturm und den Rettungsschwimmer erkennen. Der Mann saß mit dem Rücken zu ihm. Der Strand war menschenleer. Die Straße ebenfalls. Das Marazul musste das ruhigste Hotel der Welt sein. Er zog seine Hose und sein letztes sauberes Polohemd an, schwang die Beine über das Geländer, gelangte problemlos auf den Balkon von Zimmer 224 und von dort aus auf Sterns Balkon, auf dem sich eine Wasserpfütze gebildet hatte. Johan ging in die Knie und drückte die Platte in den Spalt, worauf die Tür sofort aufsprang.

Das Zimmer war aufgeräumt und das Bett gemacht worden. Das Zimmermädchen musste da gewesen sein. Auf der Ablage neben dem Bett befanden sich ein Wecker und Ersatzbatterien. Auf der anderen Seite des Bettes lagen ein Buch, Jean Paul Sartres »Les séquestrés d'Altona«, sowie ein Reiseführer von Kuba, dessen Landkarte fehlte. Die hatte Stern sicherlich mitgenommen. Außerdem ein Glas, eine Thermosflasche mit Wasser und ein Brillenetui. In der Schublade unter dem Radio entdeckte er eine Schachtel Schlaftabletten, neben dem Bett standen bordeauxrote Pantoffeln.

Unter dem Badezimmerspiegel fanden sich eine Tube Sonnencreme mit Lichtschutzfaktor fünf sowie Sterns Rasierutensilien. Auf dem Boden stand ein Shampoo gegen Schuppen.

Johan öffnete den Kleiderschrank, nahm Hemden und Hosen heraus, durchsuchte die Taschen, fand jedoch nichts anderes als Busfahrkarten, Werbebroschüren aus dem Flugzeug sowie eine Schachtel mit Streichhölzern aus Madrid.

Er verharrte ein paar Sekunden und schaute sich um, bevor er sich flach auf den Bauch legte, um unter das Bett zu blicken, wo irgendein kleines Kriechtier, eine Spinne oder eine Kakerlake, sich von einem Bettpfosten zum anderen bewegte.

Da öffnete sich die Tür.

Das geschah so plötzlich, dass Johan keine Zeit zum Nachdenken blieb. Er rollte sich einfach unter das Bett, von wo aus er ein Paar Füße, zwei helle Sandalen sowie die unteren zwanzig Zentimeter einer Jeans sehen konnte.

Der Mann trat von einem Fuß auf den anderen. Die Sohlen klebten am Boden. Er atmete schwer. Trotz der lärmenden Klimaanlage war es auf Zimmer 226 sehr still geworden. Plötzlich ging er zum Badezimmer, öffnete die Tür und zögerte erneut. Er spürt meine Gegenwart, dachte Johan. In wenigen Sekunden wird er sich zu mir hinunterbeugen. Warum in aller Welt bin ich auch nur hier eingedrungen?

Der Mann kam ins Zimmer zurück, ging um das Bett herum und blieb stehen. Unten auf der Straße fuhr der Bus vorbei. Die Scheibe vibrierte. Johan lag nun mit dem Rücken vor den Füßen des Mannes und hörte, dass die Balkontür geschlossen wurde. Vielleicht wunderte der Mann sich gerade darüber, dass sie offen gestanden hatte. Sah sich in diesem Moment nach Fußspuren auf dem Balkon um. Johan hoffte, dass sich auf dem Balkon weiterhin das Wasser sammelte. In diesem Moment wurde eine Schublade aufgezogen. Etwas Schweres hineingelegt. Behutsam. Die Schublade schloss sich wieder, woraufhin sich der Mann nach vorne beugte und das Bettzeug herunter drückte. Johan beobachtete die Ausbeulungen in der Matratze. Die Füße gerieten in sein

Blickfeld. Der Schrank wurde geöffnet, aber nicht durchsucht. Bloß geöffnet. Und wieder geschlossen.

Ein Moment des Wartens, dann ging der Mann in die Knie. Die Hose wurde sichtbar, eine Handfläche auf dem Fußboden, als plötzlich Stimmen auf dem Gang zu hören waren. Der Mann richtete sich abrupt auf. Johan hielt den Atem an. Das Insekt, das unter Sterns Bett wohnte – um was für ein Tier es sich auch handeln mochte – , hatte den Weg unter seinen Kragen gefunden.

Die Zimmermädchen standen draußen vor der Tür. Ihre Stimmen waren deutlich zu hören. Eine von ihnen lachte. Der Mann schien in Panik zu geraten. Kurz darauf waren die Mädchen wieder verschwunden. Johan atmete in kurzen Stößen, als die Schritte des Mannes sich vor ihm verloren und er ruckartig die Zimmertür aufriss. Indessen spürte Johan das Schmerzen der Lungen wie einen Druck auf sein Herz. Und als sich die Tür endlich wieder geschlossen hatte, atmete er so heftig aus, dass ihm schwarz vor Augen wurde. Die Schritte des Mannes verhallten auf dem Laubengang.

Johan rollte sich rasch unter dem Bett hervor, eilte auf den Balkon und behielt unablässig den Hoteleingang im Auge, während er von Balkon zu Balkon kletterte. Weder Taxis noch Privatautos waren zu sehen, und als er fünf Minuten später den Fahrstuhl nach unten nahm war er sicher, dass der Fremde das Hotel nicht verlassen hatte.

Auf dem Weg in die Bar ging ihm durch den Kopf, dass es sich um Sterns Gast, den Zigarre rauchenden Kubaner, gehandelt haben könnte. Andererseits hielt er es für sehr unwahrscheinlich, dass der Mann zurückkehrte, während Stern in Havanna war.

Er zog sich auf den hohen Barhocker, während der Barkeeper sich ihm mit optimistischem Lächeln näherte, und musste an Sterns Schublade denken. Der Mann hatte etwas in die Schublade gelegt. Deshalb war er gekommen. Deshalb hatte er gewartet, bis die Mädchen das Zimmer gemacht hatten. Und deshalb war er auch zusammengezuckt, als es schien, sie würden noch mal zurückkommen.

»Yes, Sir?«

Johan blickte den Farbigen mit dem Geschirrtuch an.

Vielleicht stand Sterns Tür immer noch offen. Das Wahrscheinlichste war, dass Stern die Tür offen gelassen hatte, damit sein Gast nach Belieben kommen und gehen konnte. Doch andererseits ... Die Zimmermädchen hatten sicher hinter sich abgeschlossen. Das musste Stern mit einkalkuliert haben.

»Something to drink, Sir?«

Also hatte Stern einen Schlüssel liegen lassen, bevor er nach Havanna gefahren war. Außerdem trug man auf Kuba keine hellen Jeans. Die Hose – beinahe hätte er gedacht: auch die Zehen – hatte etwas Heimisches an sich gehabt. Er ging zum Fahrstuhl hinüber und hörte nicht, dass der Barkeeper ihm etwas zurief. Vielleicht hatte Stern irgendwo einen Kollegen postiert. Einen Landsmann, der sich verborgen hielt. Ein trockenes Gefühl verengte seine Kehle.

Wie erwartet, war auf dem Laubengang niemand zu sehen, also vergewisserte er sich nicht erst, dass er unbeobachtet war, bevor er gleichmütig Sterns Tür öffnete, zum Bett ging und in aller Ruhe die Schublade öffnete. Er wusste bereits, was darin lag. Sie war in eines der gelben Hotelhandtücher gewickelt.

Johan kannte sich mit Schusswaffen aus und identifizierte sofort das Fabrikat. Es war eine 7,65 mm Beretta.

»Tja, Victor«, flüsterte er vor sich hin. »Jetzt bist du also bewaffnet.«

Es war nicht schwer zu erraten, warum. Ihn interessierte vor allem die Frage, *wie* er zu der Waffe gekommen war.

Er holte sein T-Shirt und seine Badehose, ging wieder in die Bar hinunter und legte das Kleiderbündel diskret unter die Theke. Die Lippen des Barkeepers umspielte ein wissendes Lächeln.

»Thank you, Sir … but how much?«

Johan schüttelte den Kopf.

»You can have it for nothing …«

»Nothing, Sir?«

»Yes, nothing. I just need one piece of information.«

»Information, Sir?«

»Yes«, sagte Johan mit wachsender Irritation. »Tell me … how many guests are … here at Marazul.«

»Not many«, antwortete der Barkeeper, sichtlich enttäuscht.

Johan nickte.

»There's me and the old man I dine with, Señor Stern …«

Der Barkeeper nickte.

»Dos Cerveza … frio«, sagte er grinsend und imitierte Sterns Art, zu bestellen.

»Yes, yes«, sagte Johan, »and one more …«

»One more, Sir?«

»Yes, I'm sure. Listen: I give you this …«, Johan klopfte auf das Kleiderbündel, »and ten US-Dollars … and you give me the roomnumber and the name of the third man.«

Der Barkeeper befühlte die Kleider. Er blickte Johan unsicher an.

»Por que, Señor?«

»Just do it, okay?«

»Okay, Señor. Go to your room. I'll find out.«

Johan nickte lächelnd und ging zum Aufzug.

Es war 9 Uhr 45.

Um 10 Uhr 30 klopfte es an seiner Tür.

Es war eines der Zimmermädchen. Sie lächelte stumm und gab ihm einen kleinen Zettel mit dem Logo des Hotels.

Die Schrift war gut zu lesen. Der Barkeeper hatte sich Mühe gegeben:

2nd floor: Canadian party, room 10, 12, 14, 16

3rd floor: Señor Stern und Señor Klinger, room 222, 224, 226

4th floor: Señor Lucas, room 302.

Er gab dem Mädchen ein Trinkgeld. Sie ging lächelnd zur Treppe. Danach sah er sich den Zettel genauer an.

Die kanadische Reisegruppe war gestern nach Trinidad abgereist. Übrigens hatte der freundliche Barkeeper eine spanische Familie vergessen, die sich den Kanadiern angeschlossen hatte. Mama und Papa und die kleine schwarzäugige Carmen mit den langen Zöpfen.

Er nahm den Telefonhörer und wählte die 1.

Es verging beinahe eine halbe Minute.

»Reception, can I help you?«

»Room 302, please …«

»Just a moment, Sir …«

Er hörte das Freizeichen, doch niemand hob ab. Kurz darauf meldete sich wieder die Rezeption.

»No one in, Sir.«

Johan wusste plötzlich nicht, was er sagen sollte.

»Maybe on the beach, Sir?«

»Si, si, thank you. It is Mr. Lucas' room, is it not?«

»Just a moment, Sir … yes, Sir, Mr. Lucas from Madrid. Maybe Mr. Lucas is on the beach.«

»Yes, thank you.«

»You are welcome.«

Stern kam zur üblichen Zeit am Abend zurück. Nach seinem obligatorischen Bad klopfte er zweimal an Johans Tür, bevor sie gemeinsam zum Aufzug gingen. Auf dem Weg ins Restaurant trocknete er sich beinahe entschuldigend die Stirn und sagte, er sei sehr erschöpft. Johan betrachtete ihn, als sie den großen, leeren Speisesaal betraten. Aus irgendeinem Grund hatte die Sonne Sterns Gesicht nur grauer werden lassen.

Keiner von ihnen hatte viel Appetit. Sie bekamen Schweinefleisch mit schwarzen Bohnen, zum Dessert Karamellpudding mit Rum.

Stern trank sein Mineralwasser aus und stand auf. In Ermangelung eines Feindes habe ich *ihn* zum Gegner gemacht, dachte Johan und eilte ihm nach.

»Wir könnten ein bisschen spazieren gehen«, sagte er. Kurzatmiger als beabsichtigt.

Stern schaute ihn überrascht an. Die kosmopolitische, etwas arrogante Seide war eine Spur transparenter geworden. Der alte, womöglich kranke, vor allem verunsicherte alte Mann streckte den Kopf vor.

»Wo sollten wir denn hingehen?«

Johan breitete die Arme aus.

»Ich bin todmüde, Klinger.«

»Ich möchte gerne mit dir reden.«

Der Alte blickte ihn eindringlich an. Dann nickte er.

»In Ordnung. Ich hole meine Jacke. Warte hier so lange.«

Johan sah ihn zum Aufzug trotten. Nachdem die Türen sich geschlossen hatten, lief er die Steintreppe bis in den vierten Stock hinauf und sah an der Leuchtanzeige über dem Aufzug, dass dieser im dritten Stock angehalten hatte. Mit langen, elastischen Schritten lief er zum Zimmer 302, in dem der unsichtbare Mr. Lucas wohnte. Es war vollkommen still. Vielleicht war der geheimnisvolle Mann nicht da. Vielleicht war seine Klimaanlage leiser als die auf den anderen Zimmern.

In diesem Moment klingelte das Telefon. Er zuckte zusammen. Horchte dann jedoch an der Tür. Es klingelte dreimal, dann hörte er eine tiefe Stimme:

»Si … si, Lucas.«

Mehr nicht. Ein kurzer Bescheid, woraufhin der Hörer wieder aufgelegt wurde.

Johan lief die Treppe hinunter in den dritten Stock, wo er sofort Stern erblickte, der seine Tür abschloss.

Als Stern in der Lobby aus dem Aufzug trat, stand Johan am Ausgang und lächelte dem buckligen Mann mit der Kehrschaufel zu.

Sie schlenderten die Straße entlang, aus dem Ort hinaus.

Stern äußerte etwas über das Viertel, in dem wohlhabende Leute, vor allem Militärs, wohnten. Johan unterbrach ihn und erkundigte sich nach seiner Familie. Stern entgegnete offenherzig und entspannt, er wohne in Wien, wo es noch eine ältere Schwester von ihm gäbe. Sie gingen ein Stück weiter.

»Und eine Freundin«, fügte Stern lächelnd hinzu.

Unweit der Straße entdeckten sie eine Bank mit Ausblick über die Lagune.

Es war dunkel geworden. Stern ließ ein paar Bemerkungen über das Land und seine Geschichte fallen.

»Okay«, begann Johan und blickte den Alten verstohlen an, der die Hände gefaltet und den Mund gespitzt hatte. Entspannt, rätselhaft, besserwisserisch und väterlich.

»Ich habe beschlossen, nach Hause zu fahren.«

Stern hob die Brauen, während er nickte und bedauernd die Mundwinkel herunterzog.

»Ich kann einfach nicht tagein, tagaus im Hotelzimmer hocken. Wenn du mir zumindest erklären könntest …, aber das ist offenbar nicht vorgesehen.«

Stern legte den Arm auf die Rücklehne der Bank.

»Wie ich dir bereits erzählt habe, sind wir ihnen dicht auf den Fersen. Auch den Kubanern passt ihre Anwesenheit ganz und gar nicht.«

»Wessen Anwesenheit? Du hast sie … also … gefunden?«

»Ich habe sie lokalisiert. Mehmet, Yüce und Ismet. Eine der am meisten gefürchteten Troiken der Welt. Geschult für den Heiligen Krieg. Erinnerst du dich an das Bombenattentat von Florenz? Dreiundvierzig Menschen wurden getötet, doch Craxi überlebte. Das waren Mehmet und seine Leute.«

»Hatte Hardinger Kontakt zu ihnen?«

»Innerhalb der Polizei gehören wir zum diplomatischen Dienst, Klinger.«

Johan unterbrach ihn mit einer Handbewegung.

»Bevor wir das Gespräch beenden, solltest du mir noch sagen, wer auf Zimmer 302 wohnt.«

Stern bückte sich und wischte sich einen imaginären Kieselstein vom Schuh.

»Sollte ich das wissen?«

»Ja, das solltest du. Nachdem du vor nicht einmal einer halben Stunde mit ihm telefoniert hast. Und erzähl mir nicht, dass das nicht wahr ist, denn ich weiß es.«

Plötzlich legte ihm Stern den Arm um die Schultern. Eine vollkommen absurde Geste.

»Du bist beim Betrugsdezernat, nicht wahr, Klinger?«

Johan blickte ihn mit verhaltenem Lächeln an. Vielleicht ist dies ein Spiel, dachte er. Natürlich weiß Stern genauestens über mich Bescheid. Er ist nicht der Typ, der die Dinge auf sich zukommen lässt.

»Immer noch bei der Sitte«, sagte Johan, dem etwas mulmig zumute war.

»Und beim Verfassungsschutz bist du nie gewesen?«

»Nein, beim Verfassungsschutz bin ich nie gewesen.«

Stern nickte nachdenklich und klopfte ihm jovial auf die Schulter.

»Gut, gut, Klinger.«

»Was soll daran gut sein?«

Stern lächelte ihn an. Johan bemerkte, dass der Ausdruck hinter dem Lächeln müder, ernster, vor allem aber unsicherer war als gewöhnlich.

»Ich meine, es ist gut, dass du es bist, der hierher geschickt wurde. Das kann man doch sicher als eine Art Beförderung betrachten.«

Johan wandte den Kopf ab. Stern fuhr fort:

»Ein Mord ist ein Mord. Aber man kann sich der Tatsache nicht verschließen, dass der Fall Albert Como einen besonderen Stellenwert besitzt, der große Geschicklichkeit und Sensibilität erfordert.«

»Gibt es eine Personenbeschreibung zu Mehmet?« Johan sah Stern in die Augen.

»Schön wär's.«

»Es kann sich also … um jede x-beliebige Person handeln?«

»Wir kennen praktisch nur seinen Namen. Streng genommen könnte es sich auch um eine Frau handeln. Aber Klinger …«, Stern stand auf, »so, wie die Dinge liegen, ist es mir am liebsten, wenn du dich weiterhin in Bereitschaft hältst.«

Sie begannen zum Hotel zurückzugehen. Johan hatte das Gefühl, das Gespräch sei beendet, und ging auf sein Zimmer, in dem er sich auf das weiche Bett legte und die Hände hinter dem Nacken verschränkte. Hatte erneut die kleine, kompakte Beretta vor Augen. Sah Stern ihretwegen so alt und erschöpft aus? Weil er wusste, dass es an der Zeit war zu handeln? Oder würde er die Schusswaffe erst jetzt entdecken? Vielleicht lief etwas falsch. Vielleicht vertraute er seinem Kollegen von der Sittenpolizei nicht. Vielleicht vertraute er denen nicht, die ihn nach Kuba geschickt hatten. Er hatte sich vergewissern wollen, dass Johan unbewaffnet war, indem er vorgab, ihm freundschaftlich auf Brust und Schultern zu klopfen.

Er öffnete die Balkontür und sah ein rotes Kleid auf dem Pfad zum Strand durch die Palmen schimmern.

»Si, si«, flüsterte er. »Wir sind alle hier versammelt. Die Nutte, der Barkeeper, der Direktor, der Spitzel mit der Adresse und der rätselhafte Mann aus dem vierten Stock.«

Er ging hinein und leerte die Flasche Mineralwasser. Es bestand auch die Möglichkeit, dass Señor Stern sein eigenes Spiel spielte. Hinter dem Rücken von Mahler und dem Verfassungsschutz. Das würde auch erklären, warum sich Johan Klinger ausschließlich in Bereitschaft halten sollte.

Er stellte die Flasche auf den Tisch, begab sich auf den Gang, ging in den vierten Stock und legte ein Ohr an die Tür mit der Nummer 302. Kein Laut war zu hören. Falls Señor Lucas auf seinem Zimmer war, handelte es sich um einen sehr stillen Mann. Johan drückte die Klinke herunter. Die Tür war abgeschlossen. Er klopfte dreimal und wartete. Vielleicht befand sich Lucas gar nicht im Marazul. Vielleicht war er in Havanna. Es war noch nicht sonderlich spät. 23 Uhr 20. Er konnte später noch kommen.

»Vielleicht könnten wir ein bisschen miteinander plaudern«, sagte Johan laut und ging zu einem der hellblauen Liegestühle auf der menschenleeren Terrasse, von der aus man den Hoteleingang im Auge behalten konnte.

»Geduld ist in unserem Beruf unerlässlich«, murmelte er, schlug nach einer Mücke und schloss die Augen.

Drei Stunden später wachte er auf. Die Mücken hatten sich vermehrt.

Mit steifen Gliedern rappelte er sich auf und stapfte zu Lucas' Tür, die er mürrisch anglotzte.

Dann ging er in den dritten Stock hinunter und wollte gerade seine Tür aufschließen, als er eine Autotür zuschlagen hörte.

»Maybe Señor Lucas«, murmelte er, schloss auf, hastete auf den Balkon und lehnte sich über das Geländer. Ein gelbes Taxi entfernte sich vom Hoteleingang.

Er setzte sich aufs Bett.

»Mañana«, flüsterte er müde und lehnte sich zurück, als er schwere, schleppende Schritte auf dem Gang vernahm.

Er setzte sich auf und hörte Geräusche an Sterns Tür. »Du lieber Himmel«, flüsterte er, »der Alte ist in der Stadt gewesen. Was für eine Energie.«

Er ging ins Badezimmer.

»Vielleicht warst du ja mit deinem Freund Lucas unterwegs«, sagte er und nahm seine Zahnbürste. »Vielleicht habt ihr Rum miteinander getrunken. Ihr zwei großen Männer. Vielleicht können wir bald nach Hause fliegen. Denn darum geht es doch!«, rief er und schlug mit der flachen Hand gegen die Wand.

»Ihr seid doch alle gleich verlogen«, murmelte er und griff nach der Flasche mit dem billigen kubanischen Rum, den er eigentlich Otto hatte schenken wollen.

»Ich kauf dir morgen eine neue, Otto«, sagte er und setzte die Flasche an den Mund. »Und schaltet endlich den Lärm ab!«, rief er und trat nach der Klimaanlage. »Prost, Otto, alter Junge.«

In zehn Minuten bin ich eingeschlafen, dachte er. Weit weg. Ohne Traum, ohne Geräusche, ohne Mücken und ohne Stern. Keine Hannah weit und breit. Ich werde sie auch nicht besuchen, wenn ich nach Hause komme. Vielleicht schreibe ich ihr einen Brief. Aus und vorbei. Er trank aus der Flasche, als wäre es Wasser. Der Rausch ließ nicht lange auf sich warten. Er öffnete die Balkontür und schaltete die Klimaanlage ab. Warf sich aufs Bett. Die Zimmerdecke wanderte und der Boden schwankte. Er schüttelte den Kopf. Gleich muss ich kotzen, dachte er, als er hörte, wie sich ein Motorrad knatternd näherte. »Mach das Ding aus!«, schrie er. »Tschuldigung, Victor.«

Der knatternde Motor schien sich jetzt direkt vor dem Hotel zu befinden.

Mühsam kam er auf die Beine und platschte in die Pfützen auf dem Balkon. Vor dem schwach beleuchteten Hoteleingang hatte ein jadefarbenes Motorrad mit Beiwagen angehalten. Der Motor röhrte im Leerlauf.

Er lehnte sich über das Geländer und hatte das Gefühl, der Balkon würde nachgeben.

»Vielleicht ist es Señor Lucas, der mit diesem Monstrum solch einen Krach macht. Ach, was geht mich das an«, fügte er hinzu. »Hey, Sie da unten …«

Er ging hinein, holte die Flasche und trank, während er den Wind genoss, der vom Strand herüberwehte.

»Vielleicht ist der Wind total verunreinigt«, murmelte er, als eine blonde Frau aus dem Hotel gelaufen kam. Sie setzte sich auf das Motorrad und zog sich einen altmodischen braunen Sturzhelm über den Kopf. Ließ den Motor aufheulen, jagte davon und konnte somit nicht hören, als die Flasche aus seiner Hand glitt, die Fassade hinabfiel und mit einem kurzen Knall auf den Steinplatten zerbarst.

»Hannah«, sagte er leise und trocknete sich mit dem Handrücken den Mund.

Er erwachte, als eine Staffel von Jagdflugzeugen den Himmel zerriss. Es war zehn Uhr.

Er ging ins Badezimmer und drehte die Dusche auf.

Vielleicht hatte er gar nicht geschlafen. Jedenfalls war er das Bild des Motorrads mit der blonden Frau, die Hannah zum Verwechseln ähnlich sah, nicht mehr losgeworden. Er ließ den Strahl auf sein Gesicht prasseln, schraubte den Hahn ganz auf und drehte das Wasser kälter und kälter. Natürlich war es nicht seine Hannah gewesen. Wie sollte das möglich sein?

Als er aus dem Bad kam, öffnete er die Balkontür und blieb einen Moment in der kühlen Brise stehen. In Santa María del Mar war es still an diesem Morgen. Als hätten die Jagdflugzeuge alle Geräusche mit sich fortgenommen, sozusagen reinen Tisch gemacht.

Er öffnete seine Brieftasche. Hinter dem Führerschein befand sich ein kleines Foto. Sie stand neben Rune vor einem grauen Gebäude. Ihr Blick war sanft und direkt zugleich. Dufflecoat und Gummistiefel. Unendlich weit entfernt von Kubas tropischer Hitze.

Er trat auf den Balkon, um sich die Situation der vergangenen Nacht in Erinnerung zu rufen. Hatte er überhaupt ihr Gesicht gesehen? Fünf Sekunden im Profil. Die Frau war aus dem Haupteingang gekommen, an den Palmen und Blumenkästen mit Buddlejas vorbeigelaufen und aufs Motorrad gesprungen.

Eine blonde Frau – mit Sicherheit war sie blond gewesen – verließ also um drei Uhr nachts das Hotel Marazul. Ein Hotel, in dem sich kaum Gäste aufhielten. Abgesehen von Mr. Stern, Mr. Klinger und Señor Lucas.

Vielleicht war sie die Geliebte des Manns von der Rezeption. Vielleicht kam sie aus Moskau.

Er ging in die Knie und rieb sich das Gesicht. Hatte er Señor Lucas gesehen? Mit Perücke? Oder war der rätselhafte Lucas in Wahrheit eine Frau? Ein nachtaktiver Mensch mit einer doppelten Identität?

Er zog sich an, rasierte sich und trottete auf den Laubengang hinaus. Es war spät geworden. Stern hatte sich längst auf den Weg in die Stadt gemacht. Die stämmige Putzfrau stapfte ihm entgegen.

»Buenos días, Señor …«

Sie ging an ihm vorbei in sein Zimmer und schaltete als Erstes das Radio ein. Er lächelte sie an, bevor er das rote Schild an Sterns Tür sah. DO NOT DISTURB.

Er trat näher. War dies etwa ein sympathischer Zug an dem Alten, dass auch er gerne ausschlief, oder hatte es mit Señor Lucas und der Frau auf dem jadegrünen Motorrad zu tun? Womöglich war auch Victor Stern in dieser kubanischen Nacht unterwegs gewesen.

Nachdem Johan Kaffee getrunken und kleine Pfannkuchen zu sich genommen hatte, suchte er die Rezeption auf. Der kleine Mann hinter dem Tresen sah ihn gequält an. Der gequälte Ausdruck musste mit seiner Beschäftigungslosigkeit zusammenhängen.

»Were you here last night?«

»Last night? This night, Señor? Nono. I came this morning.« Breites Lächeln.

Johan nickte entgegenkommend.

»Do you know where I can find the man … eh … the night porter?«

»Arh, si, si, Señor Hidalgo. Yes, yes. He sleeps. I am sorry, but two o'clock you can find him in shop downstairs.«

Johan nickte. Wusste, dass es im Souterrain einen Souvenirshop gab.

Er ging nach unten und betrachtete das Sonderangebot für eine Taucherausrüstung. Hinter der Kasse saß eine kleine Frau, von der nichts als der Kopf über der Theke zu sehen war.

»I am looking for Señor Hidalgo.« Johan lächelte sie an. Die Frau rollte mit den Augen und verdeutlichte mit einer Geste, dass Señor Hidalgo schliefe.

Johan legte einen Dollarschein auf die Theke. Die Frau ignorierte ihn, stand mühsam auf und ging ins Hinterzimmer. Kurz darauf war sie zurück und ließ Johan mit einer Handbewegung wissen, dass Hidalgo auf dem Weg sei. Die Banknote rührte sie nicht an.

Zwei Minuten später tauchte Hidalgo auf. Ein junger Mann mit rahmenloser Brille. Womöglich ein Student.

»Do you speak English?«, begann Johan und nahm wie zufällig den Schein wieder an sich.

»Of course«, antwortete der Mann gelassen.

Johan zog ein Foto von Hannah hervor und legte es auf die Theke. Der Mann warf einen kurzen Blick darauf, zuckte die Schultern und nickte.

»She was here last night«, sagte er ruhig.

Johan spürte, wie sich seine Brust verengte.

»Are you sure?«

»Yes, I am sure.«

»Did you talk to her?«

»No, not really …«

Johan wischte sich die Handflächen an der Hose ab.

»What do you mean … not really?«

»I was rather late … I think she asked for a girl.«

»What girl?«

»I don't remember, Señor.«

Johans Blick wanderte von dem ruhigen jungen Mann zu der kleinen Frau hinter der Theke, die ein wenig zugänglicher geworden war.

Hannah war hier. Im Hotel Marazul. In Kuba. Sie war

da gewesen und hatte sich nach jemand erkundigt. Aber nicht nach ihm, Johan.

Er nickte dem jungen Mann zu und ging zur Treppe, verharrte jedoch auf der ersten Stufe und umklammerte das schmale Geländer. »Die können mich alle mal. Das ganze Pack.« Er flüsterte vor sich hin und war sich dessen vollkommen bewusst.

»Stern!«, schrie er so laut, dass es durch das gesamte Untergeschoss dröhnte und bis hinauf in die Lobby hallte. Der Mann an der Rezeption starrte ihm hinterher, als er die Treppe hinauflief, den orangefarbenen Gang entlanghastete und mit den Fäusten gegen Sterns Tür hämmerte.

»Stern, wach auf! Es ist etwas passiert. Stern …«

Er rief einige Male, rannte dann in sein Zimmer, überquerte den mittleren Balkon im Eiltempo, stand im Nu vor Sterns Balkontür und versuchte seine kleine graue Metallplatte in den Türspalt zu pressen. Aus irgendeinem Grund war das Schloss weniger kooperativ als beim letzten Mal. Er streckte sich und wollte ein wenig frische Luft schnappen, als er zwei Jungen bemerkte, die zu ihm hinaufsahen. Der eine hatte eine Kippe im Mund.

»Hallo … Señor americano …«

Johan kehrte ihnen den Rücken zu.

»Cigarettes, Señor.«

Sie prusteten vor Lachen.

Er hatte Lust, ihnen etwas zuzurufen, beugte sich aber erneut über das Schloss, das kurz darauf aufsprang. Schon als der Wind die leichte Gardine vor dem Balkonfenster bauschte, spürte er, dass etwas faul war. Vielleicht wegen der Stille im Raum. Stern lag komplett angezogen auf dem Bett. Sein Gesicht dem Balkon zugewandt. Das Licht traf ihn hart und brutal. Er starrte an Johan vorbei.

»Hello, americano!«, riefen die Jungen und lachten. »You want dirty girl?« Ihr Lachen klang wie zerspringendes Glas.

Währenddessen beugte sich Johan über den alten Kollegen und betrachtete das schwarze Loch in dessen Schläfe. Dann schloss er die Balkontür, ging ins Badezimmer und trank ein Glas Wasser. Blickte in den Spiegel und stellte fest, dass er aussah wie immer. Er und Otto waren oft im Gerichtsmedizinischen Institut gewesen. Hatten viele Leichen gesehen. Doch es war das erste Mal, dass er einem toten Kollegen gegenüberstand.

Das erste Mal, dass er solch eine Situation allein erlebte.

Das erste Mal, dass er in Kuba war. Und das erste Mal, dass er wirklich glaubte, den Boden unter den Füßen zu verlieren. Zu sagen, dass der Boden schwankte, wäre eine Untertreibung gewesen.

Für einige Minuten stand er einfach da und blickte Stern an, der genau so dalag, wie man ihn hingelegt hatte. Es bestanden kaum Zweifel, dass er woanders ermordet worden war. Vermutlich in Havanna, im Stadtteil Cerro, genauer gesagt an der Straße mit dem exotischen Namen Trinidad. Ein Ort für Arme und Polizistenmörder; die Häuser dort trugen nicht einmal Nummern. Ein Ort für Mehmet, Comos Mörder. Europas Terroristen Nr. 1.

Oder war Stern doch in Zimmer 302 getötet worden? In diesem Fall hätte Johan eigentlich den Schuss hören müssen. Es war schon ein wenig abwegig, über den Zeitpunkt des Mordes nachzudenken, ohne dass man irgendwelche Anhaltspunke hatte. Im Grunde konnte der Täter überall sein. In diesem Augenblick. War es das gewesen, was der Alte gemeint hatte? War es für Johan Klinger jetzt an der Zeit, in Aktion zu treten?

Er setzte sich neben die Leiche. »Zeit«, flüsterte er.

»Ich habe nur wenig Zeit.« Und was war mit Hannah? Wo, zum Teufel, war sie nur geblieben? Hannah, die sich zum Zeitpunkt von Sterns Ermordung offenbar im Hotel befunden hatte.

Er breitete die Bettdecke über Stern und kletterte zum Zimmer 224 hinüber, dessen Tür er mit seiner Metallplatte öffnete. Wie zu erwarten, stand das Zimmer vollkommen leer, also öffnete er die Tür zum Gang und schleppte die Leiche über den Flur bis ins Zimmer 224, wo er sie auf das Bett legte. Eilig kehrte er in Sterns Zimmer zurück und hielt seinen Kopf für einige Minuten unter den kalten Wasserstrahl. Als er den Hahn zudrehte, hörte er Schritte auf dem Gang. Nicht die schleppenden Bewegungen der Zimmermädchen, sondern schwere, behutsame Schritte. Er war wie paralysiert und beobachtete, wie ein Mann, dessen Schatten sich in schmalen Streifen auf dem Boden abzeichnete, vor der Sprossentür stehen blieb. Johan hielt den Atem an, als die Klinke heruntergedrückt wurde. Er wusste nicht, ob die Tür verschlossen war. Sie war es. Doch jetzt stemmte sich eine Schulter dagegen. Ein-, zwei-, dreimal. Dann war der Mann plötzlich verschwunden. Hastige Schritte verhallten. Johan wartete einen Moment, dann hörte er zwei Zimmermädchen vorübergehen.

Schweißnass begann er Sterns Schubladen, den Kleiderschrank sowie die inneren und äußeren Taschen seiner Kleider zu durchsuchen und fand ein paar Dollarscheine, einen Führerschein, einen Impfpass sowie eine Schachtel kubanische Zigaretten.

Er steckte sich alles in die Tasche, holte seine eigenen Sachen, ließ Koffer und Necessaire im Zimmer stehen und ging hinunter zur Rezeption. Es bestand kein Zweifel mehr. Er musste nach Hause. Doch zuallererst musste er Kontakt zu seinen Leuten aufnehmen. Musste erklären, was geschehen war, und sich anhören, was sie vorschlugen. Vielleicht sollte er das Land verlassen, ehe die kubanische Polizei die Leiche entdeckte.

»Yes, Sir?«, der Mann von der Rezeption lächelte bereitwillig.

»I'd like to have my passport, please.«

»Just a moment, Sir.«

Der Mann öffnete eine Schublade unterhalb des Tresens.

»You are Mr. Klinger, are you not?«

»Yes, yes, I am Klinger.«

Das Lächeln des Mannes wurde noch breiter.

»Then I can't help you. Your friend, Mr. Stern ... yes, he has your passport, Sir.«

Johan hatte kurzzeitig das Gefühl, die Lobby würde aus den Angeln gehoben.

»But it is possible ...«

»No, Sir, Mr. Stern got the passports yesterday.«

Er ging zur Treppe, an deren Absatz er eine ganze Weile stehen blieb.

Die Pässe waren weder ins Sterns Taschen noch in seinen Schubladen gewesen.

»Zeit«, flüsterte er. »Denk dran, Johan, dass alles eine Frage der Zeit ist. Hast du daran gedacht, die Klimaanlage auf 224 anzuschalten? Sonst wird Stern in wenigen Stunden anfangen zu stinken.«

Langsam wankte er die Treppe hinauf.

»Mehmet hat meinen Pass«, sprach er zu sich selbst.

Mehmet hat Stern erschossen, vermutlich mit seiner eigenen Beretta 7,65 mm. Und die Leiche ins Hotel Marazul transportiert, wo Sterns Praktikant Klinger wohnt. Alles eine Frage der Zeit. Solange Mehmet Klingers Pass hat, kann Klinger Kuba nicht verlassen. Die effektiven und unnachsichtigen Behörden des Landes, die Polizei und der Geheimdienst, werden den Praktikanten binnen vierundzwanzig Stunden gestellt haben.

Natürlich war es kein Problem, einen Mann in Havanna zur Strecke zu bringen. Die Stadt war wie geschaffen dafür. Schwieriger war es hingegen, jemand im neu errichteten Hotel Marazul zu töten. Kuba wollte sich gerne als attraktives Land präsentieren, in dem Touristen nichts zu befürchten hatten. Es würde den Fremdenverkehr nicht gerade beflügeln, wenn sich in den Hotels die Leichen stapelten. Wer einen Touristen erschoss, hatte rasch die Polizei auf dem Hals. Mehmet und seine Freunde hielten sich vermutlich weiterhin in Havanna auf und warteten ab.

Johan schloss sich ins Zimmer ein, spürte die Kontraktionen des Hotels, hatte das Gefühl, die Etagen würden zusammengedrückt und sämtlichen Sauerstoff verlieren. Komm nur nach Havanna, rief Mehmet. Komm nach Cerro, zu dem Haus mit den beiden Palmen. Dann erschießen wir dich, packen dich ein und werfen dich ins Meer, wo du verfaulen kannst, genauso wie der große Agent Victor Stern.

Er zog gerade sein letztes sauberes Hemd an, stopfte sich seinen Impfpass, Geld und Sterns Zigaretten in die Tasche, als er die typisch kubanische Musik vernahm.

Sie schallte aus dem Radio, sobald man am Knopf drehte. Doch aus irgendeinem Grund hörte man im Marazul nur selten ein Radio spielen. Vielleicht, weil es so wenige Gäste gab. Vielleicht, weil die Menschen anderes im Sinn hatten. Normalerweise war es im Hotel still wie in einer Ruine. Nur jetzt nicht, als er den Schlüssel ins Schloss steckte. Warum gerade jetzt nicht? Er klopfte sich auf die Taschen, um sich zu vergewissern, dass alles an seinem Platz war, ging zur Treppe und spähte zum vierten Stock hinauf, von woher die Musik kam. Auf Kuba gab es eine einzige Radiostation. Samba.

Schon auf der Treppe wusste er, woher die Musik kam, und als er vor der Tür von Zimmer 302 stand, sagte er sich, er solle es um Himmels willen bleiben lassen. »Geh zum Aufzug, Klinger«, flüsterte die Stimme. »Verschwinde aus Marazul. Señor Lucas ist längst über alle Berge. Falls er je existiert hat. Oder aber …«

Mit gestrecktem Zeigefinger drückte er gegen die Tür, die langsam aufglitt. Die Musik dröhnte auf den Gang und brach sich hart an den Fliesen. Sie war ungewöhnlich laut. Er schaute in den Eingangsbereich, trat ein und drückte sich vorsichtig an der Wand entlang. Gelangte in den Wohnraum, der seinem eigenen glich. Fixierte das breite Bett, das nicht so aussah, als hätte kürzlich jemand darin gelegen. Dafür stand ein Paar spitze, südländisch aussehende schwarze Herrenschuhe auf dem Boden. Er öffnete den Schrank, in dem zwei Jacketts und drei identische weiße Hemden hingen. Die Jacketts waren aus leichtem Stoff mit dezentem Karomuster. In den Taschen fand er zwei Busfahrkarten und eine Schachtel Streichhölzer aus Madrid. Señor Lucas war Realität.

Johan stellte das Radio ab und öffnete eine Schublade, in der ein Time Magazine und ein Fernglas lagen. Danach riss er die Bettdecke herunter und warf das Kissen auf den Boden. Zwischen Matratze und Lattenrost fand er einen Rollfilm, den er zwischen den Fingern drehte, bevor er ihn in die Tasche steckte. Aus dem Badezimmer hörte er es tropfen. »Es tropft im Badezimmer, Klinger«, flüsterte die Stimme.

Er nickte, schlug das Time Magazine auf und entdeckte einen spanischen Pass. Ausgestellt auf den Namen Ramón Lucas. Größe: 186 cm. Wohnort: Madrid. Die Stempel im Pass zeugten davon, dass Lucas ein weitgereister Mann war. Doch die mit Abstand meisten Stempel stammten aus Österreich.

Wo Victor Stern den Großteil seines Lebens verbracht hatte.

Lucas war 57 Jahre alt. Etwas jünger als Stern. Johan

steckte den Pass ein. Unter dem Bett fand er nichts außer einer Packung Kondome, die er liegen ließ.

»Im Badezimmer tropft es immer noch, Klinger«, sagte die Stimme. Es klang, als würden Tropfen auf Eis fallen. Falls dies einen helleren Klang erzeugte. Er betrachtete die Tür. Tropf, tropf, tropf, tropf. Sah seine Hand die Klinke herunterdrücken. Die Tür war abgesperrt. Abrupt ließ er die Klinke los, als habe er sich verbrannt. Jemand hatte die Tür abgeschlossen, was gemeinhin bedeutete, dass sich eine Person hinter ihr befand. Er ging unwillkürlich einen Schritt zurück, lehnte sich gegen die Wand und trat die Tür ein. Sie flog krachend gegen die Wandfliesen, sodass er sie im Rückschlag fast wieder an den Kopf bekommen hätte. Er fixierte das Waschbecken, den Spiegel, das kleine Seifenstück des Hotels, vor allem aber den Vorhang, den er mit einer Bewegung zur Seite zog. Sie saß in der Duschwanne. Nackt. Gesichtsausdruck und Hautfarbe erlaubten keinen Zweifel. Sie war vor kurzem erwürgt worden.

»So, Klinger, jetzt gehen wir«, flüsterte er sich zu. Vermutlich würde Lucas zurückkehren. Zumindest um seinen Pass zu holen. Vielleicht hatte er beobachtet, was Mehmet und seine Leute dem armen Stern angetan hatten. Er sah sich nach den Kleidern der Frau um, die auf einem Haufen hinter der Tür lagen. Die Schuhe und das rote Kleid waren dieselben, die sie an dem Abend, an dem der Samba vom Strand herüberklang, getragen hatte.

Er ging in den Wohnraum, schaltete das Radio ein und fragte sich, ob er Lucas' persönliche Gegenstände wieder an ihren Platz legen sollte. Hatte eine plötzliche Eingebung und ließ es bleiben.

Fünf Minuten später nahm er den Bus, der vor dem Hotel abfuhr, und war um 15 Uhr 30 in Havanna. Ging den verhältnismäßig kurzen Weg von der Bushaltestelle zum Hotel Habana Libre zu Fuß, blieb dort einen Augenblick stehen und sah sich um, bevor er sich eine von Sterns Zigaretten anzündete, zur Hälfte rauchte, dann auf den Boden warf und austrat.

Wenige Minuten später hielt ein gelbes Taxi vor ihm.

Johan stieg ein.

»Trinidad«, sagte er.

»I know«, erwiderte der Fahrer und verschwand mit ihm im Nachmittagsverkehr.

1

Sommer, 1986

Die Blumen waren von Feo. Sie standen auf einem kleinen Tisch, leuchteten in Rot und Blau und boten in der nackten, weißen Wohnung mit dem hohlen Klang einen sonderbaren Anblick.

Mit hinter dem Nacken gefalteten Händen lag er auf dem Bett, in mehrere Decken eingepackt, weil alle Fenster offen standen, um den Geruch der frischen Farbe zu vertreiben.

»Seit wann gibt es eigentlich rote und blaue Osterglocken?«, murmelte er und zog an der Gardinenschnur.

In der Küche fand er eine kleine italienische Kaffeekanne aus Zink und begann sich einen Espresso zuzubereiten. In der gegenüberliegenden Wohnung herrschte bereits hektische Betriebsamkeit. Er schloss das Fenster und blickte auf den kleinen Merkzettel, der auf dem Küchentisch lag: Pinsel, Terpentin, Sandpapier.

Es klingelte an der Tür. Er zuckte zusammen und verschüttete Kaffee auf sein Unterhemd. Hatte sich an den kurzen, schrillen Ton noch nicht gewöhnt. Es war das erste Mal, dass er die Sprechanlage benutzte.

»Hallo?«

»Ich bin's, Otto.«

Johan schaute auf die Uhr. Es war Viertel nach sieben.

»Otto?«

»Ja, mach schon auf!«

Er drückte auf den Türöffner und hörte kurz darauf, wie sein stämmiger Kollege die Stufen heraufstapfte.

»Weißt du eigentlich, wie spät es ist?«

Otto quetschte sich an ihm vorbei in die Wohnung und betrachtete die nackten Wände.

»Wie teuer war die noch mal?«

»Fünfhundertsiebzigtausend ...«

Der Freund starrte ihn ungläubig an.

»Heiliger Strohsack. Mach mal das Radio an.«

Johan schloss die Tür und folgte dem Freund in die Küche.

»Immerhin hat sie Stuckdecken und das Viertel ist ...«

»Kannst du mir mal verraten, warum ein Bulle ausgerechnet ins Studentenviertel zieht? Komm, mach das Radio an.«

»Ich habe noch nicht mal ausgepackt, Otto.«

Der Dicke schaute ihn an. Mit starrem Blick. Er keuchte. Vielleicht wegen der Stufen. Ottos körperliche Verfassung war wirklich kein Ruhmesblatt.

»Wolltest du heute etwa zu Ende streichen und die Lampen aufhängen?«

Johan schenkte Kaffee ein. Otto steckte sich seine Pfeife an. Das minderte zumindest den penetranten Farbgeruch.

»Würdest du mir jetzt bitte erzählen, was du von mir willst?«

»Sag mal, was ist denn das für ein lächerlicher Tonkrug? Hast du keine vernünftigen Tassen?«

»Mein Gott, Otto!«

»Okay, setz dich hin.« Der Dicke lehnte sich über den Tisch und kniff die Augen ein wenig zusammen. »Vor zweieinhalb Stunden hat ein Mädchen beim Zeitungaustragen einen Toten im Westwald entdeckt. Nahe der Umgehungsstraße. Gepflegter Mann, teuer gekleidet. Mit einem Einschuss im Nacken. Hat einen Riesenwirbel gegeben. Die ganzen Schwachköpfe, allen voran die Politiker, sind in heller Aufregung.«

»Wer ist es?«

»Hast du kein Radio?«

»Jetzt sag schon!«

»Como, alter Junge.«

»Der Außenminister?«

»Kennst du noch andere, die Como heißen?«

Johan stand auf. Wühlte in einer Umzugskiste und fand sein altes Transistorradio.

»Woher weißt du das?«

»Man hat schließlich seine Quellen.«

»Jetzt tu nicht so geheimnisvoll.«

»Ich wollte mich mit Willy von der Mordkommission zum Angeln verabreden. Da hat er es mir erzählt. Sie waren am Tatort, er und das ganze Team. Funktioniert dein Telefon? Gut, dann wart's ab. In einer halben Stunde wird hier der Teufel los sein.«

Johan steckte den Stecker in die Dose und drehte das Radio an. Auf sämtlichen Stationen wurde klassische Musik gespielt.

»Das ist ja schrecklich«, murmelte er.

Otto schenkte sich Kaffee nach.

»Ja«, stöhnte er. »Einfach grauenhaft. Vielleicht hätte er sich in der Terrorismusbekämpfung nicht so weit aus dem Fenster lehnen sollen.«

Johan ging ins Wohnzimmer, das erst zur Hälfte gestrichen war. Otto folgte ihm und lehnte sich gegen den Türrahmen. Johan hoffte, dass er schon trocken war.

»Weiß man schon, wer die Ermittlungen leiten wird?«

»Bestimmt Mahler, wer sonst?«, sagte Otto. »Vielleicht dürfen wir uns auf dem Flughafen tummeln. Den Leuten von morgens bis abends in die Taschen schauen. Wer hat denn die gemalt?«

Otto hatte vier Blätter mit Zeichnungen von Rockstars in der Hand.

»Feo«, murmelte Johan.

In diesem Moment klingelte das Telefon.

Es war Wagner, ein älterer Kollege von der Mordkommission.

»Jetzt geht's los«, stöhnte Otto und klopfte seine Pfeife aus.

Johan nahm einen kurzen Bescheid entgegen und legte den Hörer auf.

»Also, wo sollen wir zuerst hin?«

»Zum Gerichtsmedizinischen Institut.«

»Im Fall Como?«

Johan ging ins Schlafzimmer.

»Nicht ganz so exklusiv, alter Junge.«

Wagner war etwa fünfzig Jahre alt und beliebt bei seinen Kollegen. Johan hatte eine Zeit lang mit ihm zusammengearbeitet, ehe er zum Sittendezernat wechselte.

»Wir dachten, wir sollen Como identifizieren!«, rief Otto schon von weitem.

Wagner amüsierte das nicht.

»Das Leben geht weiter«, murmelte er und blickte zu Johan hinüber, der dachte, dies sei ein merkwürdiger Ausspruch an diesem Ort.

»Vielleicht kennt ihr die Person.« Wagner öffnete eine Metalltür. Zwei junge Ärztinnen begrüßten sie kurz.

Otto erzählte Wagner, dass Johan sich eine Wohnung gekauft habe.

»Bei den Tucken im Studentenviertel. Die werden sich bestimmt freuen, einen Bullen als Nachbarn zu bekommen, was Wagner?«

Eine der Ärztinnen erklärte, die Leiche sei im Hafenbecken gefunden worden.

»Für das Geld hättest du auch ein Reihenhaus gekriegt. Unter normalen Menschen, die nicht rund um die Uhr Espresso trinken müssen.«

»Schaut sie euch gründlich an«, fügte Wagner hinzu.

Johan betrachtete die übel zugerichtete Frau eine Weile. Doch schon binnen zehn Sekunden hatte er sie identifiziert.

»Sie ist nicht als vermisst gemeldet«, sagte Wagner.

»Ist auch kein Wunder!«, rief Otto und ging zur Tür. »Der wird niemand eine Träne nachweinen.«

Sie schauten ihn an.

»Mercedes Benz.« Otto zog seinen Hosenbund nach oben.

»Ist das ihr Name?«, fragte eine der Ärztinnen.

»Alias Rose Valentin«, ergänzte Johan und trat näher an den Leichnam heran.

Otto sagte, sie habe sicher noch einen dritten Namen, Valentin sei ihr Künstlername gewesen.

»Sie war Miteigentümerin eines Schuppens, der *Die Maske* heißt«, fügte er hinzu. »Unten im Chinesenviertel. Sie muss so um die Fünfzig sein. Der Kummer über den Verlust hält sich in Grenzen.«

Sie verließen den Raum. Wagner erkundigte sich, was *Die Maske* für ein Etablissement sei. Otto blickte die beiden Ärztinnen eingehend an und zog gut gelaunt seine Pfeife aus der Tasche.

»Ein perverses Bordell!«, rief er und unterdrückte ein Rülpsen. »Dort kannst du dir den Arsch auspeitschen lassen, mit einem Dackel ficken oder dich einfach an minderjährigen Mädchen aufgeilen.«

Wagner schaute zu Johan hinüber, der mit den Schultern zuckte und nickte.

»Das Raffinierte an dem Laden«, fuhr Otto vergnügt fort, »ist seine vollkommene Anonymität. Du kannst unbemerkt kommen und gehen, wie es dir passt. Ziemlich clever gemacht.«

»Seid ihr mal da gewesen?«

Otto legte lächelnd den Kopf auf die Seite.

»Johan ist dort Stammgast. Man kommt zunächst durch eine schmale Gasse, die auch zu Herrn Wuhans schmuddeligem chinesischen Restaurant mit dem originellen Namen *Schanghai* führt. In dem engen Hinterhof befindet sich eine unauffällige rote Tür mit einem kleinen Guckloch. Hinter der Tür verbirgt sich Mutter Valentins Etablissement, das aus einem langen, schmalen Gang besteht, einem Raum mit versauten Magazinen sowie sieben, acht kleinen Kabinen, in denen man sich mit dem Personal vergnügen kann.«

»Hört sich ganz nach einem Bordell an«, warf eine der Ärztinnen ein.

»Hab ich doch gesagt!«, stöhnte Otto mit gespielter Emphase.

»Offiziell bezeichnen sie sich als Klub, dabei ist es ein perverser Puff, in dem die Gäste, bevor sie die heiligen Hallen betreten, eine Halbmaske anlegen, die ihnen vollkommene Anonymität sichert. Ich weiß nicht, ob ihr euch Klinger mit so einer Halbmaske vorstellen könnt ...«

Wagner war zum Getränkeautomaten gegangen und hatte sich einen Becher mit Pulverkaffee gezogen.

»Warum habt ihr den Laden nicht längst dichtgemacht?«, fragte er.

»Weil sie ihn sofort wieder aufgemacht hätten«, sagte Otto. »In so einem Laden steckt viel zu viel Kohle, als dass man ihn für immer dichtmachen könnte.«

Danach gingen sie in die Krankenhauskantine, in der Wagner »richtigen« Kaffee spendierte, wie er sich ausdrückte. Otto erkundigte sich nach dem Fall Como.

»Ich kenne den aktuellen Stand der Ermittlungen nicht. Sie haben ein Team gebildet, mit Mahler an der Spitze.«

»Und wir anderen sollen die Drecksarbeit verrichten«, sagte Otto und nickte.

Wagner zog sein kleines Notizbuch hervor.

»Schätze, es gibt jede Menge Nutten und Zuhälter, die ein Motiv hätten, die alte Puffmutter aus dem Weg zu räumen.«

Otto entgegnete, vermutlich so zwischen einhundert und zweihundert. Man müsse einfach irgendwo beginnen, es sei denn, man würde den Fall unter dem Stichwort »Abfallbeseitigung« zu den Akten legen.

Wagner schaute Johan an.

»Ich möchte gerne, dass ihr beiden mich dorthin begleitet«, sagte er. »Ich habe mir die Erlaubnis geholt, euch fixe Jungs mit einzuspannen.«

Otto und Johan wechselten Blicke.

»Im Moment ist alles ein ziemliches Chaos«, erklärte Wagner mit Bedauern. »Mahler hat alle Leute bekommen, die er wollte. Die besten eben.«

»Und was tun wir dann noch hier?« Otto fuchtelte mit den Armen.

Eine halbe Stunde später standen sie vor der rot gestrichenen Tür. Wagner klopfte an. Otto äußerte die Vermutung, *Die Maske* habe geschlossen. Zum einen, weil es noch zu früh sei, zum anderen wegen des plötzlichen Todes der Chefin.

»Wir sollten uns trotzdem ein wenig umsehen.« Wagner blickte Otto auffordernd an, der seufzend seine 110 Kilo gegen die Tür stemmte, die krachend aufbrach.

Sie gelangten über einen schmalen Gang in das eigentliche Etablissement, das einen verblüffend ordentlichen Eindruck machte. Und einen beinahe verdächtigen Geruch nach Reinigungsmitteln absonderte.

»Vermutlich haben sich hier inzwischen die organisierten Antialkoholiker breitgemacht«, sagte Otto. »Zuerst die Alte erschossen, dann die Leiche beseitigt und schließlich sauber gemacht.«

Wagner ging zu ihm.

»Du glaubst, dass sie hier erschossen wurde?«

»Yes, Sir, ich glaube, dass man Rose in diesen heiligen Hallen das Licht ausgeblasen hat.«

Wagner ging zum Auto, um die Kollegen von der Spurensicherung hinzuzuziehen.

Otto blickte zu Johan, der mit den Füßen scharrte.

»Bereust du, dass du die Scheißwohnung gekauft hast?«

Johan schüttelte den Kopf.

»Nee, aber ich habe keinen Bock, mir den Arsch aufzureißen, bloß weil ein kleiner Stricher für eine Schachtel Zigaretten die alte Schlampe abgemurkst hat.«

Otto kicherte. »Tolle Berufsauffassung.«

Kurz darauf war Wagner zurück.

»Okay«, sagte er. »Ich habe gerade mit dem Chef gesprochen. Ihr seht euch im Milieu um, und ich rede schon mal mit den Leuten von der Spurensicherung. Ich bin froh, dass ich euch habe. Ihr kennt euch ja aus …«

Otto nickte und klopfte ihm auf den Rücken.

»Auf uns kannst du zählen, Wagner. Man findet eine versoffene Nutte am Hafen, und bingo: schon stehen die beiden Stardetektive Starsky & Hutch auf der Matte. Ich könnte jetzt ein Bier vertragen.«

Wagner bat sie, noch auf dem Präsidium zu erscheinen, bevor sie nach Hause fuhren.

»Dann ziehen wir eine erste Bilanz«, sagte er.

Otto starrte in die Luft.

»Der Teufel soll das ganze Pack holen.«

Otto schlenderte der großen Kreuzung entgegen, an der das Chinesenviertel begann.

»Weißt du, was ich gestern gemacht habe, Otto?«, fragte Johan. »Ich habe meinen Heizkörper mit Spritztechnik angemalt. Mit Hilfe des Staubsaugers. Sieht richtig gut aus.«

»Ich hab's doch schon immer gesagt«, murmelte Otto, »du bist einfach zu begabt für uns.«

Johan nickte. »Jetzt spare ich eben auf einen neuen Staubsauger.«

2

Kriminalobermeister Wagner vom Morddezernat saß neben Johan und Otto auf dem viel zu engen Sofa im verstaubten Büro seines schmächtigen Vorgesetzten Helmuth Schatt, der die Sitzung begann, indem er einen Stoß Rapporte ordnete, bevor er mit einem tiefen Seufzer einen weiteren Schluck seines lauwarmen Kaffees nahm.

»Tja, du hast ja, wie soll ich sagen, nichts Weltbewegendes herausgefunden in den letzten vier Wochen.«

Es glückte ihm, Johan und Otto zu ignorieren, indem er seinen Blick voll und ganz auf Wagner richtete.

Draußen explodierte der Sommer. Gleich vier gelben Laserstrahlen fiel das Licht in den Raum, der für so viel Sonne nicht geschaffen war. Die 60-Watt-Birne der Stehlampe leuchtete unverdrossen, ebenso wie die Designerlampe auf dem Schreibtisch.

In das allgemeine Schweigen hinein kramte Otto eine Schachtel Streichhölzer hervor und begann in den Zähnen zu stochern.

»Sie haben die Frau identifiziert und ihre Lebensumstände recherchiert, das ist alles.«

»Wir sind uns ziemlich sicher, dass man sie in der *Maske* erschossen hat«, murmelte Wagner.

Schatt schaute ihn grimmig an.

»Außerdem wissen wir, dass sie ins Bein getroffen wurde«, kicherte Otto.

Der Kommissar trat hinter den Schreibtisch, betrachtete seinen Stuhl, kehrte dem Licht den Rücken zu und setzte sich auf die Fensterbank.

»Ihr habt achtzehn Prostituierte, zehn Anwohner, drei Taxifahrer und zwei Kellner des chinesischen Restaurants vernommen. Niemand will einen Schuss gehört haben. Hier steht's: ›Die Prostituierten verweigern die Aussage.‹ Überrascht euch das etwa?«

Wagner schaute Otto an, der die Schultern zuckte.

»Wir wissen, dass in der *Maske* in dieser Nacht Hochbetrieb herrschte«, sagte Wagner. »Und dass der Schuppen blitzblank war, als wir am Vormittag da waren. Irgendjemand hat sich größte Mühe gegeben, sämtliche Flecken vom Boden zu entfernen. Unsere Spurensicherer sind vor Ort gewesen. Nichts, absolut gar nichts.«

»Wer ist der Inhaber … der *Maske*?« Der Kommissar ließ sich den Namen auf der Zunge zergehen.

Wagner räusperte sich und zückte sein kleines Notizbuch.

»Der Laden wurde verkauft. An Herrn Wuhan. Auf einer Zwangsauktion. Er hat den Laden erst kürzlich übernommen und bringt ihn gerade auf Vordermann. Außerdem baut er das *Schanghai* aus, das man demnächst auch von der Straße aus betreten kann.«

»Dann müssen sie auch die Küche verlegen«, meldete sich Otto zu Wort, »sonst wird der Weg für die Kellner zu weit.«

»Ja, die Küche kommt wohl mitten ins Lokal«, sagte Wagner und nickte.

»Vielleicht sollten wir die Küche von Herrn Wuhan außen vor lassen«, sagte Schatt.

Wagner blickte ihn schuldbewusst an und erklärte, Rose Valentin sei vor ihrer Ermordung die Inhaberin gewesen. Zumindest offiziell.

»Wie soll ich das verstehen? Offiziell.«

Wagner räusperte sich und sah kurz zu Otto und Johan hinüber.

»Unsere Kollegen von der Sitte hier … sind der Ansicht, Raymond Lewis könnte mit der Sache zu tun haben.«

Schatt schaute sie misstrauisch an. »Wer weiß«, sagte er mit sardonischem Lächeln. »Man soll ja nichts ausschließen.«

»Mercedes Benz war eins von Lewis' alten Mädchen«, sagte Otto. »Er hat sie eingeführt, er war ihr erster Zuhälter. Sie stand jahrelang unter seinem Schutz.«

Schatt sah aus dem Fenster. Die Strahlen der Sonne wurden von den Fenstern der drei Etagen reflektiert, die allesamt mit der Aufklärung des Falls Como beschäftigt waren. Angeblich verfolgte man drei Hauptspuren und verschiedene kleinere Fährten. Es kursierten zahlreiche Gerüchte, während die Presse weiterhin von einem terroristischen Anschlag sprach. Man hatte beschlossen, einen der größten und exklusivsten Boulevards der Stadt in Albert Como Boulevard umzutaufen. Und im Zentralpark hatte die Gemeinde bereits einen Platz ausgesucht, an dem seine Büste stehen sollte. Staatsmänner aus aller Welt hatten an seinem Begräbnis teilgenommen und vier Fackeln entzündet, die für immer neben seiner Gedenktafel brennen sollten.

Schatt sagte, dass ihm bald nichts mehr einfiele, und blickte mit unverhohlenem Neid zu dem Gebäude hinüber, in dem der exklusive Mordfall bearbeitet wurde.

»Es ist wie ein Dschungel«, murmelte Wagner. »So als würde man eine tote Ameise finden und im Ameisenhaufen nach dem Täter suchen.«

Otto und Johan blickten einander an. So hatten sie das noch gar nicht betrachtet. Otto nickte anerkennend und schlug Wagner aufs Knie.

»Sehr hübsch formuliert«, sagte Schatt sarkastisch, »hilft uns nur leider nicht weiter. Vier Wochen hattet ihr Zeit. Und was habt ihr in der Hand? Nichts außer einem vagen Verdacht.« Er ging um den Schreibtisch herum und stützte sich auf die Tischplatte. »Das ist doch demoralisierend für die Leute im Milieu, wenn wir in so einem Fall die Ermittlungen einstellen. Außerdem ist es ein Armutszeugnis für uns, wieder mal resigniert auf König Lewis zu verweisen, Herr Volmar!«

Otto rappelte sich mühsam auf und ging zum Fenster. Zeigte auf das Gebäude gegenüber, in dem die besten Kriminalbeamten des Landes rund um die Uhr ihrer Arbeit nachgingen.

»Die da drüben, Herr Kommissar. Wie viele sind das eigentlich? Fünfhundert Mann? Tausend? Und jetzt frage ich Sie: Sind die auch nur einen Schritt weiter gekommen? Okay, sie haben die Leiche identifiziert. Und was weiter? Ist es da gerecht, von uns mehr zu verlangen?«

»Nein, ist es vermutlich nicht, Herr Volmar«, entgegnete Schatt gedämpft. Er schaute auf seine Uhr. »Wenn ihr glaubt, dass Lewis etwas mit der Sache zu tun hat, warum unternehmt ihr dann nichts? Habt ihr mit ihm gesprochen?«

Otto schüttelte den Kopf. Seine Erfahrungen mit König Lewis waren gemischt.

»Also schlage ich vor, ihr sucht ihn noch heute auf. Das ist alles.«

Otto und Johan latschten die Treppen hinunter, in den Hof und auf die Straße, wo ihr Auto stand.

Johan betrachtete die Buchen, die über Nacht hellgrün geworden waren. Er dachte an den langen Nachmittag, an dem er eigentlich mit Feo in den Zoo hatte gehen wollen. Dachte daran, dass sie zu Hause war und sich bereits darauf freute. Doch vor allem dachte er an die Ereignisse des vorigen Tages. An ihre Stammkneipe, zu der sie gefahren waren, nachdem sie die letzte Prostituierte und deren Zuhälter verhört hatten. Otto hätte den Kerl fast verdroschen. Während Johan auf den Schäferhund des Mädchens aufgepasst hatte. Sie waren oben in ihrer muffigen Wohnung gewesen, die geradezu den Geruch ihres Gewerbes verströmte. Die Narben auf ihrem Arm sowie die Tatsache, dass ihr Macker bei den Drogenfahndern eine bekannte Größe war, hatten sie außer Acht gelassen.

»Wir wissen, dass du bei Mercedes in der *Maske* gearbeitet hast«, sagte Otto und deutete mit dem Finger auf sie.

»Alles Lüge!«, rief der Kerl. Ein hagerer, ungefähr Fünfundzwanzigjähriger mit ungesunder Gesichtsfarbe.

Es dauerte genau eine halbe Stunde. Dann räumte sie ein, an besagtem Abend in der *Maske* gearbeitet zu haben. Allerdings sei sie total breit gewesen, wie sie sich ausdrückte. Sie wisse nicht, ob Mercedes an diesem Abend überhaupt da gewesen sei.

»Was ist mit den Kunden? Kannst du dich an die erinnern?«

»Keine Spur.«

»Wir wollen jetzt gehen!«, rief der Zuhälter.

»Schnauze halten«, sagte Otto in aller Ruhe. »Wann schließt der Schuppen?«

»So zwischen eins und zwei. Weiß nicht genau.«

»Wer von den Mädchen war noch da?«

»Kann mich nicht erinnern.«

Otto packte sie am Arm. Der Hund bellte und schnappte nach Johan. Gelbes Sekret floss aus dem einen Hundeauge.

»In Ordnung. Du kommst mit«, sagte Otto und zog das Mädchen zur Tür.

»Dass du ja die Fresse hältst, Suzan!«, warnte sie ihr Zuhälter vom Fenster aus.

Otto ließ das Mädchen los und verpasste ihm einen harten Schlag aufs Zwerchfell. Er klappte stöhnend zusammen.

»Ey, was soll'n das?«, kreischte das Mädchen.

Johan blickte zu Otto.

In den nächsten zwei Stunden fuhren sie mit der Prostituierten Suzan durch die Gegend, die heulte und schwor, einfach total besoffen gewesen zu sein. Schließlich brachten sie Suzan nach Hause.

Schluchzend stieg sie aus. Otto kurbelte die Scheibe herunter.

»Wir sehen uns bald wieder, Suzan«, sagte er.

»Du bist ein Schwein, Otto«, stieß sie hervor und wackelte o-beinig ihrem Hauseingang entgegen.

Johan öffnete die Wagentür und lief ihr nach.

»Suzan …«

Sie drehte sich um.

»Was ist?«

Er zog sie in den Hauseingang.

»Tut mir wirklich Leid, wie wir dich heute behandelt haben.«

»Ach, sieh an …«

»Glaub mir und versuch dich einmal in unsere Lage zu versetzen. Stell dir vor, du wärst in diesem Laden erschossen worden.«

»Dann könnte mir der Rest auch egal sein.«

»Du bist schon in Ordnung, Suzan.«

»Das meinst du nicht im Ernst.«

»Das meine ich ganz ernst. Sonst würde ich es nicht sagen.«

Sie kehrte ihm die Seite zu.

»Ich will keinen Ärger haben«, sagte sie und lehnte sich schniefend an ihn. Johan legte den Arm um sie und tätschelte ihr den Kopf.

»Du solltest dir einen anderen Job suchen.«

Sie blickte auf. »Sehr witzig. Glaubst du etwa, er würde mir das erlauben? In zehn Jahren vielleicht, aber dann ist es auch egal.«

»Wir lassen dich jetzt in Ruhe, Suzan. Hier, nimm mein Taschentuch.« Sie nahm das Taschentuch und blickte ihm lächelnd in die Augen. Er lächelte zurück.

»Denkst du, ich bin von gestern?«, fragte er. »Ich weiß genau, dass Lewis in dieser Nacht da war, aber ich verstehe auch, dass du uns das nicht sagen kannst.«

Sie wandte den Kopf ab.

»Suzan ... ich kann dich gut verstehen. Es ist alles in Ordnung. Nur eines noch ...«

»Ich weiß nichts!«, rief sie.

»Warum hat er sie erschossen?«

»Wer?«

»Lewis.«

»Er hat niemand erschossen.«

»Aber er war da.«

»War er nicht.«

»Du musst es mir erzählen, Suzan.«

»Wer sagt das?«

»Ich. Sonst sage ich Lewis, du hättest ihn verpfiffen.«

Sie wich einen Schritt zurück.

»Du bist wirklich noch zehnmal schlimmer als der Fettsack im Auto.«

»War er da oder war er nicht da, Suzan? Ich meine es ernst!«

»Weißt du, was mit mir passiert, wenn ich dir etwas sage?« Ihr Kinn zitterte.

Johan nickte.

»Ich garantiere dir ... garantiere dir, dass er niemals davon erfahren wird.«

»Und du willst nur wissen, ob er da war oder nicht?«

»Ja.«

»Okay ... die anderen sagen, er war da.«

»Wer?«

»Mehr sag ich nicht.«

»Okay.« Johan zog einen Geldschein aus der Tasche. »Hier, für deinen Hund.«

»Für meinen Hund?«

»Er hat etwas am Auge. In der Apotheke kriegst du sicher ein Medikament für ihn. Mach's gut …«

Das Büro von Raymond Lewis lag in einem der eleganten Viertel der Innenstadt. Offiziell war er Unternehmer. Und seine Unternehmungen waren vielfältig. Er besaß eine Reihe von Restaurants, zahlreiche Sexklubs und betrieb darüber hinaus seine eigene Filmgesellschaft, die Videofilme für anspruchsvolle, vorzugsweise ausländische Kunden produzierte. Doch er förderte auch so genannte seriöse Filmprojekte und hatte Aktienbeteiligungen an diversen Firmen. Er war mehrere Male wegen Kuppelei, Steuerhinterziehung, Schmuggel- und Drogendelikten angeklagt gewesen, doch jedes Mal freigesprochen worden.

Einmal hatten die Behörden ihm sogar eine Entschädigungssumme zahlen müssen. Verschiedene, auf Wirtschaftskriminalität spezialisierte Polizisten leckten nach der Begegnung mit König Lewis, wie er sich zu nennen beliebte, immer noch ihre Wunden.

»Die Frage ist«, murmelte Johan, »ob er überhaupt mit uns sprechen will.«

»Das wird er früher oder später schon tun müssen«, entgegnete Otto.

Sie waren auf dem Weg zum Aufzug. Otto fragte, ob Johan noch mit zu ihm nach Hause käme, auf ein kühles Bier und eine Partie Krocket im Garten.

»Ich gehe mit Feo in den Zoo.«

Eine junge, sehr hübsche Frau stand von ihrem kleinen roten Schreibtisch auf, als sie hereinkamen. Sie stand hinter einer Art Empfangstheke, zwischen Blumenkästen und Postern von Lewis' neuem Hotel, das den Namen *Der Stern* trug und im Norden der Stadt lag. Johan wusste, dass Lewis den Betrieb einer Spielbank beantragt und die Gemeinde dies vorläufig genehmigt hatte.

»Mein Name ist Volmar«, sagte Otto mit servilem Lächeln. »Und dies ist Herr Klinger. Wir haben einen Termin bei Herrn Lewis.«

»Heute?«

»Ich denke schon«, sagte Otto entgegenkommend. Er warf Johan einen kurzen Blick zu. Der ging zum Fenster und schaute hinaus. Die Sekretärin sagte, dass Herr Lewis heute gar nicht in seinem Büro sei.

Johan ging durch den Kopf, dass der Quadratmeterpreis in diesem Gebäude vermutlich zehnmal so hoch war wie im Studentenviertel.

»Könnten Sie uns denn sagen, wo Herr Lewis anzutreffen ist?«, fragte der lächelnde Otto.

»Das kann ich Ihnen leider nicht sagen. Wollen Sie eine Nachricht für ihn hinterlassen?«

Otto blickte zu Johan, der ihm zunickte.

»Möglicherweise … wenn ich Ihnen eine kurze Frage stellen dürfte.« Otto führte die junge Frau zu einem Foto, auf dem eine überdimensionale Rutschbahn zu sehen war, wie man sie in Vergnügungsparks vorfindet. Unter dem Bild stand *Clacton Pier, August 87*. Johan wusste, dass Lewis eine Schwäche für monumentale Jahrmarktsattraktionen hatte. Er blätterte rasch im Kalender der Sekretärin und schaute auf seine Uhr. Es war 13 Uhr 15. Im Kalender stand *Lunch/Atelier*. In diesem Moment klingelte das Telefon auf dem Schreibtisch.

Das Mädchen ließ Otto stehen und nahm den Hörer ab.

»Firma Lewis«, sagte sie. »Einen Moment, bitte.« Sie drückte auf einen Knopf der Telefonanlage.

Otto ging zur Tür. »Wir gehen dann wieder …«

Das Mädchen nickte, vielleicht ein wenig zerstreut. Johan griff sich an die Stirn.

»Um Himmels willen, ich glaube, wir haben uns im Ort geirrt«, sagte er. »Wir waren mit Herrn Lewis zum Lunch verabredet.«

»Ich sagte doch bereits ...«

»Wir wollten uns im Atelier treffen. Aber das ist vielleicht gar nicht hier.«

»Nein, das Atelier liegt an der Esters Allee.«

Otto warf Johan einen Blick zu.

»Aber natürlich, Esters Allee. Wie konnten wir das vergessen, Johan. Welche Hausnummer noch mal?«

»Nummer achtzehn«, sagte sie und nahm ihre Brille ab. »Wo, sagten Sie, kamen Sie noch her?«

»Hollywood«, antwortete Otto und schloss die Tür.

Zwanzig Minuten später steuerte Johan den Wagen durch das Einfahrtstor des Hauses Nr. 18 an der Esters Allee. Sie parkten in einem grauen, fabrikähnlichen Innenhof, dessen Erdgeschossfenster vergittert waren.

Otto öffnete eine schwere Eisentür, woraufhin sie einen schmalen Gang betraten und von einer Tafel darüber aufgeklärt wurden, dass Kochs Atelier sich im vierten Stock befand und das Gebäude außerdem über ein Lager, einen Verlag und ein Zeichenbüro verfügte.

»Wer, zum Teufel, ist Koch?«, murmelte Johan.

»Sicher einer der anderen Dreckskerle«, entgegnete Otto.

Ein junger Mann schleppte zwei schwere Aluminiumkoffer die Treppe herunter.

»Entschuldigung«, sagte Otto. »Ist Herr Lewis noch oben?«

»Ich denke schon, aber wir sind bereits fertig.«

»Danke.«

Sie eilten die Treppe hinauf. Von oben hörten sie weitere Schritte. Zwei junge Frauen kamen ihnen entgegen. Beide sprachen deutsch. Beide waren äußerst attraktiv, herausfordernd attraktiv. Von Otto und Johan nahmen sie keine Notiz. Hinter ihnen kam ein kleiner, stämmiger Mann mit Hornbrille die Treppe herunter. Er sah Otto und Johan an.

»Zum Verlag geht's nach unten.« Seine Stimme klang unwirsch.

»Wir möchten gerne mit Raymond Lewis sprechen«, sagte Johan höflich.

»Worüber?«

»Ich glaube, ich habe Ihren Namen nicht richtig verstanden«, sagte Otto.

Der Mann blickte ihn an, als habe er sich verhört.

»Mir gehört dieses Gebäude. Sie befinden sich auf Privatgrund.«

»Dann sind Sie vermutlich Herr Koch.«

»So ist es.«

Johan zeigte ihm seinen Polizeiausweis. Otto lächelte den Direktor an, dessen Blick sich verfinstert hatte.

Sie gingen zu der Tür mit dem Schild *Kochs Atelier A/S* und traten ein. Im Raum standen zwei Männer und eine ältere, elegant gekleidete Dame, die mit einem Mann mittleren Alters sprachen, der in einem schwarzen Ledersofa saß. Der Mann war Raymond Lewis. Alle richteten ihre Blicke auf Johan und Otto, die vorsichtig näher traten.

Das Atelier war größer als erwartet und bestand aus verschiedenen kleinen Räumen, die durch dünne Wände voneinander getrennt waren. An der Decke hingen mehrere Scheinwerfer und kleinere Spots. Alles sah sehr professionell aus.

Johan lächelte die beiden Männer an, von denen ihm einer bekannt vorkam.

»Mein Name ist Klinger«, sagte er. »Kriminalpolizei. Könnten Sie fünf Minuten für uns erübrigen, Herr Lewis?«

Lewis zuckte die Schultern, bevor er seinen Leuten ein Lächeln sandte, als wolle er ihnen sagen: Da könnt ihr sehen, was mir alles zugemutet wird. Er war klein und durchtrainiert, mit sonnengebräuntem Gesicht und gepflegtem Kinnbart. Ein Geschäftsmann im besten Alter. Gut, aber unauffällig gekleidet. Ein Gerechter, aber kein Heiliger.

Die anderen verließen den Raum und zogen sich in die unweit gelegene Küche zurück.

»Was kann ich für Sie tun?« Lewis nahm einen Zigarillo aus seinem Etui.

»Vor einem Monat«, begann Otto, »wurde die Leiche einer Frau namens Rosa Valentin, einer früheren Prostituierten, am Südhafen gefunden. Mit drei Einschüssen im Körper.«

»Ja, ich weiß.«

»Das wissen Sie?«

»Ich lese schließlich Zeitung.«

»Natürlich tun Sie das«, sagte Otto lächelnd. »Seitdem haben wir versucht herauszufinden, wer so etwas Schlimmes getan haben könnte.« Otto lachte verbindlich. »Doch um die Wahrheit zu sagen, ist dies kein leichtes Unterfangen.«

Lewis schlug die Beine übereinander und blickte auf.

Otto nahm unaufgefordert auf dem Sofa Platz, zündete sich eine seiner eigenen Zigaretten an und imitierte flegelhaft Lewis' Sitzhaltung.

»Die Frau wurde in einem Etablissement mit dem Namen *Die Maske* erschossen. Kennen Sie es, Herr Lewis?«

»Sagen Sie, was geht mich dieses ganze Zeug eigentlich an? Jedes Mal, wenn in dieser Gegend irgendwas passiert, kommt ihr zu mir gerannt.« Lewis wedelte leicht mit der Hand, als schlage er nach einer Fliege.

»Tja, wie kommt das bloß?«, murmelte Otto und ahmte begabt Lewis' Handbewegung nach.

»Ich habe Sie etwas gefragt!« Johan schaltete sich ein. »Eine junge Frau, eine Prostituierte, nennen wir sie einmal Sofia, hat in der Nacht, in der Mercedes Benz ermordet wurde, in der *Maske* gearbeitet.«

»Und weiter?«

»Sie hat uns erzählt, dass Sie ebenfalls dort waren. In der Mordnacht.«

Lewis fixierte Johan mit stechendem Blick. Otto tat dasselbe.

»Dass ich … ebenfalls dort war?«

»Exakt«, sagte Otto. »In Roses Bordell. Und jetzt hätten wir gerne von Ihnen gewusst, ob Sie dort nur Ihr Geld gezählt oder sich mit einer Maske vor dem Gesicht vergnügt haben. Oder was sonst noch in Frage kommt.«

»Ich schlage vor, dass Sie jetzt unverzüglich diesen Raum verlassen«, erwiderte Lewis, ohne die Stimme zu heben.

»Sie möchten vielleicht lieber auf dem Revier mit uns sprechen«, fuhr Otto fort.

»Lassen Sie es gut sein«, sagte Lewis unbeeindruckt und stand auf.

»Herr Lewis!« Johan lächelte den einen Kopf kleineren Mann freundlich an. »Waren Sie in der *Maske,* als Rose Valentin ermordet wurde, oder waren Sie es nicht?«

»Ich war nicht dort. Ich war zu Hause.«

»Daran können Sie sich erinnern?«

»Ja, daran kann ich mich genau erinnern. Als ich von ihrem Tod in der Zeitung las, habe ich schon damit gerechnet, Besuch von zwei ehemaligen Busfahrern zu bekommen. Ich bin mir vollkommen darüber im Klaren, dass alle intelligenten Köpfe der Polizei momentan mit anderen Dingen zu tun haben. Aber es ist schon besorgniserregend, dass die Bürger dieser Stadt zur Zeit Leuten ausgeliefert sind, die eigentlich den Verkehr in der Provinz regeln sollten.«

Otto warf Johan einen Blick zu.

»Aber Sie waren mit ihr persönlich bekannt?«

Lewis drückte seinen Zigarillo aus.

»Ich hatte vor vielen Jahren Kontakt zu ihr.«

»Und Sie können natürlich beweisen, dass Sie in jener Nacht zu Hause waren.«

»Selbstverständlich.« Lewis trat dicht an ihn heran. »Ich schlafe nämlich nur sehr selten allein! Und für diese Nacht habe ich zwei Zeugen. Ich denke, Sie finden selbst hinaus.«

»Dann können wir nur hoffen, dass die beiden Hunde inzwischen sprechen gelernt haben!«, rief Otto von der Tür aus.

Lewis schaute ihn seelenruhig an.

»Ich glaube, ich habe Ihren Namen nicht richtig verstanden«, sagte er.

»Den werden Sie sich schon noch merken, Lewis!«, rief Otto, bevor ihn Johan aus die Tür schob.

Sie fuhren aus der Stadt hinaus, auf Ottos kleines Haus zu, das sich in einem der westlich gelegenen Vororte befand. Johan blickte ihn an.

»Vielleicht wäre es eine gute Idee, Otto, wenn du dein Auftreten ... ein wenig differenzieren würdest«, sagte er leise. »Wenn wir mit Leuten reden, dann ...«

Otto starrte ihn an.

»Was soll ich tun?«

»Du könntest den Menschen etwas ... nuancierter gegenübertreten.«

»Was für ein Wort hast du eben benutzt?«

»Differenzieren?«

»Differenzieren, oh, ja. Wie hübsch du dich ausdrückst,

Johan. Wie lange wohnst du jetzt schon bei den Schwulen?«

Johan fuhr rechts ran. Otto fragte, ob er nicht noch auf ein kühles Bier mit reinkäme.

»Der Zoo, du weißt schon. Ich habe das immer wieder verschoben.«

Otto schlug ihm auf die Schulter.

»Du bist ein guter Kerl, Johan«, sagte er. »Das habe ich schon immer gewusst. Wie hieß das Wort noch gleich? Differenzieren. Einfach sagenhaft.«

Otto stieg aus.

»Bis dann.« Johan kurbelte die Scheibe herunter. »Übrigens, Otto: Oben bei Lewis. Erinnerst du sich an die Razzia letztes Jahr, wegen der kleinen Mädchen in den Pornoheften? Weißt du noch, wie dieser Fotograf aussah?«

»Was ist mit ihm?«

»Er war oben bei Lewis.«

»Den haben sie doch verurteilt. Wie hieß der noch gleich?«

»Richard. Ich bin mir sicher, dass er es war.«

»Grüß Feo von mir.«

Otto ging ins Haus. Johan hörte seinen Hund bellen.

Vielleicht würden sie auf der Terrasse grillen. Er und seine Frau. Ohne an Lewis auch nur einen einzigen Gedanken zu verschwenden.

3

Er saß auf einer feuchten Bank, hielt einen Plastikbecher mit Bier in der Hand und sah abwechselnd zu dem schläfrigen Löwen und zu Feo hinüber, die neben dem getigerten Würstchenwagen stand und zwei rote Bockwürstchen mampfte. Dachte an Koch und Lewis, an ihre Manieren und die selbstverständliche Seriosität, mit der sie sich umgaben. Ein unsichtbarer Schutzschild der Immunität, ganz im Gegensatz zu der kleinen, dicken Feo mit den fröhlichen Augen und dem unstillbaren Appetit.

Er blinzelte in Richtung Raubtiergehege, hinter dessen Dach gerade die Sonne verschwand.

Sie kam zu ihm. Ihre Mundwinkel waren mit Senf und Ketchup verschmiert. Er gab ihr eine Serviette und bat sie, sich den Mund abzuwischen.

»Ich kann noch mehr essen.«

»Mehr gibt's aber nicht.«

Sie ging zum Würstchenwagen zurück, während sie das letzte Stück ihres Brötchens verschlang, das sie zuvor in den Würstchensenf getaucht hatte.

»Ich bin ganz dünn geworden!«, rief sie.

Er nickte lächelnd und wandte den Kopf ab.

»Das stimmt, Johan. Schau doch mal!«

Sie lüftete Hemd und Windjacke und zeigte ihm ihren nackten Bauch.

Er nickte und ging zu ihr.

»Sehr schön, Feo, jetzt sei so lieb und zieh das Hemd wieder runter.«

Als sie Hand in Hand den Zoo verließen, erinnerte sie

ihn einmal mehr an den Film »Die wilde Bande«, den sie schon so lange hatte sehen wollen.

»Der ist ganz schön unheimlich, ich glaube nicht, dass er dir gefällt.«

»Ist der verboten?«

»Na ja, der Film ist ab sechzehn.«

»Ich bin fast vierunddreißig.«

Im Bus fragte er sie, wie es in der Werkstatt ginge, und dachte, er müsse dringend mit der Mutter über Feos Gewicht sprechen.

Sie betrachtete ihre neue Uhr.

Währenddessen starrten die Leute zu ihr herüber. Nicht besonders aufdringlich, nur hin und wieder.

Johan kannte das schon.

Sie schlang die Arme um seinen Hals.

»Ich *will* ›Die wilde Bande‹ sehen.«

»Du weißt doch, wie das mit dir endet im Kino …«

»Heute nicht. Ich verspreche es. Heute nicht.«

Er sah aus dem Fenster und hatte erneut das Bild von Raymond Lewis vor Augen. Und das von Feo, wie sie vor unzähligen Kinos gestanden hatte, weil sie unbedingt irgendeinen Film sehen wollte. Der Lärm, die vielen Menschen, das Geräusch der Spielautomaten. Angst und Unsicherheit. Ein einziges Mal hatte er sie mit hineingenommen, wohl wissend, dass sie glücklich sein würde, wenn sie erst Hand und Hand im Dunkeln saßen und der Film begonnen hatte. Und was »Die wilde Bande« betraf, so war dieser Film genauso turbulent und anspruchslos, wie es ihren Vorstellungen entsprach. Otto hatte ihn auch gesehen. Feo und er hatten im Großen und Ganzen denselben Geschmack.

Er lächelte und zog sie an sich.

Sie flüsterte: »Sind wir immer noch ein Liebespaar?«

Er nickte ernst.

Sie lachten den gesamten Heimweg über, während sie

das Studentenviertel durchquerten, um zu seiner Wohnung zu gelangen. Doch je näher sie ihr kamen, desto stiller und gebeugter wurde sie. Sie war wie ein einziges großes Blatt Löschpapier.

»Warum ist der Hauseingang abgeschlossen? Gibt es hier Diebe?«

»Nein, ich glaube eher, das ist wegen der vielen Kneipen. Wenn wir nicht abschließen, pinkeln uns die Leute einfach in den Hof.«

Sie hielt sich den Bauch vor Lachen. Johan lachte auch. Niemand auf der Welt brachte ihn so grund- und hemmungslos zum Lachen wie sie.

Sie erzählte, sie habe mit Mama und Papa den Garten umgegraben. Und Johan entgegnete, es sei schön, wenn sie ihren Eltern ein wenig helfen könne, jetzt, wo diese in die Jahre kämen.

Er schloss die Tür zu seiner Wohnung auf.

»Ist das deine Wohnung?«

»Ja«, sagte er lächelnd, »das ist meine Wohnung. Aber komm doch erst mal rein, Feo.«

»Wonach riecht es hier?«

»Ich weiß nicht. Vielleicht nach Essen. Komm doch rein. Ich habe Limonade gekauft.«

Sie sog den Eingangsbereich und die Küche förmlich in sich auf und ging ins Schlafzimmer.

Währenddessen sah er Svenne in Zeitlupe zum Wasser hinunterlaufen. Hörte Ottos Rufen. Vielleicht wäre das gar nicht nötig gewesen. Wenn ich nur nicht so schrecklich ängstlich gewesen wäre, dachte er.

Er sah, wie Lewis hinter ihnen die Tür schloss. Und er sah Feo an seinem Bett.

»Das ist dein altes Bett.«

Er ging in die Küche, öffnete eine Flasche mit roter Limonade und stopfte alle kleinen Plastiktiere, die sie im Zoo gekauft hatte, in eine Tüte.

»Na, kleines Fräulein, wie gefällt dir meine neue Wohnung?«

»Warum ist nichts an der Wand, wie bei dir zu Hause?«

»Das kommt noch.« Er gab ihr die Limonade. »Außerdem warte ich natürlich noch auf ein paar schöne Zeichnungen von dir.«

»Ich kann gleich was malen, wenn du willst.«

Er nickte und gab ihr Papier und Kugelschreiber.

Sie stand vor dem Sofa.

»Willst du die Limo nicht trinken? Ich habe auch Gummibären gekauft.«

»Ich mache Diät.«

»Aha.«

Er setzte sich vor sie. Fragte, ob etwas nicht in Ordnung sei.

»Ich mag nicht hier sein«, erwiderte sie so leise, als sollten die Nachbarn nichts hören.

Er stand auf und nahm sie in den Arm.

Aus irgendeinem Grund wusste er nicht, was er sagen sollte. Sie meinte es doch nur ehrlich. Sie fühlte sich hier nicht wohl. Und obwohl Feo doch nur Feo war, kam ihm die Wohnung sogleich weniger attraktiv vor. Das hätte im Kaufvertrag stehen sollen.

Sie blickte zu ihm auf.

»Fährst du weg?«

»Ob ich wegfahre? Wo sollte ich denn hinfahren.«

»Fährst du oder nicht?«

»Aber nein, ich fahre wirklich nicht weg.« Er schaute sie verständnislos an.

»Schwöre, dass du nicht wegfährst!«

»Ich schwöre.«

In diesem Moment klingelte das Telefon. Beide zuckten zusammen. Seit er hier wohnte, klingelte es erst zum dritten Mal. Das erste Mal war es die Gemeinde, das zweite Mal Wagner gewesen. Als er den Hörer abhob, wurde am anderen Ende der Leitung aufgelegt. Sie schaute ihn an. Und er sah Svenne und Lewis und Suzan und die Leiche Rose Valentins vor sich.

»War das ein Telefonstreich?«

Ihre Augen leuchteten.

»Ja«, murmelte er. »Ich glaube, das war ein Telefonstreich.

Sie hielt sich kichernd die Hand vor den Mund.

»Wir machen auch Telefonstreiche. In der Werkstatt.«

»Das kann ich mir nicht vorstellen«, murmelte er zerstreut, ging zum Fenster und sah auf die Straße. Warum auch immer, er konnte den Gedanken nicht ertragen, den Rest des Abends mit ihr in der Wohnung zu verbringen. Sie würde nicht einmal ihre Jacke ausziehen.

»Diese verdammte Unruhe«, murmelte er und stellte den Rest ihrer Limonade in den Kühlschrank.

Eine Stunde später standen sie im brechend vollen Kinofoyer und mussten sich anschreien, um sich verständigen zu können.

»Schau dir die Bilder an, ich kaufe schon mal die Karten!«, rief er.

Von der Warteschlange aus behielt er sie im Auge.

Danach wollte er ein paar Süßigkeiten für sie kaufen. Sie kam zu ihm.

»Ich will nach Hause.«

Er blickte zur Decke.

»Jetzt ist aber Schluss, Feo. Schau her, ich habe doch gerade erst die Eintrittskarten gekauft.

Sie strebte dem Ausgang zu. Er lief ihr nach und packte sie am Arm. Einige Leute wurden auf sie aufmerksam.

»Feo …«

»Ich will nach Hause.«

Sie gelangten auf die Straße, wo er sie zu einer Hausmauer zog, an der sie kraftlos und weinend zusammensank. Verärgert half er ihr auf die Beine und blickte für einen kurzen Moment in zwei verwunderte, vielleicht erschrockene Augen. Er ließ Feos Hand los und schaute der Frau nach. Sie hatte einem Jungen, vermutlich ihrem Sohn, den Arm um die Schultern gelegt. Als sie das Kinogebäude betraten, erkannte er sie wieder. Er hatte sie manchmal in Elis Bistro mit einer Zeitung und einer Tasse Kaffee sitzen sehen. Elis Frau nannte sie Hannah.

Er bürstete Feos Hose ab.

»Okay«, sagte er, »du kleiner Dreckspatz.«

»Selber Dreckspatz«, sagte sie. Johan lächelte, wurde jedoch rasch wieder ernst. Verdammt noch mal. Warum musste sie gerade jetzt auftauchen?

»Ich geh rein und lass mir das Geld wiedergeben«, sagte er.

»Ich komm mit. Du sollst meine Hand halten.«

Sie gingen zurück ins Foyer, in dem der Andrang langsam schwächer wurde.

Er konnte es sich nicht verkneifen, einen Blick auf die Frau zu werfen, die mit ihrem Jungen, der gerade ein Eis aß, auf einer Bank saß. Sie schaute auf, als er Feo zum Kassenschalter zog. Jetzt kann sie uns in aller Ruhe studieren, dachte er. Na großartig.

»Kriegen wir das Geld zurück?«, fragte Feo ängstlich.

»Aber ja«, sagte er und tippte ihr auf die Nase.

Sie sagte, er solle ihr mit dem Reißverschluss ihrer Windjacke helfen. Als Johan sich bückte, sah er, wie die Frau und der Junge aufstanden.

»Bitte, hier ist Ihr Geld.«

Er nestelte an Feos Halstuch. Der Junge verschwand bereits im Dunkel des Kinos, während die Frau stehen blieb und ihre Zigarette ausdrückte. Johan musste sie einfach ansehen.

Bevor sie ihrem Sohn folgte, schaute sie zu ihm auf

und lächelte. Er schlug rasch den Blick nieder, als Feo an seinem Ärmel zog.

»Kennst du die Frau?«

Den Rest des Abends verbrachten sie bei ihren Eltern und spielten *Mensch ärgere dich nicht*. Jetzt war Feo in ihrem Element. Die Mutter machte Tee und servierte selbst gebackenen Kuchen, und der Vater war bester Laune.

Er verlor drei Mal nacheinander und Feo sagte, er habe eben Glück in der Liebe. Zwei Stunden später saß er wieder in seinem Wagen und verfluchte alles, dachte aber, dass sie einen schönen Ausflug in den Zoo unternommen hatten.

In seinem Kühlschrank lagen zwei Dosen Bier.

»Die sind für den dienstfreien Tag«, sagte er und trank sie beide.

Sein Nachbar hatte sich eine neue Rockplatte zugelegt.

»Hier ist das wahre Leben«, sagte er, blickte auf die Straße und dachte an den Elefanten, der schon lange mit dem Denken aufgehört hatte.

Er dachte auch an die Frau namens Hannah und ihren trotzigen Sohn. Aus irgendeinem Grund hatte sie Gummistiefel getragen. Im Mai. Gummistiefel und Dufflecoat.

Das gefiel ihm.

4

Er befand sich auf Station E7 des Zentralkrankenhauses, der Intensivstation, und warf der Stationskrankenschwester, die ihn ungläubig anstarrte, einen Blick zu. Wagner war am anderen Ende der Leitung, und Johan hatte ihm gerade mitgeteilt: »Ja, es handelt sich um Suzan, die Prostituierte. Genau, die aus dem Bordell.«

Wagner erklärte, er und Schatt hätten sich soeben von Raymond Lewis verabschiedet, der sich zufrieden gezeigt habe, vor Leuten wie Johan und Otto diesmal verschont geblieben zu sein.

Wie ein Stein im Wasser, dachte Johan und sah, wie die Krankenschwester sich ein wenig nach vorne beugte. Man wirft einen Stein ins Wasser, und er sinkt sofort auf den Grund, ohne auch nur die Wasseroberfläche zu kräuseln. Nur ein kurzes Geräusch. Vollkommen unbedeutend. Dann liegt er bei den anderen Steinen, und das war's. Doch dieser Stein hatte einen Namen, sogar mehrere. Sein Ruf sorgte dafür, dass man ihn nur ungern wieder aus dem Wasser fischte. Wenn man es tat, dann wegen eines Manns namens Lewis.

»Hör zu, Klinger«, sagte Wagner. »Es sind über zehn Tage vergangen. Wir haben uns den Mann vorgeknöpft, mit dem ihr bereits zweimal geredet habt. Jede Nutte und jeden Zuhälter haben wir vernommen. Mit Kioskverkäufern, Kinobesitzern und Massagemädchen, mit absolut allen haben wir gesprochen. Inzwischen hat Wuhan sogar die *Maske* als Restaurant für seine süßsauren Spezialitäten wiedereröffnet.«

»Lewis steht immer noch unter Tatverdacht.«

»Lewis ist kein Thema mehr. Ich hoffe, Sie haben mich verstanden, Klinger. Wir haben gegen den Mann nichts in der Hand. Wo ist Volmar?«

»Am Südhafen, bei Suzans Zuhälter Svenne.«

Johan sah, dass die Stationskrankenschwester einen halben Meter zurückwich.

»Wann wurde sie eingeliefert?«

»Heute Nacht. Sie liegt auf der Intensivstation. Das ist doch immerhin etwas, oder?«

»Wie meinen Sie das?«

»Tja, es wäre doch schade, wenn das Ganze keine Relevanz für uns hätte. Es sei denn, Svenne hätte die Puffmutter abgeknallt.«

Die Krankenschwester sprang auf und schaute ihn angewidert an. Johan legte auf.

Im Krankenzimmer entfernte die resolute Schwester den weißen Vorhang, damit Johan Suzan näher in Augenschein nehmen konnte. Sie war nach der Operation noch immer bewusstlos, hatte Schläuche in Nase und Mund und einen großen Verband um den Kopf, der das rechte Auge mit abdeckte. Kurz gesagt: Sie war vollkommen entstellt.

Die Stationsschwester las aus der Patientenakte vor.

»Läsionen am Kopf, Fraktur des Kinns, vier gebrochene Rippen, gebrochene Nase, Hämatome an Armen und Beinen. Das Gebiss beinahe komplett zerstört.«

Johan schaute sie an. »Was ist mit dem Rücken?«

»Mit dem Rücken?«

»Ja, hat sie denn gar nichts am Rücken? Schürfwunden, Blutergüsse …?«

»Davon steht hier nichts.«

»Sie sagen, sie sei eine Feuerleiter runtergefallen?«

»Ich lese Ihnen nur aus der Patientenakte vor, Herr Klinger.«

Er nickte und hob abwehrend die Hände.

»Wann können wir mit ihr reden?«

»Das muss der Oberarzt entscheiden. Er kommt nachher zur Visite. Heute aber bestimmt nicht mehr.«

»Was ist mit ihrem Auge?« Johan trat näher ans Bett heran.

»Das rechte Auge ist leider so in Mitleidenschaft gezogen, dass wir es vielleicht entfernen müssen. Außerdem ist sie im dritten Monat schwanger.«

Er blickte auf. Die Prostituierte Suzan war im dritten Monat schwanger.

»Wer hat sie hierher gebracht?«

»Der Rettungsbund.«

»Wer hat den verständigt?«

»Das müssen Sie den Notdienst fragen.«

In diesem Moment steckte ein Pflegehelfer den Kopf herein.

»Sind Sie Herr Klinger von der Polizei? Sie werden am Telefon verlangt. Die Notaufnahme. Ich glaube, es eilt.«

Der Anruf kam vom Revier. Otto Volmar hatte dort angerufen und war sehr erregt gewesen. Zwei Streifenwagen waren bereits unterwegs zu ihm, doch Volmar hatte unbedingt mit Klinger sprechen wollen. Svenne war mit einer abgesägten Schrotflinte Amok gelaufen und hatte von verschiedenen Plätzen seines Wohngebäudes aus geschossen.

»Gibt es … Probleme?«, fragte die Krankenschwester mit der Andeutung eines Lächelns.

Johan hastete auf den Gang.

»Es geht um den Mann, der Suzan die Treppe hinuntergeholfen hat.«

Exakt acht Minuten später war er bei Otto. Wie zu erwarten, war dieser in heller Aufregung.

»Sag mir erst mal, was los ist.«

»Der Typ ist völlig durchgedreht. Hat von der Hintertreppe aus auf mich geschossen.«

»Warst du in seiner Wohnung?«

»Die Tür stand ja offen. »Otto zündete sich eine Zigarette an. »Der Köter war natürlich auch da. Was für ein Saustall, die Wohnung war total zugeschissen.«

In der Ferne waren Sirenen zu hören.

»Jetzt kommen die ganzen Idioten angerast«, stöhnte Otto. »Aber wir erwischen das Schwein vorher.«

»Was war in der Wohnung los?«

Johan setzte sich ins Auto.

»Der Schwachkopf hat wie wild um sich geballert. Und der Hund war wie von Sinnen.«

Sie fuhren zum Hafen hinunter und nahmen die lange Uferstraße, die hinter den alten Lagerhäusern und dem großen Containerplatz vorbeiführte.

»Was hast du gemacht?«

»Ich hab die Scheißtöle abgeknallt und bin hinter dem Penner her.«

Johan warf Otto einen kurzen Blick zu, als ein alter Hafenarbeiter sie anhielt. Otto kurbelte die Scheibe runter und warf die Kippe aus dem Fenster.

»Seid ihr von der Polizei?«, fragte der Alte.

»Ja, wir sind von der Polizei, haben Sie etwas gesehen?«, rief Johan.

»Er ist hinten am Öldock«, sagte der Alte und ging zu einem kleinwüchsigen Vorarbeiter zurück, der sich schulterzuckend abwandte.

Johan gab Gas. Otto fragte, ob er seine Dienstwaffe dabei habe.

Sie entdeckten ihn sofort. Er war gerade dabei, in das Wrack eines alten Fischkutters zu klettern, der auf der Seite lag.

»Svenne!«, rief Otto und sprang aus dem Wagen.

Der Zuhälter drehte abrupt den Kopf, sprang drei Meter in die Tiefe und sprintete durch eine schmale Passage. Otto setzte ihm nach. Johan forderte per Funk Verstärkung an.

Da hörte er zwei Schüsse. Johan ließ das Funkgerät fallen und lief zu Otto, der zwischen einigen umgekippten Öltanks lag und ihm signalisierte, er solle zur Seite gehen. In diesem Moment tauchte Svenne auf und bedachte Otto, der sofort aufsprang und drei Schüsse abgab, mit einer Ladung Schrot. Svenne lief an einer Holzbaracke entlang und feuerte erneut. Nach der letzten Salve sank Otto brüllend zu Boden; sie hatte seinen Oberschenkel aufgerissen.

»Scheiße, Johan, mein Bein …«

»Ganz ruhig, Otto, sieht nicht so schlimm aus.«

»Nicht so schlimm? Er hätte meine Eier erwischen können! Mach ihn alle, Johan. Lass ihn nicht entwischen.« Otto hatte Johans Windjacke gepackt.

Johan lief an den Holzschuppen entlang, hielt plötzlich inne und lauschte. Er hörte Schritte in einer Baracke, die aussah wie eine alte Schreinerwerkstatt. Vielleicht ein Depot. Die Luft war trocken und beißend. Er passierte eine Reihe von Paletten, als eine Schrotgarbe einen halben Meter über seinem Kopf die Bretterwand aufriss.

Johan ging in die Knie und spürte den Schweiß auf dem Rücken und unter der Nase.

»Svenne!«, schrie er. »Wirf das Gewehr weg, Svenne, ehe du alles noch schlimmer machst!«

»Hol mich doch!«, schrie der Mann.

Er klang fast ebenso verzweifelt wie Otto.

Johan erhob sich vorsichtig, um Svenne zu lokalisieren.

»Komm und hol mich, Scheißbulle! Ihr haltet euch für so klug,« Svenne lachte, »aber ihr werdet euch wundern.«

Svenne schien zu wissen, worüber er sprach.

»Okay, Svenne, lass uns ... ein Abkommen schließen!«, rief Johan und spürte, wie die Angst seine Kehle zuschnürte.

Diesmal kam keine Antwort. Johan stand auf. Fuhr herum, ließ den Lauf seiner Pistole von unten nach oben und wieder zurück wandern.

Dann stürzte er aus der Baracke und lief um die Ecke. Svenne stand sonderbar unschlüssig neben dem Hafenbecken. Als ob er auf etwas wartete.

Johan schätzte die Distanz ab und rief seinen Namen.

Svenne lachte und schoss aus der Hüfte. Johan legte mit beiden Händen auf ihn an. Zielte und schoss. Im selben Moment sprang Svenne nach vorn. Und war tot, noch ehe er den Boden erreichte.

Anderthalb Stunden später begegnete Johan seinen Vorgesetzten Wagner und Schatt im Kystkrankenhaus, in dem Otto behandelt wurde. Aus der Unfallambulanz hörten sie seine Schreie. Er hatte achtzehn Schrotkugeln im Oberschenkel, doch die Verletzungen waren nur oberflächlich.

Schatt ging auf und ab. Obwohl er gerade gekommen war, wollte er schon wieder gehen. Er schien nicht sonderlich besorgt zu sein. Vielleicht versuchte er zu überspielen, dass es ihm sehr recht war, dass Otto für eine Weile aus dem Verkehr gezogen war und Johan vermutlich eine Zeit lang vom Dienst befreit werden würde.

»Für die Journalisten ist das ein gefundenes Fressen«, sagte er. »Die Zeitungen werden sich in den nächsten Tagen auf uns einschießen. Als wenn wir nicht schon genug in der Kritik stünden.«

Wagner schaute auf seine Füße. Johan blickte zu Otto hinüber, der aus der Tür humpelte. Sie hatten ihm eine Krücke gegeben.

»Achtzehn Stück!«, rief er und hob grüßend die Hand.

Wagner erkundigte sich, wie es ihm gehe. Otto antwortete, es ginge ihm beschissen.

Schatt fragte Johan, ob er schon wisse, was er den Journalisten sagen werde.

Johan schaute ihn zögerlich an.

»Was soll ich antworten?«

»Tja, sie werden sicherlich fragen, ob es unbedingt nötig war, ihm in den Kopf zu schießen.«

»Wie sollte ich denn wissen, dass er nach vorne springt?«, wandte Johan kleinlaut ein.

»Das sagen *Sie*. Aber sie werden sich nach dem Zusammenhang zwischen Ihrer Treffsicherheit und der Tatsache fragen, dass Ihr Kollege achtzehn Schrotkugeln abbekommen hat. Ich will Sie nur vorwarnen, Klinger. Ich kenne die Presse. Sie sollten sich so bedeckt halten wie möglich.«

Otto humpelte auf Schatt zu.

»Ich stehe immer noch unter dem Einfluss des Betäubungsmittels«, sagte er, »bin also möglicherweise nicht ganz bei mir, Herr Kommissar, aber ich könnte mich eigentlich schwarz ärgern, dass Sie uns nicht zur Seite standen, als wir vor ein paar Stunden dem guten alten Svenne begegnet sind.«

Schatt schaute auf seine Uhr.

»Sie hätten natürlich sofort den Polizeigriff angewandt. Außerdem gehe ich davon aus, dass Sie …«

»Das reicht, Volmar«, sagte Wagner.

»Es liegt am Betäubungsmittel«, sagte Schatt. »Sie beide können sich zwei Tage frei nehmen, dann will ich mit Ihnen sprechen. Das war's fürs Erste.«

Wagner schaute Schatt nach und faltete die Tageszeitung auseinander. Otto fragte, was das alles zu bedeuten habe.

Auf der Titelseite der Zeitung war zu lesen, die Polizei verfolge im Fall Como eine heiße Spur. Johan las, es handle sich um international organisierte Selbstmordkommandos.

Wagner sagte, sie sollten ruhig Blut bewahren. Ob es Johan gut ginge?

»Mir geht's so wie immer«, entgegnete Johan.

Sie gingen zu den Autos.

Otto fragte, worüber Schatt mit ihnen reden wolle.

Wagner zog nachdenklich an seiner Unterlippe.

»Ich nehme an, Sie werden für unbestimmte Zeit vom Dienst befreit«, sagte er. »Zumindest Klinger.«

»Ja, ist das nicht großartig?«, rief Otto so laut, dass sich die Leute auf der Straße nach ihnen umdrehten. »Ich erinnere mich an einen armen Schlucker namens John Walther. Erinnerst du dich an ihn, Wagner? Nicht? Vielleicht erinnerst du dich, wenn ich Johnny Walker sage. Aha, jetzt fällt der Groschen. Weißt du noch, wie er vor sieben Jahren eine Frau aus einem Lastenaufzug geworfen hat? Der wurde auch vom Dienst befreit. Die Frau hatte ihre beiden kleinen Kinder getötet, und Johnny Walker versuchte ihr das letzte Kind aus den Armen zu reißen, einen Säugling von einem Monat. Irgendwie ist die Frau dabei aus dem Aufzug gefallen, und Johnny blieb mit dem Kleinen zurück. Tja, und dann hat man ihn beurlaubt, und drei Monate später hörte er auf, sich zu rasieren, und schüttete stattdessen Bier und Whisky in sich hinein, und genau ein halbes Jahr später hat man ihn wegen Trunksucht suspendiert. Wie sollen wir dich nennen, Johan?«

»Ist schon in Ordnung«, murmelte Johan, der zunehmend in Trance zu fallen schien.

Wagner schüttelte den Kopf und klopfte ihm auf die Schulter. Dann machte er sich auf den Weg. Otto zog Johan in die nächstbeste Kneipe, in der sie ein Bier tranken, worauf sie zu Otto nach Hause fuhren, damit Johan die neue Alarmanlage sowie die makabre Dressur seines

Dobermanns kennen lernen könne. Für den Fall eines Einbruchs.

»Eines kann ich dir sagen, Johan.« Otto warf sich auf sein schwarzes Ledersofa. »Schon möglich, dass wir aus Svenne irgendwas herausgekriegt hätten, aber vermutlich hatte der Idiot überhaupt keine Ahnung. Du hast ganz richtig gehandelt, Kumpel. Ganz richtig. Ich bin stolz auf dich. So was ist kein Mord. Das ist Abfallbeseitigung.«

»Ich habe auf seine Beine gezielt, Otto. Aber er hat sich nach vorn geworfen.«

»Du hast alles richtig gemacht. Was soll's, das ganze Pack ist doch ohnehin nicht zurechnungsfähig.« Otto griff nach der Tageszeitung. »Schau her: Die werden in Trainingslagern für den Terror geschult. Angeleitet von iranischen Mullahs. Und die haben wir zu tausenden ins Land gelassen. Zu tausenden. Ich sage das seit Jahren. Eines Tages werden wir dafür bezahlen. Como hat es schon erwischt.«

»Ich glaube nicht, dass sie es waren. Aber davon abgesehen – war es Svenne, der Suzan auf dem Gewissen hat?«

Otto goss Schnaps in den Kaffee.

»Ich habe mit ihrem Nachbarn gesprochen. Einem armen Schlucker. Hat einen Kiosk, lebt allein. Kapiert aber nicht, was um ihn herum geschieht. Lebt völlig in seiner eigenen Welt. Überleg mal, der Typ hat im Laufe der Jahre einundzwanzig verschiedene Würstchenwagen gehabt.«

»Was hat er gesagt?«

»Er hat gesagt, dass Suzan eine Zeit lang fort war.«

»Zusammen mit Svenne?«

»Alleine! Svenne hat überall nach ihr gesucht. Warum, glaubst du wohl, hat sie sich aus dem Staub gemacht?«

Johan nickte.

»Und als sie endlich nach Hause kommt, wartet der gute alte Svenne auf sie.« Otto kam mühsam auf die Beine.

Johan erzählte ihm, dass sie ihm im Krankenhaus gesagt hätten, sie sei die Treppe runtergefallen.

»Du bleibst doch zum Essen, Django?«

Johan verneinte. Er müsse nach Hause, um herauszufinden, warum alle Dinge so weit weg seien.

Als sie draußen beim Wagen standen, erklärte Otto: »Ich hab's von Anfang an gesagt. Es stinkt schon von weitem nach Lewis. Und weißt du was? Ihm ist scheißegal, ob es stinkt. Wie wär's, wenn wir morgen wieder mal ein bisschen mit ihm plaudern würden?«

Johan setzte sich ins Auto.

»Morgen haben wir Urlaub, Otto. Und übermorgen auch.«

»Noch haben sie uns den Fall nicht weggenommen.«

Am Ende der Straße tauchte Litten auf. Mit zwei Einkaufsnetzen. Otto winkte ihr heroisch mit der Krücke zu.

»Jetzt bekommt Papa Steak und Rotwein. Bist du sicher, dass du nicht bleiben willst?«

Johan nickte und schaute Litten an, die fragte, was mit Ottos Bein los sei.

»Nichts weiter!«, rief der Dicke und schaute in die Luft. »Der Rollstuhl wird morgen geliefert. Sie haben Papas Bein durchlöchert, Litten. Mit einer Schrotflinte.«

»Das ist nicht wahr.«

»Die Kugeln liegen alle in der Obstschale.«

»Das ist doch nicht möglich.« Litten setzte die Einkaufsnetze ab. Sie war fast genauso groß wie Otto und fast genauso schwer.

Litten setzte sich zu Johan ins Auto.

»Ein Psychopath namens Svenne«, sagte Otto.

Litten sagte, solche Menschen sollte man einsperren, und Otto entgegnete, Svenne sei bereits aus dem Verkehr gezogen worden, nachdem das sanftmütige Monster im Streifenwagen ihm drei hübsche Löcher verpasst habe. Litten starrte Johan ungläubig an, der verkrampft lächelte.

»Komm doch rein auf ein Bier, Johan«, sagte sie, »du siehst so blass aus. Kriegst du in der Stadt auch genug zu essen?«

»Und wie!«, rief Otto. »Gestern hat er drei Stangen Sellerie, zwei Karotten und eine Knoblauchzehe verputzt.«

Johan ließ den Motor an. Hinter dem Gartenzaun war der Dobermann beim Anblick seiner Wohltäterin außer Rand und Band geraten. Litten ging zu ihm. Otto steckte seinen ganzen Kopf in den Wagen.

»Wie ich die Sache sehe«, sagte er, »werden sie uns übermorgen den Fall entziehen. Dann kommen wir an König Lewis nicht mehr ran. Also schnappen wir uns den Penner schon morgen. Außerdem würde ich mir gerne die beiden Flittchen ansehen, mit denen er gevögelt haben will, während sein Strichjunge Mercedes abgeknallt hat.«

Johan seufzte und starrte aus der Fontscheibe. Wie immer lag in Ottos Worten auch eine Spur von Vernunft. Hinter dem Zaun bellte der Hund aus vollem Hals. Johan hatte einmal von einem Dompteur gelesen, der sein Leben lang Löwen dressiert hatte. Der Dompteur hatte davon gesprochen, wie wichtig es wäre, eine gewisse Distanz zu wahren. Was Otto betraf, war sich Johan nicht sicher, wie es um dessen Distanz bestellt war. Vor allem im Moment, da Otto mit seinem verletzten Bein Faxen machte. Hätte Johan nicht Svenne erschossen, wäre er von Otto bei der erstbesten Gelegenheit in Stücke gerissen worden. Andererseits hatte Otto sicherlich Recht. Schatt hatte sie abgeschrieben.

»Okay, Otto. Morgen machen wir frei und reden mit Lewis. In aller Ruhe. Ohne Radau. Wir können um neun zu seinem Büro fahren.«

Otto schüttelte den Kopf.

»Nein, nein. Wir fahren zu ihm nach Hause und holen das Schwein um halb sieben aus den Federn.«

»Mit welcher Begründung?«

»Neugier. Überprüfung des Alibis.«

»Das haben Wagner und Schatt doch schon gemacht.«

»Die haben aber nicht mit den Mädels gesprochen. Wir sehen uns morgen, alter Junge. Drück um sechs auf die Hupe. Oder komm eine halbe Stunde eher, dann macht Litten ein kleines Frühstück.«

»Also dann um sechs.«

Johan rollte auf die Straße.

Auf dem Heimweg kaufte er ein. Wandelte schlaftrunken durch den Supermarkt und legte Milch, Käse, Küchenpapier sowie einen winzigen Löffel in den Einkaufswagen. Er wusste nicht, wozu man solch einen Minilöffel gebrauchen konnte, war sich jedoch sicher, dass er genau Feos Geschmack entsprach. Sie liebte solche Dinge. Und als er in der Schlange an der Kasse stand, machte er eine Ausnahme und leistete sich eine Flasche bulgarischen Rotwein. Das tat er nur selten, weil er es hasste, alleine zu trinken, und außerdem kein Geld für Wein übrig hatte.

Auf dem Heimweg kaufte er einen gefütterten Umschlag und schickte Feo den Löffel per Post. Als er das kleine, braune Päckchen in den Briefkasten warf und den Aufprall hörte, spürte er ein Ziehen im Magen und einen kurzen Schwindel, vor lauter Sehnsucht und Leere.

Im Flur lagen zwei Briefe, ein großer und ein kleiner. Als hätte sie telepathische Fähigkeiten, war der eine Brief von ihr. Der andere kam vom Zahnarzt. Sie hatte alle Tiere des Zoos gezeichnet, und in der Mitte der Zeichnung standen sie beide, wie Adam und Eva. Allerdings hatte sie ihnen das Aussehen von Popstars gegeben.

Er legte das große Blatt auf den Boden und entkorkte den Wein. Das Telefon klingelte. Er nahm einen Schluck und zog den Stecker. Die Pinguine waren ihr ungewöhnlich gut gelungen, und Feo hatte sogar daran gedacht, die zwei verschiedenfarbigen Socken zu malen, die er angehabt hatte.

Er setzte sich aufs Sofa und schloss die Augen. Sah Svenne zwischen den Öltanks hindurchsprinten, sah, wie er sich umdrehte, hörte den Schuss und folgte dem Projektil, das sich in Svennes Hirnschale bohrte. Svenne springt, die Löcher in seiner Brust explodieren.

Die Tränen wurden von einem Zittern begleitet, das erst nachließ, als die Flasche leer war.

Und als es schließlich dunkelte und er in seinem Bett lag, fragte er sich, ob Svenne wohl jemals im Zoo gewesen war. Ob er jemals ein kleines Kind an der Hand gehalten hatte. Ob Svenne jemals ein kleines Kind gewesen war. Kurz darauf stand er auf, ging ins Wohnzimmer, starrte die Wände an, schlenderte in die Küche und öffnete das Fenster, das zum Hof mit der schönen Eberesche hinausging. Es war eine klare, laue, sternenübersäte Sommernacht. Voll von süßlichen Gerüchen. Fast konnte man den Flieder sehen, der zum Schwärmen verführte. Irgendwo auf der anderen Seite des Hofs stand ein junger Mann und wusch ab. Hinter ihm, im Wohnzimmer, brannten drei Kerzen.

Johan ging in sein kleines, noch ungestrichenes Arbeitszimmer und nahm den Hörer ab, doch die Leitung war tot. Er erinnerte sich, den Stecker gezogen zu haben, steckte ihn wieder ein und wählte die Nummer des Zentralkrankenhauses. Er erklärte, wer er war, und ließ sich mit der Intensivstation verbinden. Eine Nachtkrankenschwester sagte, es ginge Suzan schon besser. Doch sie müsse gewiss eine ganze Weile im Krankenhaus bleiben und brauche viel Schonung. Johan erkundigte sich nach ihrem Auge.

Leider sei es nicht zu retten gewesen.

Er legte den Hörer auf und trank ein Glas Milch.

Die Häuser in Vindø waren fast alle neueren Datums. Die Grundstücke waren berüchtigt, zum einen wegen ihrer Lage, zum anderen wegen ihrer Preise.

Über dem Wasser schwebte ein feiner Dunstschleier. Der Tag war noch nicht ausgepackt, das Papier war gelb. Hinter ihnen waren die Lichter der Stadt noch nicht erloschen. Stille ringsum.

Das Haus von Raymond Lewis lag direkt am Wasser, verfügte über einen eigenen Badesteg mit Motorboot, war aber nicht so protzig, wie Johan es sich vorgestellt hatte. Es handelte sich um zwei massive, ineinandergeschobene Würfel, deren sandgestrahlte Oberfläche sich harmonisch in die Natur einfügte.

Vor dem Haus standen ein BMW und ein Golf GT.

Otto betrachtete die Wagen, zog seinen Hosenbund nach oben und schüttelte den Kopf.

Währenddessen drückte Johan auf die Klingel.

Das Mädchen, das die Tür öffnete, war höchstens zwanzig Jahre alt, mit natürlich gebräuntem Teint, schlank und geschmeidig, ohne billig zu wirken. Sie sprach mit einem charmanten, französisch klingenden Akzent.

Johan erklärte, sie seien von der Polizei und würden gerne mit Herrn Lewis sprechen.

Das Mädchen lächelte und verschwand. Sie strahlte

eine gewisse Klasse aus. Eine Selbstsicherheit, die sich nicht erlernen ließ.

»Na, Johan, wär die was für dich?«, fragte Otto und machte eine Kopfbewegung in Richtung des Mädchens.

Johan ging lächelnd ins Wohnzimmer, das mit niedrigen und bequemen Möbeln ausgestattet war. Alles sehr geschmackvoll, sehr unaufdringlich und sehr wenig benutzt.

»Man hätte es selbst mit Kuppelei probieren sollen«, murmelte Otto, zog erneut seine Hose hoch und betrachtete das Mädchen, das zurückgekommen war.

»Raymond ist in zwei Sekunden da«, sagte sie lächelnd und verschwand durch eine Schwingtür in der Küche.

Johan ging zu Otto.

»Wir machen das hier in aller Ruhe«, sagte er. »Wenn du ihn bedrängst, kriegen wir gar nichts aus ihm raus.«

Otto blickte an die Decke.

»Äh, was war das noch für ein Wort, das du neulich benutzt hast?«

In diesem Moment tauchte Lewis auf. Komplett angezogen, frisch rasiert und äußerst entspannt. Als er Otto und Johan wiedererkannte, blieb er stehen, stemmte die Hände in die Hüften und schüttelte lächelnd den Kopf.

»Nein, nein, nein«, seufzte er. »Was soll ich nur mit euch anstellen?«

Sie glotzten ihn an.

»Aber ich muss euch wohl eine Tasse Kaffee anbieten.«

Otto schwieg, Johan nahm an.

Das Mädchen erschien mit einem Tablett, auf dem sich ein Kännchen und Tassen befanden. Lewis ließ seinen Blick von Otto zum Mädchen und weiter zu Johan schweifen. Er schien sich über irgendetwas zu amüsieren. Vielleicht über ihren unverhohlenen Neid.

»Dies ist Mari«, sagte er und nahm sie väterlich an die Hand. »Mari kommt aus Basel. Basel ist eine Stadt in der Schweiz. Die Schweiz ist ein Land, das tausend Kilometer entfernt liegt, mit Bergen, tiefen Tälern, teuren Autos, Schokolade, Kuckucksuhren ... und hübschen Mädchen.«

Das Mädchen lächelte und fragte, ob sie hungrig seien.

Johan antwortete, der Kaffee sei wunderbar. Mari nickte, drückte Lewis die Hand und verschwand.

Otto hob seine Tasse.

»Ich gehe davon aus, dass es sich«, er nickte in Richtung Küchentür, »um eines der beiden Mädchen handelt ... von denen Sie neulich ...«

Lewis schaute ihn matt an. Vielleicht war der Überdruss, mit dem er Otto betrachtete, seine spezielle Art, einem Menschen seine Geringschätzung zu zeigen. Vielleicht war es eine spontane Reaktion.

Johan betrachtete ihn eingehend und tippte auf das Letztere.

»Mari hat eine Zwillingsschwester«, erklärte Lewis. »Sie heißt Linette. Sie schläft noch. Im Übrigen ...«, Lewis schaute mit demonstrativ offenem Blick auf, »... ging mir durch den Kopf, ob es nicht einer von Ihnen gewesen sein könnte, der gestern in dieses ... wie soll ich sagen ... Unglück verwickelt war. Unten an den Docks.«

»Unglück ...«, brummte Otto.

Lewis blickte zu Johan.

»Offenbar hat es eine Schießerei gegeben.«

Johan nickte bestätigend.

»Ach, wirklich ...«, Lewis sah von einem zum anderen.

»Darf ich fragen, wer von Ihnen ...?«

»Ich war es«, antwortete Johan.

Lewis betrachtete ihn mit veränderter Miene.

»Das muss ein schlimmes Erlebnis sein.«

»Abfallbeseitigung«, sagte Otto.

Lewis wandte den Blick nicht von Johan ab, der die Tasse abstellte.

»Der Mann hieß Svenne«, sagte Johan. »Sein Mädchen, Suzan, liegt jetzt im Zentralkrankenhaus ...«

»Durchgeprügelt«, warf Otto ein.

»Hat ein Auge verloren«, ergänzte Johan.

Lewis stellte die Tasse ab.

»Und deswegen seid ihr hier?«

»Wir dachten, dass Sie vielleicht mit Svenne bekannt waren«, sagte Johan.

»Im Grunde fragen wir uns nach der Art seines Arbeitsverhältnisses«, fuhr Otto fort.

Lewis erkundigte sich, wo das Problem liege.

»Wollen Sie etwa behaupten, Svenne nie begegnet zu sein?«, fragte Otto.

»Ich bin mir sicher, dass er früher einmal für mich gearbeitet hat«, sagte Lewis besonnen. »Aber das tun ja so viele.«

»Der zumindest nicht mehr«, sagte Otto. »Unser Glück, Lewis, ist, dass Suzan, Svennes Mädchen, immer noch sprechen kann ...«

»Wollen Sie mir etwa drohen? Soll ich mir den Kopf darüber zerbrechen, was Suzan womöglich sagen könnte, um meinem Ruf zu schaden? Darf ich das so verstehen?«

»Nein, nein«, sagte Johan.

Otto stand auf. »Es geht nämlich gar nicht um Sie, Lewis«, sagte er in verändertem Tonfall, »sondern um Ihre beiden kleinen Bettwärmer oder wie man so etwas heute nennt.«

Johan schaute ihn an.

Otto sprach weiter.

»Manche würden das sicher als Prostitution bezeichnen, aber da meine eigene Frau so langsam eine ähnliche Einstellung zu Aktivitäten im Bett entwickelt, will ich mir abfällige Bemerkungen verkneifen.«

Otto lächelte selbstzufrieden. Lewis blickte ihn mit unverhohlenem Abscheu an. Ohne den Blick abzuwenden, rief er nach Mari.

Sie erschien mit einem Geschirrtuch in der Hand.

»Mari«, seufzte er müde. »Die Herren von der Polizei würden gerne mit dir sprechen.«

Lewis stand auf und warf die Serviette hin, als sei er des Spiels überdrüssig. Er zog für das Mädchen einen Stuhl unter dem Tisch hervor. Sie setzte sich mit verhaltenem Lächeln.

»Ich gehe hinauf und sehe mal nach deiner Schwester.« Er küsste sie auf den Kopf. Eine rührende Geste.

Nachdem er den Raum verlassen hatte, zückte Johan seinen Notizblock und teilte Mari das Datum mit, an dem Rose Valentin ermordet worden war. Wie zu erwarten, sagte ihr dieses Datum nichts.

Otto lehnte sich über den Tisch.

»Haben Sie schon einmal von einem Etablissement mit dem Namen *Die Maske* gehört?«

»*Die Maske*? Nein, ich glaube nicht ...«

»Eine Frau namens Valentin wurde dort ermordet«, erklärte Johan. »Es handelt sich um ein Bordell.«

Das Mädchen nickte bedächtig.

»Wir glauben«, fuhr Otto fort, »dass Raymond Mitinhaber der *Maske* war.«

Mari starrte vor sich hin. Immer noch verständnislos.

»Wir glauben auch, dass er etwas mit dem Mord an Rose Valentin zu tun hat.« Otto senkte die Stimme. »Und das nicht nur am Rande. Deshalb sind wir hier, Mari. Deshalb haben wir uns die Mühe gemacht, Sie am frühen Morgen aufzusuchen. Wir möchten gar nicht mit Lewis sprechen, sondern mit Ihnen und Ihrer Schwester.

Und es gefällt uns ganz und gar nicht, wenn Sie uns anlügen. Es kann Sie teuer zu stehen kommen, wenn Sie uns etwas verschweigen. Wie lange wohnen Sie schon in diesem Land?«

»Drei Monate? Aber wir sind vorher schon oft zu Besuch hier gewesen.«

Sie klang ein bisschen eingeschüchtert.

»Sie sind Schweizer Staatsbürgerin?«

»Ja.«

»Wohnen Sie fest bei Lewis?«

»Ja, wir arbeiten schließlich für Raymond.«

Otto nickte.

»Was ist das für eine Arbeit?«

»Wir hüten das Haus, nehmen Anrufe entgegen, begleiten ihn auf seinen Reisen und so weiter.«

»Was für Reisen?«

»Raymond besitzt doch ein großes Riesenrad. Mit dem reisen wir durch die Welt. Nach Hamburg, Amsterdam, England ...«

»Schlafen Sie miteinander?«, fragte Otto geradeheraus.

»Nein ..., ja, wir ...«

»Ist er nachts nicht allein, bei Besprechungen oder auf Reisen ...?«

»Eine von uns ist immer bei ihm.«

Otto sagte, dies habe er sich gedacht.

»Wie, glauben Sie, ist Raymond so reich geworden?«, fragte Johan freundlich.

»Ich denke, durch seine Restaurants und das Riesenrad ...«

»Hol das andere Flittchen!«, rief Otto vom Fenster aus. Mari schaute ihn an. Johan nickte ihr zu. Kurz darauf war sie verschwunden.

Otto trat an den Tisch.

»Aus den Mädels kriegen wir gar nichts raus«, polterte er. »Entweder haben die einen an der Waffel oder wir. Der Penner hat sie ziemlich gut präpariert.«

In diesem Moment kam Linette zu ihnen nach unten. Mari ging in die Küche. Linette hatte einen gestreiften Schlafanzug an. Sie war dunkler als Mari und trug eine Brille mit transparentem Gestell. Sie wirkte entspannter und reifer.

»Sie möchten mich sprechen?«

Otto stützte die Ellbogen auf den Tisch.

»Lewis wird Ihnen sicher gesagt haben, dass wir von der Polizei sind. Wir versuchen den Mord in einem Bordell mit dem Namen *Die Maske* aufzuklären, dessen Mitinhaber Lewis war. Der Mord wurde vor einiger Zeit begangen. Man hat eine Frau namens Rose Valentin erschossen. Zur Zeit überprüfen wir das Alibi der Personen.«

»Welcher Personen?«

»Nun, aller Personen, die etwas mit dem Mord zu tun haben könnten.«

Das Mädchen schaute ihn an.

»Sind Sie schon einmal in der *Maske* gewesen?«

»Nein. Ich habe diesen Namen nie zuvor gehört.«

Otto blickte nickend zu Johan hinüber, der kurz zögerte, dann aufstand und das Mädchen anlächelte.

»Kennen Sie eine junge Frau namens Suzan?«, fragte er.

»Suzan?«

»Ja, Suzan. Verstehen Sie, Suzan hatte einen Freund, der Svenne hieß. Und Svenne war ein Angestellter von Raymond.«

Linette sagte, sie höre alle diese Namen zum ersten Mal.

»Nach dem Mord an Valentin«, fuhr Johan gedämpft fort, »wurde Suzan von diesem Svenne grün und blau geschlagen. Sie hat ein Auge verloren und liegt jetzt im Krankenhaus. Svenne lebt nicht mehr.«

Irgendetwas, vielleicht reiner Ekel, zog ihre Mundwinkel nach unten.

»Und Sie glauben, dass Raymond … diesen Svenne … erschossen hat?«

»Überhaupt nicht«, entgegnete Johan. »Das war ich.«

Sie starrte ihn an.

Otto legte eine Hand auf die Tischplatte.

»Das hier ist kein Spiel«, sagte er finster. »Wenn wir herauskriegen, dass Sie uns ins Gesicht lügen, dann können Sie Ihre Aufenthaltsgenehmigung in den Wind schreiben. Es sei denn, Sie haben noch mehr Dreck am Stecken. Dann wandern Sie gemeinsam mit Ihrer hübschen Schwester direkt ins Kittchen. Haben wir uns verstanden?«

In diesem Moment kam Lewis zurück. Vielleicht hatte er das gesamte Gespräch mit angehört.

»Ich glaube, wir sollten unsere Gäste jetzt bitten, zu gehen«, sagte er.

»Wir kommen wieder!«, rief Otto. »Immer und immer wieder!«

»Finden Sie lieber den Mörder von Rose Valentin«, sagte Lewis, »anstatt mich ständig zu belästigen. Ich sage das noch einmal in aller Höflichkeit.« Er öffnete die Tür. »Das nächste Mal werde ich vielleicht nicht mehr so freundlich sein.«

»Das klingt ja wie eine Drohung«, meinte Otto.

»Das können Sie auffassen, wie Sie wollen«, antwortete Lewis.

Johan ging zu ihm. Otto war bereits aus der Tür.

»Herr Lewis«, fragte er leise, »hat Svenne Rose erschossen, und haben Sie mitgeholfen, Boden und Wände zu reinigen und die Projektile zu entfernen? Hat es sich so abgespielt? Hat Svenne Rose erschossen, weil sie die abgehalfterte Suzan in ihrem Puff nicht mehr dulden wollte? Und waren Sie Svenne behilflich, um sich in Zukunft seine Dienste zu sichern? Damit Sie einen Mann haben, der ein Leben lang in Ihrer Schuld stehen würde?«

Lewis hob die Hand. Wie ein Lehrer, der seinem übereifrigen Schüler signalisieren will, dass er die Geduld verloren hat. Er war nun vollkommen ruhig, strahlte ein so hohes Maß an Gleichgültigkeit aus, dass Johan sich sagte, Lewis befinde sich einmal mehr außer Reichweite.

»Ihr Name ist Klinger, nicht wahr?«

Johan nickte seufzend.

»Sehr schön, Herr Klinger. Dann hören Sie mir mal zu: Sie machen Ihre Arbeit sicher ausgezeichnet, das bezweifle ich gar nicht. Aber Ihre Vermutungen sind von der Realität weit entfernt. Noch viel weiter, als Sie sich vorstellen können. Und wissen Sie was? Das ist vielleicht auch gut so. Für alle Seiten. Leben Sie wohl, Herr Klinger. Ich glaube, wir brauchen nicht auf Wiedersehen zu sagen.«

Als sie über die lange Brücke nach Hause fuhren, erwachte die Stadt allmählich. Der Dunst hatte sich verzogen, und die Temperatur bewegte sich auf die zwanzig Grad zu. Es würde ein warmer Tag werden. Otto sagte, die Gespräche mit Lewis brächten ihn noch um den Verstand. Johan entgegnete, ein Grund mehr, die Finger von ihm zu lassen.

»Aber wir wissen doch, dass der Typ keine saubere Weste hat.«

»Natürlich verheimlicht er uns etwas. Er war in der *Maske*. Und er spielt mit uns. Aber er hat niemand umgebracht. Dafür ist er zu smart. Vielleicht scheint ihn *das* so zu amüsieren. Es ist unfassbar, was sich so ein Mann alles erlauben kann, ohne dass die Presse davon Wind bekommt. Entweder hat er sie geschmiert, oder sie haben im Moment wirklich nur Como im Kopf. Stand in deiner Zeitung eigentlich was über Svenne?«

»Im Innenteil stand, dass er im Verlauf einer größeren Schießerei getötet wurde.«

Johan parkte vor seiner Stammkneipe und folgte Otto zu einem Tisch nahe der Theke, an dem sie jeder ein Bier bestellten. Otto sagte, er scheiße auf die ganze Angelegenheit. War jetzt in einer dieser Stimmungen. »Lass sie sich doch gegenseitig abknallen. Wenn du Lewis aus dem Verkehr ziehst, kommt gleich der Nächste.« Im Übrigen wolle er mit Litten ins Grüne. Sie packe schon den Picknickkorb. Otto zählte auf, was sie alles mitnehmen wollten.

»Letztes Jahr sind in diesem Land achtundfünfzig Menschen ermordet worden. Das ist ungefähr einer pro Woche. Da versteht es sich doch von selbst, dass wir unsere kostbare Lebenszeit nicht damit verplempern können, einen Schwachkopf ausfindig zu machen, der eine Schlampe namens Mercedes Benz erschossen hat.«

Johan schaute auf seine Uhr. Es war 8 Uhr 15.

Kurz darauf war Otto verschwunden. Wie üblich war es ihm gelungen, das Weite zu suchen, bevor die Rechnung kam.

Ich gehe nach Hause und vergesse das Ganze, dachte Johan. Nehme ein Bad und lese in aller Ruhe die Zeitung. Hinterher wandre ich in den Park und lege mich in die Sonne.

Er stand auf und ging zur Theke, um zu bezahlen, als er sie draußen auf der Straße erblickte. Sie ging gerade an der roten Fensterbeschriftung vorüber, die verkündete, dass sich hier Elis Bistro befand. Ein rascher Blick durch das Fenster, eine kurze Begegnung zwischen vier Augen, und fort war sie.

»Hallo, Johan, gar nicht bei der Arbeit?« Elis knochige Frau lächelte ihn matt an.

»Nein, ausnahmsweise nicht.«

»Wie geht's deiner Schwester?«

»Feo geht's gut.« Er blickte auf. »Ja, ihr geht es wirklich gut.«

Er öffnete die Tür und trat auf die Straße. Sie stand neben seinem Dienstwagen. Obwohl er nicht die Farben eines Streifenwagens hatte, gehörte nicht viel Scharfsinn dazu, ihn als Polizeiauto zu identifizieren. Er näherte sich. Sie bewegte sich nicht vom Fleck. Er hatte gehofft, dass sie dort stehen würde, wenn er aus der Kneipe kam, war jedoch plötzlich unsicher, wie er mit der Situation umgehen sollte. Vor allem nach der Episode im Kino.

Sie schauten einander an. Sie war ein wenig kleiner als in seiner Erinnerung. Die Haut faltiger, aber mit klareren Farben. Ein richtiger Mensch, dachte er.

»Wir sind uns … im Kino begegnet«, sagte sie mit verhaltenem Lächeln. »Hat Ihnen der Film gefallen?«

Er steckte die Hände in die Taschen.

»Och, den haben wir gar nicht gesehen. Sie wollte nicht mehr.« Er zuckte die Schultern.

Sie nickte und blickte die Straße entlang. Als sei sie sich über alles im Klaren.

»Sie sind … Polizist.« Sie lächelte strahlend. »Ein richtiger gemeiner Bulle.«

Er hatte das Gefühl, in Schräglage zu geraten. Als würden die Lichtstrahlen in einem neuen Winkel auf die Straße fallen und die Farben zusammenschieben. Die Geräusche ordneten sich zu einer neuen Harmonie. Mit einem Mal war ihm alles klar, und Suzan, Lewis, Otto und Feo rückten in weite Ferne.

»Ich bin arbeitslos«, sagte sie und verzog unwillkürlich das Gesicht, so als wolle sie sagen: Verdammter Mist. »Zur Zeit mache ich Stellvertretungen. In Schulen. Es gibt so viele Lehrer … da … muss man schon … ein wenig mobil sein.«

Johan nickte.

Aus irgendeinem Grund dachte er an seinen Wäschetrockner im Keller. Seine Gedanken wurden ebenso herumgewirbelt wie die Wäsche. Vielleicht liefen sie auch ein.

»Auch ich bin meistens unterwegs«, faselte er. »Zusammen mit meinem Kumpel Otto. Der hat ständig Flausen im Kopf.« Er versuchte zu lächeln und vermutete, dass er ein idiotisches Gesicht machte. Fragte sich für einen Moment, ob er sich am Morgen gründlich genug die Zähne geputzt hatte. Vielleicht klebten ihm noch Kaffeereste in den Mundwinkeln. Er zupfte an seinen Haaren. Es war lange her, dass seine Mutter ihm die Haare geschnitten hatte. Was war das überhaupt für eine dumme Angewohnheit? Warum ging er nicht zu einem richtigen Friseur?

Er wusste, dass er vermutlich irgendetwas sagen sollte, und sah, wie sie ihm den Rücken zukehrte, als brauche sie frische Luft oder müsse sich zusammennehmen oder heimlich feixen. Rasch wandte sie sich ihm wieder zu.

»Aber das ist doch … Ihr Auto, nicht wahr?«

»Ja, es ist ziemlich alt«, haspelte Johan, »aber wir müssen sparen und fahren die Reifen länger als es gut ist – was die Sicherheit betrifft. Im Frühjahr wollten wir eigentlich einen neuen haben, aber daraus wurde nichts. Sie wissen schon, so einen mit Allradantrieb. Diesen hier hat Otto frisiert. Eigentlich ist das ja nicht erlaubt, aber sonst könnten wir nicht mal einen Leichenwagen überholen. (Ottos Formulierung) Also hat er ihn frisiert …«

»Was bedeutet das – frisiert?«

»Das bedeutet, dass der Wagen besser anzieht. Aber natürlich ist auch der Verschleiß größer.«

»Wenn man ihn frisiert?«

»Ja.«

Sie nickte seufzend und vergrub die Hände in dem großen, sicher viel zu warmen Dufflecoat. Vielleicht gehörte er ihrem Mann. Vielleicht war ihr Mann tot. Vielleicht saß er zu Hause. Vielleicht war er auf Reisen. Sie sagte, sie müsse jetzt weiter. »Ich habe Rune gerade am Hauptbahnhof abgeliefert, meinen Sohn. Er fährt ins Schullandheim. Für drei Tage. Aber es fällt einem ziemlich schwer … ihn zu entbehren. Er war auch gar nicht besonders stolz. Aber sicher tut es den Kindern gut. Ein wenig von ihren gluckenden Müttern wegzukommen.«

»Das glaube ich nicht.«

Sie blickte rasch zu ihm auf.

Johan breitete die Arme aus. »Warum sollte es einem gut tun? Ich meine, wenn man lieber daheim wäre. Bei seiner … Mutter.«

Jetzt sah sie ihn eindringlich an. Er fragte sich, ob er etwas Verkehrtes gesagt hatte. Aus Gründen, die ihm ein Rätsel waren, hatte er die Angewohnheit, Dinge zu sagen, die sich furchtbar altmodisch anhörten.

»Deshalb hat man doch wohl eine Mutter«, sagte er, blickte zu Boden und dachte, dies sei der größte Schwachsinn, den er je von sich gegeben hatte.

»Ja, ja, bestimmt«, erwiderte sie, ohne den Blick von ihm abzuwenden und ohne zu lächeln.

Er nickte und dachte, dass manche Leute nickten wie Autos stotterten, kurz bevor ihnen das Benzin ausging.

»Ich muss jetzt weiter.« Sie lächelte und machte eine Kopfbewegung in Richtung Bistro. »Wir sehen uns sicher irgendwann.«

Er folgte ihr zum Zebrastreifen, an dem sie sich noch einmal umdrehte, als sei ihr plötzlich etwas eingefallen. Johan fing an zu husten. Sie winkte lächelnd und lief über die Straße.

Kurz darauf saß er im Auto und studierte im Rückspiegel seine Zähne. Mit ihnen war alles in Ordnung.

»Warum fahre ich eigentlich nicht los?«, murmelte er und dachte an die kleine Linda. In welche Klasse sie jetzt ging, wusste er nicht genau, vielleicht in die achte. Wenn sie eine bestimmte Kopfbewegung machte und er den Duft ihrer Haare wahrnahm, konnte er sich stundenlang in Gedanken verlieren. Wie ein liebestoller Kater streifte er am Abend in ihrer Wohngegend umher. Linda wusste das genau, denn sie schickte ihm manchmal kleine, nichts sagende und dennoch aufmunternde Briefe. Es blieb eine Liebe auf Distanz, ganz einfach weil er wusste, dass sie schreiend davonlaufen würde, wenn sie einmal allein wären und er den Mund aufmachte. »Es geht darum, nicht entdeckt zu werden«, murmelte er und drehte den Zündschlüssel.

In einiger Entfernung sah er sie mit einem Einkaufsnetz voller Gemüse aus einem Geschäft kommen. »Sie lebt sicher sehr gesund«, sagte er und drehte erneut den Schlüssel. Der Wagen hustete. Sie kam näher, ohne ihn anzuschauen.

»Na, komm schon!«, fauchte er, zog den Choke und trat gleichzeitig aufs Kupplungs- und Gaspedal.

Er wartete kurz und versuchte es noch einmal. Nun stand sie im Profil direkt vor seiner Kühlerhaube.

»Ruhig«, sagte er zu sich selbst. »Sitz still, Johan. Gleich ist sie verschwunden. Dann kannst du dich davonschleichen und einen Abschleppwagen kommen lassen.«

Sie klopfte an die Scheibe.

»Will er nicht starten?«

Er öffnete die Tür und sagte, dies sei öfter der Fall.

Sie betrachtete ihr Gemüse.

»Ich ernähre mich immer so gesund, wenn Rune nicht da ist. Er ist unglaublich anspruchsvoll. Kennen Sie das kleine Café drüben im Park beim alten Kastell?«

Sie sagte das Ganze sehr schnell, so als bestünde ein

Zusammenhang. Zwischen dem anspruchsvollen Sohn und dem Café im Park.

Und Johan, der noch nie von dem kleinen Café beim alten Kastell gehört hatte, sagte, er sei schon einmal dort gewesen.

Sie nickte und blickte ihn abschätzend an.

»Wir könnten dort zusammen zu Mittag essen«, sagte sie. Er nickte, ebenfalls sehr sachlich. Etwas Anmaßendes begann in ihm zu zirkulieren. Resigniert stellte er fest, dass es sein Blut war.

»Die Sache ist die«, begann er und war irritiert darüber, dass er keinen spontanen Satz äußern konnte, ohne sich sofort über jedes Wort zu ärgern. »… die Sache ist die, dass ich für den Rest des Tages frei habe.« In Zeitlupe sah er Svenne rennen und fallen, aufstehen, weiterlaufen und erneut stürzen.

Er stieg aus und ging um das Auto herum zu ihr. Sie schaute lachend an sich hinunter.

»Ist es etwa deswegen?«

Er schaute auf ihre Füße. Sie trug rote Baseballstiefel.

»Die gehören Rune. Ich hab sie an, weil ich ihn schon vermisse. Man bindet sich so unglaublich …«

Sie sah weg und schüttelte den Kopf.

»Ich heiße Johan«, sagte er lächelnd und streckte die Hand aus. Sie nahm sie. Ihre Hand war klein und kühl.

»Ich weiß«, sagte sie. »Dein Kumpel schreit doch immer durch die ganze Kneipe: ›Hey, Johan, bring noch 'n Kaffee mit!‹ Ich heiße Hannah.«

»Okay«, sagte er und ging zur Fahrertür.

Sie winkte. »Dann sehen wir uns in ein paar Stunden.« Sie lachte erneut. »Mit Schlips und Kragen.«

Er setzte sich ins Auto, das sofort startete.

5

Als er seine Füße in die klebrige, schmierige Masse setzte, wusste er sofort, worum es sich handelte. Er schaltete das Licht ein und betrachtete vom Briefschlitz aus, von dem es immer noch tropfte, wie sich das Blut bis zur Küchentür vorgearbeitet hatte.

Später, als er mit Küchenpapier und feuchten Tüchern versuchte, das Schlimmste zu entfernen, tat er es mit einem Anflug von Wehmut. Es war so unglaublich ärmlich, mehrere Liter Schweineblut zu kaufen und es Leuten in den Hausflur zu kippen. Aber natürlich hatte Svenne auch Freunde gehabt. Vielleicht musste man sogar von einem gewissen Ehrenkodex sprechen. Er wusch seine Schuhe ab und legte den Teppich zum Trocknen über die Hintertreppe.

Eine halbe Stunde später stand er unter der Dusche, wiederholte ihren Namen und rief ihn schließlich so laut, dass es in den Wasserrohren widerhallte.

»Fahrt zur Hölle mit eurem Schweineblut«, murmelte er, während er sich die Zähne putzte.

»Es muss ziemlich anstrengend sein, so einen großen Sohn zu haben«, sagte er zum Spiegel.

»Hat man nicht sehr viel Arbeit als Mutter von solch einem kleinen Racker?

Ist bestimmt keine Kleinigkeit, sich um den Kleinen zu kümmern. Aber vielleicht ist er ja abwechselnd bei dir und dem Vater des Kindes.

Wo steckt eigentlich dein Mann?«

Das Telefon klingelte.

»Bist du verheiratet, Hannah?«, fragte er lächelnd und hob den Hörer ab.

»Klinger?«

»Ja, hier Klinger.«

»Hast wohl immer noch Svennes Blut im Flur.«

»Mit wem spreche ich?«

»Du bist ein Schwein, Klinger. Du hast dich lächerlich gemacht. Aber jetzt hör gut zu: Halte dich sehr, sehr zurück, du stehst ganz oben auf der Liste, das kann ich dir versichern, und nach der Sache mit Svenne haben wir nicht mehr viel Geduld.«

Nachdem er aufgelegt hatte, sagte er sich, dass damit zu rechnen gewesen war. Er hatte schon früher kleine dumme Anrufe, Otto gar Drohbriefe bekommen. Dennoch blieb er zehn Minuten auf dem Sofa sitzen und spürte die Angst, die ihm wie eine Form der Einsamkeit vorkam. »Immerhin war ich es, der ihn erschossen hat«, murmelte er. »Ich, der Svenne im Bruchteil einer Sekunde aus diesem Leben gerissen hat. Nicht Otto, kein anderer Beamter, ich allein.«

Warum, zum Teufel, hatte er nicht abgewartet?

Als er eine Stunde später in den Park ging, fragte er sich, ob sie ihn beobachteten. Der Park wäre hierzu ein idealer Ort.

Er schaute auf die Uhr und begann zu laufen, als er sie sah. Sie ging auf einem Weg, ungefähr zwanzig Meter von ihm entfernt. Still und leise. Ohne Gummistiefel. Ansonsten war sie unverändert. In einiger Entfernung sah er die Ruine durch die Bäume schimmern: Das alte Kastell und die Sonnenschirme. Er mochte ihren Gang. Sie bewegte sich wie eine Frau, die gut in Form war. Ein gesunder Mensch.

Es war kein Problem, einen freien Tisch zu finden, und mit Hannah konnte man unbeschwert plaudern. Sie sprach vor allem über Rune. Johan berichtete, er habe eine kleine Schwester, die mongoloid sei. Das interessierte sie sehr.

»Es muss doch auch ziemlich anstrengend sein, so einen großen Sohn zu haben«, sagte er.

Sie aßen Schalentiere und tranken Weißwein.

Schmunzelnd erzählte sie, wie schwierig Rune zur Zeit war. Und von ihrer Arbeit.

»Was hast du eigentlich mit deinen Schuhen gemacht?«

Johan blickt auf seine Wildlederschuhe hinab, die von dunklen Flecken übersät waren. Er hatte sie extra noch geputzt.

»Vor drei Stunden waren die Flecken noch nicht da«, fügte sie lachend hinzu und erklärte, sie gehöre eben zu den Typen, die so etwas bemerkten.

»Ist nur Farbe«, murmelte Johan. »Der ganze Flur war voll davon. Irgendein Idiot muss sie mir durch den Briefschlitz gegossen haben.« Er lächelte bagatellisierend.

»Aber warum denn?«

»Tja, warum bloß? So was passiert halt. Hin und wieder.«

Sie legte den Kopf etwas schräg.

»Hast du … Probleme?«

»Ach, eigentlich nicht. Otto und ich, wir waren gestern im Chinesenviertel, weil ein Mädchen von ihrem Freund verprügelt worden war. Sein Name war Svenne. Verprügelt ist eigentlich untertrieben. Sie hat ein Auge verloren.«

Hannah zündete sich eine Zigarette an.

»Eigentlich wollten wir den Kerl festnehmen, aber dann kam alles anders als erwartet. Er lief Amok und hat mit einer Schrotflinte auf uns geschossen. Er hat Otto ins Bein getroffen … Leider habe ich dann … Svenne erwischt.«

In dem kleinen Café wurde es unmerklich stiller.

»War das gestern?«, fragte sie leise.

Johan nickte und wandte den Kopf ab.

»Ist er … tot?«

»Ja, er ist tot. Was ich an den Schuhen habe, ist auch keine Farbe.«

Sie legte ihre Hand auf sein Handgelenk.

»So etwas kommt vor«, sagte er und schaute ihr in die Augen.

Später gingen sie spazieren. Johan erzählte ihr mehr von Svenne und war froh, mit ihr darüber sprechen zu können. Er erzählte ihr auch, dass Lewis möglicherweise in die Angelegenheit verstrickt sei. Hannah entgegnete, sie kenne Lewis' Namen aus der Zeitung und fragte, ob Johan denn gar nichts mit dem Fall Como zu tun habe.

»Nicht das Geringste.«

»Ich dachte, sämtliche Polizisten dieses Landes sind mit diesem Fall beschäftigt«, sagte sie lächelnd.

Als sie den Park verließen, hatte die Rushhour begonnen. Sie streckte die Hand aus.

»Wenn du mich wiedersehen möchtest, wäre ich zu überreden«, sagte sie.

»Du nimmst mir das Wort aus dem Mund«, entgegnete er und tippte auf seine Zungenspitze. »Soll ich dich mitnehmen? Der Wagen fährt wieder.«

»Ich muss in die andere Richtung, vielen Dank. Ich habe ein Vorstellungsgespräch. Aber …«

Sie fand ein Stück Papier, auf das sie ihre Telefonnummer schrieb.

»So, jetzt musst du mich nur noch anrufen.« Sie gab ihm lachend einen Kuss auf die Wange.

Johan musterte sie vom Kinn bis zum Mund, über die Nase bis zu den Augen.

»Äh … du kannst natürlich auch meine haben …«

»Die habe ich schon.«

Er schaute sie verwundert an.

»Du hast meine Telefonnummer?«

»Ja, die habe ich nachgeschlagen. Es gibt nur einen Johan Klinger in der Stadt. Kinderleicht.«

»Woher kennst du meinen Nachnamen?«

»Tja …«, sie wich einen Schritt zurück. »Darüber kannst du dir ja ein paar Gedanken machen. Ruf mich heute Abend an. Dann spiele ich dir eine Platte vor.«

Er winkte und dachte, dass er in genau dieselbe Richtung musste wie sie.

Sie stand auf der anderen Straßenseite.

»Magst du die Oper?«, rief sie.

Er nickte eifrig.

In diesem Moment fuhr ein Bus vorüber. Er sah sie in jedem Fenster sitzen.

6

Sie standen auf dem Parkplatz vor dem Polizeirevier, Johan und Otto. Der Dicke lehnte sich über den Wagen. Beide Arme ruhten auf dem Dach. Johan sprach über den Geburtstag seiner Schwester. Über seine Eltern und Feos Leben.

»Ich weiß wirklich nicht, was aus ihr wird, wenn meinen Eltern was passieren sollte«, murmelte er.

Otto schaute ihn an.

»Womit radelst du durch den Wald?«

»Lass gut sein, Otto.«

»Mit einem Walkman? Wie lange kennst du sie jetzt schon? Einen Monat! Ist dir klar, dass deine Arbeitskraft seit dieser Zeit um achtzig Prozent reduziert ist?«

»Ganz im Gegenteil.«

»Das darf doch alles nicht wahr sein! Du wirst zwei Monate vom Dienst befreit, mich setzt man hinter den Schreibtisch, und der Fall Valentin wird zu den Akten gelegt. Und was tust du? Grinst blöd vor dich hin. Verliebtheit ist nicht das, was die meisten Leute glauben. Es ist eine Krankheit …«

»Es ist das Leben, Otto.«

»Die Verliebtheit ist die Inkubationszeit, Johan. Die Krankheit bricht erst später aus. Sie ist chronisch und nennt sich Ehe. Und was in aller Welt verstehst du schon von der Oper? Aber das liegt wohl alles an dem Salat, den ihr esst. Fickt ihr etwa besser, wenn ihr euch ernährt wie Kaninchen?«

»Wollen wir nicht fahren?«

»Wahrscheinlich willst du sie und den Jungen auch noch versorgen.«

Johan stieg in den Wagen.

»Hannah kann sich selbst versorgen. Sie ist Lehrerin, spricht fließend Französisch und Spanisch und könnte auch vom Übersetzen leben, wenn sie das wollte. Abgesehen davon, dass ich überhaupt nichts dagegen hätte, sie zu versorgen.«

Sie fuhren los. Otto schlug vor, zu der Hafenmole zu fahren, an der sie früher schon gesessen und Bier getrunken hatten.

»Klar ist es schön für dich, dass du jemand gefunden hast«, murmelte Otto, »so hab ich das nicht gemeint.«

Johan nickte lächelnd und schaute dem Tragflächenboot hinterher.

»Wir werden einfach von vorne bis hinten verarscht. Die haben doch alle nichts anderes mehr im Kopf, als Mahler in den Arsch zu kriechen, während wir uns hier sinnlos abrackern. Und was mit Rose Valentin, Suzan und dem Schwachkopf Svenne passiert, ganz zu schweigen von Lewis und Koch, ist denen doch scheißegal. Das ist es, was mich so aufregt. Willst du kein Bier?«

Johan seufzte. Otto holte vier Pils.

»Ich trinke nur eins«, sagte Johan.

»Mehr kriegst du auch nicht!«, rief Otto aufgebracht. »Der Idiot hätte mir glatt die Eier wegschießen können. Wie läuft's mit ihrem Sohn?«

Johan hatte Otto berichtet, dass der Umgang mit Rune nicht immer leicht war. Dass sie sich große Mühe gaben, behutsam vorzugehen.

»Wird schon besser«, sagte er, schränkte jedoch ein: »Aber ich verstehe ihn einfach nicht. Manchmal bleibt er die halbe Nacht verschwunden, und wir fahren in der Gegend rum und suchen ihn.«

»Er will euch ärgern …«

»Hin und wieder zeigt er mir, was er im Supermarkt geklaut hat und fragt, was ich als Bulle dagegen tun will.«

Johan nahm einen Schluck Bier.

»Hast du das alles aus dem Supermarkt?«, fragt er Rune, als sie sich vierzehn Tage kennen. Hannah steht draußen in der Küche.

Rune fixiert ihn mit brennendem Blick.

»Das ist wirklich ein Kinderspiel. Und du kannst nichts dagegen tun.«

Johan reagiert auf der Stelle. Schnappt sich den Jungen und schleppt ihn zum Geschäftsführer des Supermarkts. Sie stehen vor einem großen Kühlregal, in dem sich Milchkartons und verfaultes Gemüse stapeln: Johan, Rune, eine verzweifelte Hannah und ein ebenso ratloser Geschäftsführer, der vorschlägt, es bei einer Warnung bewenden zu lassen.

Als sie den Supermarkt wieder verlassen, gibt Hannah Rune einen Kuss auf die Haare.

»Jetzt vergessen wir die ganze Geschichte, Rune.«

Johan sagt kein Wort.

Nachts liegen sie eng beieinander, und er denkt, er sei nie glücklicher gewesen. »Du musst versuchen, Runes Vertrauen zu gewinnen«, sagt sie. »Vergiss einfach, dass du Polizist bist, Johan.«

Er versteht sie nicht. »Jeder Vater hätte doch dasselbe …«

»Aber du bist nicht sein Vater. Das ist der Unterschied.«

»Soll ich … sollen wir denn einfach tatenlos zusehen, wenn er …«

»Das ist doch nur eine vorübergehende Phase, die er überwinden muss.«

Zwei Tage später geht Johan in Runes Zimmer und findet ihn mit einem 30 Zentimeter langen Bajonett vor.

»Wozu brauchst du das?«

»Mach 'ne Fliege.«

Johan schließt die Tür hinter sich und sieht den Jungen kalt an.

»Hör zu, Rune. Ich habe deine Mutter sehr gern. Und ich möchte, dass auch wir ...«

»Bist du taub?«

»Gib mir das Bajonett.«

»Verpiss dich, Mann! Das Ding gehört mir!«

»Wenn ich zu entscheiden hätte, würdest du die Abreibung deines Lebens kriegen«, hörte Johan sich sagen.

»Na los, versuch's doch!«

Später am Abend sitzt er zu Hause bei seinen Eltern und sieht zu, wie Feo Rockstars auf ein liniertes Stück Papier kritzelt. Er schleicht sich auf den Flur und ruft Hannah an, die alles als Bagatelle abtut. »Ach, Johan, er ist doch so süß. Jetzt hockt er vor dem Fernseher und freut sich über einen Zeichentrickfilm.«

Er wirft einen Blick auf Feo im Wohnzimmer seiner Eltern, das einem voll gestopften Mausoleum gleicht. Sie leuchtet wie eine Sonne. Die kleine, glückliche Feo.

»Ich liebe dich, Hannah«, flüstert er ins Telefon.

Er schaut Otto an, der sein zweites Pils leert.

»Er hat ein Problem«, sagte er.

»Der Junge?«

»Mhm. Da ich vom Dienst befreit bin, haben wir beschlossen, gemeinsam wegzufahren. Pauschalurlaub, du weißt schon. Die Angebote sind momentan sehr günstig. Eine Woche Costa Brava. Hannah spricht Spanisch. Ich werde nie vergessen, als ich es Feo gesagt habe.«

»Wollt ihr sie etwa mitnehmen?«

»Ja, warum denn nicht?«

Otto zuckt die Schultern.

»Sie hat gleichzeitig gelacht und geweint.«

»Aber dann war da noch der liebe Rune …« Otto lacht in sich hinein.

Sie sind alle drei zu Hause: Hannah, Rune und Johan. Es ist Nachmittag, die Sonne scheint, und sie haben gerade Tee getrunken.

»Wir haben eine Urlaubsreise gebucht, Rune«, sagt Hannah. »Wir werden in einem Hotel direkt am Wasser wohnen.«

»Ich fahr nicht mit. Ihr könnt mich nicht zwingen.«

»Doch, das können wir, Rune. Du bist erst zwölf Jahre alt, und außerdem … freuen wir uns schon so, Johan und ich. Jetzt sei nicht so störrisch.«

»Vergiss es! Was soll ich da unten?«

»Meine kleine Schwester fährt auch mit«, wirft Johan ein.

Rune fährt herum und starrt ihn an.

»Das habt ihr ja schön eingefädelt. Und ich soll natürlich das Kindermädchen für die Kleine spielen.«

»Sie ist fünfunddreißig«, sagt Johan.

Rune glotzt ihn verständnislos an.

»Und mongoloid«, ergänzt Johan und setzt sich hin.

Stille. Sie hören den Verkehr von der Straße und das Radio des Nachbarn.

»Du weißt doch, was Mongoloide sind, Rune«, sagt Hannah und räumt den Tisch ab. »Manchmal sehen wir welche im Hallenbad.«

»Die Schwachsinnigen?« Er sagt es mit herausfordernder Miene.

»Sie sind nicht schwachsinnig«, sagt Hannah ruhig. »Sie sind mongoloid.«

»Natürlich sind die schwachsinnig. Was soll das Ganze?« Er schreit so laut, dass ihm die Tränen kommen. Kurz darauf knallt er seine Zimmertür so heftig zu, dass es in der gesamten Wohnung widerhallt.

Und wenig später hören sie, wie er mit dem Bajonett auf die Tür losgeht. Johan blickt an die Decke.

»Lass ihn sich erst mal an den Gedanken gewöhnen«, sagt Hannah.

»Er macht die Tür kaputt«, murmelt Johan.

Hannah geht in den Flur. »Rune, hör auf. Du machst deine Tür kaputt, mein Junge.«

Sie kommt wieder ins Wohnzimmer und zündet sich eine Zigarette an.

»Er muss sich nur abreagieren.«

Sie legt die Arme um ihn.

»Wenn er mein Sohn wäre …«, sagt Johan.

»Dann hättest du ihm eine Tracht Prügel verabreicht.« Sie nickt.

»So was in der Art.«

Sie lässt ihn los.

»Vielleicht ist es genau das, was er braucht, Hannah. Vielleicht ist es das, was er will.«

»Kennst du jemand, der eine Tracht Prügel will?«

»Nein, aber ich kenne viele Menschen, die wissen wollen, was sie tun dürfen und was nicht.«

»Das weiß Rune ganz genau. Aber er ist in einem Alter, in dem er selbst bestimmen möchte.«

Johan fasst sie am Arm.

»Es gibt Menschen, die niemals damit umzugehen lernen, Hannah. Sie erfinden ihre eigenen Regeln. Ich kenne das.«

»Würdest du mich bitte loslassen?«

»Entschuldige.«

»Rune ist nicht kriminell, falls du das andeuten willst.«

»Leute werden nicht kriminell geboren, Hannah. Sie werden dazu gemacht.«

Sie hat Tränen in den Augen.

»Ganz genau, Herr Polizist. Manche werden auch in die Kriminalität getrieben. Aber das hat ganz andere Ursachen. Das ist Politik. Im Moment ist doch das ganze Land hysterisch wegen des Mordes an Como. Die Zeitungen und das Fernsehen reden von nichts anderem mehr. Jedes Mal wenn man die Glotze einschaltet, grinst einem sein selbstzufriedenes Gesicht entgegen. Und die unterschwellige Botschaft ist doch völlig klar.«

»Und die wäre?«

»Dass als Täter nur ein Ausländer in Frage kommt. Deine Kollegen haben bereits eine Riesenzahl an Gastarbeitern und Flüchtlingen festgenommen. Und wer fragt noch nach der Frau aus dem Bordell, von der du neulich erzählt hast?«

»Vielleicht willst du ihr auch ein Denkmal im Park errichten.«

Sie packt seinen Arm.

»Johan, warum ist sein Leben mehr wert als ihres?«

»Ach lass doch, Hannah. Das ist alles dummes Zeug.«

»Hast du dir überhaupt keine Gedanken darüber gemacht, woher der ganze Terror im Moment kommt? Warum die Leute gewalttätig werden?«

Er befreit sich von ihrem Griff.

»Die Leute werden nicht gewalttätiger. Das sind nur ein paar Fanatiker.«

»Die das nicht aus Spaß machen, Johan.«

»Warum nimmst du ihm nicht das Bajonett weg?«

»Warum sollten wir ihm nicht unser Vertrauen zeigen?«

Johan blickt zur Decke und breitet kopfschüttelnd die Arme aus.

»Der Junge muss vor irgendwas Respekt haben!«

Sie nimmt eine Zigarette.

»Ganz gleich, wovor? Ist es das, was du mir sagen willst? Hauptsache, sie haben Respekt? Hör zu, Johan – ich kenne den Jungen. Es gibt nur einen Weg.«

»Und der wäre, mein kluges Mädchen?« Er legt lächelnd die Arme um sie.

»Ihm weiterhin zu sagen, dass man ihn liebt. Gut, er ist sehr jähzornig. Sein Vater ist auch sehr jähzornig.«

Johan lehnt sich zurück. Über das Thema »Runes Vater« haben sie nie zuvor gesprochen. Hannah hatte nur erwähnt, dass ihre Ehe von sehr kurzer Dauer gewesen war.

»Was tut er, Runes Vater?«

»Er unterrichtet. Die meiste Zeit.«

»Was noch?«

»Ach, ich weiß es gar nicht. Er war schon immer ein Eigenbrötler. Er malt und macht Musik. Er ist sehr kreativ. Sehr musikalisch. Und ein bisschen eigenwillig. Genau wie Rune. Und absolut integer.«

»So integer wie Rune?«

»Rune weiß genau, was richtig und was falsch ist.«

Und Johan denkt: Aber er tut das Falsche, weil er Spaß daran hat. Der Junge ist von Grund auf gestört.

»Warum habt ihr euch scheiden lassen?«

Sie schaut ihn vieldeutig an. Als wolle sie sagen: Auf diese Frage habe ich gewartet.

»Weil wir uns nicht liebten. Das klingt natürlich ziemlich einfach, und im Grunde gab es mehrere Ursachen, so wie immer, aber das Ganze ist fast zehn Jahre her. Er hätte niemals heiraten sollen.«

»Hatte er Rune gern?«

»Er hat ihn geliebt. Er liebt Kinder über alles. Sie sind für ihn etwas Heiliges.«

»Hast du noch Kontakt zu ihm?«

»Wir telefonieren manchmal miteinander.«

»Und Rune?«

»Der besucht ihn hin und wieder. Aber nur selten. In letzter Zeit hat er natürlich demonstrativ und häufig nach ihm gefragt. Sag mal, ist das hier ein Verhör?«

»Das ist genau die richtige Bezeichnung.«

7

Kommissar Schatt fixierte die zwölf Männer, die sich in seinem alles andere als aufgeräumten Büro im fünften Stock des Gebäudes befanden, in dem ständig neue Räume frei gemacht wurden, um weitere Aktenberge im Mordfall Albert Como aufnehmen zu können.

»Es geht um eine Reihe von Razzien und es handelt sich um Heroin. Wo sind Sie gewesen, Klinger?«

Die anderen glotzten Johan träge an, der antwortete, er sei in Spanien gewesen.

»Kannst du dir das leisten?«, fragte einer.

»Er hat eine Fleißprämie bekommen«, sagte Otto grinsend.

Schatt schaute ihn gereizt an, bevor er seine Instruktionen fortsetzte:

»Sechzig Kilo, die noch nicht auf den Markt gelangt sind. Wir schlagen zeitgleich zu, sodass sie keine Gelegenheit haben, miteinander zu reden. Es geht um folgende Lokalitäten ...«

Namen und Orte wurden untereinander aufgeteilt.

»Ich denke, ich muss an dieser Stelle nicht wiederholen, dass wir im letzten Jahr mehr als hundertsechzig Drogentote hatten.«

»Woher wissen wir, dass die sechzig Kilo inzwischen nicht aufgeteilt wurden?«, fragte Otto.

»Wir wissen, dass die Ware noch nicht in Umlauf ist«, antwortete Schatt. »Möglicherweise wurde sie gestückelt, aber mit Ihrer Nase sollte es kein Problem sein, sie aufzuspüren, Volmar. Im Moment ist der Markt mit Kokain und Amphetaminen gesättigt, also warten die Händler auf bessere Zeiten. Irgendwelche Fragen? Ausgezeichnet. Es ist jetzt 17 Uhr 30. Die Nacht gehört euch. Wiedersehen, die Herren.«

Johan, der sich darauf gefreut hatte, zu Hannah nach Hause zu kommen, fragte Schatt, warum sie nicht ein wenig früher, zum Beispiel gestern, informiert worden seien.

»Weil der Erfolg einer Razzia ausschließlich auf dem Überraschungsmoment basiert, Klinger.«

Otto zog Johan auf den Gang hinaus.

»Ist doch reizend, nicht wahr?«, sagte er. »Sie vertrauen nicht einmal uns.«

Johan rief Hannah an, die erklärte, der Auflauf stehe bereits im Ofen.

»Tut mir Leid«, sagte er.

»Kannst du das nicht sausen lassen?«, fragte sie.

»Das geht nicht«, erwiderte er und schaute Otto an, der sich nichts anmerken ließ.

Danach fuhren sie zu Elis Bistro, wo Otto das Tagesgericht bestellte.

Johan aß zwei Stullen mit Käse.

»Und? Waren die Ferien ein Fiasko?«

»Nein, nein, alles war wunderbar. Abgesehen von Rune.«

Johan schaute auf den Zettel, den Schatt ihnen mitgegeben hatte.

»Wir werden dieses Dreckszeug nie aufspüren«, sagte Otto schmatzend. »Es sei denn, wir rücken jemand mächtig auf die Pelle.«

Johan nickte zerstreut und betrachtete Elis Frau, die in den Zähnen stocherte. Er dachte an Feo im Schwimmbecken, mit ihren neuen hellroten Schwimmflügeln, die sie jeden Morgen sorgsam aufgepustet und die Rune am letzten Tag mit seinem Dolch in tausend Stücke zerschnitten hatte. Das Bild der kleinen, dicken Feo am leeren Pool und des hageren, lachenden Rune, der mit seinem Dolch ein paar Meter entfernt gestanden hatte. Das Schweinchen und der Wolf.

»Leo«, sagte Otto. »Mit Leo fangen wir an. Hörst du mir zu, Johan?«

»Ja«, murmelte Johan. »Ich hör dir zu. Wir fangen mit Leo an.«

»Aber wir lassen uns Zeit«, fuhr Otto fort. »Ich schlage vor, dass wir noch mindestens fünf Stunden warten.«

»Dann kann ich jetzt doch genauso gut zu Hannah nach Hause fahren …«

»Kannst du eben nicht.« Ottos Lippen glänzten. »Meinst du etwa, ich hole dich in angeheitertem Zustand wieder ab, mit Schlafzimmerblick, nach Knoblauch, Rotwein und Kartoffelgratin riechend? Wir sind schließlich ein Team, Klinger, und bei Leo muss man mit allem rechnen.«

Johan schüttelte schwach den Kopf.

»Ich verstehe eigentlich nicht, wie die Comogruppe ohne dich auskommt, Otto.«

Otto entgegnete, dies sei ihm auch ein Rätsel. Vielleicht wollten sie den Fall ja gar nicht aufklären.

»Vorläufig haben sie die Gefängnisse mit allen südländischen Männern zwischen vierzehn und fünfundachtzig voll gestopft, und je stärker der Druck von Presse und Politik wird, desto verzweifelter agieren sie. Na, das wird ein Fest, wenn sich eines Tage irgendein altes Weib den Behörden stellt. Auf das ganze Geschwafel von internationalem Terrorismus gebe ich gar nichts. Das stinkt doch zum Himmel. Jetzt machen wir erst mal einen Spaziergang, sehen uns von neun bis elf diesen perversen Krankenschwesternstreifen, an und dann statten wir Leo einen Besuch ab. Gib mir doch mal den Senf, Johan.«

Kurz vor Mitternacht fuhren sie zum Studio 69, einem

kleinen, schmierigen Kino, das sich im Großen und Ganzen nicht von den anderen zwanzig unterschied, die über eine Bar mit Toplessbedienung und einen Vorführraum verfügten, der aus einer großen Leinwand sowie einigen muffigen Kabinen bestand, in denen man unbehelligt den Videofilmen folgen konnte. Der Inhaber Leo Maggath war ein guter Freund von Otto, seit Leo in jungen Jahren mit verschiedenen Waren experimentiert hatte, über die Otto – im Austausch gegen gewisse Informationen – geflissentlich hinwegsah.

»Leo und ich«, sagte Otto, »stehen auf verschiedenen Seiten der Linie.«

»Dabei gibt es so wenig, das euch voneinander trennt«, erwiderte Johan trocken.

»Nur der Strich«, sagte Otto und kicherte.

Das Chinesenviertel war illuminiert worden. Die Straßen waren voller Leute. Johan rieb sich die Augen und dachte zum ersten Mal, sein Leben bestehe aus Versäumnissen. Er hatte es versäumt, ein Kind zu bekommen. Ein Kind, um das er sich kümmern konnte und das seine kleinen Füße niemals in ein Viertel wie dieses setzen würde. »Unschuld«, murmelte er und sah Otto zur Theke stiefeln, hinter der eines von Maggaths früheren Mädchen gerade einen Joghurt aß.

»Kann ich euch helfen?« Das Mädchen schaute sie an.

»Ja, wir dachten gerade, dass wir gleich wieder umkehren und lieber einen von euren netten Filmen ansehen sollten«, brummte Otto und zog den Vorhang zu dem schummrigen Raum zur Seite, in dessen Mitte sich eine Bar befand, hinter der ein Mädchen mit Netzstrümpfen, Hotpants und Fliege die Kunden bediente.

Otto lächelte Johan an. Nun kam Maggath hinzu. Vermutlich hatte das Mädchen vom Empfang ihn verständigt. Er war um die Fünfzig, korpulent, mit aufgedunsenem Gesicht und lebensmüdem Gesichtsausdruck.

»Tag, Maggi«, seufzte Otto und zog sich mühsam auf einen der hohen Barhocker.

Maggath schenkte ihm einen müden Blick. Eigentlich schien er alles leid zu sein. Ein kleiner, ziemlich trauriger Peter Lorre.

»Wenn ich meine nächste Steuerklärung mache, werde ich an dich denken, Otto«, sagte er ohne zu lächeln. »Du kannst das bestimmt absetzen.«

Otto zuckte bescheiden die Schultern und glotzte ungeniert das Barmädchen an.

»Wir sind rein privat hier«, sagte er.

Maggath machte eine vielsagende Kopfbewegung. Otto fragte, ob sie immer noch die Filme zeigten, in denen die Leute sich den Arsch versohlten.

»Die sind bestimmt was für dich, Volmar«, warf das Mädchen an der Bar ein.

Otto grinste Johan an.

»Die haben wirklich Humor hier«, sagte er.

Maggath wandte sich mit gedämpfter Stimme an Johan, während er sich eine neue Zigarette anzündete.

»Können wir es nicht hinter uns bringen? Also, was wollt ihr?«

Otto ließ sich ächzend vom Barhocker gleiten und ging in den Vorführraum, in dem ein paar Männer im Dunkeln saßen und einen Farbigen anglotzten, der gerade zwei Frauen an ein Himmelbett fesselte.

Währenddessen ging Johan zum Empfangstresen und studierte das Sortiment an Videofilmen. Maggath schaute ihm hinterher. Im Gegensatz zu Otto waren Johan und Maggath nicht sehr gesprächig. »Im Chinesenviertel gibt es zwei Sorten von Kriminellen«, hatte Johan bei einem früheren Besuch des Studio 69 zu Otto gesagt. »Die ehrlichen und die unehrlichen. Maggath gehört zu den Letzteren.«

Bei anderer Gelegenheit hatte sich Maggath Otto anvertraut, indem er sagte, es gebe zwei Sorten von Bullen. Die vernünftigen, die, so wie Otto, bloß ihrer Arbeit nachgingen und die Leute in Ruhe ließen, und die selbstgerechten à la Johan Klinger.

Johan drehte sich um und erblickte eine Türklinke hinter dem Tresen, die zu einer in die Holztäfelung eingelassenen Tür gehörte.

»Bist du hier verabredet?«, fragte das Mädchen.

Johan ging hinter den Tresen und drückte die Klinke herunter.

Sie packte ihn am Arm.

»Stopp, das hier ist privat.«

»Was soll das heißen?«, fragte er.

»Na, privat, soll ich's dir buchstabieren?«

Er schob sie seufzend zur Seite und betrachtete die lange, schmale Treppe, die in den ersten Stock führte.

»Hey, du Penner, was bildest du dir ein?«, rief das Mädchen.

Er gelangte in einen viereckigen Raum, der Ähnlichkeit mit einem Wartezimmer hatte. An der einen Wand befand sich ein Regal mit Pornomagazinen und Videobändern. Auf der gegenüberliegenden Seite standen zwei Stühle zwischen drei Türen. Er brauchte nicht zu lauschen, um zu wissen, was in den Zimmern vorging.

Das Mädchen kam zu ihm nach oben.

»Bist du taub? Ich habe gesagt, hier ist privat!«

Er blätterte in den Hochglanzmagazinen.

»Ich bin von der … Polizei«, murmelte er.

»Na und?«

»Ich möchte wissen, was hier oben stattfindet«, sagte er, ohne sie anzublicken.

»Hier ist das Solarium«, erwiderte das Mädchen.

Er sah sie kurz an und nickte.

»Und was ist das hier?« Er warf einen raschen Blick auf die Magazine.

»Na, das sieht man ja wohl«, sagte sie.

»Das sind Kinder«, sagte er.

In diesem Moment erschienen Maggath und Otto auf der Treppe.

»Was, zum Teufel, hat der hier zu suchen?«, rief Maggath und sah das Mädchen vorwurfsvoll an.

Danach bedachte er Otto mit demselben Blick.

»Ja, was, zum Teufel, tust du eigentlich hier, Johan?«, fragte Otto. »Wir wollten uns doch bloß amüsieren und den Film gucken, in dem sich die Leute auspeitschen.«

Die Geräusche hinter der Tür erstarben.

Ottos Blick öffnete sich wie ein Fächer.

Maggath fragte, ob sie nicht wieder nach unten gehen könnten.

Johan gab ihm eines der Hefte mit den kleinen Mädchen.

»Was soll ich damit?«

»Schau es dir an!«

Otto schaute es sich ebenfalls an. Nicht ohne berufsbedingtes Interesse.

»Ja, und?«, fragte Maggath. »Ich habe keine Ahnung, wo die herkommen.«

Johan fegte eine ganze Reihe von Videofilmen vom Regal.

Magath starrte ihn an.

»Willst du mir etwa einreden, die hätten deine Solariumkunden mitgebracht?«

»Ich sage doch, dass ich nicht weiß, wo die herkommen!«, schrie Maggath und blickte Otto flehentlich an. »Was soll das ganze Theater?«

»Sind auf diesen Filmen Kinder zu sehen?«, fragte Otto leise, während er Maggath die Hand auf die Schulter legte.

»Ich weiß es nicht, Otto«, sagte Maggath. »Ich hab etwas anderes zu tun, als mir das versaute Zeug anzuschauen, das die Leute hier anschleppen.«

Johan blickte zur Decke.

»Diese Filme sind nicht gut«, seufzte Otto.

Maggath fuchtelte mit den Armen.

»Ganz ehrlich: Warum geht ihr nicht runter und nehmt jemand fest, der bei Rot über die Straße geht?«

»Leo!«, sagte Otto. »Das ist nicht gut.«

»Was meinst du damit?«

»Wir müssen den Laden leider dichtmachen«, sagte Otto zerknirscht.

»Also, jetzt mach mal 'nen Punkt. Ich habe doch nichts Unerlaubtes getan. Wir zeigen Filme und schenken Bier aus. Ich habe eine Konzession, hier ist alles sauber und ordentlich. Du kannst mir doch wegen der paar Drecksfilme nicht den Laden dichtmachen, Otto.«

»Leo«, sagte Otto und legte ihm beide Hände auf die Schultern. »Lass uns Klartext reden. Für alles andere ist das Leben zu kurz. Die rammeln hier oben wie die Karnickel. Du betreibst ein Bordell. Ableugnen hilft nichts. Du weißt es, die Kunden wissen es, und ich weiß es. Wir brauchen nur eine der Türen zu öffnen. Vielleicht hat der Typ dann schon wieder seine Hose an, aber eines ist sicher: Der legt sich hier nicht auf die Sonnenbank. Und die Videofilme sind brandheißes Material. So leid es mir tut, Leo, aber wir müssen den Laden schließen.«

Maggath ging vor ihnen die Treppe hinunter und an die Bar, wo das Gerücht bereits die Runde gemacht hatte.

Maggath stand an der Bar und ließ die Finger durch seine spärliche Haarpracht gleiten. Währenddessen verließen die letzten Männer das Kino. Das Mädchen an der Bar hatte ein T-Shirt übergezogen, die Musik war verstummt.

»Du weißt, dass das, was du hier tust, völlig umsonst ist«, sagte Maggath.

Otto fragte, ob sie ins Hinterzimmer gehen könnten.

Maggath nickte und durchquerte den Vorführraum, an dessen Ende er die Tür zu einer Art Wohnküche öffnete, in der eine junge Frau saß und einem Säugling die Flasche gab.

»Da soll mich doch …!«, rief Otto.

»Mein Enkelkind«, knurrte Maggath. »Wir versuchen, uns eine Existenz aufzubauen.«

Johan schloss die Tür hinter sich und blickte verstohlen zu dem kleinen Kind, das mit geschlossenen Augen an der Flasche nuckelte. Das Mädchen schenkte ihnen keine Beachtung.

»Dürfte ich mal telefonieren?«, fragte Otto ruhig.

»Muss das sein?«, fragte Maggath.

Otto öffnete seufzend die Arme, während er mit wilden Gebärden einen Verzweifelten spielte, der einen anderen Verzweifelten zur Vernunft bringen will. Schließlich, nachdem er keine Worte gefunden hatte, fragte er, ob das Mädchen den Säugling nicht woanders füttern könne.

Maggath führte sie hinaus.

Johan schloss die Tür und sah, wie Otto von hinten Maggath packte, ihn blitzschnell herumdrehte und mit voller Wucht gegen die Wand presste. Der kleine, dicke Mann starrte ihn verblüfft an.

»Zwei Minuten, Leo, und keine Sekunde länger«, zischte Otto, »dann werde ich persönlich dafür sorgen, dass diese Lasterhöhle für immer von der Bildfläche verschwindet.«

»Ja, aber …«

»Es geht um sechzig Kilo Heroin. Ich weiß, dass du es weißt, und du weißt, dass ich weiß, dass du es weißt. Also: Wo ist der Stoff? Komm jetzt, Leo!«

Otto verdrehte Leos Hemdkragen, sodass ein Knopf absprang.

»Hast du den Verstand verloren?«

»Geh zum Telefon, Johan!«, rief Otto.

Draußen wurde an die Tür geklopft. Das Mädchen rief nach Maggath.

Johan nahm den Hörer ab.

»Tja, Leo, wir nehmen dich mit, und wir haben beide eine lebhafte Fantasie. Diesmal wanderst du wirklich in den Knast. Hatten sie dir letzten Herbst nicht ein Jahr auf Bewährung aufgebrummt?«

»Ich weiß von nichts, und wenn ich was wüsste, würde ich bestimmt nichts sagen. Ich bin doch kein Vollidiot.«

»Ruf einen Streifenwagen, Johan.«

Johan begann zu wählen.

»Stopp!«, rief Maggath. »Und lass mich endlich los.«

Otto ließ von ihm ab.

»Okay, von dem Stoff weiß ich nichts. Weiß es wirklich nicht.« Er drehte ihnen die Seite zu und zündete sich eine Zigarette an. »Aber ich weiß, wer diese Filme produziert.«

»Weißt du was, Leo«, sagte Otto, »du beleidigst meine Intelligenz.«

»So? Dann will ich dir mal was sagen!«, rief Maggath und zeigte mit der Zigarette auf Otto. Seine Hand zitterte. »In dem dreckigen Filmgeschäft ist mehr Geld zu holen als mit eurem verdammten Heroin.«

Otto warf Johan einen kurzen Blick zu, der den Hörer auflegte.

»Okay, Leo. Du weißt, dass Johan und ich in Ordnung sind. Aber wenn du uns verarschen willst, lernst du uns von einer ganz anderen Seite kennen. Also hör endlich mit dem Gewäsch auf.«

Maggath sagte, dass er zu seinen Freunden immer ehrlich sei. Johan wandte ihm den Rücken zu und dachte an die unzähligen so genannten Freunde, die Maggath im Laufe der Zeit denunziert hatte.

Otto fragte, wer diese Filme produziere.
»Richard«, stöhnte Maggath.
Sie glotzten ihn an.
»Ihr kennt doch Richard Delmont.«
Johan nickte mechanisch. Richard war dafür bekannt, mit Kokain und Softpornos zu handeln. Angeblich war er ein wirklich erstklassiger Fotograf. Ein gescheiterter Künstler.
»Du bindest uns doch hoffentlich keinen Bären auf«, sagte Otto.
»Nein, nein, der betreibt einen riesigen Filmhandel. Verkauft auch ins Ausland«, sagte Maggath. »Aber denk um Himmels willen daran, dass du das nicht von mir weißt, Otto!«
»Und mehr hast du mir nicht zu erzählen, Leo? Der kleine Richard, ein harmloser, schwuler Kokser, soll im Alleingang diese ekelhaften Streifen produzieren und am Zoll vorbei ins Ausland verkaufen? Das ist doch nicht dein Ernst, Maggi.«
»Forsch doch nach!«, sagte Maggath. »Forsch doch einfach nach.«
»Kann schon sein, dass Richard die Filme produziert«, meinte Johan, »aber irgendein anderer finanziert das Ganze.«
Otto nickte.
»Du weißt, worauf ich hinauswill, Maggi«, sagte er.
Maggath erklärte, er hätte bereits viel zu viel gesagt.
»Vor wem hast du Angst?«, fragte Otto.
»Wer hat gesagt, dass ich Angst habe?«, rief Maggath.
»Du machst dir vor Schiss in die Hose«, sagte Otto.
»Okay, dann mache ich mir eben in die Hose. Das wäre bei dir nicht anders, das garantiere ich dir. Na los, dann mach eben den Laden zu. Was geht mich das an.«

Zehn Minuten später saßen sie im Auto und sahen die Lichter im Studio 69 wieder angehen.

»Maggi ist wieder im Spiel«, stöhnte Otto. »Ich schlage vor, wir fahren gleich zu Richard.«

Johan schüttelte den Kopf und sagte, mit dem Heroin habe das doch alles nichts zu tun.

»Vielleicht nicht«, sagte Otto lächelnd, »aber vor wem, glaubst du, hat Leo so eine Heidenangst?«

Johan nickte, rief den Polizeifunk und erfuhr, dass man die Aktion abgeblasen hatte.

Auf dem Revier erfuhren sie außerdem, dass das Heroin außer Landes geschafft worden war.

Johan ging die Treppe hinunter.

Draußen hatte es begonnen zu regnen. Otto holte ihn auf dem Parkplatz ein.

»Fahr mal rüber zur Telefonzelle«, sagte er.

»Wieso?«

»Tu's einfach. Oben habe ich nicht daran gedacht, außerdem konnte ich Schatts Visage nicht mehr ertragen.«

An der Telefonzelle zündete Otto seine Pfeife an, während Johan im Branchenverzeichnis blätterte. Richard war als Fotograf registriert:

Richard Delmonts Atelier: Porträts, Mode- und Reklameaufnahmen.

8

Das Gebäude war erst kürzlich restauriert worden und beherbergte offensichtlich eine Reihe von Eigentumswohnungen. Die obersten boten einen Ausblick über den Sund.

»So eine hättest du kaufen sollen«, sagte Otto, als sie vor Richards Tür standen.

Ein junger Mann im Morgenmantel öffnete sperrangelweit die Tür. Er hatte sehr kurze, rot gefärbte Haare und machte aus seiner Homosexualität keinen Hehl, im Gegenteil. Seine zur Schau getragene Weiblichkeit grenzte ans Affektierte.

»Haben Sie einen Termin?«, fragte er kokett.

»Wir sind von der Polizei«, erwiderte Johan und unterdrückte ein Gähnen.

Richard war 45 Jahre alt und klein von Gestalt. Sein müdes Gesicht war von einer faltigen und porösen Haut bedeckt, die von exzessivem Sonnenbaden und extremen Schlankheitskuren respektive Gelbsucht und Krebs zeugte. Unter dem Morgenmantel war er vollständig angezogen. Ihr Besuch schien ihn zu irritieren. Das glatte Hemd und die schwarze Hose deuteten ebenfalls darauf hin, dass er vor kurzem noch sehr viel kräftiger gewesen war.

Sie betraten das Atelier, das groß und vor allem sehr hell war. Johan richtete es im Geiste mit seinen eigenen Möbeln ein. Richard stellte ihnen den jungen Mann als befreundeten Designer vor. Johan musterte den Fotografen und stellte fest, dass er ihm sympathisch war.

Seine müde Entspanntheit sowie seine weltferne Ausdrucksweise hatten etwas Ehrliches und Vertrauenerweckendes. Vielleicht stand er auch bloß unter Drogen. In Anbetracht von Ottos Einstellung gegenüber Homosexuellen sollte er allerdings auf der Hut sein. Der junge Mann mit den roten Haaren sagte, er müsse jetzt gehen.

»Ciao, Richard. Bis bald.«

»Ciao«, sagte Otto und verdrehte die Augen.

Darauf schmiss er Richard ein paar Magazine und eine Videokassette vor die Füße. »Können Sie mir sagen, was das ist?«

»Offensichtlich ein paar Pornohefte und eine Videokassette«, antwortete Richard trocken, aber höflich.

»Ganz richtig!«, rief Otto. »Die Frage ist nur, wer diesen Dreck produziert?«

Richard blickte sie regungslos an und schlug die Beine übereinander. Otto stand auf und ging zu einem niedrigen Rollwagen, auf dem ein hellblauer Fernseher und ein flacher Videorekorder standen. Er legte die Kassette ein.

Sie sahen drei Minuten eines Films, der ebenso trivial wie ekelerregend war.

Otto fragte, wer den Film aufgenommen, wer ihn produziert, wer mitgewirkt und wer ihn vertrieben habe.

Wie nicht anders zu erwarten entgegnete Richard, dieses Produkt sei ihm vollkommen unbekannt.

»Es existieren mehrere glaubwürdige Zeugen«, sagte Otto gedämpft, «die einen Eid ablegen würden, dass Sie diesen Film aufgenommen haben.«

»Wie bedauerlich«, meinte der kleine Mann und stand auf. Irgendetwas an seiner Körperhaltung signalisierte, dass ihn das Video völlig kalt ließ oder dass er nur darauf gewartet hatte, dass sie kommen und ihm belanglose Fragen stellen würden.

»Wo bekommt ihr die Mädchen her?«, fragte Johan,

der sich das Foto auf der Kassette betrachtete, auf dem sich ein asiatisches, höchstens zehnjähriges Mädchen einen erigierten Penis in den Mund steckte.

Richard antwortete nicht. Otto schlug sich auf die Schenkel und stand auf.

»Gut, dann fahren wir. Packen Sie Ihre Sachen. Es kann ein längerer Aufenthalt werden.«

Richard stellte die sinnlose, wenn auch nicht unerwartete Frage, ob dies wirklich sein müsse. Es ginge ihm nämlich nicht besonders gut. Johan betrachtete ihn. Er sah wirklich angegriffen, um nicht zu sagen völlig weggetreten aus.

»Haben Sie irgendwelche Pillen geschluckt?«

»Nichts von Bedeutung«, antwortete er.

Otto drehte ihn brutal zu sich herum.

»Sie sind sich hoffentlich darüber im Klaren, dass dies kein Spiel ist.«

Richard schaute ihn an, versuchte es zumindest. Als es ihm gelang, konnte man seinen Abscheu erkennen, von Typen wie Otto behelligt zu werden. Johan schlug vor, sich für einen Moment zu setzen. Richard schaute ihn dankbar an und ging in die Küche, um ein Glas Milch zu holen.

»Du schlägst bei den Tucken wirklich den richtigen Ton an«, sagte Otto, während der Fotograf in der Küche war. Und Johan dachte, dass nirgends geschrieben stand, dass man jahrein, jahraus mit demselben Kollegen unterwegs sein müsse. Eine Minute später stand Richard im Türrahmen und blickte sie abwartend an. Dann ging er zu der Musikanlage und schob eine CD hinein. Es erklang klassische Musik mit hundert Streichern. Johan schielte zu Otto.

»Es liegt so ein wunderbares Licht über dem Wasser«, sagte Richard. »Sie kennen die Musik sicherlich nicht.«

»Pachelbel, Kanon in D-dur«, sagte Johan. Hannah

hatte ebenfalls eine Aufnahme. Otto starrte ihn an. Richard nickte stumm und setzte sich neben Johan.

»Ich habe … den Film gedreht … und die Fotos … gemacht.«

Johan nickte. Richard ging zum Fenster und kehrte ihnen den Rücken zu.

»Wer finanziert die Filme?«, fragte Otto.

Richard antwortete nicht. Otto ging zu ihm.

»Wer bezahlt dich für die Sauerei!«, wiederholte Otto. »Wir wollen alles wissen. Wo ihr die Mädchen herkriegt, wer den Verdienst einstreicht, mit wem ihr im Ausland zusammenarbeitet. Na, komm schon, du kleine Tunte.«

Johan stand auf.

»Ich bin allein … für alles verantwortlich«, sagte Richard tonlos.

Otto ließ sich mit gespielter Sprachlosigkeit in einen weißen Regiestuhl fallen.

»Wann sind Sie eigentlich auf die schiefe Bahn geraten?«, fragte Johan.

»1978.« Die Antwort kam so prompt, als hätte er an nichts anderes gedacht.

»Sie haben einen Spielfilm gedreht?«

»Zwei. Von dem anderen hat man nie etwas gehört, obwohl es der Bessere war.«

Wenn Johan mit Feo in den Zoo gegangen war, hatte er oft die kleinen, femininen Seidenäffchen mit ihren sprechenden Händen und ihrem müden, desillusionierten Blick betrachtet. Richard glich einem Seidenäffchen, wie er so dasaß und über das Wasser schaute.

»Man rackert sich ewig ab, bis man plötzlich merkt, dass die Jahre vergangen sind und man nichts erreicht hat. Und eines Morgens steht man im Bad, sieht sein Gesicht im Spiegel und fragt sich, wie das eigentlich alles kommen konnte.«

»Diese Pillen, die Sie einnehmen …«

»Sind völlig unbedeutend. Peanuts.«

»Erklären Sie mir, warum die Dinge plötzlich aus dem Ruder gelaufen sind.«

Der Fotograf lächelte ihn gequält an. Ein kurzes Heben der nach oben gezwirbelten Augenbrauen. Ein Gestus, der sowohl Gleichgültigkeit als auch Einverständnis mit Johans Verhörmethode signalisierte. Er ging bedächtig zu einer Palme, die vor einem weißen Schirm stand. Das Milchglas hielt er sich mit beiden Händen vor den Bauch. Als wolle er singen oder rezitieren.

»ICH BIN EIN JUNKIE!«, rief er theatralisch und sah aus, als würde er jeden Moment entkräftet zu Boden sinken, bloß weil er so laut gerufen hatte.

Otto trottete zu Johan.

»Du gibst mir jetzt fünf Minuten mit diesem Knallkopf«, sagte er gedämpft.

»Ich schlage vor, du setzt dich schon mal in den Wagen«, entgegnete Johan.

Otto starrte ihn an.

»Du vermasselst uns die ganze Tour, Johan. Ich glaube wirklich, das Leben unter all den Affen tut dir nicht gut. Und dann noch die Geschichte mit dem Jungen. Was, zum Teufel, ist nur los mit dir?«

Johan schnitt ihm mit einer Handbewegung das Wort ab und ging zu Richard hinüber, der auf einer kleinen römischen Bank Platz genommen hatte. Zur Rechten und Linken der Bank standen zwei Faune, die im Begriff waren, sich an einer üppigen Jungfrau zu vergehen. Ihre vier Bocksfüße bildeten die Beine der Bank. Johan schaute Richard an, dessen Gesicht von Tränen überströmt war.

»Irgendwann ist alles zu spät«, flüsterte er.

Otto stellte sich hinter Johan.

»Schnell, Johan, küss ihn!«

Richard blickte zu Boden und trocknete sich die Wangen.

»Ich glaube nicht, dass ich so viel schlimmer bin als viele andere«, sagte er.

Ottos Schlag kam wie ein Blitz aus heiterem Himmel, und er traf den Fotografen so sauber auf die Wange, dass dieser buchstäblich einen Salto machte.

»Jetzt reicht's!«, schrie Otto. »Ich habe mir das erbärmliche Gesäusel dieser Tucke lange genug mit angehört. Sieh her! Schau dir die Fotos an! Die lügen nicht. Schau dir die kleinen Mädchen an. Was tun sie, Richard? Und jetzt sollen wir auch noch Mitleid mit dir haben!«

Johan beugte sich über den Fotografen, der sich aufrappelte.

In diesem Moment klingelte das Telefon. Richard schien dies nicht zu beachten, doch Otto war sofort zur Stelle.

»Hallo?«, sagte er mit gekünstelter Stimme. »Nein, Richard ist nicht da. Aber er kommt bestimmt bald wieder. Kann ich etwas ausrichten?« Otto schaute zu Johan hinüber, der Richard behilflich war, sich hinzusetzen. Das Blut lief ihm aus einem Mundwinkel. »Sehr schön«, sagte Otto, »abgemacht. Was sagen Sie? Ja, ich heiße Bunny. Genau: BUNNY. Nein, ich glaube, wir kennen uns noch nicht. Also, ciao.«

Otto legt auf.

»Okay, Richard!«, rief er. » Wie hieß der kleine Wackelarsch von vorhin?«

Richard trocknete sich den Mund.

»Er hieß Tony. Aber er hat nichts mit alldem zu tun.«

»Dafür schien er aber verdammt wenig Zeit zu haben, und weißt du was? Das gilt auch für dich.«

»Otto, warte.« Johan streckte den Arm aus.

Otto ignorierte ihn.

»Das war nämlich gerade Herr Koch am Telefon. Er wollte dich sprechen. Denn ihr benutzt ja schließlich sein Studio zum Drehen, nicht wahr?«

»Ich möchte mit aufs Revier. Außerdem will ich meinen Anwalt sprechen«, sagte Richard mechanisch. »Aber zuerst hätte ich gern ein Glas Milch.«

Er blickte zu Johan auf, der in die extrem ordentliche Küche ging und ein Glas Milch eingoss. In diesem Moment hörte er ein Stöhnen und darauf ein Krachen, das die Wand erzittern ließ. Johan ließ die Milch stehen und lief ins Atelier zurück. Richard lag auf dem Boden und hielt sich schützend die Arme über den Kopf. Otto riss ihn hoch.

Johan warf sich dazwischen.

»Du wirst suspendiert, Otto, denk nach!«

»Aber begreifst du denn nicht, dass wir Lewis am Schlafittchen haben?«

Johan stieß ihn weg. Otto schüttelte den Kopf und ordnete seine Kleider. Danach drückte er Richard mit dem Rücken gegen die Wand, an der er zusammengekauert sitzen blieb. Otto stand mit dem Rücken zu ihm. Johan atmete tief durch, als Otto plötzlich herumfuhr, Richard mit einer einzigen Bewegung an sich riss und zu Boden schleuderte.

Johan traf ihn nur einmal. Doch dafür richtig. Es schmerzte bis ins Schultergelenk. Otto krachte der Länge nach hin und taumelte, beim Versuch aufzustehen, zwei Meter durch den Raum. Er schaute Johan benommen an.

»Geh in die Küche und trink deine Milch, Klinger«, sagte er.

»Setz dich ins Auto, Otto«, entgegnete Johan.

»Ich lass diesen Typen nicht entwischen.«

»Er ist krank. Siehst du das nicht?«

Otto befühlte seine Lippe.

»Oh, doch, ich sehe sehr gut, dass er krank ist. Dazu hätte ich nicht hier heraufkommen müssen. Schau dir einfach die Fotos an. Und die perversen Filme. Du hast vollkommen Recht. Er ist sehr krank. In meinen Augen ist die ganze Gesellschaft drauf und dran, genauso krank zu werden. Das ist ansteckend, Johan. Der Virus breitet sich aus.«

Otto redete weiter, während Johan versuchte, dem Fotografen, der aussah, als wäre er eingeschlafen, auf die Beine zu helfen.

Otto hatte sich eine Zigarette angezündet und sich auf die Fensterbank gesetzt; vom Fenster aus sah man auf die Straße.

Johan ging an ihm vorbei und gelangte in ein orientalisch anmutendes Schlafzimmer, an das sich eine Dunkelkammer anschloss.

Das kleine, asiatisch aussehende Mädchen hing in Plakatgröße über einem Zinkwaschbecken. Er sah sich eine Reihe nichtssagender Negative an, als Otto ihn rief. »Schnell, Johan, jetzt ist die Kacke am Dampfen!«

Johan lief zum Atelier zurück und blickte auf die Straße. Dort hatte soeben ein weißer BMW geparkt, aus dessen hinterer Tür ein sehr gepflegter, ungefähr dreißigjähriger Mann Marke Rechtsanwalt ausstieg, während sich Direktor Koch aus der Vordertür wälzte.

Otto schleppte Richard ins Schlafzimmer.

»Lass mich nur machen«, sagte er leise.

»Kommt gar nicht in Frage«, entgegnete Johan.

Auf der Treppe waren Schritte zu hören. Kurz darauf erklang die melodiöse Türglocke. Otto stieß die Tür sperrangelweit auf und genoss den Anblick von Kochs offenem Mund.

»Herzlich willkommen, Herr Koch.«

Der kleine, dicke Mann mit der goldumrandeten Brille starrte Otto und Johan nacheinander an.

»Wir haben gerade von Ihnen gesprochen«, sagte Otto.

»Wer, wir?«

Koch trat missmutig ein und sah sich mit wachsendem Unbehagen um.

»Wo ist der Fotograf?«, fragte der jüngere Mann.

»Der kommt gleich«, antwortete Otto und warf Koch die Videokassette zu.

»Übrigens hat er zugegeben, dass dieser Dreck bei Ihnen produziert wird.«

»Ich hätte ihn gern selbst gesprochen«, knurrte Koch.

Sein Begleiter schlug vor, wieder wegzufahren. Indessen ging Koch mit seinem Kegelkopf im Zimmer umher, als wittere er eine neue und fremdartige Beute. Ein Waran in fremdem Terrain.

»Diesmal sind Sie fällig, Koch«, sagte Johan ruhig.

Koch blickte sie an.

»Ihr beiden Einfaltspinsel könnt mir nichts nachweisen«, entgegnete er leise. »Überhaupt nichts.« Er schaute Otto in die Augen. »Dieser Film ist nämlich nicht bei uns, sondern ganz woanders entstanden.« Er trat dicht an Johan heran. »Und an Ihrer Stelle würde ich mich aus diesen Dingen raushalten. Betrachten Sie das als guten Rat.«

Der Schuss fiel, als hätte jemand plötzlich das Licht ausgeknipst.

Johan war als Erster im Schlafzimmer. Richard saß auf dem Bett. Sein Kinn war auf die Brust gesunken. Ein Großteil seines Hinterkopfs klebte an der Tapete. Er hatte sich in den Mund geschossen. Mit einer alten deutschen Luger. Die erstarrte Panik in seinen leblosen Augen hatte nichts mit dem Tod zu tun, sondern mit dem Leben. Vielleicht mit dem kleinen, blinzelnden Mann, der vom Flur aus ins Zimmer gespäht hatte.

Der Krankenwagen kam nach wenigen Minuten.

Zuvor hatten Johan und Otto Koch samt seinem Anwalt aufs Revier gebracht, wo Koch wiederholte, was er bereits zuvor gesagt hatte.

»Was wollten Sie heute bei Richard Delmont?«, fragte Johan schließlich.

Koch stand auf und knöpfte lächelnd seine Jacke zu.

»Fotografiert werden«, antwortete er. »Auf Wiedersehen, die Herren.« Mit Daumen und Zeigefinger schnippte er vor ihren Gesichtern in die Luft.

Der Anwalt öffnete die Tür und schloss sie wieder. Johan schaute Otto nach, der die Tür aufriss. Er war puterrot angelaufen. »Wart's ab, Koch«, schrie er, »bis die anderen Ratten aus ihren Löchern kriechen …!«

9

Johan war bei Otto zu Besuch, als der erste Schnee fiel. Seit Delmonts Tod waren drei Monate vergangen, und die Obduktion hatte, wie zu erwarten, keine neuen Erkenntnisse gebracht. Johan sprach über sein Verhältnis zu Rune, und Otto bat ihn, den Mund zu halten.

»Wenn ihr den Jungen nicht in den Griff kriegt, müsst ihr ihn eben wegschicken.«

Sagte er nach dem Abendessen. Ottos Frau besuchte irgendeinen Abendkurs. Otto hatte selbst das Essen zubereitet.

Er zeigte Johan sein Archiv, das Informationen über sämtliche mutmaßlichen Aktivitäten von Raymond Lewis enthielt. Johan hatte es schon hundert Mal zuvor gesehen. Otto kramte das letzte Foto von Lewis hervor, das diesen auf irgendeinem Marktplatz in der Provinz vor einem Riesenrad zeigte.

»Wenn man sich nicht im Netz des Lebens verfangen will, Johan, muss man zuerst die Spinne töten.«

Johan blickte auf die Uhr. Er wollte Hannah abholen, die abends unterrichtete.

Otto schaltete den Fernseher ein. Der Leiter der Comogruppe, Kommissar Mahler, war auf dem Bildschirm zu sehen.

»Sei leise, vielleicht haben sie den Kerl geschnappt.« Otto stellte lauter.

Johan rückte dicht an den Apparat heran.

»Wird der Festgenommene des Mordes am Außenminister angeklagt werden?«, fragte der Journalist.

»Wir überprüfen im Moment alle Indizien«, antwortete Mahler mit dem üblichen diplomatischen Lächeln.

»Aber Sie haben noch keine Beweise?«

»Im Moment kann ich Ihnen nur sagen, dass der Mord an Außenminister Como vermutlich kurz vor der Aufklärung steht.« Mahler nickte zufrieden.

Otto stellte den Ton wieder leiser. »Wird auch Zeit«, murmelte er.

Zehn Minuten später stieg Johan in seinen Wagen und fuhr in die Stadt. Im Radio hörte er weitere Informationen zur vermutlichen Aufklärung des Falls Como. Die Menschen gaben ihrer Erleichterung Ausdruck. Nicht nur, was die Arbeit der Polizei und des Geheimdienstes, sondern was die Sicherheitslage des ganzen Landes betraf.

Er parkte gegenüber der Schule, in der Hannah einige Abendkurse übernommen hatte

Gestern hatten sie darüber diskutiert. Vorgestern ebenfalls. Johans Eltern wurden immer wunderlicher, zusehends seniler. Die Betreuerin der Mutter begann über einen Platz im Pflegeheim zu sprechen. Wäre Rune nicht gewesen, hätte Johan vorgeschlagen, Feo zu sich zu nehmen. Wäre doch gut, wenn sie alle zusammenzögen.

»Eigentlich möchte ich immer noch heiraten«, sagte er eines Tages.

»Tja, dazu müssten Sie sich erst mal ein Herz nehmen und um meine Hand anhalten, Herr Klinger.«

Auf einer Parkbank im Herbst.

»Also abgemacht.«

»Im Frühjahr«, sagt sie. »Im April.«

Er fragt, warum sie so lange warten sollen. Sie sagt, im Moment hätten sie so viel um die Ohren.

»Geht es mal wieder um Rune?«

»Wir können doch nicht einfach ignorieren, dass er ein

Problem damit hat, Johan.« Sie beginnt zu weinen. Die starke Hannah.

»Früher war alles so einfach«, schluchzt sie. »Ich war vollkommen sicher, alles richtig zu machen. Dann kamst du. Und das Schlimmste sind die Zweifel. Wenn Rune sich unmöglich benimmt, dann gibt es jemand, der ihn dazu verleitet hat. Wenn er gewalttätig ist, wie du behauptest, Johan, dann habe ich ihn dazu erzogen. Also solltest du mich hassen und nicht ihn.«

»Ich hasse Rune nicht«, hörte er sich sagen.

Sie gehen den Weg entlang, der in gelbes Licht getaucht ist. Er legt ihr den Arm um die Schultern. Starrt in die Luft und spürt einen Kloß im Hals.

»Warum willst du es nicht wahrhaben, Johan?«, flüstert sie.

Sie stehen vor dem zu dieser Jahreszeit geschlossenen Café beim alten Kastell.

»Was meinst du?«

»Dass er das Resultat von etwas ist. Von dieser … Gesellschaft. Ich habe das Gefühl, den Boden unter den Füßen zu verlieren. Er ist noch so jung. Und voller Angst. All die Messer und anderen Waffen, diese Banden … Siehst du denn nicht, wie verletzbar er ist? Ich bekomme ihn kaum noch zu Gesicht. Ständig treibt er sich herum. Und auf der Straßen gelten sicher ihre eigenen Gesetze. Das, was wir Zivilisation nennen, ist nur ein dünnes Stück Cellophan.«

»Das ist so merkwürdig mit Frau Thielemann«, wirft Johan ein. »Sie sagt, er sei so gut erzogen, umgänglich und liebenswert.«

Hannah nickt. »Das gibt mir ja gerade zu denken.«

Er stellte das Autoradio ab und schaute zum großen, grauen Schulgebäude hinüber, dessen Fenster im ersten Stock erleuchtet waren.

Ein Stück entfernt hörte er das Lachen eines Mannes.

Sie liefen durch den frisch gefallenen Schnee. Der Mann trug einen alten, ein wenig altmodischen schwarzen Mantel mit Pelzkragen und hatte einen Geigenkasten in der Hand. Das Mädchen lief vorneweg und war überhaupt nicht dem Wetter angemessen gekleidet.

In diesem Moment fiel Johans Blick auf Hannah, die den Schulhof überquerte. Er ließ den Motor an und schaltete das Abblendlicht ein. Der Mann im schwarzen Mantel stand im Lichtkegel. Er wartete auf das Mädchen, das sich gebückt hatte, um eine Handvoll Schnee aufzuheben. Sie sagte etwas zu ihm, woraufhin er Johan anblickte und ihr beschützend den Arm um die Schultern legte. Dann traten sie aus dem Licht.

Eine Minute später war Hannah bei ihm.

»Schon wieder Weihnachten«, sagte sie lachend.

Er öffnete ihr die Tür.

Sie sagte, es seien eigentlich zu wenige Schüler, um den Kurs weiterzuführen.

»Ach, ich liebe den ersten Schnee.«

Er schaute in den Rückspiegel. Die Straße war leer.

Kurz darauf saßen sie bei ihr zu Hause. Sie machte Tee. Rune trieb sich natürlich irgendwo herum.

Johan legte ihre Lieblings-CD auf: Albinoni. Und zündete Kerzen auf der Fensterbank an.

»Mach doch etwas lauter!«, rief sie aus der Küche.

Er blickte hinunter auf die Straße, besser gesagt auf die Kreuzung. Rune stand ein Stück vom Licht der Straßenlaternen entfernt. Stand einfach da und wartete darauf, dass Johan wieder verschwand.

Hannah kam ins Wohnzimmer. Stellte die Teekanne auf den Tisch und schlang die Arme um seinen Hals.

»Ich liebe dich, Johan«, sagte sie leise.

Er nickte.

»Ich muss leider gehen«, sagte er.

»Jetzt schon? Aber ...«

»Ich habe etwas ... vergessen. Tut mir Leid.«

»Kommst du gleich wieder?«

»Vielleicht später. Vielleicht schlafe ich aber auch zu Hause, Hannah.«

Sie folgte ihm in den Flur.«

»Irgendwas nicht in Ordnung?«

»Nein, nein.«

Als er auf die Straße trat, war Rune verschwunden.

»Soll das ganze Pack doch der Teufel holen«, murmelte er und fuhr zur nächsten Telefonzelle.

»Hallo, Otto, ich bin's.«

»Was gibt's?«

»Ich glaube, wir sind einen Schritt weitergekommen, was Koch und Richards Pornofirma angeht.«

»Warum?«

»Ich habe das Mädchen gesehen. Das kleine asiatische Mädchen, das auf dem Cover des Magazins und den Fotos in Delmonts Atelier abgebildet ist. Ich habe sie mit ihrem Vater auf der Straße gesehen. Der sah ganz und gar nicht wie jemand aus, der so ein Zeug produziert.«

»Hast du herausgefunden, wo sie wohnen?«

»Nein, noch nicht.«

Otto fragte, ob das bedeuten solle, dass Johan nur das Mädchen gesehen habe und sonst gar nichts wisse. Johan hörte, dass der Freund getrunken hatte.

»Ich will dieses Schwein Koch schnappen«, murmelte Johan.

»Was ist mit Lewis? Und warum bist du eigentlich auf einmal so blutdürstig?«

»Bis bald, Otto«, sagte er und legte auf.

10

Er saß in Elis Bistro, folgte zerstreut dem alljährlichen Ritual, Tannengrün und Papierherzen in die Fenster zu hängen, und lächelte der Frau, die die Kerze auf dem Tisch anzündete, freundlich zu.

»Es soll doch ein bisschen gemütlich sein«, sagte sie und wischte den Tisch ab.

Er nickte, schaute lächelnd in die Flamme und dachte an Otto, der ins Betrugsdezernat gewechselt war. Dies war ein lang gehegter Wunsch von ihm gewesen und seine Erwartungen hatten ihn nicht enttäuscht. Wie eine Made im Speck, hatte er gesagt.

Johan hob das Päckchen mit dem gelben Geschenkband vom Boden auf.

»Ein Weihnachtsgeschenk für Hannah?«, fragte die Frau hinter der Theke.

»Nein, für meine Schwester«, entgegnete Johan. »Der hässlichste Pullover der Welt. Sie wird schier aus dem Häuschen sein.«

In diesem Moment tauchte Otto auf, nahm lärmend Platz und rief nach Kaffee.

»Ich habe alle Hände voll zu tun«, sagte er. »Im Betrugsdezernat wirst du wirklich mit Leuten aus dem ganzen Land konfrontiert. Was für ein Betrieb!«

Er blickte Johan eindringlich an.

»Was ist denn so wichtig, dass du einen gestressten Beamten mitten aus seiner Arbeit reißt?

Johan lehnte sich über den Tisch

»Gestern stand ich direkt hinter ihm.«

»Hinter wem?«

Johan seufzte und schüttelte enttäuscht den Kopf.

»Hinter dem Mann mit dem asiatischen Mädchen. Ich habe an einem Kiosk gefragt, ob sie ihn kennen, aber …«

»Und deswegen hast du mich extra hierher gelockt?«

»Ich dachte, du willst Lewis schnappen.«

»Ach, komm schon, Johan. Der ist im Moment außer Reichweite. Hatte er das Mädchen dabei?«

»Nein, er war allein. Leider.«

»Hör zu: Warum wechselst du nicht einfach zu uns über? Dann brauchst du nicht mehr ständig in der Gegend herumzukutschieren. Du wirst schließlich auch nicht jünger.«

»Ich kann mit Zahlen nicht umgehen. Aber ich weiß, dass dieser Mann eine wichtige Rolle spielt. Ich WEISS es!«

Otto rief nach der Sahne.

»Vertrau dem Rat eines älteren Kollegen: Vergiss es! Ich weiß, was du sagen willst, aber wenn du nur sehen könntest, womit wir beschäftigt sind …« Otto verdrehte die Augen.

»Okay, okay. Es gibt kleine Fische und große Fische.«

»Ich meine es ernst, Johan. Von meinem Schaukelstuhl aus geht mir ein Typ wie Lewis eher ins Netz, als wenn du's auf der Straße probierst.«

»Schon möglich.«

»Na also. Außerdem ist Weihnachten. Denk an dich und deine Familie. Freu dich, entspann dich.«

»Ich sitze auf einem Berg von Geschenken.«

Otto schüttelte den Kopf und schlürfte den Rest seines Kaffees.

»Ach, vergiss die Sahne. Eli!«, rief er. »Die Bedienung war nie besser als heute! Johan, ich muss los. Viele Grüße an Hannah und den kleinen Dreckskerl! Und denk an den zweiten Weihnachtstag. Litten macht ihre berühmten Heringssalate, und Väterchen zeichnet für den Kräuterschnaps verantwortlich. Genau wie letztes Jahr. Weißt du noch, damals, wie du Littens Mutter aufs Kleid gekotzt hast?«

Johan nickte und nahm das Päckchen für Feo in die Hand.

Otto ging zur Tür und hielt sich vor Lachen den Bauch.

»Sie kommt auch!«, prustete er.

Johan lächelte ihn an.

Drei Stunden später saß er mit Hannah und einem sehr schweigsamen Rune beim Tee. Hannah sprach von den Weihnachtsvorbereitungen, und Rune sagte, er habe keine Lust, zur Schule mitzukommen.

»Das wirst du aber«, sagte sie und ging in die Küche, um abzuspülen.

Johan folgte ihr.

»Wovon redet ihr?«

»Von der Weihnachtsfeier. Ich habe auch wenig Lust, aber ich will, dass er da hingeht. Er soll sich doch nicht völlig isolieren.«

Er legte die Arme um sie.

»Wäre es übertrieben …«

»Nein«, sagte sie lachend, »es wäre nicht übertrieben zu sagen, dass ich Sie liebe, Herr Klinger.«

»Ja, verflixt noch mal«, sagte er mit gespielter Erregung, »dann steht doch einer Hochzeit im April nichts mehr im Wege.«

»Exzellenter Vorschlag, Herr Klinger«, erwiderte sie und küsste ihn. Rune kam zu ihnen. Johan ließ sie los und räumte die Tassen weg.

»Ich geh nicht mit zu der Abschlussfeier«, sagte Rune.

»Doch, du gehst mit«, erklärte sie, »und damit basta.«

Rune ging in sein Zimmer.

»Und *du*«, sie streckte Johan ihren Zeigefinger entgegen, »*du* kannst schon mal mit dem Adventsschmuck anfangen, falls Polizistenfinger zu so etwas imstande sind.«

Er winkte ihnen vom Fenster aus zu.

Hannah ging zu Fuß, während Rune vor ihr her radelte. Sie bewegten sich unter einer im Wind schaukelnden Tannengirlande hindurch und schienen merkwürdig allein auf der dunklen Straße. Johan sagte sich, dass er sie immer mehr und umfassender liebe, legte eine CD ein und begann nach den roten Lämpchen zu suchen, die sie zur Dekoration gekauft hatte. Er schmückte ziemlich gut, ärgerte sich jedoch über die verlorene Zeit des Suchens. Da entdeckte er das rote Fotoalbum auf dem Regal. Das durfte er sich ruhig ansehen. Hatte bislang nur keine Gelegenheit dazu gehabt. Es enthielt Bilder von Rune als Kleinkind und einige rechteckige, gelbe Felder an Stellen, an denen früher einmal Fotos eingeklebt gewesen waren. Ohne Schuldgefühl blätterte er in den Seiten. Er entdeckte auch Aufnahmen von Hannahs Eltern, die bei einem Autounfall ums Leben gekommen waren.

Sie sahen fröhlich und sympathisch aus. Hannah in ihrer Mitte. Eine glückliche Familie. Als er das Album zurückstellen wollte, entdeckte er ein Buch hinter den anderen Büchern. Ein kleines, dunkelgrünes Fotoalbum, sorgsam versteckt hinter den Büchern der ersten Reihe.

Er trat von einem Fuß auf den anderen, hatte ein flaues Gefühl, zog dann jedoch das Album aus dem Regal. Es konnte ja auch reiner Zufall sein. Er schaute auf die Uhr und wollte gerade das Album aufschlagen, als es an der Tür klingelte. Er zuckte zusammen, warum auch immer, legte das Album zurück und stellte die anderen Bücher wieder davor.

Draußen stand die alte Frau Thielemann mit einem Weihnachtsstern für Hannah und selbst gemachtem Konfekt für Rune.

Nachdem sie sich verabschiedet hatten ging er ins Wohnzimmer zurück und betrachtete eine Weile die Bücher, die das grüne Album verdeckten. »Halt deine Finger im Zaum«, flüsterte er, ging in die Küche und schnitt die Tannenzweige zurecht. Dann hängte er den Adventskranz auf. Das hätten sie schon längst tun sollen, aber Hannah nahm es mit solchen Dingen nicht so genau.

Er war auch in Runes Zimmer gewesen, in dem es auffallend ordentlich war. Er schien einen neuen, spartanischen Stil zu pflegen, der zu seiner introvertierten und korrekten Art passte. Wenn Johan ihn jetzt ansprach, erhielt er immer eine Antwort. Rune hatte gelernt, seinen Hass zu kontrollieren. Hannah behauptete, es ginge aufwärts.

Johan löschte das Licht und bereitete sich frischen Tee zu, ließ Tassen und Kanne jedoch stehen und ging ins Wohnzimmer. Er nahm drei Bücher aus dem Regal und zog das grüne Album hervor, in dem er sofort zu blättern begann. Das Album war ungewöhnlich groß und enthielt Fotos auf beiden Seiten. Auf den ersten waren Hannah und ihre Eltern zu sehen. Dann folgte eine Serie von Hannah als Abiturientin und als junge, sonnengebräunte Frau an einem exotisch anmutenden Ort, vielleicht in den Ferien. Ihre grobe Kleidung, fast eine Art Drillichzeug, sah allerdings nicht danach aus. Nichts, was man zuoberst in einen Koffer legte.

Schließlich stieß er auf das Gruppenbild irgendeines Seminars an der Universität. Er entdeckte sie rasch. Sie saß in der ersten Reihe und hatte das Schild ihres Jahrgangs auf den Knien. Lächelte den Fotografen freundlich an. Jeans und Sweatshirt. Langes, blondes Haar. Jahrgang 1972. Um sie herum zirka sechzig hoffnungsvolle Studenten. Alle jungen Männer trugen lange Haare und Bärte.

In diesem Moment hörte er Stimmen im Treppenhaus.

Ihr Lachen, das im Betonbau widerhallte. Er starrte das Gruppenbild an, während die Stimmen und Schritte immer näher kamen. Jetzt konnte er einzelne Gesichter voneinander unterscheiden. Der Mann stand ganz links in der zweiten Reihe, genau an der Stelle, an der das Foto ein wenig unscharf war. Dies konnte natürlich ein Zufall sein, dennoch hatte er ein merkwürdig trockenes Gefühl im Mund, als er sich das Bild unter das Hemd steckte und das Album an seinen Platz zurücklegte. In diesem Moment wurde der Schlüssel im Schloss herumgedreht.

Sie lächelte ihn an und sagte, es dufte herrlich nach Weihnachten.

»Spätestens bis halb elf, Rune. Und keine Minute länger!«

Rune machte sich auf den Weg.

Nach dem Kaffee ging sie in ihr Arbeitszimmer und rief ihre Schwester an, die in einer Kleinstadt wohnte.

Sie wollten gemeinsam bei ihr Weihnachten feiern.

Er zog das Foto hervor und setzte sich unter die Designerlampe am Fenster. Er konnte ihre Füße sehen und ihre Stimme hören. Sie sprachen über die Straßenverhältnisse. Hannah wollte sich Frau Thielemanns Auto ausleihen. Sie war keine routinierte Fahrerin.

Er schaute wie gebannt auf das Foto des Hochschulkurses. Der Mann war damals natürlich jünger gewesen. Beinahe jungenhaft, mit dunklem Teint und gewölbter Stirn. Auf besondere Weise attraktiv. Der Einzige auf dem Foto, der einen Schlips trug. Er hielt die Hände hinter dem Rücken. Mit starrem Blick. In Hannahs Arbeitszimmer wurde der Hörer aufgelegt. Er drückte das Foto zusammen und stopfte es in die Gesäßtasche.

»Das Wetter ist ganz schön da oben!«, rief sie vom Arbeitszimmer aus.

Der gebeugte Mann im schwarzen Mantel, der mit

dem asiatischen Mädchen spazieren ging, das ihnen eventuell helfen konnte, Koch und Lewis zu überführen, hatte mit Hannah zusammen studiert. Sie kannte ihn. Hatte oft mit ihm gesprochen.

Sie kam zu ihm.

»Sie haben fast keinen Schnee da oben. Warum kommst du nicht mit?«

Er stand auf. »Weil es Feo das Herz brechen würde.«

»Warum nehmen wir Feo nicht mit?«

»Weil das meiner Mutter das Herz brechen würde.«

Sie legte ihm die Arme um die Hüften.

»In der Schule sagten sie, dass es mit Rune immer weniger Probleme gebe. Ist das nicht schön?«

Er hielt ein wenig Abstand von ihr.

»Das ist wunderbar.«

Sie schmiegte sich an ihn. Er spürte, wie ihre Hände seinen Rücken hinunterglitten – dem Foto entgegen!

»Hannah.« Er befreite sich aus ihrer Umarmung. »Mir … geht es nicht besonders gut.«

Sie schaute ihn an.

»Nichts Besonderes. Nur eine momentane Übelkeit.« Er lächelte.

»Du siehst auch gar nicht gut aus. Ist irgendwas geschehen?«

Er ging langsam auf den Flur.

»Du willst doch jetzt nicht nach Hause fahren?«

Er nahm seinen Mantel vom Bügel.

»Auf meinem Schreibtisch liegt noch so viel unerledigte Arbeit.«

Sie trat dicht an ihn heran und sah ihm ernst in die Augen. Ihre Hände waren geballt, doch die Arme hingen schlaff herunter.

»Johan …«

»Ich komme morgen wieder. So gegen vier.«

Sie schaute zu Boden und nickte.

Er öffnete die Haustür.

»Ach ja, Frau Thielemann ist hier gewesen …«

»Johan, was hast du unter dem Hemd, das ich nicht sehen darf?«

Er schaute ins dunkle Treppenhaus.

»Unter dem Hemd?« Er lachte bagatellisierend. »Das ist nur eine Telefonliste.«

»Eine Telefonliste?« Sie sprach so leise, dass er sie kaum verstehen konnte.

Er nickte und warf die Hände in die Luft.

»Ich traue mich nicht, sie zu Hause liegen zu lassen. Im Falle eines Einbruchs.«

Sie blickte ihn lange an. Worte waren überflüssig. Er sagte, die Arbeit bei der Polizei fördere so viele schlechte Angewohnheiten.

Sie nickte ernst und runzelte die Brauen.

»Ja«, sagte sie. »Ich glaube, du hast Recht.«

Nachdem sich die Tür geschlossen hatte, ging er im Dunkeln die Treppe hinunter. Lange Zeit blieb er einfach im Auto sitzen und spürte das Foto in seiner Gesäßtasche.

Warum in aller Welt habe ich ihr nichts von dem grünen Album gesagt? Nun steht sie hinter der Gardine und sieht, dass ich nicht fahre. Vielleicht hat sie bereits das Album hervorgeholt und das Fehlen des Fotos bemerkt. Jetzt steht nicht nur Rune zwischen uns, sondern auch die Lüge.

Als er zu Hause im Bett lag, spielte er mit dem Gedanken, Otto anzurufen, ließ es aber bleiben.

»Ein Lehrer gibt seine Schüler nicht für Kinderpornos her«, murmelte er und löschte das Licht. »Vielleicht sind es gar nicht Vater und Tochter. Vielleicht verfolgt der gute Mann ganz andere Absichten.«

11

Die Rektorin war zwischen fünfzig und sechzig Jahre alt. Sie wirkte ein wenig verwirrt, ein wenig schrullig, womöglich ein wenig leichtlebig. Otto flüsterte Johan zu, sie stinke nach Portwein. Sie setzte sie von dem jämmerlichen Zustand der Schule in Kenntnis. Wenn nicht bald etwas geschehe, würde die Schule schließen müssen, nur elf Jahre vor ihrem hundertjährigen Jubiläum. Die Rektorin schaute sie an, als habe sie eine globale Katastrophe angekündigt.

»Sie waren sicher von Anfang an dabei«, sagte Otto, »ich meine, seit Beginn ihrer Laufbahn.«

Die Frau überhörte die unverhohlene Ironie und ließ sich weiter über die gute alte Zeit aus. Johan gelang es einzuwerfen, dass er ihr gerne ein Foto zeigen würde.

Die Frau wechselte ihre Brille und erklärte, es handele sich um ein Foto der ersten Jahrgangsstufe, weil diese stets im August fotografiert werde. »Das hat bei uns Tradition«, sagte sie würdevoll. Otto entgegnete, dies sei eine vortreffliche Idee und eine Tradition, die wirklich nicht zu verachten sei. Sie sah ihn mit wachsender Skepsis an. Johan zählte die Frau zu dem Typus, der Menschen gering schätzte, die nach dem Mund redeten, und diejenigen verachtete, die widersprachen.

Otto erklärte, es handele sich um eine Routineuntersuchung, im Grunde eine banale Recherche.

»Sie suchen also einen Menschen?«, fragte die Frau und legte den Kopf zurück.

»Das ist richtig«, sagte Otto, »aus Personalmangel haben wir die Suche nach Tieren aufgegeben.«

Johan beeilte sich zu ergänzen, es gehe um die Identifikation eines früheren Schülers. Johan zeigte auf den Mann am linken Rand

»Haben Sie wirklich geglaubt, ich könnte mich an jeden einzelnen Schüler erinnern?« Die Rektorin sah aus, als sei sie gebeten worden davonzufliegen.

Erst jetzt bemerkte Johan den unverkennbaren Portweingeruch.

»Vielleicht wären einige der Lehrer in der Lage ...«

»Wir führen keine Kartei über ehemalige Schüler. Dazu haben wir nun wirklich keine Zeit. Abgesehen davon, dass mir jede Form der Datenerfassung zuwider ist.«

Otto nickte verständnisvoll und sagte, sie nehme ihm die Worte aus dem Mund. Er schlug vor, in die Bar zu gehen, fasste sich vor den Mund und korrigierte seinen Vorschlag. Natürlich meine er das Lehrerzimmer.

Die Rektorin blieb Gott sei Dank in ihrem Büro, während Otto und Johan das Lehrerzimmer aufsuchten, in dem ungefähr zwanzig jüngere und ältere Lehrer sowie Referendare gerade ihren Tee oder ihren Kaffee zu sich nahmen. In diesem Moment betrat die Rektorin den Raum und klatschte in die Hände.

»Darf ich drei Minuten um Ihre Aufmerksamkeit bitten. Diese beiden jungen Männer sind von der Polizei. Sie suchen einen unserer ehemaligen Schüler; warum, weiß ich nicht, und will es auch gar nicht wissen. Es geht um die Jahrgangsstufe '72. Ich schlage vor, Sie lassen das Foto herumgehen.«

Johan ließ das Foto herumgehen. Das Interesse war nicht gerade überschäumend. Die Rektorin scharte die ältesten Kollegen auf einem Sofa um sich. Doch keiner konnte sich auch nur an einen einzigen Namen erinnern.

Eines der Mädchen sei allerdings irgendwas Bedeutendes an einer pädagogischen Hochschule geworden. An sie konnten sich alle erinnern.

Bis der Musiklehrer hinzukam. Er war ein kleines, korpulentes Männlein mit pomadisiertem, schwarzem Haar und geleckter Rhetorik.

Otto sagte hinterher, er habe nach Onanie gerochen.

Johan deutete mit dem Finger auf den Gesuchten.

»Das ist Hardinger«, sagte der Mann. »Ein leidlich begabter Pianist und ein ausgezeichneter Violinist. Mit absolutem Gehör.« Johan betrachtete den Mann mit dem olivfarbenen Teint, den man gut und gerne für einen Argentinier hätte halten können.

Otto legte Johan seine Hand auf den Rücken, die nichts als Zufriedenheit ausstrahlte. Der Musiklehrer begann von einem anderen Schüler zu sprechen, der sich unmöglich benommen habe. Was eine Diskussion mit der Rektorin nach sich zog. Johan lauschte pflichtschuldigst. Währenddessen holte Otto ein Telefonbuch aus dem Sekretariat.

»Heißt er vielleicht Wesley Hardinger?«

Der Musiklehrer sagte, dies sei sehr gut möglich.

Johan betrachtete den schmalen Eintrag im Telefonbuch. Acht Ziffern, Vor- und Zuname, ohne Berufsangabe.

Kurz und bündig. Dennoch spürte er, wie ihm ein Schauer über den Rücken lief. Ein vages, intuitives Gefühl, wie das eines Jägers, der unvermutet auf eine neue Fährte stößt.

12

Es ist ein Uhr nachts.

Silvester ist überstanden. Auf den Straßen liegen noch die Reste von Luftschlangen und Raketen. Das Thermometer zeigt fünf Grad unter null.

Johan zog die Handbremse an und sah zu den dunklen Fenstern im vierten Stock hinauf.

»Woher willst du wissen, dass er nicht zu Hause ist?«

Otto bibberte in seiner kurzen Jacke.

»Weil ich am Nachmittag beobachtet habe, wie er einen Rucksack gekauft und in den Zug Richtung Norden gestiegen ist. Er ist in die Winterferien gefahren.«

Otto zündete sich eine Zigarette an.

»Ich glaube, wir handeln uns hier einen ziemlichen Ärger ein, Klinger«, stöhnte er. »Warum informieren wir nicht lieber Schatt und Wagner?«

Johan sah aus dem Fenster.

»Erstens, weil wir ihm nichts nachweisen können. Zweitens, weil du gar nicht mehr zu unserer Abteilung gehörst, und nicht zuletzt, weil sie uns niemals einen Durchsuchungsbefehl genehmigt hätten. All das weißt du ganz genau, Otto. Deshalb habe ich auch vorgeschlagen, dass du ohne weiteres hier unten bleiben kannst, während ich raufgehe.«

»Hast du nicht mit deiner Freundin über ihn gesprochen?«

Johan schüttelte den Kopf.

»Ist das nicht etwas merkwürdig?« Otto warf die Kippe aus dem Fenster.

»Schon.« Johan schaute ihn an.

Dieses eine Mal senkte Otto die Stimme.

»Was haben wir eigentlich gegen diesen Typen in der Hand? Überhaupt nichts. Du hast gesehen, wie er mit einem schlitzäugigen Mädchen spazieren gegangen ist, und weiter?«

Johan öffnete die Tür.

»Du kannst hier bleiben, Otto. Es dauert höchstens eine halbe Stunde.«

»Wonach willst du eigentlich suchen?« Otto stieg missmutig aus.

Kurz darauf standen sie im vierten Stock vor der Wohnungstür mit dem Namensschild W. Hardinger. Otto zog seufzend sein Werkzeug aus der Tasche, während Johan auf die Klingel drückte. Dreimal. Ohne Resultat. Er spähte durch den Briefschlitz. Otto steckte seinen Dietrich ins Schloss. Eine Minute später glitt die Tür auf. Das Licht fiel in die Wohnung wie ein Fächer. Der Flur war in dunkelbraunen Farben gehalten, die Holztäfelung ungefähr einen Meter hoch.

Der Geruch war steril, fast wie in einer Apotheke. Johan drehte sich zu Otto um, der behutsam die Tür schloss. Otto schaute ihn fragend an. »Und was ist, wenn der Penner da drin liegt und schläft?«

Johan schüttelte schwach den Kopf und betrachtete die vielen, stilechten Bleistiftzeichnungen, die geschmackvoll gerahmt, mit Passepartout und allem Drum und Dran, nebeneinander im Flur hingen. Zuletzt kam eine Kinderzeichnung von zwei Autos auf einer Straße. Auf dem ersten offenen Wagen, der einem Jeep ähnelte, saß ein kleiner Mann mit einem Visier vor dem Gesicht, der auf das andere Auto schoss. Der Weg der Kugel war mit einer gestrichelten Linie gezeichnet.

Johan passierte eine Tür, die vermutlich zur Toilette gehörte, und nickte Otto zu, bevor er einen Blick in das dunkle Wohnzimmer warf. Zur Linken befand sich die Küche, die in traditionellem Blau gehalten war. Nichts lag hier einfach herum. Kein Abwasch, der auf den nächsten Tag wartete. Eine kleines Stück Butter lag auf einem Teller unter einer kleinen Glashaube.

Das geräumige Wohnzimmer war mit großen, schweren Möbeln eingerichtet, die wie Erbstücke aussahen. In einer Ecke stand ein Notenständer samt Partitur. An den Wänden befanden sich hohe Bücherregale mit Glastüren, und an der Stirnseite des Raumes hatte Hardinger einen kleinen Schreibtisch mit nur einer Schublade platziert.

Johans Finger ertasteten ein genopptes Sofa mit Mokettbezug, das eine vage Erinnerung an seine Kindheit heraufbeschwor.

Otto kam zu ihm. Sein Gesicht war weiß.

»Ich glaube, er ist hier«, flüsterte er.

Johan schüttelte den Kopf. Otto nickte und deutete auf eine Tür am Ende des Flurs, hinter der sich vermutlich das Schlafzimmer befand.

»Er ist im Urlaub«, sagte Johan.

Otto schüttelte weiterhin den Kopf. Sagte, er sei gerade im Badezimmer gewesen.

»Alles steht noch da, Johan: Zahnbürste, Deo, Seife, Rasierapparat, der ganze Krempel. Er liegt da drin und schläft. Lass uns abhauen.«

Johan trat auf den Flur und fixierte die geschlossene Tür. Hielt ein Ohr daran. Sah Ottos Gesicht, das schweißnass war. Dieser machte eine Kopfbewegung in Richtung Wohnungstür. Johan trat von einem Fuß auf den anderen und ging zur Badezimmertür, die er vorsichtig aufschob. Alles schien noch an seinem Platz, was nicht gerade auf eine Urlaubsreise hindeutete. Auf der Kante der kleinen Sitzbadewanne lag eine rote Plastikpinzette. Johan nahm sie zur Hand und zeigte sie Otto.

»Komm jetzt«, zischte der.

»Warte …«

Johan ging in die Küche und bückte sich, damit er von unten in den flachen Schirm der Lampe blicken konnte, die über dem Küchentisch hing. Vorsichtig drehte er die Birne heraus, die gelb war, wie er vermutet hatte. Lautlos öffnete er einen Küchenschrank nach dem anderen und fand schließlich, wonach er gesucht hatte: einen Vergrößerungsapparat, einen Plastikkanister und drei flache Wannen für die chemischen Lösungen. Otto tauchte im Türrahmen auf. Johan schloss den Schrank wieder.

»Jetzt gehen wir aber wirklich«, sagte Otto. »Jetzt, Johan. Er liegt da drin.«

Otto packte Johan am Ärmel.

»Geh schon vor«, sagte Johan und machte sich frei. »Ich komme in fünf Minuten.«

Er betrachtete die schwarze Klinke der braunen Tür am Ende des langen Flurs. Otto wischte sich Schweißperlen von der Oberlippe.

»Was suchst du denn noch? Los jetzt!«

Sie hörten das Gluckern der Heizung und schauten einander an. Johan legte seine Hand auf die glänzende Klinke. Otto rollte stöhnend mit den Augen. Unten auf der Straße fuhr ein Bus vorüber. Vielleicht der letzte des Tages. Langsam zog er die Tür auf und spürte, wie stickige, warme Luft in Wellen aus dem Schlafzimmer drang. Im Zwielicht zeichneten sich ein breites Bett, ein Kleiderschrank, eine niedrige Kommode und ein Kleiderständer ab.

Otto packte Johan am Arm, während dieser seinen Rücken gegen den Türrahmen lehnte und sich langsam in den Raum gleiten ließ.

»Da liegt … jemand im Bett«, wisperte Otto.

Johan starrte angestrengt ins Dunkel. Auf dem Bett war tatsächlich eine kleine Gestalt zu erkennen. Mit weit aufgesperrten Augen und abstehenden Armen. Johan kniff die Augen zusammen, trat einen Meter weiter nach vorne und musterte eingehend die marzipanfarbene Porzellanpuppe auf dem Kissen.

»Mach mal das Licht an«, sagte er mit entspannter Stimme.

Otto drückte auf den Schalter.

Das Bett stand inmitten des quadratischen Raumes. Links vom Bett lagen eine Luftmatratze und eine Fußluftpumpe auf dem Boden. Über dem Bett hing eine Reproduktion von Klee.

»Der Typ ist doch einfach pervers«, sagte Otto, während er die Puppe im Bett betrachtete.

Johan zog die oberste Kommodenschublade auf.

Währenddessen öffnete Otto den Kleiderschrank und sah sich Hardingers Garderobe an, die für eine komplette Theaterinszenierung gereicht hätte. Mit vorwiegend weiblicher Besetzung. Otto untersuchte alle Jackentaschen, fand jedoch nichts als benutzte Busfahrkarten. Auf dem Regal über den Kleiderbügeln lagen drei Perücken.

»Komm mal her, Johan. Hier kannst du dir ansehen, was unser Freund auf dem Kopf trägt, wenn er auf die Straße geht«, murmelte Otto.

Johan drehte sich um. Otto schaute ihn mit finsterem Lächeln an, das sofort erstarb, als er sah, was Johan in der Hand hielt.

Die Pistole war älteren Datums. Otto glaubte zunächst, es handele sich um eine Luger aus dem Zweiten Weltkrieg.

»Das ist eine neun Millimeter Star«, sagte Johan.

Otto hielt sie ins Licht. Auf dem Griff befand sich ein kleiner Schriftzug: Eldar-España cal. 9 mm.

»Eine alte Parabellum«, murmelte Johan und öffnete die andere Hand, während er Otto in die Augen sah. Das

Magazin war voll. Man könnte auch sagen: bereit zum Einsatz.

»Was führt der Typ nur im Schilde?«, murmelte Otto.

Johan legte die Pistole zurück zwischen die grauen Socken, ging in die Küche, schraubte die Birne in die Fassung und steckte den Stecker in die Dose, sodass die Lampe über dem Tisch leuchtete.

Otto kam zu ihm. Fragte, ob sie nicht bald fertig seien.

In einem Schrank lagen sechs, sieben Negativstreifen, die Johan gegen das Licht hielt. Streifen porträtähnlicher Fotos mit unbekannten, offenbar lächelnden Gesichtern. Allesamt Kinder. Vielleicht ehemalige Schüler, da der nächste Streifen ausschließlich Gruppenfotos von Kindern enthielt, die sich ihre Violine unter das Kinn geklemmt hatten. Eines, auf dem Hardinger hinter der Kinderschar zu sehen war, hatte er anscheinend mit Selbstauslöser aufgenommen. Seine Arme waren gestreckt, die Hände schwebten über ihren Köpfen. Die Pose eines Messias. Im obersten Regal des Schrankes lag eine mattschwarze Spiegelreflexkamera von Nikon mit aufgeschraubtem Normalobjektiv. In diesem Moment legte Otto einen schweren Gegenstand auf den Küchentisch: einen mittelgroßen Aluminiumkoffer, den er unter dem Bett entdeckt hatte. In ihm befanden sich drei Weitwinkel- und zwei Teleobjektive.

Johan zog einen kleinen grünen Schemel an den Schrank heran und entdeckte hinter der Kamera drei weitere Negativstreifen. Otto stellte den Koffer zurück und murmelte, er habe genug gesehen. Johan entrollte den ersten Streifen unter der Lampe. Ein Gefühl der Mattheit und Erregung ergriff ihn.

»Otto!«, wisperte er. »Sieh dir das an!«

Mit jeweils einer raschen Bewegung entrollte er die beiden anderen Streifen, deren Fotos stets dasselbe monotone Motiv zeigten: eine schwergewichtige Frau, abwechselnd stehend, sitzend oder gehend, vor einem dunklen Hintergrund. In der Bildmitte befand sich immer dieselbe Frau, die nicht zu ahnen schien, dass sie fotografiert wurde.

»Die sieht fast aus wie …«, begann Otto.

»Das *ist* sie«, sagte Johan leise. »Und aufgenommen sind die Fotos in der *Maske*.«

Otto starrte ihn ungläubig an.

»Ich werd verrückt«, sagte er.

Johan murmelte, dass trotz der schwerwiegenden Indizien natürlich noch nichts bewiesen sei. Jetzt müssten sie Hardingers Alibi überprüfen.

Otto sagte, es müsse doch einen Terminkalender geben, in den der Kerl seine Verabredungen eintrug.

Im Wohnzimmer nahmen sie sich den kleinen Schreibtisch mit der grünen Schreibunterlage und der flachen Schublade vor. Darin befanden sich rote Buntstifte sowie kleine Bögen mit Notenpapier für die Schüler. Doch auf dem Regal über der Tischplatte entdeckte Otto zwischen zwei Telefonbüchern einen schmalen Notizkalender von der Art, wie man sie von Versicherungsgesellschaften zugeschickt bekam. Die meisten Wochen waren mit den Abkürzungen el. oder sk. gekennzeichnet. Sowie einer Uhrzeit. Sie gingen davon aus, dass es sich um bestimmte Schüler handelte. Hin und wieder stießen sie auf die Abkürzung R. Am auffälligsten waren jedoch die insgesamt vierzehn freien Felder im Monat Mai. Otto legte den Kalender an seinen Platz zurück. Genau zu der Zeit, an der Rose Valentin ermordet und am Hafen einfach weggeworfen worden war.

»Ich wette ein halbes Monatsgehalt, dass er der Täter ist«, sagte Otto trocken. »Aber warum?«

Johan schüttelte seufzend den Kopf und bückte sich, um ein großformatiges Fotoalbum aus dem untersten Regal zu nehmen.

Otto packte ihn am Arm. Im Treppenhaus waren Stimmen zu hören. Sie hielten inne und lauschten. Otto lief in den Flur. Ein Mann und eine Frau. Auf dem Weg nach oben. Wesley Hardinger kam nach Hause. Johan betrachtete das Fotoalbum, das er hastig an seinen Platz zurückstellen wollte, als mehrere Zeitungsausschnitte herausfielen. Otto rief ihn aus der Küche. Johan bückte sich. Der Ausschnitte waren alle neueren Datums. Er öffnete das Album, das mit Zeitungsausschnitten vom Mai letzten Jahres begann. Einen Tag nach dem Mord an Albert Como. Es waren die ersten Artikel, die überhaupt veröffentlicht worden waren. Das gesamte Album war mit Artikeln, die sich um den Mordfall und die polizeilichen Ermittlungen drehten, nur so gespickt. Johan stockte der Atem, als der Schlüssel ins Schloss gesteckt wurde. Otto knipste das Licht aus. Johan presste sich das Album gegen die Brust, als ein Lichtstreifen in den Flur fiel. Eine Mädchenstimme sagte, sie kenne den Weg. Schritte auf dem nackten Boden. Die Badezimmertür wird geöffnet. Und wieder geschlossen. Schwere Schritte. Die Hardingers. Und dann seine Stimme:

»Ist da jemand?«

13

Johan zögerte nicht, sondern schaltete sofort das Deckenlicht im Wohnzimmer an, um den Mann nicht zu erschrecken. Er und Otto traten gleichzeitig auf den Flur. Hardinger wich einen Schritt zurück und schaute sie mit einer Mischung aus Verblüffung und Verärgerung an. Er trug einen knielangen anthrazitfarbenen Wollmantel mit breiten aufgenähten Taschen und einen altmodischen schwarzen Pelzkragen. Mit dem großen, zweifarbigen Brillengestell und der unmodernen Frisur – die Haare sahen aus wie selbst geschnitten – wirkte der Siebenunddreißigjährige mindestens zehn Jahre älter, als er war. In der einen Hand hielt er einen Rucksack, in der anderen eine Papiertüte. Auf dem Rucksack war ein Schlafsack festgeschnallt.

»Wir sind von der Polizei«, sagte Johan leise.

Hardinger hielt einen Moment inne, als wolle er sich vergewissern, dass Johan die Wahrheit sagte. Dann ging er vorsichtig zur Toilettentür, während er Johan und Otto signalisierte, sie sollten sich ruhig verhalten, und klopfte vorsichtig an.

»Eva? Eva … ich habe Besuch bekommen, Kleines. Ich stelle deinen Rucksack vor die Tür. Nimm dir einfach, was du brauchst. Wir sind im Wohnzimmer.«

Die Tür öffnete sich. Das asiatisch aussehende Mädchen blickte rasch zu Otto und Johan, die beim missglückten Versuch, die angespannte Situation zu meistern, einen gequälten Gesichtsausdruck zur Schau trugen.

»Ich habe eine Luftmatratze neben mein Bett gelegt. Leg dich ruhig hin, es ist schon spät.«

»Sind meine Toilettensachen im Rucksack?« Ihre Stimme war gedämpft.

Hardinger lächelte ihr zu, trug den Rucksack ins Badezimmer und schloss die Tür. Nahm dann Mantel und Halstuch und hängte beides mit größter Sorgfalt auf verschiedene Kleiderbügel. Er nahm sich viel Zeit. Falls er sich zu diesem Tempo zwang, war er ein Meister der Selbstbeherrschung. Vor einem kleinen, cremefarbenen venezianischen Spiegel ließ er seine Finger durch sein halblanges Haar gleiten, bevor er seine Krawatte richtete und sein Jackett glatt strich. Im schummrigen Flur wirkte er wie eine anachronistische Erscheinung aus den Dreißigern, ein Arbeitsloser, der zwar ein wenig heruntergekommen, aber zuverlässig war und eine anspruchslose Beschäftigung suchte.

»Kommen Sie doch herein.« Hardinger machte eine einladende Handbewegung und ließ Otto und Johan auf dem genoppten Sofa Platz nehmen.

Für einen Augenblick stand er einfach da, leicht vorgebeugt und mit gefalteten Händen, als horche er in sich hinein oder denke angestrengt nach. Dann warf er Otto einen Blick zu, nickte kurz, als habe er die Antwort auf eine nicht gestellte Frage erhalten, und ließ sich in einen der beiden Sessel fallen.

»Sehr gut«, sagte er, »Sie sind von der Polizei. Ich denke, Sie können sich ausweisen.«

Johan entschuldigte sich und wollte ihm seinen Polizeiausweis zeigen, doch Hardinger winkte ab, drückte mit zwei Fingern einige Sekunden lang seine Nasenwurzel zusammen, bevor er erschöpft, womöglich ein wenig zerstreut, den Kopf schüttelte, als müsse er sich einer lästigen Pflicht entledigen.

Johan legt das Album vor sich auf den Tisch.

»Unser Besuch scheint Sie nicht sonderlich zu überraschen«, sagte er leise. Hardinger lächelte kurz. Das heißt, sein Mund glitt auf, um sich sogleich wieder zu schließen.

»Das ist richtig«, entgegnete er.

Johan fixierte seine dunkelgrauen Augen, die keine Anzeichen hintergründiger Neigungen, geschweige denn Unruhe verrieten. Nichtsdestotrotz war er ein Mensch, der das Rollenspiel liebte und es für erforderlich hielt, eine Pistole in seiner Kommode zu verstecken.

In Anbetracht der Negative sowie der Lücken in seinem Kalender hatte er allen Grund, sich unbehaglich zu fühlen.

Otto räusperte sich. Im selben Moment ging das kleine Mädchen in einem gestreiften Pyjama an der Wohnzimmertür vorüber. Sie schlich auf Zehenspitzen, um nicht zu stören.

Hardinger wandte sich ihr zu.

»Schlaf gut«, sagte er. »Du findest dich schon zurecht, Eva.«

Johan blickte zu Boden und wusste mit einem Mal nicht, wie er anfangen sollte. Otto kam ihm zuvor.

»Herr Hardinger, kennen Sie ein Etablissement namens *Die Maske*?«

»Ja, das tue ich.« Die Antwort kam still und leise. Er sah Otto, der das Kinn zurück- und die Brust herausschob, mit festem Blick an. Dann stand er auf, ging zu einem kleinen Schrank und füllte ein zierliches, geschliffenes Glas mit Portwein.

Er hielt die staubige Flasche gegen das Licht. Dann leerte er das Glas mit einem langen Zug und schloss den Schrank wieder. Ohne Otto und Johan eines Blickes zu würdigen, ging er ins Schlafzimmer und sprach gedämpft mit dem kleinen Mädchen. Ob er das Licht anlassen solle. Sie fragte, ob sie jetzt schlafen solle. Hardinger antwortete zögerlich, dass sie damit gerne noch warten könne.

Johan flüsterte Otto zu, er solle die Vernehmung von Hardinger ihm überlassen. Otto fragte, ob er gehen solle, und Johan dachte, dass es bei Otto ausschließlich am Umgangston, an der Kinderstube und am Fingerspitzengefühl hapere.

Hardinger schloss behutsam die Schlafzimmertür. Das Mädchen bat darum, sie angelehnt zu lassen. Der Mann lächelte. Ging in die Küche und zog die Gardinen vor. Dann öffnete er den Kühlschrank, betrachtete dessen Inhalt, seufzte und schloss ihn wieder. Einen kurzen Moment schien er in Gedanken versunken und beobachtete seine linke Hand, die bedächtig und vorsichtig über die Tischplatte strich. Dann kam er ins Wohnzimmer und setzte sich in den Sessel, als wäre er alleine zu Hause.

»Es geht um den Mord an Rose Valentin alias Mercedes Benz«, begann Johan. »Sie haben ziemlich viele Fotos von ihr, Herr Hardinger.«

»Viele Negative«, korrigierte dieser und lächelte verschämt, wohl eher über seine Pedanterie als über Johans fehlerhaften Ausdruck.

»Ich frage Sie ganz direkt: Haben Sie Rose Valentin erschossen?«

»Ja. Das habe ich.«

Die Stille in der Wohnung wurde nur vom Gluckern der Heizung unterbrochen. Ein Umstand, dem Hardinger rasch Abhilfe verschaffte, indem er mit leicht verärgerte Miene am Ventil drehte und die überschüssige Luft entweichen ließ.

Otto scharrte unruhig mit den Füßen und blickte zu Johan hinüber, als wollte er ihn bitten, es jetzt gut sein zu lassen. Als säßen sie am Roulettisch, mit Hardinger als versiertem Croupier und Johan als Spieler, der mit dem geringsten Einsatz den größtmöglichen Gewinn eingestrichen hatte. Hör jetzt auf, ehe wir alles wieder verlieren, sagte Otto Volmars Blick.

»Sie … geben also zu, dass Sie es waren, der Rose Valentin getötet und die Leiche ins Wasser geworfen hat«, stellte Johan nüchtern fest.

»Ich habe sie nicht ins Wasser geworfen«, entgegnete Hardinger und nahm eine Position ein, die Johan an ein berühmtes Bild von Abraham Lincoln erinnerte, der in einem ähnlichen Lehnstuhl gesessen hatte. Otto beugte sich vor:

»Wären Sie so freundlich, uns so detailliert wir möglich zu berichten, *was* Sie taten, *wie* Sie es taten, *warum* Sie es taten und was Sie *hinterher* unternahmen?«

Hardinger schaute auf seine Uhr.

»Ich gehe davon aus, dass ich Ihnen entweder heute Nacht oder morgen Früh ohnehin noch mal Rede und Antwort stehen muss.« Er blickte Johan ausdruckslos an, der bestätigend nickte. Vielleicht ein wenig verdutzt war.

»Ist es da nicht Zeitverschwendung, dies jetzt schon zu tun?«

Johan betrachtete Otto aus dem Augenwinkel heraus. Hardinger fuhr ungerührt fort: »Außerdem habe ich ein kleines Problem. Sollten wir uns bald auf den Weg machen, was wohl der Fall sein wird, dann liegt mir sehr viel daran, dieses Problem vorher zu lösen. Nebenan liegt ein kleines Mädchen, ein sehr müdes kleines Mädchen. Sie ist neun Jahre alt und hat niemand, der sich um sie kümmert. Und ich möchte sie nur sehr ungern mitnehmen.«

Der glaubt tatsächlich, dass wir nur für eine Stunde fort sein werden, dachte Johan.

»Was ist mit ihren Eltern?«, fragte Otto.

»Die können wir getrost außer Acht lassen«, antwortete Hardinger bestimmt. »Glauben Sie mir, es gibt keine andere Möglichkeit.«

Johan dachte kurz an Hannah und sagte dann: »Wir werden schon einen Platz für sie finden. Dürften wir Ihr Telefon benutzen, Herr Hardinger?«

Otto forderte einen Streifenwagen an, und er tat dies in einem Ton, der nichts über die Größe ihres Fangs verriet. Wer ihn kannte, konnte vielleicht eine Spur Arroganz wahrnehmen, und das auch nur wegen des Schwungs, mit dem er den Hörer auflegte. Er zog schniefend seinen Hosenbund nach oben.

Hardinger schaute ihn an. »Als riefe man ein Taxi«, sagte er.

Otto, immer noch in Hochstimmung, nickte: »Genau so.«

Hardinger stand auf, ging ins Schlafzimmer und sprach leise mit dem Mädchen.

»Wirst du aus dem Typen schlau?«, flüsterte Otto.

Johan schaute ihn nicht an. Hardinger kehrte zurück.

»Etwas Bestimmtes, das ich mitnehmen soll?«

Johan starrte ihn an. Weiterhin mit dem Gefühl, auf einer Falltür zu stehen, die sich jederzeit öffnen konnte.

»Vielleicht etwas zu lesen«, antwortete er und dachte an die festgeschriebene Prozedur, die diesem unergründlichen Mann bevorstand.

Hardinger seufzte nickend, ohne jedoch sonderlich erregt oder bedrückt zu wirken.

»Es wird schon einige Zeit dauern, bis Sie hierher zurückkommen werden«, warf Otto mit gespielter Leichtigkeit ein.

»Das wird sich zeigen«, entgegnete Hardinger und ging zu einem der hohen Bücherschränke.

Otto betrachtete seinen Rücken.

»Sie haben gerade einen Mord gestanden«, sagte er geradeheraus.

Ohne sich umzudrehen entgegnete Hardinger, dessen sei er sich vollkommen bewusst. Und zog ein Buch aus dem Regal. Soweit Johan erkennen konnte, handelte es sich um eine Mozartbiografie. In diesem Moment erschien das Mädchen auf dem Flur. Sie hatte sich wieder angezogen, sogar die Jacke, und sah sehr müde aus.

»Schön, Eva«, sagte Hardinger und führte sie zurück ins Schlafzimmer.

Johan streckte den Hals und sah, wie sie sich auf die Bettkante setzten.

Hardinger flüsterte ihr etwas zu, das sie mit einem Nicken quittierte, woraufhin er ihr die große Porzellanpuppe in die Hand drückte.

»Darf ich die haben?«, fragte sie.

Hardinger seufzte und nickte, lächelte aber nicht.

»Pass gut auf sie auf, kleine Eva, sie ist fast hundert Jahre alt.«

Er ging zu Johan.

»Ich sollte wohl auch mein Necessaire mitnehmen«, sagte er.

»Herr Hardinger!«

Hardinger drehte sich im Flur um.

»Warum haben Sie Rose Valentin erschossen?«

»Weil sie eine widerwärtige Person war. Und weil sie es verdient hatte.«

Er öffnete die Tür zum Badezimmer und nahm seine Toilettenartikel von der Ablage unter dem Spiegel.

Johan ging zu ihm.

»Sie nutzte die Mädchen aus?«, fragte er.

»Ja, das tat sie«, antwortete Hardinger und schüttelte ein Deodorant, um herauszufinden, ob noch genug drin war. »Mit größter Rücksichtslosigkeit. Und ich hatte sie gewarnt. Mehrfach gewarnt.«

»Warum haben die Eltern der Mädchen nichts unternommen?«

»Weil sie gut bezahlt wurden.« Er sah Johan in die Augen. »Man wundert sich manchmal darüber, worauf Menschen sich für ein Handgeld einlassen.«

Johan nickte schwer und hörte unmittelbar darauf die Schritte der Polizisten im Treppenhaus.

Er hatte immer noch das Album unter dem Arm. Otto kam mit dem Mantel über der Schulter aus dem Wohnzimmer. Eva saß auf dem Bett und hatte die Puppe in ihrem Schoß.

»Dieses Album hier«, murmelte Johan. »Was hat es damit auf sich?«

»Es war ein Unglück«, sagte er und fuhr etwas leiser fort: »Ein schreckliches Unglück.«

»Was war ein Unglück?«

Hardinger schloss den Reißverschluss seiner Toilettentasche und stand nun direkt vor Johan.

»Kannten Sie die *Maske*, Herr …?«

»Entschuldigung.« Johan blickte zu Boden. »Klinger … Johan Klinger. Ja, ich kannte die *Maske* sehr gut!«

»Dann wissen Sie auch, was der Name zu bedeuten hatte. Die Kunden waren maskiert, anonym.« Hardinger steckte sich einen Kamm in die Gesäßtasche.

Es klingelte an der Tür.

»Ich trug an besagtem Abend selbst eine Halbmaske. Um nicht aufzufallen. Und das tat er … ebenfalls. Ich dachte zunächst, es handele sich um einen von Valentins Freunden, weil sie beide in ihrem Büro waren.«

»Von wem reden Sie, Herr Hardinger?«, flüsterte Johan und spürte, wie das Blut in seine Beine schoss.

Wesley Hardinger nahm das Halstuch vom Kleiderbügel und faltete es sorgsam zusammen.

»Von Como«, antwortete er leise. »Albert Como.«

14

Das Hotel Bel-Air lag ungefähr zwanzig Kilometer außerhalb der Stadt und bot einen freien Blick über die grauen Landebahnen und fünf blauen Hangars, hinter denen sich das bleigraue Meer erstreckte. Das Bel-Air war in den Siebzigerjahren erbaut worden und zeugte von einer pragmatischen Einstellung des Architekten. Ein modernes Flughafenhotel, ein One-night-stop, um die Primärbedürfnisse der Reisenden nach einem Bett, einer einfachen Mahlzeit und einem telefonischen Weckdienst zu befriedigen. Das Restaurant hieß *Arkade* und die Bar *Orchidee*, und in einem wenig überzeugenden Versuch, einen Hauch von Freundlichkeit und Luxus zu schaffen, hatte irgendjemand drei immergrüne Plastikkübel an der Rezeption aufgestellt, in denen farnähnliche Gewächse dahinvegetierten.

Die Zimmer waren nicht nur klein und schmal, sondern vor allem schäbig. Im Badezimmer fehlten mehrere der hellblauen Fliesen und waren demonstrativ hinter der Toilette auf den Boden gelegt worden.

Die freie Sicht auf den Parkplatz und die Autobahn hatte offenbar niemand zum Fensterputzen animiert.

Er musste ungefähr vier Stunden geschlafen haben. Von fünf bis neun Uhr morgens. Er schaute an sich hinab und stellte fest, dass er vollständig angezogen auf dem verschlissenen Laken lag. Die Begebenheiten der Nacht kamen ihm wie ein rückwärts laufender Film zu Bewusstsein. Die Fahrt zum Hotel im dunkelblauen Wagen. Hinter einem weiteren dunkelblauen Wagen. In dem der

Kollege Otto Volmar gesessen hatte. »Jetzt sind wir berühmt«, hatte der Dicke gemurmelt, ehe sie beide in getrennte Fahrzeuge gestiegen waren. Nach zweieinhalb Stunden Wartezeit.

Johan fragte sich, was mit Hardinger geschehen war. Er stieg aus dem Bett, ging ins Bad und spülte sich den Mund aus. Sagte sich, dass ihm seine Toilettenartikel fehlten. Das Gesicht im Spiegel sah nicht besonders zugänglich aus. Ein Panzer aus Müdigkeit. Eine behaarte Schwiele. Er stützte sich auf das Waschbecken, spuckte aus, gähnte und stellte sich Hannah als Mädchen vor, das in viel zu großen Gummistiefeln unter einem frischen blauen Oktoberhimmel davonlief.

In der Hand hält sie etwas, das wie eine Stafette aussieht. Sie lacht, gerät ins Stolpern, fängt sich jedoch wieder und erreicht den apathischen Mann, dessen Gesicht einer hellroten Schwiele gleicht. Er glotzt die Stafette an, rührt sich jedoch nicht von der Stelle. Sie gibt ihm lachend einen Stoß und will ihn antreiben, aber das träge Individuum streckt bloß die Arme aus und umarmt sie so fest, dass sie nach Atem ringt und die Stafette verliert. Er lässt sie los und taumelt zurück, setzt sich verdutzt auf den Hintern und weiß, als er sie unbeschwert davontraben sieht, dass er sie für immer verloren hat.

Während er ausspuckt und den Wasserhahn aufdreht, verliert sich der Tagtraum. So einfach ist das, denkt er und spült noch einmal nach, um auf der sicheren Seite zu sein.

Mahler war gekommen. Schnell und lautlos, mit langen Schritten, flatterndem Mantel und drei anderen Männern im Schlepp. Leute, die Johan bereits aus dem Fernsehen kannte. Hardinger war verschwunden. Weit, weit weg. Unten vor der schweren Doppeltür hatte ein junger Fotograf, eine dünne Zigarette rauchend, geduldig ausgeharrt und war plötzlich von sechs Beamten in Zivil umringt worden. Otto und Johan saßen auf einer Bank und tranken Pulverkaffee. Otto stieß Johan in die Seite. Der Fotograf beschwert sich. Ihm wird der Arm auf den Rücken gedreht. Die Kamera fällt zu Boden. Einer der Beamten hebt sie auf. Der Fotograf wird abgeführt. Ohne seine Kamera. Eine halbe Stunde später kommen die sechs anderen Männer, um die Herren Klinger und Volmar abzuholen. Johan sagt, sie würden wohl nach Hause gefahren. Otto sagt, man wollte sie internieren. Auf dem Weg zu den Autos, die auf einem geschlossenen Hof stehen, weit entfernt von dem offiziellen Parkplatz, erkennen sie im Vorübergehen den Polizeipräsidenten und den Justizminister. Eine halbe Stunde später hat man ihnen im Bel-Air getrennte Zimmer zugewiesen.

Er drehte an dem kleinen Radioknopf, der in die Wand eingelassen war. Zu dieser Uhrzeit sollten eigentlich Nachrichten gesendet werden. Wurden sie auch. Es ging um den japanischen Yen. Die Namen Como und Hardinger fielen nicht. Vielleicht hatte er das Radio zu spät eingeschaltet. Vielleicht war über den Fall Como schon berichtet worden. In diesem Fall würde der Bericht in der englischsprachigen Ausgabe, die auf den Wetterbericht folgte, wiederholt werden.

»Wir fahren Sie zum Bel-Air.« Hatten sie gesagt. Die gut aussehenden Männer in den adretten Anzügen. Die offenbar dem Geheimdienst angehörten. »Das war eine lange Nacht für Sie.«

Das Letzte, das Johan von Otto gehört hatte, war seine Frage gewesen, warum sie nicht nach Hause fahren dürften.

»Mahler will, dass Sie ihm auch nachts zur Verfügung stehen.«

Mehr wurde nicht gesagt.

Er warf sich mit dem Rücken aufs Bett und verschränkte die Hände hinter dem Nacken. Schloss die

Augen und atmete mehrmals tief durch. Sie hatten sage und schreibe den Mörder von Como gefasst. Eigentlich sollten sie jetzt in Elis Bistro sitzen und feiern. Die Fäuste ballen und die Gläser krachend gegeneinander schlagen. Stattdessen spürte er ein Ziehen im Magen, das sich bis zum Rippenbogen erstreckte und ein Gefühl der Leere, ähnlich dem des Hungers, erzeugte. Er ließ den Kopf kreisen. Nacken- und Schultermuskulatur waren völlig verspannt. Sein gesamter Rücken schmerzte. Als hätte sich ein unsichtbarer Schutzpanzer um seine Brust geschlossen. Verursacht von einem Nervensystem, das sich in Alarmbereitschaft befand.

Er hatte den ernsten Musiklehrer vor Augen, den jüdisch aussehenden kleinen Mann mit der gewählten Sprache und den guten Manieren. Dieses Stillleben macht sich eines Tages mit seiner spanischen Pistole ins Chinesenviertel auf, wo er den Gepflogenheiten gemäß eine Halbmaske anlegt, scheinbar arglos die eisblaue Schranke passiert, den Mief nach billigem Parfüm und kaltem Schweiß ignoriert und sich nach Madame Benz erkundigt. Der Musiklehrer hat einen Plan, und bis zu diesem Augenblick, in dem ihm eine Tür am Ende des Gangs gezeigt wird, läuft alles wie geschmiert. Es gibt etwas, womit er sich nicht länger abfinden will. Etwas in ihm will Rache. Vielleicht will er nur all der Perversität einen Riegel vorschieben. Mit einer kleinen, effektiven Parabellum. Entschlusskraft und Ohnmacht in einer Person. Vielleicht will er ein Exempel statuieren. Vielleicht dreht es sich um die kleinen Mädchen, die außer dem Lutschen von Schwänzen auch das Geigenspiel erlernen. Hardinger hält es nicht mehr aus. Fast sieht man ihm an, wie er sich nachts hin und her wirft. Schlaflos aufgrund seines Wissens. Das Lächeln der Mädchen wird ihm zusehends unerträglich. Zu sehen, wie sie den Bogen fassen. Vielleicht weiß er, dass es Mercedes Benz ist, die mit diesen armen Kreaturen Handel treibt, sie irgendwann zu Kochs Atelier schickt, wo sie ein Fotograf namens Richard in obszönen Positionen verewigt. Vielleicht ist es Koch, der alles finanziert, und vielleicht ist dieser nur ein Strohmann des mächtigen Raymond Lewis. Jedenfalls hat der Musiklehrer endgültig genug. Jetzt ist die Stunde der Wahrheit gekommen. Und obwohl er im Affekt handelt, hat er sich alles genau überlegt. Die Gäste der *Maske* kommen und gehen in vollkommener Anonymität. Ideale Bedingungen für einen Mord. Und Wesley Hardinger hat beschlossen, Mercedes Benz zu töten. Sie ist in ihrem Büro. Er öffnet die Tür und betritt einen kleinen, höchstens zwölf Quadratmeter großen Raum, der von einer Schreibtischlampe nur schwach erhellt wird. Neben der Lampe stehen eine grüne Geldkassette und ein schwarzes Telefon. Hinter dem Schreibtisch sitzt Mercedes Benz alias Rose Valentin, aufgedunsen und fett, hochmütig und erbärmlich, bösartig und sentimental. Ihr Make-up ist nachlässig aufgetragen, sie ist eine Schlampe mit Federboa, und ihre kleinen roten Augen schauen ihn wütend an, als er die Pistole aus der Jackentasche zieht. Was genau sie erkennt, kann man nur erraten, doch Hardinger hat genug gesehen. In blinder Wut drückt er ab und bemerkt zu spät, dass sie nicht allein sind. Viel, viel zu spät nimmt er die Gestalt im hellen Trenchcoat wahr. Den Mann, der hinter der Tür steht und unter der lächerlichen Maske einen stummen Schrei ausstößt, bevor er Hardinger abwehrend seine Arme entgegenstreckt, der außer sich vor Zorn das lästige Individuum anstarrt, das seinen Plan durchkreuzt. In diesen Sekunden stehen sie sich gegenüber, der Vollstrecker und der Zeuge, anonym und verschworen. Hardinger leert das gesamte Magazin und sieht den Mann im hellen Trenchcoat wie in Zeitlupe zusammensinken. Dann muss es schnell gehen. Hardinger läuft an den normalen Nutten des Viertels vorbei und hastet dem Bahnhof entgegen. Er hat es eilig, weiß aber auch, dass im Chinesenviertel auf Schüsse gelassen reagiert wird. Und noch lange Zeit darauf ist es ruhig in der Straße. Eine Dreiviertelstunde später ist er wieder in seiner Wohnung, geht ins Bad, zieht seinen Bademantel an und legt Mozarts Requiem auf. Während ein gewisses Team mit der Arbeit beginnt. Den Laden saubermacht. Die *Maske* schließt. Autos parken vor Wuhans Restaurant. Die Leiche wird beseitigt. Diskret und ohne Umschweife. Die Kunden werden rausgeschmissen, die meisten gehen freiwillig. Aus guten Gründen stellen sie sich blind und taub. Für das Personal zwar keine Routine, aber ein Teil ihres Geschäfts. Vielleicht sind sie tatsächlich genauso ahnungslos wie die Gäste. Vielleicht gibt es nur ein Mädchen, eine einzige Prostituierte, die etwas weiß, und vielleicht heißt sie Suzan. Sollte sie jemals vorgehabt haben, etwas auszuplaudern, so hat sie es sich längst anders überlegt. Und sollte sie ihre Nächsten über ihre prominente Kundschaft informiert haben, würde sich ihr Zuhälter Svenne doch niemals verplappern. Nur eines bleibt ungeklärt, vorausgesetzt, Hardinger sagt die Wahrheit. Jemand hat die Spuren beseitigt. Vermutlich waren es nur wenige, die rasch und professionell gearbeitet haben. Sicher dieselben einflussreichen Personen, die entschieden haben, Mercedes am Hafen und Como im Westwald abzuladen. Die Möglichkeit, dass sich diese Leute zu keinem Zeitpunkt die Mühe gemacht haben, die Maske des Ministers zu entfernen, kann man getrost außer Acht lassen, abgesehen davon, dass schon am nächsten Tag alle Zeitungen des Landes sowie das Fernsehen von der Identität des Toten berichteten. Aus irgendeinem Grund hat die Unterwelt ihm zu einer reinen Weste und einem Nachruhm verholfen, der eines großen Mannes würdig ist. Und was Rose Valentin betrifft, hat man ihr unter Wahrung der

Etikette einen Bestimmungsort zugedacht, der zu ihrem Gewerbe passt.

Bleibt die Frage, was Albert Como bei Mercedes Benz zu suchen hatte.

Vielleicht wird sie nie beantwortet werden.

Er rieb sich das Gesicht und musste plötzlich an Feo denken. Daran, wie ihre Fingerspitzen zärtlich über seine Wangen glitten und sie ihn ansah wie ein Kind, wie eine Erwachsene, und nicht zuletzt wie eine Frau. Ein Kind, das nie erwachsen geworden war. Eine Erwachsene, die nie ein Geschlechtsbewußtsein entwickelt hatte. Ein Mensch, der niemals lernte, zu nehmen, sondern ausschließlich mit der Fähigkeit zum Geben auf die Welt gekommen war. Und mit einem Mal musste er auch an die Ehefrau und die Kinder der Familie Como denken. Hatten die Comos nicht erst kürzlich ein Enkelkind bekommen? Er hatte die graue Platte im Park vor Augen, die Gedenktafel mit den Fackeln, die auf Comos Statue wartete. Ebenso den langen Boulevard im Zentrum – die Aorta der Hauptstadt, wie der Ministerpräsident bei der Namensänderung formuliert hatte. Er dachte an die Staatsoberhäupter aus aller Welt, die tief erschüttert an der offiziellen Trauerfeier teilgenommen hatten.

Eigentlich sollte er sich bei Hannah melden, die sich bestimmt fragte, wo er nur abgeblieben war. Warum er nicht anrief. Er suchte überall, entdeckte einen Telefonanschluss sowie eine viersprachige Bedienungsanleitung, aber keinen Apparat. Er zog die Schuhe an und öffnete die Zimmertür. Schaute den langen Gang mit den identischen Türen hinunter und erblickte den Aufzug, vor dem zwei Männer sich von ihren Klappstühlen erhoben hatten.

Johan gestattete sich ein schwaches Lächeln. Sie wirkten wie uniformiert. Graue Anzüge, weiße Hemden, dunkle Krawatten. Groß gewachsen, breite Schultern, kompakt und muskulös. Höflich auf ihre Weise. Verschlossen. Derselbe Haarschnitt. Militärische Umgangsformen. Johan erkannte den einen, der sie vom Präsidium zum Hotel gefahren hatte.

»Haben Sie einen Wunsch?«

Er kratzte sich am Kinn.

»Ich, äh ... würde gerne nach Hause fahren. Wo befindet sich Otto Volmar?«

»Volmar ist im zweiten Stock.«

In sonderbarer Haltung, Schulter an Schulter, hatten sie sich vor ihm aufgebaut. Für einen kurzen, anarchischen Augenblick fragte er sich, wie er die beiden auseinanderbringen konnte. Ein neues Gefühl der Selbstsicherheit breitete sich in ihm aus. Er konnte sie überrumpeln.

»Sind Sie ... vom Geheimdienst?«

Der eine nickte.

»In wenigen Minuten erhalten Sie ein paar Toilettenartikel. «

»Ich würde lieber nach Hause fahren. Warum haben Sie das Telefon entfernt?«

Sie lächelten ihn beschwichtigend an und bugsierten ihn sanft, aber entschieden in sein Zimmer zurück. Johan bat sie, dies zu unterlassen.

»Ganz ruhig bleiben«, sagte der eine, während er ihm auf die Hand schlug.

»Sie sollen mich in Ruhe lassen!« Johan schaute den Mann an, der ungefähr Mitte zwanzig war.

Der Ältere von den beiden sagte, sie täten nur ihre Arbeit. Johan erwiderte, er wolle mit Mahler sprechen. Sie nickten. Währenddessen begannen die englischsprachigen Radionachrichten. Der Name Hardinger fiel nicht.

»Mahler wird im Laufe des Tages hierher kommen. Jetzt beruhigen Sie sich, Herr Klinger. Wollen Sie eine Tasse Kaffee?«

Johan nickte seufzend. Bekam einen Klaps auf die Schulter.

Zehn Minuten später saß er beim Frühstück und las die Tageszeitung. Auf dem kleinen Tisch lagen eine Zahnbürste, eine Zahnpastatube und ein Deo-Stick.

Es klopfte an der Tür. Es war einer der kräftigen Kerle. Er lächelte Johan an.

»Zimmerservice. Wir haben Ihren Orangensaft vergessen. Sagen Sie uns einfach Bescheid, wenn Sie einen Wunsch haben.«

Er blätterte flüchtig in der Zeitung, leerte die Kaffeekanne sowie das Glas mit Orangensaft. Fühlte sich jetzt frischer und wacher und ging hinaus auf den Flur. Sie saßen immer noch vor dem Aufzug. Der Jüngere kam langsam auf ihn zu.

»Mir ist etwas eingefallen«, sagte Johan. »Haben Sie Volmars Frau verständigt?«

»Selbstverständlich. Jetzt beruhigen Sie sich doch.« Der Mann warf einen Blick in das Zimmer, betrachtete das Tablett, auf dem Kanne, Glas und Brotkorb standen.

Johan versuchte sich auf sein Gesicht zu konzentrieren. Die Konturen verschwammen, wurden unscharf wie auf einem alten Foto. Der Gang weitete sich und zog sich zusammen. Irgendetwas schien mit seinen Beinen nicht in Ordnung zu sein, als bewegten sich die Gelenke in die falsche Richtung. Das Gesicht des Sicherheitsbeamten war jetzt sehr nah. Johan roch sein Aftershave und bekam Lust, ihn an der Nase zu packen. In diesem Moment lösten sich die Wände auf und segelten wie fliegende Rechtecke durch den Raum. Er spürte Hände unter seinen Achseln, vernahm in Watte gepackte Stimmen und lag kurz darauf auf dem Bett. Die Zimmerdecke kehrte langsam an ihren angestammten Platz zurück.

Das Erste, was er registrierte, war der Geruch scharfen Tabaks. Danach einen Schatten an der Wand. Er drehte sich auf die Seite und spürte den Kopfschmerz wie einen Amboss von einer Schläfe zur anderen rutschen. Die Gardinen waren vorgezogen. Das elektrische Licht angeschaltet. Vielleicht waren sie es, die ihm gegenübersaßen.

Johan setzte sich auf und erkannte Mahler neben einem kleinen, stämmigen Mann in den Sechzigern, der eine dicke Zigarre paffte. Sein Gesicht kam ihm bekannt vor.

Mahler beugte sich vor und gab ihm ein Glas Wasser. Danach ging Johan auf die Toilette, fuhr sich durch die Haare, wusch sich das Gesicht und dachte, er würde am allerliebsten ein Bad nehmen und zu Hause bei Hannah sein. Jedenfalls ginge es ihm schon besser, wenn der Alte nicht sein ganzes Zimmer vollqualmen würde.

Johan setzte sich wieder aufs Bett und zog seine Schuhe an. Das half. Man fühlte sich sonderbar klein und schutzlos, wenn man als Einziger nur Strümpfe trug.

»Ich muss geschlafen haben«, murmelte Johan.

»Wir haben Ihnen ein Schlafmittel gegeben«, sagte Mahler freundlich. Wie immer war er die Ruhe selbst und erstaunlich vertrauenerweckend. Die personifizierte Redlichkeit. Vielleicht war es seine Stirn, vielleicht lag es an seinen blauen, unbestechlichen Augen. Johan vermutete, dass es sein Körper war. Seine Haltung. Hannah hätte gesagt: seine Körpersprache. Er hatte nichts zu verbergen. Die Geradlinigkeit in Person. Aufrichtig und bedachtsam, ohne Spuren von Besessenheit oder Fanatismus.

»Wie geht es Ihnen?«, fragte der andere, den Johan jetzt erkannte. Seine Stimme war recht wohlklingend und recht nasal. Es war der Chef des Geheimdienstes.

Johan sagte, es ginge ihm ausgezeichnet.

Mahler stellte sich mit dem Rücken vors Fenster, legte die Handflächen auf die Fensterbank und streckte die Beine aus.

»Wir haben Wesley Hardinger stundenlang verhört«, sagte er leise.

Johan nickte.

»Er hat sehr interessante Dinge zu erzählen. Dieser Hardinger ist ein hochintelligenter Mann. Sagen Sie, Klinger«, Mahler rieb sich das Kinn und beugte sich vor, »wie viel hat er Ihnen eigentlich erzählt, bevor Sie mit ihm aufs Präsidium kamen?«

Mahler setzte sich neben Johan auf die Bettkante. Faltete die Hände und ließ den Kopf zwischen die Schultern sinken.

Johan berichte detailliert, was Hardinger ihnen erzählt hatte. Rose Valentin und Albert Como betreffend.

Mahler nickte langsam. Und seufzte laut.

»Das Interessante dabei ist«, sagte er leise, »dass Wesley Hardinger«, hier machte er eine Sprechpause, »dass Wesley Hardinger Como nicht getötet hat.«

Johan wandte den Kopf ab und hatte plötzlich Schwierigkeiten, einen Punkt zu finden, den er fixieren konnte. Dann blickte er wieder Mahler an, der matt lächelte und bedauernd den Kopf schüttelte.

»Die Spurensicherung hat alles nachgeprüft. Hardingers Erklärungen reichen einfach nicht aus. Im Grunde ist alles ganz einfach. Como wurde nämlich nicht mit einer spanischen Parabellum erschossen, wie Hardinger behauptet. Das ist hundertprozentig sicher. Mit solch einer Waffe wurde nur Rose Valentin getötet.«

Johan nickte verständnislos.

»Aber!« Mahler stand auf. »Es gibt ein Aber, Klinger. Warum gesteht Hardinger einen Mord, den er nicht begangen hat?«

Johan spürte die Blicke der beiden Männer auf sich lasten. Als hätte er sich das alles nur ausgedacht.

»Warum behauptet Hardinger, Como erschossen zu haben, obwohl er weiß, dass er sich damit den Hass des ganzen Landes zuzieht? Warum tut er das?«

Im Raum war es vollkommen still geworden. Mahler setzte sich wieder. Blickte Johan eindringlich, beinahe vertraulich an.

»Weil er mehr weiß.«

»Mehr weiß …«, murmelte Johan.

Mahler nickte mit gehobenen Brauen. Flüsterte mit Nachdruck: »Mehr weiß! Er ist ja, wie soll ich mich ausdrücken, eine facettenreiche Persönlichkeit, dieser Musiklehrer. Ich nehme an, Sie haben … seine Requisiten bei ihm im Schrank gefunden. All seine Kostüme.«

Johan entgegnete, die hätten ihn natürlich auch stutzig gemacht.

»Wir haben den Mann in unserer Kartei«, warf der Geheimdienstchef ein. »Ein schwärmerischer Kommunist, ein Fantast, ein Psychopath.«

»Ein hochintelligenter Psychopath«, sagte Mahler und trommelte gegen die Scheibe. »Wir beobachten ihn schon seit geraumer Zeit.«

»Hardinger?«

»Ja, Hardinger. Ich weiß ja nicht, Klinger, wie gut Sie über diese syrische Terrororganisation unterrichtet sind. Wie Sie vielleicht wissen, besaß sie bis vor wenigen Monaten eine Buchhandlung in der Stadtmitte. Unter der Buchhandlung befand sich ein Keller, in dem sich auch Mehmet mehrfach aufgehalten hat. Sagt Ihnen der Name Mehmet etwas?«

Johan bejahte.

»Auch Hardinger ist vor ungefähr einem Jahr einmal dort gewesen. Wir wissen, dass er in Kontakt mit der Organisation stand. Wir halten es für wahrscheinlich, dass sie ihm die Pistole besorgt hat.«

Johan senkte den Blick.

»Wollen Sie damit sagen, dass er den Mord an Como gestand, um Mehmet oder andere Mitglieder der Organisation zu decken?«

Mahler nickte und breitete die Arme aus.

»Ja, wir glauben, dass es sich so verhält«, sagte der Geheimdienstchef. Intuitiv spürte Johan eine latente Feindschaft zwischen den beiden Männern. Eine chemische Abneigung. Der kräftige, Zigarre rauchende Mann kam auf die Beine. Sein Blick, der immer wieder an Johan hängen blieb, war unnachgiebig und besserwisserisch.

»Hardinger behauptet, er habe Como im Bordell von Rose Valentin ermordet. Haben Sie sich denn gar nicht gefragt, Klinger, warum in aller Welt sich ein Mann wie Albert Como an solch einem Ort aufhalten sollte? Sind Sie, als Polizist, nicht darauf gekommen, dass man mit dieser Behauptung zwei Fliegen mit einer Klappe schlägt? Zuerst erschießen sie Como im Westwald. Dann begleicht Hardinger seine persönliche Rechnung mit der Puffmutter, und jetzt, da wir einen dieser Psychopathen hinter Schloss und Riegel gebracht haben, behauptet Hardinger einfach, er habe zufällig auch Como umgelegt. Sehr bequem, nicht wahr? Aber wahrscheinlich? Nein! Schon gar nicht, wenn man seine enge Verbindung zu der Terrorgruppe in Betracht zieht.«

Johan schüttelte seinen Kopf, in dem sich alles zu drehen begann. Der Geheimdienstchef setzte sich, sodass Johan direkt in dessen rot angelaufenes Gesicht schaute.

»Sie haben Hardingers Album gefunden, nicht wahr? Gut. Warum hat er ein solches Interesse an Comos Ermordung, dass er alle Artikel über den Mann ausschneidet? Wir wissen … WISSEN doch jetzt, dass er nicht der Mörder ist. Erklären Sie mir das, Klinger! Weil er weiß, wer der Täter ist. Der Musiklehrer *WEISS* es. Hat es die ganze Zeit gewusst. Später schnappen wir seinen syrischen Freund. Vielleicht haben wir den richtigen Mann gefasst. Vielleicht ist er nur einer von vielen. Doch Hardinger ist der Schlüssel. Wir glauben, dass er von außen unter Druck gesetzt wurde. So begann der Plan Form anzunehmen. Ein gewagter Plan, schon wahr. Aber ein guter Plan. Verdammt gut, Mahler.« Der Geheimdienstchef warf Mahler einen Blick zu. Er schwitzte um den Mund herum. Der Rauch seiner Zigarre brannte in den Augen. »Er wird festgenommen, des Mordes an Rose Valentin angeklagt und gesteht den Mord an Como gleich mit. Was daran so genial ist? Weil wir damit nicht an die Öffentlichkeit gehen können. Weil der Staat nicht zulassen kann, dass über einen Mann, dessen Statue im Park steht und dessen Namen der breiteste Boulevard der Haupstadt trägt, Gerüchte kursieren, er sei in einem perversen Puff mit einer Maske vor dem Gesicht erschossen worden.«

Johan blickte von einem zum anderen.

Der kleine, korpulente Geheimdienstmann ließ etwas Asche auf den Boden fallen.

»Sie hätten einmal das Gesicht des Ministerpräsidenten sehen sollen, als wir ihn mit Hardingers Aussage konfrontiert haben.«

Johan schluckte. Spürte die ganze Zeit etwas auf sich zukommen. Fragte aber dennoch, warum Hardinger fest damit rechnen konnte, des Mordes an Rose Valentin angeklagt zu werden.

Die Männer zögerten. Mahler sagte, sie seien immerhin schon länger an der Sache dran, nicht zuletzt an Richard Delmont und dem Missbrauch der kleinen Mädchen.

»Um sich jedoch ganz sicher sein zu können, dass die Ermittler im Fall Rose Valentin eines Tages auf seine Fährte stoßen würden, bediente sich dieser irre Musikpädagoge einer dritten Person, einer Denunziantin …«

Mahler schaltete sich ein: »Das steht noch nicht endgültig fest.«

»Er bediente sich einer Informantin. Eines Menschen, der nahe genug an den Dingen dran wahr, um jederzeit den Vorhang lüften zu können.«

»Wer ist es?«, flüsterte Johan.

Der Geheimdienstchef betrachtete seine Zigarre.

»Hannah Hardinger« sagte er schließlich.

Johan schaute ihn unverwandt an. Als wolle er sich dessen Züge einprägen oder ihn dazu bewegen, noch etwas hinzuzufügen. Zu ergänzen, dies sei bloß eine Theorie. Oder nur die Andeutung eines Zweifels zu äußern. Er spürte eine Reihe von Bildern verschmelzen. Mit Hannah im Park, in der Stadt, im Hallenbad gemeinsam mit Feo, zu Hause in enger Verbundenheit. Erwachsene, sich vertrauende Menschen. In einem großen Tiegel schmolz alles zu einem harten Klumpen zusammen, der ihm im Magen brannte. Er blickte zu Mahler auf, der ihm den Rücken zukehrte.

Kurz darauf ging Johan ins Badezimmer, trank aus dem Hahn und musste sich gewaltig beherrschen, um nicht loszuschreien und die letzten Fliesen aus der Wand zu schlagen. »Oh, Hannah«, flüsterte er. Wie elegant sie gewesen war. Und wie raffiniert, ihm das Album auf dem Silbertablett zu servieren, da sie wusste – natürlich wusste sie es! –, dass er Wesley im Auge behielt. Vielleicht waren sie gar nicht geschieden. Auch so konnte sie ohne weiteres ihren Mädchennamen benutzen. Und eine eigene Wohnung beziehen. Wer sollte sie daran hindern? Doch was hatten sie Rune gesagt? Lag hier die Wurzel seines Hasses? Johann ließ sich auf den Toilettendeckel sinken. Fühlte sich matt und fröstelte. Die Kinderzeichnungen in Hardingers Flur. Runes Strich. Runes Universum. Der Kalender mit den weißen Flecken, auf denen nur der Buchstabe R eingekreist war. Er hatte es die ganze Zeit gespürt. Ihre Nähe, diese seltsame Vertrautheit in Hardingers Wohnung.

Er riss sich zusammen und ging zu Mahler und dessen Kollegen zurück.

Mahler sagte, es tue ihm Leid für Johan, doch er solle sich davon nicht aus der Bahn werfen lassen. Der andere sagte, sie sollten zusehen, dass sie ihr Programm fortsetzen könnten. Johan schaute ihn träge an.

»Zunächst steht fest, dass Hardinger und seine frühere Ehefrau, Hannah Hardinger …«

»Frühere Ehefrau?« Johan blickte auf.

»Ja, sie sind geschieden«, entgegnete der Geheimdienstchef. »Spielt das irgendeine Rolle?«

Johan verneinte. Der andere spulte weiter seinen Text ab. Erläuterte, wie sich der Mord an Como aller Wahrscheinlichkeit nach abgespielt hatte. Wie Como von den Syrern abgepasst worden war, als er den Sommerabend zu einem Ausflug ins Grüne genutzt hatte.

»Er fährt aus der Stadt und erwartungsgemäß in den Wald hinein. Das Wetter ist prachtvoll. Ein Kinderspiel, ihn abzufangen und die Tat zu verüben. Es besteht kein Zweifel, dass Hardinger Rose Valentin aus persönlichen Motiven erschossen hat und dass der Plan, ihn einen Mord gestehen zu lassen, den er nicht begangen hat, erst Gestalt annimmt, nachdem wir den jungen Syrer gefasst haben.«

Johan hörte nur mit halbem Ohr zu. Dachte an eine hitzige Diskussion mit Hannah:

»Im Moment ist das ganze Land doch hysterisch wegen des Mordes an Como. Die Zeitungen und das Fernsehen reden von nichts anderem mehr. Jedes Mal, wenn man die Glotze einschaltet, grinst einem sein selbstzufriedenes Gesicht entgegen. Und die unterschwellige Botschaft ist doch völlig klar.«

»Und die wäre?«

»Dass als Täter nur ein Ausländer in Frage kommt.«

Hatte Hannah gesagt. Hannah Hardinger, die mit Wesley studiert hatte, ihn geheiratet und einen gemeinsamen Sohn mit ihm hatte. Und jetzt, da er imstande war, hinter die Kulissen zu schauen, konnte er sich genau an den Abend erinnern, an dem er das Foto mit Wesley im Regal entdeckt hatte. Wie er es sich in die Gesäßtasche gesteckt und sie ihn umarmt hatte, um sich zu vergewissern, ob er angebissen hatte. Dachte er weiter zurück, war es ihm damals schon komisch vorgekommen, dass sie (nachdem sie das Album versteckt hatte) ins Schlafzimmer gegangen war, um ihre Schwester anzurufen. Das hätte sie auch vom Wohnzimmer aus tun können. Jetzt verstand er besser, warum Hardinger so ruhig geblieben war.

Johan erkundigte sich nach den Zielen der Syrer.

»Was können das schon für Ziele sein?«, rief der Geheimdienstchef. »Vielleicht hat Como irgendwann etwas Undiplomatisches über ihre so genannte Befreiungsbewegung geäußert. Wer weiß. Vielleicht wollten sie schon die Verantwortung für die Tat übernehmen, als wir plötzlich einen ihrer Leute geschnappt haben.«

Der korpulente Mann zündete sich die nächste Zigarre an. Mahler setzte sich neben Johan und rieb seine Hände aneinander.

»Der Fall ist noch längst nicht abgeschlossen«, sagte er. »Aber wir sind nah dran. Machen Sie sich über die Rolle der Frau nicht so viele Gedanken.« Mahler räusperte sich. »Über die wissen wir nur sehr wenig.«

»Wir wissen genug«, sagte der Geheimdienstchef. »Und was wir wissen, ist alarmierend.«

Mahler blickte ihn ungehalten an.

»In dieser Hinsicht ist es von größter Wichtigkeit, dass Sie und Volmar jetzt nicht dazwischenfunken«, sagte er freundlich.

»Haben Sie das verstanden, Klinger?«, brummte der Dicke.

Johan nickte und freute sich auf das Wiedersehen mit Otto. Darauf, ihm alles zu erklären. Auch die Geschichte mit Hannah. Auch darauf, ihm in Ruhe zuzuhören. Otto hatte stets alles im Griff. Wusste immer genau, was zu tun war. War ein Meister darin, alles richtig einzuordnen und sich mit Plattitüden wie »Es gibt so viele Frauen auf der Welt« oder »So jung kommen wir nie wieder zusammen« über die Runden zu helfen – Plattitüden, die gemeinhin nur als Wundpflaster, in diesem Fall aber als Druckverband fungieren würden.

»Ich sehe nicht, wie wir dazwischenfunken könnten«, sagte er tonlos.

Mahler legte ihm einen Finger auf die Schulter.

»Sie sind von diesem Moment an zu absolutem Stillschweigen verpflichtet«, sagte er.

»Das bezieht sich nicht nur auf fremde Personen, die Presse, Familie oder Freunde, sondern auch auf Ihre Kollegen. Auf alle!«

Johan entgegnete, das verstehe sich von selbst.

»Was Hardingers Ex-Frau betrifft, zu der Sie offenbar ein enges Verhältnis haben, so schlagen wir vor, dieses einschlafen zu lassen. Natürlich ohne eine Erklärung. Ich hoffe, Sie sind damit einverstanden, Klinger.«

Johan blickte zu Boden und sagte, er sei vollkommen einverstanden.

»Sollten Sie sich mit anderweitigen Gedanken tragen, darf ich Sie daran erinnern, dass Sie unter Eid stehen«, fuhr der untersetzte Mann fort, »und man gegebenenfalls nicht zögern wird, den Paragraphen des Landesverrats in Anwendung zu bringen.«

»Ich glaube, Herr Klinger hat uns verstanden«, sagte Mahler.

Er stand auf.

»Was ist mit Hardinger?«, fragte Johan.

»Was soll mit ihm sein?« Die Augen des Geheimdienstchefs traten wie zwei gelbe Eier aus ihren Höhlen.

»Ich meine … wenn er weiterhin behauptet, dass …«

»Er sitzt hinter Schloss und Riegel, Klinger.«

Mahler nahm seufzend wieder Platz.

»Wir haben Hardinger heute Morgen von einem Psychologen untersuchen lassen. Weitere Untersuchungen werden folgen. Vorläufig steht fest, dass der Mann unter einer mentalen Verwirrung leidet.«

»Trotzdem hat er doch weiterhin das Recht …«

»Machen Sie sich da nur mal keine Sorgen!«, bellte der Geheimdienstchef. »Wir halten uns an die Gesetze. Dies ist schließlich keinen Bananenrepublik, auch wenn einem manchmal Zweifel kommen. Es geht um die Aufklärung eines politischen Mordes. Des größten und aufsehenerregendsten in der Geschichte unseres Landes. Ich bitte darum, dies im Blick zu behalten. Niemand kann heute sagen, was als Nächstes passieren wird. Was sie im Schilde führen. Wir ergreifen alle nur denkbaren Schutzmaßnahmen. Und weichen auch mal von der gängigen Praxis ab, wenn wir es für notwendig halten.«

Mahler öffnete ein Fenster. Johan sah auf seine Uhr. 17 Uhr 00.

»Heißt das, dass auch die Presse nichts erfährt?«

»Natürlich heißt es das! Begreifen Sie eigentlich nicht, dass …«

Johan hob abwehrend die Hände. Mahler sagte, es sei nicht notwendig, alles noch einmal zu wiederholen. Der Geheimdienstchef stöhnte und ging zur Tür. Währenddessen gab Mahler Johan die Hand. Johan sagte, dass er sich in vieler Hinsicht schrecklich dumm vorkäme.

»Dazu haben Sie keinen Grund, Klinger«, sagte Mahler.

»Man hat mir so übel mitgespielt, dass …«

»Sie haben den Mörder von Rose Valentin festgenommen und uns im Fall Como ein gutes Stück weitergebracht. Sie haben wirklich allen Grund, mit sich zufrieden zu sein, Klinger. Wirklich.«

Der Geheimdienstchef, der an der Tür stand, sagte, es sei bereits nach fünf. Johan fragte, was mit dem Mädchen namens Eva geschehe.

»Wir finden eine Bleibe für sie«, antwortete Mahler. »Vorläufig haben wir sie bei einer mehr als unscheinbaren Familie einquartiert. Schauen Sie übermorgen bei uns vorbei.«

Johan nickte.

Kurz darauf waren die beiden Männer verschwunden.

Er blieb stehen, rieb sich fahrig das Gesicht und versuchte krampfhaft, seine Gefühle unter Kontrolle zu bringen. Dann zog er seine Jacke an und ging zum Aufzug. An der Rezeption fragte er nach Otto Volmar, doch ein Mann dieses Namens war nicht registriert.

Draußen hatte es begonnen zu nieseln.

15

Zwei lange Minuten starrte er das Foto an, auf dem Hannah Dufflecoat und Gummistiefel trug. Es stand auf dem niedrigen Regal. Er hatte es selbst gerahmt. Doch die Arbeit war ihm nicht ganz geglückt, weil der kleine Fuß auf der Rückseite des Rahmens so instabil war, dass das Bild jedes Mal umfiel, wenn die Tür zugeschlagen wurde.

Er ging zum Eingang und schob zerstreut einige Rechnungen und die Lokalzeitung, die unterhalb des Briefschlitzes auf dem Boden lagen, zur Seite, öffnete die Wohnungstür und schlug sie zu. Das kleine Bild blieb stehen. Er schlug die Tür fünfmal und zunehmend härter zu, und mit jedem Mal wurde ihr Lächeln triumphierender. Schließlich untersuchte er seine Koffer, Schränke und Schubladen, doch es fehlte natürlich nichts. Keine nachlässigen Hinterlassenschaften, keine leichtsinnigen Fußabdrücke auf den Teppichen. Allenfalls ein leichtes Zittern in der Luft, ein Hauch von Fremdheit. Er schaute das Bild an. Irgendjemand musste den Fuß manipuliert haben.

In der Küche trank er einen halben Liter Buttermilch und verspürte ein sonderbares Gefühl. Nicht, weil sie seine Wohnung durchsucht, sondern weil sie eine feindliche Atmosphäre und eine Stille hinterlassen hatten, die ihm fremd waren. »Und ich habe mir eingebildet, es könnte von Dauer sein«, flüsterte er, während er das Glas ausspülte. »Wie konnte ich ihr nur so lange vertrauen?«, rief er und schaute an die Decke.

Im Schlafzimmer begann er sich auszuziehen, fuhr

halbnackt herum und zog alle Vorhänge vor. »Es gibt Grenzen!«, schrie er.

Er stand lange unter der warmen Dusche, rieb sich immer wieder mit dem Schwamm ab, hielt sein Gesicht unter den Strahl und versuchte dabei, wie ein Irrer, die Augen zu öffnen. Dann sank er auf den Boden, lehnte den Rücken gegen die Fliesen und atmete tief durch, um die Tränen zurückzuhalten.

Am Ende, sagte er sich, bekamen immer die Pessimisten Recht. »Ich bin im Glauben an die Nemesis erzogen worden.«

Er stand erst auf, als sich die Temperatur des Wassers änderte. Er schrieb ihren Namen auf die beschlagene Scheibe und wischte ihn wieder weg. Trocknete sich ab, fixierte sein Spiegelbild und erblickte den vertrauten Ausdruck der Resignation. Wie damals, als er in einem soeben errichteten Wohnblock außerhalb der Stadt gewohnt hatte, in dem der Beton in den Treppenhäusern widerhallte und auf jeder Etage zehn verschiedene Nationalitäten wohnten. Er hatte drei Wochen gebraucht, um seine vier Umzugskartons auszupacken, hatte jeden Abend in den Spiegel gestiert, Erwachsene streiten und Kinder weinen gehört. Sirenen in der Ferne.

»Welcome home«, sagte er und trocknete sich den Rücken.

Das Telefon klingelte. Er starrte es an. Als er endlich abnahm, spürte er das Gewicht des Hörers. Die Verbindung war sofort unterbrochen worden.

Im Dezember hatte er ihr ein Armband gekauft. Nichts Besonderes. Er hatte ihr einfach etwas schenken wollen. Als Ersatz für einen Ring, vielleicht. Die Verkäuferin war sehr zuvorkommend und hilfsbereit gewesen. Er hatte diesen Tag in guter Erinnerung. Das Schmuckkästchen mit dem Armband brannte den ganzen Abend in seiner Tasche, doch er zog die Zeit in die Länge und freute sich auf die Überraschung. Sie hatten viel geredet und gelacht und Musik gehört und über die Zukunft gesprochen, bis sie sagte: »Du bist wirklich der einzige Mensch, den ich kenne, der überhaupt keinen Geschmack hat. Es gibt guten und schlechten Geschmack, aber du hast gar keinen. Wie sonderbar.«

Sie betonte die letzten beiden Wörter, als wolle sie das Gesagte ein wenig abmildern.

Seine Hand hatte sich um das kleine, blaue Schmuckkästchen gekrampft. Erst beim Abwaschen legte er es zwischen die Teller auf den Küchentisch.

»Ich liebe dich, Johan«, sagte sie und ließ das Armband durch ihre Finger gleiten.

Nachdem er sich angezogen hatte, rief er Otto an.

»Ich bin's, Johan.«

»Gut, dass du anrufst. Können wir uns in einer Stunde treffen?«

»Wo?«

»Na, du weißt schon.«

Otto legte auf. Johan ebenso, nahm jedoch sogleich wieder den Hörer ab. Er nickte. Natürlich trafen sie ihre Vorsichtsmaßnahmen. Vielleicht saßen sie in einem Lieferwagen ganz in der Nähe und tranken Kaffee. Vielleicht hatte er sie schon einmal gesehen. Er konnte ja einen Spaziergang machen, um herauszufinden, wie vorsichtig sie waren. Der Vollständigkeit halber in den Park gehen und einige Minuten an Comos Gedenktafel verweilen. Eventuell eine Blume niederlegen. Das Telefon klingelte wieder. Zunächst wollte er es ignorieren, dachte dann aber, dass es auch Feo sein konnte, die ihn anrief.

»Klinger.«

»Oh, Johan, Gott sei Dank ...«

Er zuckte zusammen; sein Magen kollabierte förmlich.

»Ja, du ... wir ...«

»Warum hast du nicht angerufen? Ich dachte schon, dir wäre was zugestoßen.« Der Vorwurf in ihrer Stimme klang aufrichtig. Ihr Lachen hingegen ein wenig künstlich. »Es hört sich dumm an, aber als ich endlich eingeschlafen war, habe ich so schreckliche Dinge geträumt.«

»Du Arme.«

»Na ja, jetzt ist es vorbei.«

Sie lachte erneut, und es entstand eine längere Pause.

»Bist du noch da?«

»Ja, natürlich bin ich noch da ... einen Mom- ... ich muss jetzt weg, Hannah.«

Es fiel ihm schwer, ihren Namen auszusprechen.

»Johan.« Sie sagte seinen Namen wie die Antwort auf eine Frage. Eine ernste Frage, eine Frage, die wichtige Dinge ansprach. Als würde sie ihn durchschauen. »Was ist los, Johan?«

»Gar nichts.«

»Du klingst so komisch. Ist was passiert?«

Du weißt genau, was passiert ist, dachte er und biss die Zähne zusammen.

»Ich bin nur so sterbensmüde«, murmelte er. »Bin die ganze Nacht nicht zu Hause gewesen.«

»Warst du mit Otto unterwegs?«

Er starrte auf die Sprechmuschel und fragte sich, ob Mahler sich ebenfalls in der Leitung befand.

»Wie tüchtig du bist, Hannah«, sagte er plötzlich. Er hatte das gar nicht sagen wollen. Es war ihm einfach aus dem Mund geflossen.

»Was meinst du damit?« Ihre Stimme klang aufrichtig verwundert.

»Ach, nichts.«

Diese Frau horcht mich aus, dachte er. Vielleicht ist sie in dieser Hinsicht ausgebildet und hält zu Hause ein entsprechendes Diplom versteckt. Ausgefertigt und unterzeichnet auf einem großen, rechteckigen Schreibtisch, dessen Platte seit dem letzten Bombenangriff immer noch mit Putz und Kalk bedeckt ist. Im grünen Tarnanzug sah er sie strammstehen. Vor dem Fanatiker mit dem Füllfederhalter. Dem perfekten Terroristen. Damals in Damaskus. Unter Palmen. Kein Wunder, dass sie das kleine Album unter Verschluss hielt. Vielleicht würde das Mahler und seine Leute interessieren. Vielleicht war es längst archiviert.

»Sehen wir uns heute Abend, Johan?«

»Ich … ich rufe dich an, Hannah. In Ordnung?«

»Johan!«

»Lass gut sein.«

»Okay. Ich liebe dich. Denk daran«, flüsterte sie.

Lag in diesen letzten Worten eine versteckte Botschaft? Ein »trotz allem«? Er legte auf. Die Rache war ein beißender Saft, von dem einige wenige Tropfen spürbar in seinen Magensack liefen. Sie war ein kluges Mädchen. Ein logisch denkendes Individuum, das wusste, dass er wusste. Er war, mit anderen Worten, unfähig gewesen, zu agieren. Er hatte Mahler und in letzter Konsequenz auch Como hintergangen. Doch sie hatten auch ihm übel mitgespielt. Falls es stimmte, dass Hardinger seit geraumer Zeit unter Beobachtung stand, dann galt dies auch für seine Ex-Frau. Und zwar rund um die Uhr. Und plötzlich war Johan Klinger auf der Bildfläche erschienen.

»So plötzlich auch wieder nicht«, murmelt er. Auch nicht zufällig. Hannah hatte Kontakt zu ihm aufgenommen. Auch sie, die anderen, hatten offenbar ein Interesse an ihm. Auf einmal wusste er nicht mehr, was er ihr im Laufe der Zeit alles erzählt hatte, besser gesagt: wonach sie ihn gefragt hatte. Tränen schossen ihm in die Augen. »Ich halte mich an die Spielregeln. Ich tue, was ihr mir auftragt, aber verlangt nicht von mir, dass ich es gerne tue. Das könnt ihr nicht von mir verlangen!«, schrie er.

16

Sie setzten sich an einen Tisch, der mitten im Lokal stand. Otto bestellte Kaffee und Sandwiches. Er sah aus wie immer, vielleicht ein wenig müder und erschöpfter. Erwähnte kurz den armen Praktikanten, den sie auf ihn angesetzt hatten. Johan schloss, dass Mahler auch mit Otto gesprochen hatte. In derselben Hinsicht. Doch im Gegensatz zu Johan verlor Otto über Hannah kein Wort.

Lange saßen sie schweigend da. Dann fragte Johan, wie Otto die Sache einschätze.

»Soll ich dir was sagen? Mir ist die ganze Angelegenheit scheißegal. Sollen sie doch diesen Schwachkopf von Hardinger einbuchten.« Otto schaute schniefend in seine Tasse, rutschte auf seinem Stuhl herum und ärgerte sich offensichtlich darüber, seinen Hosenbund nicht nach oben ziehen zu können. »Übrigens habe ich heute Morgen mit Wagner telefoniert. Tüchtiger Mann.«

»Mit Wagner?«

»Ja, ich habe mich erkundigt, ob die Möglichkeit besteht, ins dritte Dezernat zu wechseln.«

»Zur Verkehrspolizei?« Johan stand der Mund offen.

»Als Kfz-Prüfungsbeamter.« Otto stocherte in den Zähnen.

»Das ist nicht dein Ernst.«

»Natürlich ist das mein Ernst. Sonst würde ich es nicht sagen. Wagner wollte schauen, was sich machen lässt. Von denen gibt es viele, die sich verändern möchten.«

»Herrgott, Otto …«

»Jetzt mach nicht so ein Theater, Johan.«

Otto schaute ihm direkt in die Augen. Er sah nicht nur ein wenig müde, sondern auch verschreckt aus. Der Wahnsinn hatte stets in seinem Blick gelauert, vielleicht, weil die Augen für seinen Kopf zu klein waren. Er war ein Mann auf dem Rückzug. Ein aggressives Tier, das in seine Höhle zurückkroch, um für den Rest seines Lebens zu erklären, warum aus dem Kampf nichts geworden war.

Er murmelte, er werde schließlich auch nicht jünger. »Ich werde sechsundvierzig, Johan, und hab keine Lust mehr, für irgendeinen Penner Kopf und Kragen zu riskieren. Ich denke, du kannst dich noch an den guten alten Svenne erinnern. Stell dir vor, er hätte eine wirksamere Waffe als diese Schrotflinte in der Hand gehabt. Stell dir vor, er käme von hinten auf dich zu. Na, dann gute Nacht! Das Licht ausgeblasen von einem beschissenen Zuhälter, dem Abschaum der Menschheit. Dann ist es für Reue zu spät. Und du bist noch jung. Hast noch so viele Möglichkeiten. Warum versuchst du es nicht mal auf dem privaten Sektor?«

»Auf dem privaten Sektor?«

»Die großen Warenhäuser reißen sich um Leute wie uns. Bezahlen übrigens auch besser. Sich einfach ein schönes Leben machen. Die Mädels sind doch ganz wild auf einen ehemaligen Bullen. Und du wirst endlich den Geruch nach Nutten, Schmutz und Drogen los.«

Johan sank tiefer in seinen Stuhl. Einer ihrer Kollegen hatte einmal eine Stellung als Kaufhausdetektiv angetreten. Auf dem Revier war das der Witz des Jahres geworden. Vor allem Otto war in dieser Beziehung sehr geistreich gewesen: »Jetzt glotzt Rupert die Weiber an, wenn sie in den Umkleidekabinen ihre Hosen anprobieren. Er hat selbst kleine Löcher in die Wände gebohrt, damit er kontrollieren kann, ob sie etwas in ihre Handtaschen stopfen. Und am Ausgang wirft sich der große

Detektiv schreiend auf einen Rentner, der zwei Wäscheklammern und eine Haarbürste hat mitgehen lassen.«

Otto stand auf. Sagte, er wolle mit Litten noch in die Großmarkthalle. Johan packte ihn am Arm. Plötzlich zog sich alles in ihm zusammen. Und als Otto seinen Mantel anzog und sich sein Halstuch umlegte, wurde ihm klar, dass dies nicht eine der üblichen Anwandlungen des Dicken gewesen war. Er war auf dem Rückzug. Fort. Weg.

Johan wusste nicht, wie er den Tag allein überstehen sollte. Diesen Tag.

»Setz dich hin, Otto. Ich geb einen aus.«

Otto bückte sich und flüsterte ihm zu: »Ich habe keine Lust, mein Haus auf den Kopf stellen zu lassen und für den Rest meines Lebens ein Knacken in der Leitung zu hören. Jedes Mal, wenn ich einkaufen gehe, werden Waren und Preise automatisch an irgendein Archiv gemeldet. Mir reicht's, mein Lieber. Ich steig aus. Okay, wir waren nah dran. Verdammt nah dran.«

»Was machst du mit dem Rest der Woche? Vielleicht willst du dich lieber nicht mehr mit mir treffen.« Johan beugte sich vor.

»Lass uns abwarten. Die Dinge regeln sich schon wieder. Litten und ich fahren morgen früh zum Sommerhaus ihrer Mutter.«

»Dem Vorhof des Todes, wie du früher gesagt hast.«

»Ja, es ist ziemlich still da oben.«

»Da kann man die Spatzen in zehn Kilometer Entfernung scheißen hören«, zitierte Johan.

»Du sagst es, Johan. Du sagst es.«

»Wie lange bleibt ihr da oben?«

»Weiß nicht. Vierzehn Tage vielleicht. Litten hatte noch einige Urlaubstage gut. Jetzt fahren wir erst mal zum Großmarkt und kaufen einen Elektroofen. Dann füllen wir den Wagen mit Konservendosen, und ab geht die Post. Mach's gut, Johan.«

»Otto … hast du … Litten etwas erzählt?«
»Glaubst du, ich bin bescheuert?«
»Du hast ihr nichts gesagt?«
Otto zog Johan vom Stuhl. Er sah verzweifelt aus. Sie taumelten beinahe auf die Toilette, die stinkend und klein, dafür jedoch leer war.
»Ich will dir sagen, warum ich auf einmal so scharf darauf bin, mit begriffsstutzigen Fahrschülern morgens, mittags und abends Theorie zu pauken. Warum ich mich unbedingt in Schwiegermutters eiskaltem Sommerhaus langweilen will und warum ich Litten kein Sterbenswörtchen gesagt habe.«
Otto hatte Johan am Revers gepackt.
»Warum, glaubst du, machen sie sich die Mühe, uns abzuhören, unsere Wohnungen zu durchsuchen, uns zu beschatten? Warum schärfen sie uns unsere Schweigepflicht ein? Warum wollten sie uns unbedingt aus dem Verkehr ziehen und in diesem Scheißhotel einquartieren? Weißt du nicht, dass bis in die frühen Morgenstunden das Kabinett getagt hat und Mahler von dort direkt zu uns kam?«
»Wer sagt das?«
»Ich habe mit den Leuten auf dem Präsidium gesprochen. Die haben keinen Schimmer, aber Otto weiß Bescheid. Der dicke Otto weiß Bescheid, Johan.«
Ein junger Kerl schob die Toilettentür auf. Otto trat sie wieder zu.
»Verpiss dich!«, schrie er. Der Orkan seiner Stimme zeigte Wirkung.
Er ballte die Faust vor Johans Gesicht. Seine Fingerknöchel waren so weiß wie sein Augapfel.
»Es *war* … nämlich Wesley Hardinger, der Albert Como erschossen hat. Er *ist* der Täter, und wir beide, Klinger und Volmar, haben das Schwein zur Strecke gebracht. Wir beide, Johan. Aber die Öffentlichkeit wird das nie

erfahren.« Otto pikste Johan in die Brust. »Der arme Syrer sitzt jetzt irgendwo in Isolationshaft und wird in kurzer Zeit angeklagt, verurteilt und eingesperrt werden. Wart's ab.«

»Das kann doch nicht sein«, murmelte Johan.

»Und ob das sein kann. Stell dir doch nur mal einen Prozess vor, in dem Wesley Hardinger angeklagt wird, den großen Albert Como erschossen zu haben:

›Wo haben Sie den Außenminister erschossen, Herr Hardinger?‹

›In einem Bordell, Herr Staatsanwalt. In einem Bordell namens *Die Maske*‹.

Denk an Comos Statue im Park. Mit einer Maske vor den Augen!«

»Das siehst du falsch, Otto.« Johan senkte den Blick. Beschämt darüber, dass er keine Energie und vielleicht auch keine Lust hatte, Otto in die Zusammenhänge einzuweihen. Dann müsste er Hannah verraten. Und seine eigene Geschichte aufdecken. »Dies ist ein Baustein eines großen Komplotts. Es stimmt zwar, dass Hardinger beteiligt war …«

Otto streckte ihm seinen Zeigefinger entgegen.

»Ich habe meine Theorie und du hast deine. Alles in Ordnung.«

Fünf Minuten später hatte er Elis Bistro verlassen.

Johan ging zum Ende des Raumes und rief Feo an. Sprach auch mit seiner Mutter, die sich über die Unreinlichkeit des Vaters beschwerte. Sagte, es würde schon vom Dachboden ins Wohnzimmer tropfen. Johan entgegnete, das läge an der Schneeschmelze. Er versprach, in Kürze das Dach abzudichten. Die Mutter meinte, damit solle er sich nicht belasten. Das klang so etwa wie: ›Du hast dein Leben, wir haben unseres. So ist das eben, kümmere dich nicht um uns, wir haben uns damit abgefunden. Lass uns ruhig weiterhin im Stich. ‹

»Ich komme nachher vorbei«, sagte er und verspürte ein wohliges Gefühl bei dem Gedanken, einfach bei ihnen in der Stube zu sitzen und ihrem monotonen Geplapper zu lauschen. Und als er Feos Freudenschrei hörte, spürte er ein verräterisches Ziehen im Magen und musste sich zusammennehmen, um nicht in den Hörer zu schreien, wie sehr er sie liebe. Er freute sich sogar darauf, sich das Dach anzusehen, obwohl es die falsche Jahreszeit war, es mit neuer Dachpappe auszustatten.

Kurz darauf bezahlte er bei Elis Frau und verließ den vertrauten Ort. Einmal noch wollte er dorthin zurückkehren. Mehr der Symbolik und der Vollständigkeit halber.

17

Mahler sah ihn mit beinahe schelmischem Lächeln an. Ein stolzer Vater, ein beeindruckter Chef, ein warmherziger Mensch.

Das Büro war unordentlich, aber die Unordnung war sympathisch. Mahler hatte diesem Raum seinen Stempel aufgedrückt. Überall standen Thermoskannen, lagen Plastikbecher und Rapporte herum, doch es fehlte auch nicht an Topfpflanzen und kleinen, rührenden Geschenken ganz normaler Bürger, die ihn und sein Team aufmuntern wollten.

Das Zimmer galt als Zentralnervensystem des Sonderkommandos Como und lag hoch über allen anderen Räumen des großen Gebäudes mit Aussicht auf den Parkplatz des Polizeipräsidiums.

Johan ging um den großen Konferenztisch herum und entdeckte nach kurzem Suchen sein Auto unter hundert anderen.

»Sie sehen richtig erholt aus«, sagte Mahler, »mit Ihren roten Wangen.«

Johan entgegnete, er habe die letzte Woche bei seinen Eltern verbracht.

Mahler nickte.

»Sehr vernünftig.« Gab jetzt den erfahrenen Vorgesetzten. »Setzen Sie sich doch. Ich wollte Sie schon so oft zu einem Plauderstündchen zu mir nach oben bitten, aber Sie wissen ja, wie das ist. Wo bleibt die Zeit nur?«

Johan sagte, da, wo er herkomme, gebe es Zeit im

Überfluss. Im Übrigen habe er um das Gespräch gebeten.

»Zunächst ist es wichtig, dass die Ereignisse um Sie und Volmar ein bisschen zur Ruhe kommen.« Mahler suchte nach seinen Streichhölzern. »Ich persönlich finde es eine gute Idee von Volmar, zur Verkehrspolizei zu wechseln. Er wird ein großartiger Fahrlehrer werden.«

»Das will ich auf keinen Fall«, platzte Johan heraus.

Mahler blickte auf. Irgendwas ging ihm durch den Kopf. Etwas, das ihn verwirrte.

»Aber, nein, daran habe ich auch gar nicht gedacht, Klinger.«

Johan setzte sich mit dem Rücken zum großen Fenster und dachte ein weiteres Mal an Hannah und an den Brief, den er eines frühen Morgens geschrieben hatte. Ein Brief voller Lügen. »Ich bin gezwungen, für einige Zeit die Stadt zu verlassen. Ich arbeite nicht mehr am Fall Como, sondern an einer neuen Angelegenheit.« Schriftliche Formulierungen lagen ihm nicht.

»Wir sind mit Ihrer Arbeit außerordentlich zufrieden. Das wollte ich Ihnen sagen.« Mahler bückte sich und suchte nach seinem Tabak.

Die Sonne war gerade aufgegangen, als er in die Stadt fuhr und den Umschlag in den Briefkasten warf. Jeden einzelnen Meter des Weges prägte er sich ein, als wolle er sich unter allen Umständen daran erinnern. Er kämpfte gegen ein seltsames Gefühl der Ohnmacht an. Und spürte das Unabänderliche, Schicksalsschwangere und vielleicht äußerst Ungerechte wie einen Stich, als er hörte, dass der Brief auf dem Boden des dunklen Metallkastens landete. Jetzt lagen sie dort, all die Worte, wie eine rätselhafte, aber unmissverständliche Kündigung. Und als er kurz darauf mit Feo und den Eltern in der engen Küche saß und sich eigentlich ruhig und entspannt fühlen sollte, begriff er, dass die Ruhelosigkeit wohl von

Dauer sein würde. Ich bin weder nach Haus gekommen noch habe ich Schluss gemacht. Ich habe ihr nur ein Rauchsignal gesendet, damit sie weiß, dass ich lebe und dass es mir schlecht geht.

Als er im Auto gesessen hatte, auf dem Weg zu Mahler, hatte er beschlossen, reinen Tisch zu machen. Nichts sollte unter den Teppich gekehrt werden. Doch er stocherte wie im Nebel, war vollkommen klar und gleichzeitig total verwirrt. Und als er auf dem Parkplatz die Autotür zuknallte, schmerzte es in Brust und Magen, und er dachte, dass der Schmerz in diesem Fall vom Herzen kam. Ich muss damit leben, ohne sie nicht leben zu können. Vor allem muss ich der Wahrheit auf den Grund gehen.

Mahler schaute ihn mit offenem Mund an. Er hatte den Tabak in seiner Tasche gefunden, und Johan begriff, dass er laut gesprochen haben musste.

»Tja, die Wahrheit …«, sagte Mahler zögerlich. »Nach der suchen wir schließlich alle.«

»Was ist mit Hardinger?«

Mahler spitzte den Mund und stopfte seine Pfeife.

»Er leidet, wie schon gesagt, unter einer mentalen Verwirrung. Man muss kein Fachmann sein, um das zu erkennen. In gewisser Weise ist dieser Mann extrem fanatisch und …« Mahler suchte nach Worten. »… und kompromisslos und …«

»Und integer«, schlug Johan vor.

Mahler sah ihm in die Augen. Sein schelmisches Lachen kam wieder zum Vorschein, diesmal noch deutlicher als zuvor.

»Integer, meinen Sie?«

»Ja, das ist mein Eindruck.«

Mahler schüttelte leicht den Kopf und sagte, man habe jedenfalls die größten Experten zu Rate gezogen.

Johan lehnte sich gegen die Fensterbank.

»Ist die Mordwaffe das einzige Indiz, das gegen seine Täterschaft spricht?«

Mahler blickte ihn desorientiert an.

»Das einzige Indiz? Der verwirrte Mann behauptet, er habe Rose Valentin und Como mit ein und derselben Waffe erschossen. Wir wissen, dass das nicht sein kann. Was gibt es da noch zu sagen?«

»Ich verstehe nur seine Strategie nicht«, sagte Johan. »Bei einer so sorgfältigen Planung unterläuft einem doch nicht solch ein handwerklicher Fehler.«

Mahler betrachtete lächelnd seinen rechten Fuß, der ein wenig Dreck unter den Schreibtisch schob.

»Sie dürfen nicht außer Acht lassen, dass der Plan erst später entstanden ist. Hätten wir diesen Syrer nicht gefasst ...«

»... gegen den immer noch keine Anklage erhoben worden ist ...«

»... der immer noch in Haft sitzt, ja, dann wäre Hardingers Doppelspiel nie entdeckt worden.«

»Dennoch wäre es für die Organisation ein Leichtes gewesen, ihm zwei Pistolen in die Schublade zu legen, wenn sie gewollt hätte, dass er beider Morde verdächtigt wird.«

»Punkt eins: Hardinger und seinen Freunden ging es vor allem darum, Hardinger die Stelle des Syrers einnehmen zu lassen. Punkt zwei: Man wollte sicherstellen, dass wir an Comos Bordellbesuch glauben. Sie erwähnen das Problem mit den Waffen. Wir wissen heute, dass Como mit einer ganz besonderen Waffe erschossen wurde. Nicht mit einem bekannten Fabrikat, sondern mit einem Unikat. Der Gebrauch einer solchen Waffe lässt sich fast immer zweifelsfrei nachweisen. Deshalb mussten sie sicherstellen, dass wir sie nicht in die Hände bekommen. Andernfalls hätten sie auch gleich ihre Visitenkarte hinterlegen können. Aber verstehen Sie mich nicht falsch, Klinger. Sie und Volmar haben sehr viel größere Anerkennung verdient, als Ihnen bisher zuteil wurde. Aber das kommt noch, verlassen Sie sich darauf.«

Johan blickte seufzend zur Decke.

»In den Zeitungen ist ja nicht viel über Hardinger zu lesen«, sagte er leise.

Mahler trat dicht an ihn heran.

»Dies ist kein gewöhnlicher Fall, Johan. Das wissen Sie genauso gut wie ich. Es geht hier um einen politischen Mord. Wir müssen auf vieles Rücksicht nehmen. Nicht zuletzt auf unsere geschätzten Politiker.« Mahler zog an seiner Pfeife. »Jetzt haben wir einen Irren gefasst, der behauptet, den Außenminister in einem Bordell getötet zu haben. Sind Sie sich darüber im Klaren, dass wir im letzten halben Jahr mit dreißig bis vierzig solcher Geständnisse konfrontiert wurden? Wir haben einen Schwachkopf nach dem anderen vernommen und pflichtschuldigst alle Aussagen aufgenommen und archiviert. Ein Alkoholiker ohne festen Wohnsitz hat behauptet, Como hätte ein Verhältnis mit seiner Frau gehabt. Die arme Frau war zu sechzig Prozent behindert und wohnte in einem vierhundert Kilometer entfernten Pflegeheim. Hätten wir damit gleich an die Öffentlichkeit treten sollen? Sollten wir immer sofort eine Pressekonferenz geben, sobald irgendein Kretin etwas daherplappert? Damit anschließend in jeder Zeitung zu lesen ist: Wurde Albert Como in einem Bordell getötet? War er homosexuell? Hat seine Frau ihn betrogen? Wozu sollte das gut sein, Klinger? Es geht auch um seine Frau, seine Familie und nicht zuletzt um seinen Ruf.«

Johan nickte. Mahler klopfte ihm auf die Schultern. Und erst jetzt wurde Johan klar, was er im Hotel Bel-Air schon gespürt, jedoch nicht hatte benennen können: dass Mahler an sich ein netter Kerl war, sich in seiner Gegenwart jedoch unwohl fühlte. Vielleicht stand er auch nur unter Stress. Hatte zahlreiche Konferenzen an einem Tag gehabt. Mahler schaute auf die Uhr.

»Eines möchte ich noch wissen«, sagte Johan und ignorierte die unmissverständliche Geste. »Es hängt mit Hardingers Ex-Frau zusammen.«

Mahler nickte eifrig und betrachtete eingehend seinen Pfeifenkopf. »Gut, dass Sie selbst dieses Thema anschneiden, Klinger. Ich weiß, dass Sie ein persönliches Verhältnis zu ihr hatten.«

Johan schaute auf den Parkplatz hinunter.

»Das ist richtig. Wir haben uns eine Zeit lang ziemlich viel gesehen.«

Mahler sagte, was Hannah betreffe, gebe es mehrere Theorien.

»Warum wurde sie nicht vernommen?« Johan kniff die Augen zusammen. Fixierte sein Auto. Neben seinem Auto stand Hannah. Sie lehnte sich an den Kühler und rauchte eine Zigarette. Er spürte, wie sich sein Puls beschleunigte. Blickte zu Mahler, der sagte, sie *sei* vernommen worden.

In seinem Kopf stand es geschrieben: Sie ist vernommen worden!

»Aber es gibt keine Beweise.« Mahlers Augenbrauen waren bis zur Stirn hochgezogen.

Johan wandte sich widerwillig wieder dem Parkplatz zu.

»Sie wird … also nur … observiert?«

»So kann man das nennen.«

»Was … hat sie ausgesagt?«

»Klinger!« Mahlers Stimme klang flehentlich. Sein Kinn war auf die Brust gesunken. Eine sanfte Geste, die signalisierte, Johan solle es gut sein lassen.

»Was hat sie gesagt?«, wiederholte Johan unnachgiebig.

»Dass sie von nichts weiß. Zu ihrem Ex-Mann nur sporadischen Kontakt hatte.«

Mahler lächelte kurz und öffnete die Tür.

Johan blieb stehen und beobachtete, wie Hannah um sein Auto herumging.

Mahler schloss die Tür leise.

»Was ist es, das Sie nicht loslässt, Klinger?«

Johan ging zu ihm und legte die Hand auf die Klinke.

»Hardinger lässt mich nicht los«, sagte er ruhig.

»Hardinger? Wie soll ich das verstehen? Kannten Sie ihn persönlich?«

»Ich war mit ihm in seiner Wohnung … an jenem Abend.«

»Und weiter?«

»Ich glaube, ich kenne ihn.« Johan wandte den Kopf ab.

»Sie glauben, Sie kennen ihn?«

Johan machte eine leichte Kopfbewegung und öffnete die Tür.

»Ich glaube, Hardinger sagt die Wahrheit«, entgegnete er, trat auf den Gang hinaus, ging die Treppe hinunter und spürte unablässig Mahlers Blick auf sich.

Er schaute sie an. Hals und Kopf ragten über die glänzende Oberfläche der parkenden Autos.

Sie haben sie vernommen, dachte er. Sie war bei Mahler und den anderen im Büro, saß ihnen in einem Stuhl gegenüber und wurde über Gott und die Welt befragt. Und jetzt, auch in diesem Moment, wird sie observiert. Das ist der Gipfel!

»Hallo, Johan.«

»Hallo. Sollen wir uns ins Auto setzen?«

Er schloss auf und öffnete ihr die Tür.

Lange Zeit starrten sie schweigend durch die Windschutzscheibe.

»Ich finde, wir sollten miteinander reden«, sagte sie.

Er strich mit einem Finger über das Lenkrad.

»Ja, natürlich.«

Sie nickte, und er fragte sich, ob sie wütend oder traurig oder beides war. Vielleicht sollte ich auch eines von beiden sein, dachte er.

Sie zog den Brief aus der Manteltasche. Sie schauten ihn beide an.

»Was soll ich davon halten?«, fragte sie.

Er ließ den Wagen an und rollte vom Parkplatz, nahm die Umgehungsstraße und ließ die Stadt hinter sich. Wurde dennoch das Gefühl nicht los, dass sich irgendwo ein kleiner Sensor befand, der ihr Gespräch an Mahler oder an den Geheimdienst, womöglich an beide, weiterleitete.

Er stellte das Radio an.

Sie legte ihre Hand auf seinen Arm.

»Können wir denn gar nicht darüber reden?«

»Natürlich können wir das.«

Beim ersten Rastplatz hielt er an und bat sie auszusteigen.

»Ach, spielst du jetzt den kleinen Trotzkopf?«

»Nein, nein«, murmelte er und scharrte mit den Füßen.

»Weißt du was?«, rief sie. »Ich habe die Schnauze voll von kleinen Trotzköpfen. Vor drei Wochen wolltest du mich noch heiraten. Vor drei Wochen saßen wir auf meinem Sofa und haben alles durchgerechnet. Vor nicht einmal zwanzig Tagen habe ich mich bei verschiedenen Wohnungsmaklern vormerken lassen, und dann bekommt man so einen Brief. So kannst du mich nicht behandeln, Johan!« Sie wedelte mit dem Umschlag.

Er sah weg, als sie den Kopf senkte. Hatte sie noch nie weinen gesehen.

»Jetzt sag doch was.«

Er schaute sie mürrisch an.

»Du siehst müde aus«, sagte er.

»Weil ich beschissen geschlafen habe, falls dich das interessiert!«, rief sie und stampfte auf. Danach putzte sie sich die Nase. Er betrachtete ihren Rücken und empfand weder das Bedürfnis nach Rache noch Bitterkeit oder Enttäuschung. Nur reine, lähmende Frustration.

»Hannah«, sagte er zögerlich.

Sie drehte sich langsam herum und nahm seine Hände. Da er nicht weitersprach, strich sie ihm einfach übers Haar und küsste ihn aufs Kinn.

»Du musst mir sagen, was los ist, Johan. Du hast schon immer deine sonderbaren Seiten gehabt, aber das hier geht einfach zu weit. Wir sind doch erwachsene Menschen. Wenn du unsere Beziehung – aus irgendeinem Grund – nicht mehr fortsetzen willst, dann … ach, ich fühle mich so dumm. Jetzt sag doch was, Herrgott!«

»Was erwartest du von mir?«

»Dass du zumindest Manns genug bist, ordentlich Schluss zu machen.«

Er blickte zu Boden.

»Liegt es an Rune?«, fragte sie kampfbereit.

»Nein, natürlich liegt es nicht an Rune.« Er schüttelte den Kopf. »Ich brauche einfach ein wenig Freiraum.«

»Freiraum? Du hast dich die ganze Woche nicht blicken lassen. Tauchst einfach ab und schickst diesen kryptischen Brief.«

»Ich habe doch geschrieben, dass ich eine neue Aufgabe …«

»Oh, ja, vielen Dank.«

Er schaute sie an.

»Ich muss zugeben«, murmelte er, »dass es mir im Moment schwer fällt, die Zusammenhänge zu erkennen.«

Sie umarmte ihn, und er legte seine Wange an ihren Kopf.

»Ich hätte gerne gewusst, ob du mich liebst«, flüsterte sie. »In dieser Frage bin ich nämlich ziemlich altmodisch.«

Er räusperte sich. »Ob ich dich liebe?«

Sie ließ ihn los.

»Aber vielleicht ist das ja zu viel verlangt.«

Er lächelte kurz.

»Nee, das ist nicht zu viel verlangt.«

»Und?«

»Ja, okay, ich liebe dich.«

Er schaute weg. Hatte Schwierigkeiten, seine Emotionen zu kontrollieren.

»Aber du musst mir ein paar Tage Zeit geben, Hannah.«

Sie drehte ihn zu sich herum und sah zu ihm auf.

»Wozu, Johan? Wozu? Ist deine Arbeit so wichtig und geheimnisvoll, dass du dich niemandem anvertrauen darfst? Bin ich dir so fremd, dass du mich nicht ins Vertrauen ziehst?«

»Nein, nein«, murmelte er und dachte, ja, genauso ist es. »Es liegt nicht an dir«, fuhr er fort, ohne sie anzusehen, »sondern am Job, an der ganzen Geschichte.« Er spürte, dass die Lüge bereits ihre Wirkung entfaltete. Wie eine schnell wirkende Brausetablette. »Es geht um einen neuen Fall.«

»Und alles andere, auch die Ermittlungen in Sachen Como, bist du endgültig los?«

Er schaute sie an. Sie hatte ihm die Seite zugewandt und zündete sich eine Zigarette an. Und plötzlich ging ihm ein Licht auf. Er hatte Mahler unterschätzt, als er ihn treuherzig gefragt hatte, ab sie verhört worden war. Ob sie beschattet würde. All die winzigen Mikrofone, die mobile Überwachung, die wechselnden Beamten im Supermarkt waren vollkommen überflüssig. Sie hatten doch ihn, Johan Klinger. Wer kam näher an Hardingers Ex-Frau heran als er? Er schöpfte sie ständig ab, wenn ihm auch noch ein wenig die Erfahrung fehlte. Da war sie hingegen schon viel effektiver.

Ein stumpfes, metallisches Gefühl breitete sich in ihm aus.

»Im Moment gibt es nicht viel zu erzählen«, sagte er.

Sie nickte und ließ etwas Asche auf den Asphalt fallen.

»Und du musst unbedingt bei deinen Eltern wohnen?«

»Noch ein wenig länger, ja.«

»Und du weißt nicht, wie lange das noch so geht? Oder wann du wieder nach Hause ziehst? Vielleicht kann ich mir überhaupt nichts mehr erwarten …«

»Ich kann morgen bei dir vorbeikommen.«

»Ach, du kannst morgen bei mir vorbeikommen. Wie schön, das zu hören.«

Er trat nahe an sie heran.

»Ich komme morgen, Hannah. Dann können wir alles in Ruhe bereden.«

»Versprichst du es mir?«

»Ja, ich verspreche es.«

Sie nickte. Und plötzlich traten ihr wieder Tränen in die Augen. Sie sah aus wie ein sehr kleines Mädchen.

»Ich … ich habe dich nur so schrecklich lieb gewonnen, Johan.« Sie blickte zu ihm auf. Hemmungslos ehrlich, dachte er.

Er küsste sie auf die Stirn.

»Es ist also nicht vorbei zwischen uns?«, flüsterte sie.

»Nein, natürlich ist es nicht vorbei«, sagte er leise.

Sie standen eng beieinander, während sie sagte, dies sei der hässlichste Rastplatz der Welt. Er drückte sie an sich und dachte, dass er sie jetzt schon vermisste. Sie fragte, wie er bei seinen Eltern die Zeit verbringe, und er antwortete, er habe den Anbau mit neuer Dachpappe ausgestattet und die Kuckucksuhr seines Vaters repariert.

Sie lächelte und schaute ihn eindringlich an.

»Ich liebe dich, Johan Klinger«, sagte sie mit fester Stimme.

Er nickte, schüttelte dann den Kopf und zog sie zum Auto.

Am folgenden Tag, um exakt 11 Uhr 30, begegnete er zum ersten Mal dem Geheimdienstagenten Victor Stern.

18

Er kannte die Männer nicht, die ihn abholten. Sie sahen nicht wie Leute aus, die nichts anderes taten. Dafür waren sie zu alt. Und als der Wagen im beschaulichen Villenviertel anhielt, hatten sie kein Wort miteinander gewechselt. Johan saß auf dem Rücksitz und sah seine Begleiter abwartend an. Einer stieg aus und öffnete ihm die Tür. Johan lächelte ihn an.

»Was für ein Service!«

Der Mann deutete auf das weiße Haus mit den verstaubten Fenstern.

»Soll etwa da drin das Treffen stattfinden?«, versuchte es Johan erneut.

Der Mann schaute ihn unergründlich an.

Auf dem Weg zur Tür dachte er, dass der Rasen gemäht werden müsste. Kein Namensschild gab über den Bewohner des Hauses Auskunft. Die Klingel funktionierte nicht. Das war auch nicht notwendig. Sein alter Kollege Wagner öffnete ihm, noch bevor er auf den Gedanken kam, zu klopfen. Aus irgendeinem Grund wunderte er sich, an diesem Ort auf Wagner zu treffen. Zum einen wusste er nicht, dass Wagner zur Sondereinheit Como gehörte, zum anderen kam ihm sein altbekannter Kollege fremder und steifer vor als gewöhnlich.

»Gehen wir hinein«, sagte Wagner, ohne Johan eines Blickes zu würdigen.

Der ovale Raum war spartanisch möbliert. Entweder hatten sie das Haus vor kurzem erst angemietet, oder sie befanden sich inmitten eines Umzugs. Vielleicht sah es hier immer so aus. Unwillkürlich fragte er sich, wozu die anderen Zimmer dienten. Vielleicht saßen dort kleine graue Männer und lauschten schnurrenden Tonbändern. Vielleicht gehörten solche Methoden längst der Vergangenheit an.

»Setzen Sie sich.« Wagner ging zur Tür. »Mahler kommt jeden Augenblick.«

Fast wie beim Zahnarzt, dachte Johan und nahm in einem der Sessel der armseligen Sitzgruppe Platz, die um einen staubigen Teakholztisch mit schwarzen Brandflecken gruppiert war. Alles sah aus, als handelte es sich um die letzten Möbelstücke aus einem Nachlass. Oder um Teile eines zwanzig Jahre alten Wartezimmers. Er stand auf und lauschte. Kein Laut war zu hören. Auf einer geflochtenen Fläche unter der Tischplatte lag eine ausgebleichte, zwei Jahre alte Zeitschrift. Auf der Fensterbank lag das Telefonbuch des vorigen Jahres.

Gegenüber gähnte ihm ein kalter Kamin entgegen. In diesem Moment öffnete sich eine Tür, die, vom Kamin halb verborgen, in eine Nische eingelassen war.

»Ach, Klinger ...«, sagte Mahler und gab ihm die Hand. »Was für ein schreckliches Ambiente, nicht wahr?« Er rieb sich die Hände und ließ seinen Blick mit der Jovialität eines Immobilienmaklers durch den Raum schweifen. »Hier muss wirklich mal dringend renoviert werden. Nehmen Sie doch Platz.«

»Wer wohnt hier?« Johan setzte sich widerwillig auf das unbequeme Sofa, das mit dem Rücken zur eingelassenen Tür stand.

Mahler lehnte am Kamin.

»Wenn man dies Monstrum doch nur in Betrieb nehmen könnte.«

Wagner kehrte zurück. Er trug ein Tablett mit einer Kanne Kaffee, drei Tassen und einer kleinen Schale mit Gebäck.

»Vielen Dank, Wagner.« Mahler nahm ihm das Tablett ab.

Wagner sagte, es sei leider keine Sahne vorhanden. Mahler entgegnete, dann müsse es eben ohne gehen. Er klang dennoch ein wenig verärgert. Kurz darauf war Wagner wieder verschwunden. Mahler rührte lärmend in seiner Tasse und blickte plötzlich auf.

»Ah, Stern, ausgezeichnet … treten Sie ein.«

Johan drehte ruckartig den Kopf. Er hatte den Mann gar nicht kommen gehört. Entweder war die Tür angelehnt gewesen, oder dieser Stern hatte besondere Fähigkeiten.

Mahler machte sie miteinander bekannt.

»Victor Stern. Johan Klinger.«

Für einen Augenblick wird es still. Mahler ist nicht gerade der perfekte Gastgeber. Johan betrachtet Sterns Schuhe, während dieser zum Fenster geht und ihnen die Seite zukehrt. Seine Schuhe sind schwarz mit sichtbaren Nähten. Gediegen und elegant. Sein anthrazitfarbener Anzug scheint maßgeschneidert. Im Gegensatz zu dem von Mahler, der aussieht, als habe er in ihm übernachtet. Stern ist von Kopf bis Fuß eine klassische Erscheinung.

»Machen wir es kurz«, beginnt Mahler.

Stern sieht aus wie ein Mann, der Jahrgangsweine, gutes Essen und ein stilles Leben zu schätzen weiß. Ein Mensch, der im Gegensatz zum hemdsärmligen Mahler für seine Freizeit lebt und die Arbeit als notwendiges Übel betrachtet. Kurz gesagt, ein Mann von Welt. Victor Stern ist sonnengebräunt ohne gesund auszusehen. Ungefähr sechzig Jahre alt.

»Mit Hardinger geht's bergauf«, fährt Mahler fort und nimmt einen Keks.

Johan blickt von Mahler zu Stern und fragt sich, ob Mahler von den Ermittlungen oder von Hardingers Psyche spricht. Vielleicht von beidem. Vielleicht will er andeuten, dass sie Hardinger bald geknackt haben werden. Stern verzieht keine Miene und wirkt wie jemand, der es gewohnt ist, zu warten und seine Ungeduld zu beherrschen.

»Victor Stern ist extra aus Wien gekommen« – Mahler wischt sich ein paar Krümel vom Mund –, »um uns in dieser Angelegenheit zur Seite zu stehen. »Dürfen wir Sie als Spezialisten bezeichnen, Herr Stern?«, fragt Mahler mit gespanntem Lächeln.

Stern sieht ihn an. Doch bevor er antworten kann, wendet sich Mahler an Johan.

»Eines müssen Sie wissen, Klinger. Alle sind von Ihrer Arbeit sehr angetan. Ohne Abstriche, auch ... äh, in politischer Hinsicht.«

Johan starrt auf seinen Mund. Irgendwas scheint mit der Synchronisation nicht zu stimmen. Wie bei einem italienischen Spielfilm.

»Wir wissen inzwischen mit neunundneunzigprozentiger Sicherheit, dass Mehmet außer Landes ist. Und zwar seit langem. Sonst hätten wir ihn längst aufgespürt. Doch jetzt glauben wir ... ihn lokalisiert zu haben.« Mahler nickt und schaut Johan eindringlich an.

Am Fenster hat Stern sich umgedreht. Er hat gewissermaßen dem Licht den Rücken gekehrt und blickt zu ihnen herüber.

»Wir glauben, er ist in Kuba«, sagt Mahler.

Die Besprechung dauerte eine halbe Stunde. Dann wurde Johan von denselben Männern nach Hause gefahren, die ihn bereits abgeholt hatten. Als er sich von Stern verabschiedete, sagte dieser: »Ich freue mich auf die Zusammenarbeit, Klinger.« Und Johan hatte sich sagen gehört: »Ich mich auch.«

Er legte sich aufs Bett und blickte an die Decke. Vielleicht sollte er es als Belohnung betrachten. Als Aussicht auf eine Beförderung. Im Grunde war er nie besonders ehrgeizig gewesen.

Eine Stunde später rief er sie an. Sie machte einen fröhlichen Eindruck. Sagte, bei ihr werde gerade das Parkett abgeschliffen. »Hier können wir uns jedenfalls nicht aufhalten. Geht's dir gut?«

Er sagte, es gehe ihm ausgezeichnet.

»Wir könnten uns im Park treffen«, schlug sie vor. »In einer Stunde.«

»In Ordnung«, sagte er.

Danach rief er beim Tropeninstitut an und kramte die Telefonnummer eines pensionierten Kollegen heraus, dessen Gedächtnis legendär war. Dieser hatte vor fünf Jahren aufgehört zu arbeiten und sagte, dass ihm die Arbeit immer noch fehle.

»Wer hätte das gedacht!«, sagte er lachend.

Johan erkundigte sich, wie gut er die Mitarbeiter vom Geheimdienst kenne. Ob ihm der Name Stern etwas sage, Victor Stern.

Nach kurzem Zögern fragte der ehemalige Kollege, ob es sich womöglich um den Stern handele, der damals direkt vom Auswärtigen Amt gekommen sei.

»Ein Spitzenmann. Hat zeitweise sowohl für die CIA als auch für die Grapo gearbeitet.«

»Ich dachte, die Grapo ist eine spanische Terrororganisation.«

»Ja und nein. Dieser Stern war vermutlich ein Doppelagent. Ich kann mich nicht mehr genau erinnern, das ist schon so viele Jahre her. Aber wenn du den meinst, der ist mit allen Wassern gewaschen.«

»Du bist ihm nie persönlich begegnet?«

»Nein, nein. Wir haben nur über ihn geredet. Ich war doch bloß eine kleine Nummer. Ist er zurückgekehrt?«

»Jaaa.« Johan zog das Wort in die Länge. »Ich habe aus reiner Neugier gefragt.«

Er traf sie im Park. Sie nahm seinen Arm und fragte, ob es nicht an der Zeit sei, dass sie vernünftig miteinander redeten.

»Worüber?«

»Na … über uns. Du wirst immer verschlossener.«

Johan schaute in die Luft. Es war ein milder Tag mit diesigem Sonnenlicht. Was passiert, wenn ich kein Blatt vor den Mund nehme?, fragte er sich. Würde ich dann etwas zerstören?

Sie hatte wieder begonnen, von Rune zu sprechen.

»In der Schule sagen sie, das Fernsehen ist schuld. Ich weiß bald nicht mehr, was ich mit ihm anfangen soll.«

Vielleicht ist er erblich vorbelastet, dachte Johan.

»Das ist so ähnlich wie mir dir«, sagte sie und zog ihn auf eine Bank. »Er entgleitet mir einfach, ohne zu sagen, warum. Du solltest ihn sehen. Er wollte unbedingt diesen Stoppelhaarschnitt. Und dann diese grässlichen Armeejacken, in denen sie rumlaufen …«

Sie schüttelte den Kopf. Fragte nach Feo.

»Der geht's gut«, sagte er. »Du hast sie ja selbst gesehen. Etwas zu dick und träge ist sie geworden.«

»Ich habe mir überlegt, ob es gut wäre, ihn für einige Zeit wegzuschicken.«

Er blickte sie überrascht an.

»Vor allem in meinem eigenen Interesse.«

Er warf ihr einen raschen Blick zu.

»Tu das besser nicht.«

Sie schaute ihn verwirrt an. Zum ersten Mal seit langem sah er ihr in die Augen, ohne den Blick abzuwenden. Jetzt gibt es nur uns beide, dachte er. Unverhüllt. Jetzt sieht sie, wie alles zusammenhängt. Ich brauche dem nichts hinzuzufügen.

»Was ist los, Johan?«, flüsterte sie.

Er schwieg. Schaute sie einfach an. Sie hatte seine Hände genommen.

»Was geschieht mit uns?«

Er wandte den Blick ab.

»Ich muss nachher noch weg«, sagte er. »Zur Impfung. Aber ich dachte, wir könnten uns später treffen.«

Sie ließ seine Hände los.

»Warum lässt du dich impfen? Fehlt dir etwas?«

»Überhaupt nicht.«

»Ich halte deine Geheimniskrämerei nicht mehr aus«, sagte sie. »Du bist da und trotzdem ganz woanders. Ich will meinen alten Johan wiederhaben. Sag mir, warum du dich impfen lässt. Willst du verreisen?«

»Ja, ich will … ich meine, ich muss, von Berufs wegen. Sie sagen, es dauert nur eine Woche, höchstens.«

»Wer sagt das? Wo fährst du hin?«

»Na, meine Vorgesetzten.« Er sah sie an. »Wir sollten … ach, im Grunde weiß ich kaum, was wir tun sollten.«

»Wo fährst du hin? Ist Otto dabei?«

»Nein, Otto ist nicht dabei. Es ist nichts Besonderes.«

»Dann sag mir, wo es hingeht und wer mitkommt.«

»Ich werde mit einem älteren Kollegen namens Stern reisen. Ich kenne ihn nicht.«

»Wohin, Johan?«

»Nach Havanna.«

Als er im Wartezimmer des Tropeninstituts saß, rief er sich ihre spontane Reaktion ins Gedächtnis. Eine Mischung aus Schock, Angst, Sorge und Irritation. Vor allem Letzteres. Er hatte mit Otto gesprochen, nachdem dieser vom Sommerhaus seiner Schwiegermutter zurückgekehrt war. Der Erfolg hatte sich in Grenzen gehalten.

»Was, zum Teufel, wollt ihr in Kuba?«

»Es geht immer noch um diese Syrer.«

»Und Hardinger?«

Johan glotzte den Hörer an. Was Hardinger betraf, hatte er aufgehört, sich mit den verschiedenen Theorien zu beschäftigen. Das war Mahlers Aufgabe.

»Wollt ihr etwa jedem einzelnen Neger in den Arsch gucken?«, rief Otto und rülpste.

»Ich weiß nicht, was wir tun sollen. Das wird Stern entscheiden.«

Otto sagte, Stern sei früher eine Kanone gewesen, habe vor Jahren aber ein echtes Fiasko erlebt.

»Er hielt sich vorwiegend in Barcelona auf. Ich glaube wirklich, das Schwein war ein Franco-Anhänger.«

Johan sagte, Stern lebe inzwischen in Wien.

Otto entgegnete, das sei der passende Ort für einen alten Nazi.

»Er macht einen absolut weltläufigen Eindruck«, erwiderte Johan und spürte die Distanz zu Otto stärker als je zuvor.

Otto entgegnete, im Übrigen sei ihm das alles scheißegal. Er gehe jetzt in die Sonne und kümmere sich um seine eigenen Angelegenheiten.

Genau acht Stunden später saß Johan auf Hannahs Bett und lauschte dem Verkehr, der nach der Hauptsendezeit wieder zunahm.

Hinter der Wand lag Rune. Vielleicht schlief er. Vielleicht lag er wach, starrte an die Decke und dachte an seinen sonderbaren Vater, den Musiklehrer und Moralisten Wesley Hardinger, der Rose Valentin erschossen hatte und immer noch behauptete, Albert Como getötet zu haben. Vielleicht hatte er gehört, wie sie sich geliebt hatten. Wie sie alles vergessen und einfach ihre gemeinsame Nähe genossen hatten.

Er betrachtete ihren in ein Laken gewickelten nackten Körper. Sie schlief nicht. Entspannte sich nur. Wir verdrängen alles, dachte er, kehren alles unter den Teppich und tun so, als sei nichts geschehen. Die Zeit heilt alle Wunden.

»Komm, leg dich hin«, flüsterte sie.

Er schüttelte den Kopf und stand auf. Hatte nach der Impfung immer noch ein taubes Gefühl in einer Pobacke.

»Ich habe Feo versprochen, dass ich heute noch zurückkomme«, sagte er.

Sie setzte sich auf.

»Willst du wirklich so spät noch fahren?«

Er nahm seine Hose.

»Johan!«

»Es ist doch gar nicht weit.«

»Darum geht es nicht.«

Er zog seine Socken an.

»Worum dann?«

»Musst du wirklich ganz dahin?«

»Wohin?«

»Nach Kuba. Ich finde, du solltest zu Hause bleiben.«

»Die Reise nach Kuba … kommt mir eigentlich nicht ungelegen.«

Sie zündete sich eine Zigarette an und verschränkte die Arme.

»Sehen wir uns morgen?«

Er knöpfte sein Hemd zu.

»Übermorgen. Ich muss vorher noch ein paar Dinge erledigen.«

Sie löschte die Zigarette.

»Was denn alles? Komm, jetzt setz dich doch mal, du machst mich ganz nervös.«

Sie zog ihn zu sich aufs Bett.

»Was sind das für Dinge, die du erledigen musst?«

Es gefiel ihm nicht, dass sie ihn am Ärmel festhielt. Auch nicht, dass sie ihm solche Fragen stellte, und ihr

Ton gefiel ihm schon gar nicht. Als hätte er eine Vereinbarung gebrochen.

»Nur einige Reiseformalitäten«, sagte er ausweichend.

Sie stand auf und zog ihren Hausmantel an. Ging zum Fenster und zog die Jalousie nach oben. Die violette Lichtreklame vom Haus gegenüber beleuchtete ihr Bett.

Der Hauch des Unwirklichen machte ihn apathisch und weniger aggressiv.

»Bist du jetzt in der Comogruppe, Johan?«

Er setzte sich aufs Bett und band seine Schuhe. Hatte keine Lust, ihr ins Gesicht zu sehen.

»Warum fragst du, Hannah?«

»Weil ich es gerne wissen möchte.«

»Warum willst du es wissen?«

»Weil ich finde, dass es mich etwas angeht!«, rief sie erregt. »Weil du dich so sonderbar verhältst. Mir nicht mehr in die Augen siehst, meine Fragen ignorierst, dich immer weiter von mir entfernst. Und jetzt plötzlich Kuba. Du lässt dich tagelang nicht blicken, schickst einen rätselhaften Brief und musst dann Hals über Kopf verreisen.«

Er legte seufzend den Kopf in den Nacken. Sie zog ihn an sich.

»Ich will den alten Johan zurückhaben.«

»Das wird sich alles regeln, Hannah.«

»Wird es das?«

»Ja, ganz bestimmt. Wenn ich nach Hause komme.«

»Und du sagst, es dauert nur eine Woche?«

»So ungefähr.«

»Und es ist nicht gefährlich?«

»Nein.«

Er stand auf und legte seine Wange an ihre Stirn. Spürte die Wärme ihres Körpers. Lange Zeit standen sie einfach da und wiegten sich im Takt, und er dachte, er solle sich vielleicht endlich mal richtig Luft verschaffen. Alle Karten auf den Tisch legen. Als plötzlich ein hohes Quietschen aus Runes Zimmer zu hören war. Ein Fetzen Musik, zwei laute Stimmen und das unmissverständliche Geräusch eines Tonbands. Es waren ihre Stimmen.

»Willst du wirklich so spät noch fahren?

…

»Johan!«

»Es ist doch gar nicht weit.«

»Darum geht es nicht.«

»Worum dann?«

»Musst du wirklich ganz dahin?«

Sie stürmte auf den Flur und riss Runes Zimmertür auf. Er hörte, wie sie ihn anschrie. Der Junge sagte kein Wort. Es war das erste Mal, dass er sie aus ohnmächtiger Wut weinen sah.

Kurz darauf standen sie an der Wohnungstür.

»Warum tut er so was?«, flüsterte sie. »Glaubst du, er ist einsam? Das kann doch nicht nur an der Eifersucht liegen.«

»Ich glaube, er ist krank, und du bist die Einzige, die ihm helfen kann«, sagte er und öffnete die Tür. »Das wird sicher den Großteil deines Lebens in Anspruch nehmen, und am Ende wirst du dich fragen, ob es der Mühe wert war.«

Er schaltete das Licht im Treppenhaus an.

»So ist es doch immer. Man fragt sich am Ende, ob es der Mühe wert war, oder?«

»Einige tun das.«

»Dein Freund Otto zum Beispiel.«

Johan seufzte.

»Und du?«, fragte er. »Was unternimmst du, Hannah? Erzähl mir das. Im Moment sehe ich nur einen Jungen, der in seinem Bett liegt und hysterisch lacht, während er krankhaft sein Tonband vor- und zurückspult.«

Sie senkte den Kopf und wollte die Tür schließen.

»Hannah ...«

»Mach's gut, Johan.«

Er blieb einen Moment auf dem Treppenabsatz stehen, ging dann die Stufen hinunter und trat in die Nacht hinaus, stieg in sein Auto und nahm Kurs Richtung Norden.

Fragte sich, ob die Scheinwerfer im Rückspiegel, die ihn auf dem ganzen Weg begleiteten, zu Freund oder Feind gehörten.

19

Wie immer, wenn er im Haus seiner Eltern in seinem alten Zimmer schlief, wachte er früh auf und lauschte den Geräuschen des Waldes. Das Licht draußen war grau und matt. Er wälzte sich aus dem Bett, kippte das Fenster, blieb noch einige Minuten liegen und genoss das helle Vogelgezwitscher.

Die Stille und der Geruch, der Wind in den Baumwipfeln und die Geräusche des Sägewerks, die Rufe der Arbeiter und die heiseren Schreie der Raubvögel aus der Tiefe des Waldes rotierten wie eine alte Schallplatte mit 78 Umdrehungen pro Minute, die von einem nimmermüden Motor angetrieben und mit einer sich nie abnutzenden Nadel abgespielt wurde.

Eine Stunde später saß er in seinem Wagen und schaute zu ihnen hinüber. Sie standen alle drei im Windfang des Hauses: Vater, Mutter und die kleine, dicke Feo. Drei Menschen, die dabei waren, ihre Senilität zu synchronisieren. Er hatte ihnen erklärt, dass er eine Woche lang fort sein würde. Und als er ihnen zuwinkte und Mutter und Feo zurückwinkten, wusste er, dass der Alte alles durchschaut hatte.

Den Rest des Tages ging er einkaufen: einen Koffer, Sommerkleidung und Sonnencreme. Und als er abends das Licht löschte, ignorierte er das Klingeln des Telefons, trank ein Bier, legte sich wieder ins Bett, krümmte sich zusammen und sagte sich, dass die Sehnsucht schon vorübergehen würde. Vielleicht schon in Kuba. Drei Stunden später stand er auf, weil er wusste, dass er nicht schlafen konnte, ehe er nicht mit ihr gesprochen hatte. Er zog sich an, ging auf die Straße und benutzte die Telefonzelle. Es gab keinen Grund, den Abhörspezialisten die Arbeit zu erleichtern.

Er schlug vor, sich im Laufe des Tages zu treffen, und sagte, sein Flug ginge am frühen Abend.

Danach schlenderte er durch die Stadt und dachte an Victor Stern, der in irgendeinem anonymen Hotelzimmer saß und auf den Anbruch des Tages wartete.

Genau sieben Stunden später war er in ihrer Wohnung, in der es immer noch penetrant nach Lack roch.

Er hatte das Frühstück mitgebracht. Sie sah aus, als habe sie die ganze Nacht geweint. Rune sah aus wie immer, abgesehen von der neuen Frisur.

»Johan wird verreisen«, sagte sie zu ihm.

»Wohin?« Rune blickte sie kurz an.

»Nach Kuba.«

»Was tust du da?«

Die Frage klang nach ehrlichem Interesse. Ein leichtes Entgegenkommen, eine minimale Chance.

»Ich werde versuchen ... ein paar Terroristen ... ausfindig zu machen und vielleicht auch festzunehmen.«

»Was haben sie getan?« Die Frage kam wie aus der Pistole geschossen.

Johan blickte in seine Tasse. Was macht es schon, wenn ich ihnen davon erzähle?, dachte er. Was bedeutet es, wenn ich ihnen sechs Stunden vor dem Abflug ins Gesicht lüge?

»Eigentlich«, sagte er, »ist das eine streng vertrauliche Angelegenheit. Aber möglicherweise geht es um die Leute, die Como ermordet haben.«

Hannah stand auf. Etwas zu rasch, wie er fand. Rune schaute ihr hinterher. Sie hatte ihnen den Rücken zugekehrt und schnitt Käse.

»Warum schicken sie ausgerechnet dich?«, fragte sie leise.

Johan zuckte die Schultern. »Das hätte ich auch gern gewusst.«

»Und wenn du einen fängst, erschießt du ihn dann?« Rune sandte ihm seinen bekannt harten, etwas höhnischen Blick.

»Dazu wird es hoffentlich nicht kommen.«

»Echt geil, Mann!«

Johan sah ihn an.

»Du sagst es. Wir könnten das ganze Gesocks ja einfach niedermähen. Bombardieren. Mit Stumpf und Stiel ausrotten.«

»Ja, das wär's!«

Hannah bat sie, aufzuhören.

»Hast du schon mal daran gedacht, Rune, dass auch du ein Opfer sein könntest? Dass dir eines Tages einfach jemand das Licht ausblasen könnte, während du dir eine Packung Kaugummi kaufen willst?«

»Vielleicht bin ich ja schon für die eine oder andere Bombe verantwortlich«, entgegnete Rune mit starrem Blick.

»Tja, das ist wohl nicht auszuschließen«, murmelte Johan.

»Nein, ist es nicht!«, rief Rune und sprang auf. »Also kannst du mich ja auch gleich erschießen, während ich hier sitze und meine Cornflakes esse.«

»Vergiss deine Vitamintabletten nicht«, warf Hannah ein.

»Vielleicht gar keine schlechte Idee«, sagte Johan gedämpft.

Rune streckte ihm seinen Zeigefinger entgegen:

»Wir sind viele, sehr viele, und eines Tages wird die Reihe auch an dich und das ganze Pack kommen.«

»Halt den Mund, Rune!«, rief Hannah.

Johan beschwichtigte sie.

»Sag mir eines, Rune«, begann er. »Woher, glaubst du, kommt die Gewalt? Warum gibt es diejenigen, die so etwas tun, Bomben basteln und sie in Warenhäuser oder Flugzeuge schmuggeln, und diejenigen, die den Anschlägen zum Opfer fallen? Warum gibt es solche und solche Menschen?«

»Was geht mich das an?«

Johan nickte.

»Eigentlich eine sehr gute Antwort«, sagte er.

Später stand er mit ihr auf dem Bahnhof. Er wiederholte, er sei in einer Woche wieder da. Sie nickte und spielte mit den Knöpfen seines Mantels. Er sah auf die Uhr.

»Pass gut auf dich auf, Johan. Versprich mir das! Wir haben nur ein Leben. Ich weiß nicht, was in letzter Zeit mit uns geschehen ist, aber ich weiß, dass wir diese Zeit überstehen werden. Ich liebe dich, Johan. Denk daran. Was auch geschieht. Pass auf dich auf. Nichts ist wichtiger als du selbst.«

Er stieg in den Shuttlebus zum Flughafen, setzte sich auf die Rückbank und sah sie winken. Er dachte, der Bus würde sofort losfahren, aber das dauerte noch eine Viertelstunde. Aus irgendeinem Grund blieb sie die ganze Zeit stehen, zwanzig Meter von ihm entfernt, und schaute ihn einfach an, bis der Bus sich endlich in Bewegung setzte, er sein Winken wieder aufnehmen und beobachten konnte, wie sie zusehends kleiner wurde, um schließlich ganz zu verschwinden.

20

Havanna, 1987

Das Taxi fuhr im Zickzack vom Hotel Habana Libre quer über die Ave Salvador Allende und bog auf einen wenig befahrenen, sehr kleinen Weg ab. Das Hitzeflimmern um die Mauern der spanischen Häuser verstärkte seine Übelkeit. Er zückte ein Taschentuch und trocknete sich Stirn und Nacken, während er versuchte, sich einen Eindruck von dem kleinen, wortkargen Fahrer zu bilden, in dessen Affengesicht ein Zigarettenstummel steckte.

Er bog scharf ab in die Calzada del Cerro, an die sich Johan vom Studium der Landkarte erinnern konnte, und überholte mit Dauerhupe einen Viehtransporter mit schwarzen Schweinen. Zwischendurch sah ihn der Fahrer mehrfach im Rückspiegel an, doch sein Blick verriet keinerlei Regung. Er drosselte die Geschwindigkeit. Sie bogen ein weiteres Mal nach links ab und kamen in ein staubiges, ärmliches Viertel, in dem sich drei hohe Betongebäude über einer Reihe von Baracken erhoben, die wie kleine, farbige Kästen zwischen den viereckigen, klotzigen Häusern aus der Kolonialzeit lagen.

Sie befanden sich auf der Straße namens Trinidad in dem Viertel namens Cerro.

Der Fahrer fuhr rechts ran und wandte sich träge in seinem Sitz um. Hinter ihnen legte sich die Staubwolke. Johan sah aus dem Fenster auf die Straße, wo eine Horde halbnackter Kinder ihn anglotzte. Ein Stück entfernt näherte sich ein älterer Junge mit einem Karren, auf dem ein Wasserbehälter stand.

Irgendwo bellte ein Hund, und wie überall versorgte ein Radio die ganze Umgebung mit scheppernder Musik.

Der Fahrer öffnete die Tür und streckte die Füße aus dem Wagen. Aus seinen braunen, spitzen Schuhen schauten die nackten Zehen hervor. Er sah Johan an.

»Five dollars«, murmelte er.

Johan kramte in seinen Taschen. Indessen kamen die Kinder näher heran und begannen beim Anblick der amerikanischen Geldscheine zu schreien und die Hände auszustrecken.

Der Fahrer nahm das Geld.

Johan stieg aus. Kurz darauf war das Taxi verschwunden. Er blickte sich um, während die Kinderschar ein wenig Abstand zu ihm nahm. Gleichzeitig hatte er das Gefühl, als schrumpfe das Viertel zusammen. Als konzentriere sich sämtliche Aufmerksamkeit mit einem Mal auf das neue Element.

Ein junges Mädchen, das gerade einen Teppich zum Lüften über den Balkon gehängt hatte, trat zurück ins Dunkel, um ihn zu beobachten. Er betrachtete das große, viereckige Haus, unter dessen pompösem Balkon eine fast blattlose Platane stand. Im Baum hing ein weißer Vogelkäfig mit einem Papagei. Aus irgendeinem Grund hatte er alle Federn verloren.

Johan setzte sich in Bewegung und stellte rasch fest, dass die Trinidad eine sehr kleine Straße in einer langweiligen Gegend mit vielen Kindern und vielen Hunden war. Alte Männer in weißen Unterhemden saßen in kleinen Gruppen vor den Gartentüren und starrten ihn abwartend an. Er hielt inne, ging zwei Häuser zurück, blieb einen Moment stehen und betrachtete das grüne Haus, vor dem zwei exakt gleich große Palmen standen. Ein kleines, höchstens zweijähriges Mädchen schaute ihn mit großen, schwarzen Augen an und lächelte über das ganze Gesicht, als er sich zu ihr hinunterbeugte. Das Haus hinter ihr leuchtete so grün, als läge es unter Wasser. Als erhalte es seine Farbe von einem flimmernden Korallenriff. Im ersten Stock hing ein Fensterladen schief an seinen Scharnieren und unterstrich den Eindruck des Verfalls. Der Garten war verwildert und vertrocknet. Der Gesamteinsdruck war geprägt von Dumpfheit und Gleichgültigkeit.

Er lächelte das kleine Mädchen an, das von anderen Kindern Gesellschaft bekommen hatte, ging zum Eingang und klopfte an die rote Haustür, an der sich weder Namensschild noch Briefkasten befanden. Doch Leute ohne Namen bekamen auch keine Post. Die Kinder lachten und riefen ihm etwas zu. Dann erschien eine dicke, sehr dunkelhäutige Frau an der Giebelseite des Hauses, vermutlich vom Lärm der Kinder herbeigelockt. Sie trug selbst ein kleines Kind auf dem Arm. Als Johan einen Schritt nach vorn machte, trat sie unwillkürlich einen Schritt zurück, blieb jedoch stehen, als er ganz zu ihr kam. Weil ihm nichts Besseres einfiel, zog er lächelnd eine Dollarnote aus der Tasche. Da sie den Schein keines Blickes würdigte, steckte er ihn rasch wieder ein und kam sich mit einem Mal dumm und flegelhaft vor.

Er zeigte fragend auf das Haus. Die Frau schüttelte den Kopf. Johan verzog ärgerlich das Gesicht. Die Frau deutete auf die hohen Betongebäude.

»General Docente … Allende …«

Er nickte und betrachtete die Armbanduhr, die ihr fettes Handgelenk schmückte. Sie war seiner eigenen ganz ähnlich. Eine japanische Uhr von Seiko. Er zeigte ihr lächelnd seine eigene Uhr. Die Frau nickte verständnislos und versuchte weiterhin, seine Aufmerksamkeit auf das hohe, weiße Gebäude im Hintergrund zu lenken. Erst jetzt begriff er, dass sie das Allende-Hospital meinte.

Er wischte sich seufzend den Schweiß von der Stirn und lächelte sie entschuldigend an. Drei, vier kleine Racker schauten hinter ihren voluminösen Hüften hervor. Johan blickte ein weiteres Mal am Haus empor und bemerkte, dass er von den Männern, die in kleinen Gruppen beisammen standen, unverwandt angeglotzt wurde. Er nickte ihnen zu.

»Anyone speak English?«

Sie schauten ihn an.

Plötzlich begann ein dünnes Mädchen zu laufen. Verschwand wie eine Maus unter Bäumen und Büschen und kam kurz darauf mit einem ungefähr zwölfjährigen Jungen zurück, den sie Pablo nannte. Unterdessen stand Johan schwitzend da, lächelte der wachsenden Menschenmenge zu und fühlte sich immer weniger willkommen. Er blickte auf das schmächtige Mädchen hinab, das auf den Jungen namens Pablo deutete. Er rauchte eine lange Zigarette mit weißem Filter. Sicher keine kubanische Zigarette. Pablo schien Beziehungen zu haben.

»Pablo?«

»Si, Pablo.«

»Speak americano«, kicherte das Mädchen und biss sich in den Finger. Der Junge schaute sie spöttisch an und warf seinen Kopf zur Seite.

Johan nickte, legte ihm die Hand auf den Rücken und führte ihn sanft ein Stück die Straße hinunter, um den starrenden Blicken der Leute zu entgehen. Er zog einen Fünf-Dollar-Schein aus der Tasche. Pablo schaute ihn träge an. Seine Augen waren halb geschlossen.

»Wer wohnt in dem grünen Haus?«, fragte er gedämpft.

»I do.«

»You do?«

»Yes, I do. The house with the two palms.«

Johan nickte.

»Okay, Pablo. Who else lives in the green house?« Er versuchte sehr deutlich zu sprechen.

»All of us. Many people.«

»Many people?« Johan betrachtete das Haus, das einen geräumigen Eindruck machte. Vielleicht wohnten sie wirklich da, der ganze Haufen, oder Pablo wollte ihm einen Bären aufbinden. Außerdem wirkte sein Englisch nicht besonders sattelfest. Johan wischte sich den Schweiß von Hals und Nacken.

»... and Señor Rodriguez!«

»Señor Rodriguez?«

»Si.«

Johan packte den Jungen an den Schultern.

»Where is Señor Rodriguez now?«

Pablo deutete mit dem Finger hinter sich, auf das Krankenhaus.

»He is bad. He is kaput.«

»Kaput? You mean, he is dead?«

»No, kaput. I don't know. Are you from Canada?«

»Yes, Canada. That's right.« Johan drückte ihm den Fünf-Dollar-Schein in die Hand. Pablo rollte ihn zusammen und steckte ihn in die Brusttasche. Dann blickte er Johan erwartungsvoll an, als sei dies der Anfang eines sorgsam einstudierten Rituals, an dessen Ende seine Tasche prall gefüllt sein würde.

Johan nickte und zückte einen weiteren Fünf-Dollar-Schein. Pablo hob die Schultern, vielleicht weil er die Situation als allzu trivial empfand, vielleicht um seine Verlegenheit zu überspielen. Um seinen Status zu dokumentieren, warf er eine große Kippe einfach weg. Johan reichte ihm lächelnd Sterns Zigaretten. Auch sie verschwanden in der Brusttasche.

»Listen now, Pablo. I wood like to see Señor Rodriguez' room. In the green house. Okay?«

Pablo zuckte die Schultern und schlenderte auf das Haus zu. Das Häuflein der Schaulustigen hatte sich in einen regelrechten Volksauflauf verwandelt. Johan lächelte in die Menge und folgte Pablo, der erregt mit der fetten Frau diskutierte. Johan sah ihrem Gesichtsausdruck an, dass sie nicht gerade begeistert von der Idee war, ihn ins Haus zu lassen. Pablo machte eine gleichgültige Handbewegung und ging zur Tür. Johan folgte ihm. In diesem Moment verschwand die Frau hinter dem Haus. Pablo öffnete die Tür und verscheuchte den Großteil der neugierigen Kinder. Johan trat ein. Es roch nach Schimmel und Katzenpisse.

Pablo schloss sofort die Tür hinter ihm. Da sämtliche Fensterläden verriegelt waren, war es im Eingangsbereich beinahe stockfinster.

Johan blickte die steile Treppe zum ersten Stock hinauf, als Pablo seinen Namen rief. Er stand vor einer Flügeltür.

»Is it …?«

»Si. Señor Rodriguez' room.«

Der Junge öffnete die Tür, lehnte sich träge gegen den Rahmen und spuckte auf den Steinboden. Der Raum war groß, kühl und dunkel. Die Lichtstreifen, die zwischen den Lamellen der Fensterläden hindurchdrangen, fielen auf den Boden, auf dem sich alte, in Leder gebundene Bücher stapelten. An der Stirnseite des Raumes standen ein dunkelrotes Sofa, ein riesiger Kühlschrank sowie ein kleiner, offenbar nicht angeschlossener Fernseher. Während Johan vergeblich nach einer Steckdose suchte, stolperte er über einen länglichen Gegenstand aus Metall. Im selben Moment machte sich Pablo an einem der Fenster zu schaffen.

Noch bevor das Licht in den Raum flutete, wusste Johan genau, was er in der Hand hielt. Es war ein leicht verbogener Notenständer. Langsam ging er zu einem hohen Schrank und wollte die Tür öffnen. Sie war verschlossen. In diesem Moment hörte er Schritte von oben. Er blickte zu Pablo, der sich eine von Sterns Zigaretten anzündete. Pablo war ein versierter Raucher und ein wahrer Künstler im Ausstoßen des Rauches. Vielleicht produzierte er die schönen Rauchkringel Johan zu Ehren. Vielleicht spielte er nur mit dem Licht und dem Staub. Johan ging zu ihm. Er hielt dem Jungen einen Zehn-Dollar-Schein unter die Nase. Die trägen braunen Augen schauten ihn aufmerksam an.

»You lead me to Señor Rodriguez … at the hospital. And I give you this and one more, when we have found him. Come on, Pablo.«

Pablo stieß drei weitere Rauchkringel aus und schlurfte in aller Ruhe aus dem grünen Haus, in dessen Vorgarten sich die Menschenmenge niedergelassen hatte.

21

Die Empfangsdame in der monumentalen Eingangshalle des Allende Hospitals war sehr klein, sehr dünn und sehr formell. Hinter ihr erblickte Johan eine Übersichtstafel des Krankenhauses sowie ein rechteckiges, geschöntes Gemälde dreier Männerköpfe, die wie gute Geister über das moderne Kuba zu wachen schienen. Obwohl seine historischen Kenntnisse begrenzt waren, tippte er auf Che Guevara, eingerahmt von Fidel und Raúl Castro. Wie das billige Werbefoto eines amerikanischen Country-Trios, dachte er.

Pablo führte das Wort, und sein Gebaren gegenüber der müden Frau in ihrem Glaskasten war ebenso künstlich wie lakonisch und gleichgültig. Seine Bemühungen schienen indessen nicht von Erfolg gekrönt zu sein. Jedenfalls schloss die Frau ihre Augen und schüttelte ärgerlich den Kopf. Pablo erklärte Johan, Besuchszeit sei ausschließlich zwischen sieben und acht Uhr abends.

»Frag Sie, in welchem Zimmer Rodriguez liegt.«

Pablo machte eine hilflose Geste und blickte wie zufällig auf Johans Hosentasche, aus der die Geldscheine kamen. Vielleicht hielt er Johan für einen Automaten. Er gab die Frage an die Frau im blauen Kittel weiter, die sichtlich entnervt von ihrem Stuhl rutschte, um mit äußerster Langsamkeit zu einem grauen Monstrum von Aktenschrank zu latschen und gähnend eine Registratur aufzuziehen. Mit zwei Fingern suchte sie aufs Geratewohl zwischen den Karteikarten, ohne dieser Tätigkeit ein ernsthaftes Interesse entgegenzubringen. Johan klopfte gegen die Scheibe, fuchtelte mit den Armen und erntete einen hasserfüllten Blick. Die Schublade wurde krachend geschlossen. Kurz darauf saß sie wieder auf ihrem kleinen Podest, und er dachte, diese Frau sei eine der Stützen eines mächtigen bürokratischen Apparats, in den auch Pablo in wenigen Jahren Einlass finden würde, damit dieser noch effektiver arbeiten konnte. Er empfand Mitleid mit den Menschen im grünen Haus, insbesondere mit dem Mädchen mit den lebhaften Augen und den flinken Bewegungen. Pablo stellte eine weitere Frage, und die Frau antwortete, ohne irgendjemand anzublicken.

»Sie sagt, es gibt viele mit dem Namen Rodriguez.«

»What's his first name?«, fragte Johan und spürte, wie eine wachsende Verzweiflung, in Begleitung eines drohenden Hitzschlags, seinen Rücken heraufkroch.

»I don't know. Only Señor Rodriguez.«

Johan blickte sich um und sagte dann: »Tell her, I am from Russia, and that I must find my friend Rodriguez. It is very important.«

Pablo übersetzte, allerdings ohne den Nachdruck, den Johans Stimme gehabt hatte. Die Frau breitete gelangweilt die Arme aus.

Sie gingen hinaus in die brütende Hitze. Pablo kassierte den Zehn-Dollar-Schein, knickte die eine Hüfte ab und blickte ihn missvergnügt an. Johan kehrte ihm den Rücken zu. Aus irgendeinem Grund ging ihm der Junge langsam auf die Nerven. Vielleicht lag es an seiner unverhohlenen Gleichgültigkeit, vielleicht an der Art, wie er das Geld entgegennahm, dem Mangel an Dankbarkeit. Vielleicht lag es am mehrschichtigen Belag auf seinen Zähnen.

Johan sah auf die Uhr. 16 Uhr.

»Okay«, sagte er. »That's all. Thank you.«

Pablo zog die Mundwinkel nach unten.

»I don't need you anymore.«

»But … Señor Rodriguez?«

»Never mind. I'll find him alone. You can go now.«

Der Junge blieb stehen und begann kurz darauf, nach Sterns Zigaretten zu tasten. Johan wischte sich den Schweiß von der Stirn. Fragte den Jungen, ob er nicht verstanden hätte. »I said you can go now.«

»I stay«, sagte Pablo und ließ ein paar Rauchkringel in die Luft steigen.

Johan stieß ihn unsanft mit dem Zeigefinger.

»I told you to go, now go!«

Pablo schimpfte auf Spanisch und schlug nach Johans Hand. Johan wandte ihm die Seite zu und öffnete einen Knopf seines Hemds.

»Fuck you!«, sagte Pablo.

Der Schlag traf den Jungen seitlich am Kopf, und er war härter, als Johan beabsichtigt hatte. Pablo landete auf den Schultern, drehte sich einmal herum, kam jedoch rasch wieder auf die Beine. Johan rief ihm nach, weil er sich entschuldigen wollte, doch Pablo war schon zu weit entfernt. Er drohte und schrie, spuckte und fluchte.

»Come back, Pablo.«

»Fuck you, man …«

»I have more money for you.«

»Fuck you.« Pablo bog um die Ecke.

Johan schaute ihm nach und setzte sich auf einen Stein. Blieb zehn Minuten sitzen und glotzte in die Luft. Dann kam Pablo in Begleitung eines älteren Jungen zurück. Vermutlich sein großer Bruder. Johan blickte zu ihnen auf. Der große Junge hielt Pablo am Arm fest.

»This is my brother«, sagte Pablo, ohne jemand anzusehen.

Der große Bruder nickte Johan auffordernd zu.

»Dollars?«, sagte er.

Johan stand auf. Er fragte nach Rodriguez' Aussehen. Seinem Alter, seiner Kleidung.

»Like you«, sagte Pablo. »Maybe a little older. Smaller … beard, black and grey beard … white skin … from Canada, I think.«

»From Canada?«

»Si. Maybe. I don't know.«

Der Bruder bestätigte: »Si, si, Canada.« Er trage Ringe an den Fingern. Alle Touristen, zumindest alle europäisch aussehenden, kamen offenbar aus Kanada. Vielleicht waren die Jungen in der Lage, Europäer und Kanadier von Russen zu unterscheiden. Señor Rodriguez was also kein Kubaner. Vielleicht Syrer. Vielleicht Spanier.

»Do you know what he did? What kind of work he had?«

»No work. I think he writes a book, maybe.«

»Si, si, a book«, sagte der Bruder, der immer noch seine kleine, englisch sprechende Goldader am Arm festhielt.

Johan nickte und zückte einen Fünf-Dollar-Schein. Das schien sie nicht zu befriedigen. Der Große nahm den Schein mit allen Anzeichen von Enttäuschung entgegen.

»Please, mister«, sagte er und rollte mit den Augen.

Johan blickte zu Pablo.

»Tell him, I kill him, if he stays one more minute.«

Pablos Blick öffnete sich wie ein Fächer. Kurz darauf war er verschwunden.

Johan wippte auf den Füßen und betrachtete die graubraune Wolke der Verunreinigung, die über Centro Havana schwebte.

An der Kreuzung zur Agua Dulce entdeckte er eine kühle Bar, einen dunklen, offenen Raum, in dem man eine Tasse Kaffee, ein Glas Rum oder einfach ein Mineralwasser bekommen konnte. Er nahm das Letztere. Insgesamt fünf kleine Gläser. Der Inhaber wollte kein Geld, sondern begnügte sich offenbar damit, den armen Touristen zu belächeln, dem die Hitze so zusetzte. Er sagte irgendwas auf Spanisch. Johan nickte und ließ trotzdem einen Centavo auf der Theke liegen.

Er ging ein Stück die Calzada de Buenos Aires hinunter, entschied sich dann anders und ging zum Sträßchen namens Trinidad zurück, wo ihm sofort ein hellblauer Buick ins Auge stach, der vor dem Haus mit den beiden Palmen parkte. Der Motor brummte im Leerlauf, während eine elegant gekleidete Frau in ein Gespräch mit der fetten Farbigen vertieft war.

Johan beschleunigte das Tempo und nahm den Mann hinter dem Steuer wahr, der in diesem Moment eine Kippe aus dem Fenster warf. Die Frau stieg ins Auto, das sich in Bewegung setzte. Johan stierte ungeniert auf den Rücksitz, auf dem zwei kleine Mädchen in kanariengelben Kleidern saßen. Beide hatten einen Geigenkasten auf dem Schoß.

Genau zwanzig Minuten später stand er erneut in der riesigen Eingangshalle des Allende Hospitals, in der die Frau im blauen Kittel von einer anderen Frau in blauem Kittel abgelöst worden war. Er ging zur großen Steintreppe und machte sich auf die Suche.

Das Krankenhaus war groß und in seiner Uniformität unüberschaubar. Jede Etage und jede Abteilung sahen sich zum Verwechseln ähnlich und schufen in all ihrer Gleichförmigkeit eine bedrückende Atmosphäre. Die blau und weiß gekleideten Krankenschwestern wieselten zwischen den Patienten hin und her, deren Unterbringung keinem System zu folgen schien.

Schließlich wandte er sich an eine jüngere Ärztin.

»Excuse me, do you speak English?«

»Yes, can I help you?«
Johan nickte dankbar und trocknete sich die Stirn.
Die Frau lächelte entgegenkommend.
»I am looking for a friend of mine, and it is very important that I find him as quickly as possible.«
»Yes, and what's wrong with him?«
Johan starrte die junge Frau an.
»I don't know. You see … I was just told, that he was here … and … ehh … his name is Rodriguez.«
»What is his first name, please?«
»His first name, arhh, yes, is John. John Rodriguez.«
Er lächelte sie breit, vielleicht ein wenig angestrengt, an.
»I'll see what I can do. Please follow me.«
In einem Büro oder Schwesternzimmer griff die Ärztin zum Hörer und führte mehrere kurze Gespräche, um Señor John Rodriguez ausfindig zu machen.
»I am sorry, but it seems that we only have a Juan Rodriguez and a Emilio Rodriguez. Are you quite sure that it is the right hospital? There are several in Havana, you know …«
Johan sagte, es müsse sich um ein Missverständnis handeln.
Die Ärztin zuckte die Schultern und sagte, Juan Rodriguez sei hier, um seine Zuckerkrankheit regulieren zu lassen, und Emilio habe ein Nierenleiden.
Johan nickte und trocknete sich die Stirn. Die Ärztin entfernte sich von ihm. Johan lief ihr nach.
»I don't know all the patients«, sagte die Ärztin. »Maybe if you come back at seven o'clock. Ask the woman in the office in the groundfloor …«
»Yes, yes«, sagte Johan und nickte. Leider habe er nur sehr wenig Zeit. »Where can I find … Emilio Rodriguez?«
Die Ärztin antwortete, die Abteilung II liege im vier-

ten Stock. Vielleicht sei der Patient aber auch inzwischen auf die Chirurgie verlegt worden.

Der vierte Stock sah aus wie der zweite und dritte Stock und der Gang so wie alle anderen Gänge des Krankenhauses. Darum ging er sofort ins Schwesternzimmer und fragte nach seinem alten Freund Emilio.

Die Krankenschwester schaute ihn müde an und schrieb eine Zimmernummer auf einen Zettel. Sie aß gerade eine Tomate und ein Stück Brot.

Kurz darauf schob er die Tür zu einem Vierbettzimmer auf, dessen Wände graublau gestrichen waren. Zwei der Betten waren leer. In einem dritten, das mitten im Zimmer stand, lag ein alter Mann und schlief mit offenem Mund. Sein Gebiss lag in einem Wasserglas. Johan betrachtete den Mann einen Moment, bevor sein Blick auf das vierte Bett fiel, das von einem großen weißen Vorhang teilweise verdeckt wurde. Er ging durch den Raum und verharrte unentschlossen vor dem Vorhang. Ein Augenblick des Zögerns, eine intuitive Handlung. Er schaute sich um und wunderte sich. ›Warum ziehst du ihn nicht zur Seite, Johan Klinger?‹, hallte es durch seinen Kopf. ›Weil ich es gar nicht wissen will‹, entgegnete eine andere Stimme. Er holte tief Luft, zog den weißen Vorhang zur Seite und erblickte ein breites Eisenbett, in dem ein dunkel- und ziemlich langhaariger Mann mit dem Rücken zu ihm lag. Auf der linken Seite des Betts hing ein Beutel mit dunklem Blut, was vermutlich mit der linken Niere des Mannes zusammenhing. Johan ging langsam um das Bett herum und verspürte, als er das Kopfende erreichte, ein plötzliches Ziehen im Zwerchfell. Eine Schwäche in den Kniekehlen, die ihn rückwärts gegen die Wand taumeln ließ, während er keuchend Emilio Rodriguez anstarrte, der niemand anderer war als der Musiklehrer Wesley Hardinger.

Er hatte sich um den Mund ein dünnes Bärtchen zugelegt, war natürlich sonnengebräunter, vielleicht auch ein wenig dünner geworden. Johan befeuchtete seine Lippen, als der Mann im Bett seine Augen aufschlug. Langsam drehte er den Kopf zu Johan, und sein Blick war weniger erstaunt, als zu erwarten war. Johan hingegen glotzte wie paralysiert den großen Revolver an, den Hardinger unter der Decke hervorgezogen hatte.

»Ihr gebt wohl nie auf«, flüsterte er.

»Hardinger …«, sagte Johan und machte einen Schritt nach hinten. Der Musiklehrer schob sich ein wenig im Bett zurück. Sein forschender Blick richtete sich auf Johan, der dachte, dass auf diese Entfernung jeder Schuss ein Treffer und mit solch einer Waffe in jedem Fall tödlich sein musste.

Hardinger sah müde aus. Müde, aber entschlossen. Vielleicht hatte er gar nicht geschlafen, sondern nur gewartet.

Er setzte sich mühsam auf. Ein sardonisches Lächeln umspielte seine Lippen.

»Unser gemeinsamer Bekannter ist naiver als die Polizei erlaubt«, sagte er mit seiner bekannt sonoren und sehr kultivierten Stimme. Selbst in einem kubanischen Krankenhausbett bewahrte er vollkommen seine Würde und Integrität.

»Ich verstehe nicht, wie …«

Hardinger antwortete mit einem Kopfschütteln und schlug die Decke zur Seite. Unter dem Hemd war er nackt. Über seiner linken Hüfte spannte sich ein breiter Verband. Unter einem braunen Pflaster endete ein Katheter, der in Verbindung mit dem Beutel an der Seite des Bettes stand.

»Sie versuchen, meine Niere zu retten«, sagte er.

Johan schloss die Augen und lehnte sich mit einer Hand gegen die Wand.

»Wie kann es sein«, sagte er abgewandt, »dass Sie hier liegen?«

Er drehte sich um und sah dem lächelnden Hardinger in die Augen.

»Ich dachte, Sie würden fragen, *warum* ich hier liege, aber das wissen Sie vielleicht schon.«

Hardinger kniff die Augen zusammen, während Johan sagte, er wisse verblüffend wenig.

»Dann steht es schlecht um Sie« seufzte Hardinger. »Aber ich glaube, Sie bluffen nur, Klinger. Sie heißen doch Klinger, nicht wahr?«

Johan nickte und sagte, er bluffe nicht. »Das Schlimmste ist«, murmelte er vor sich hin, »dass ich gar nicht wüsste, wem gegenüber ich bluffen sollte.«

»Vielleicht sind Sie ja genauso treuherzig und naiv, wie man mir erzählt hat. Ich kann es kaum glauben.«

»Sind Sie aus dem Gefängnis ausgebrochen?«

Nun lächelte Hardinger auch mit den Augen.

»Eins nach dem anderen«, sagte er.

Hardinger winkte ab und zog den Halsausschnitt seines Hemds zur Seite. Johan beugte sich vor und erblickte eine lange, schlangenförmige Narbe, die vom Schlüsselbein bis zur linken Armhöhle verlief.

»Ich kann Ihnen versichern, dass dies eine sehr unglückliche Stelle für eine Schnittverletzung ist«, erklärte der Musiklehrer. »Eine Blutung der Schlagader in der Armhöhle ist fast nicht zu stoppen. Mit anderen Worten – sie ist tödlich.«

»Wissen Sie … wer …?«

»Ja, natürlich, und Sie wissen es bestimmt auch.«

Johan schüttelte den Kopf und atmete tief durch.

»Ich weiß, wie gesagt, verblüffend wenig«, murmelte er.

»Ich hatte Glück, dass ich so nah am Krankenhaus wohnte«, sagte Hardinger.

»Wer hat Sie niedergestochen?«, fragte Johan beharrlich.

»Ihr Freund Stern.«

Für einen kurzen Moment sah er sie vor sich. Wie sie sich umeinander drehten, in Dunkeln, wie unter Wasser. Der erfahrene, professionelle Victor Stern. Er hält ein Messer in der Hand. Und der kleine Musiklehrer, untrainiert und verzweifelt. Eine leichte Beute. Blut, das sich über den Boden ergießt. Stern, der in dem grünen Haus mit den beiden Palmen über den dunklen Flur rennt. Die Tür öffnet. Wärme und Licht, die auf die Blutlache treffen. Und der Mann, der vielleicht Hardinger heißt, vielleicht Rodriguez, vielleicht Mehmet oder Yüce.

Und Victor Stern, der ein Taxi anhält, sich zum Hotel Marazul zurückfahren lässt, das Hemd wechselt und ein Hühnchen isst. Während der Musiklehrer zum Krankenhaus gefahren wird, in dem sich die Ärzte fieberhaft um die heftige Blutung und die Schnittverletzung in der linken Niere bemühen. Vielleicht arbeiten sie die ganze Nacht. Und vielleicht sitzt Stern auf seinem Balkon, lässt seinen Blick über Santa María del Mar schweifen und glaubt, alles sei in Ordnung. Vielleicht ahnt er nicht einmal, wen er hier überfallen hat. Vielleicht durchschaut Stern alles. Doch als Johan Klinger ihn fragen will, liegt er mit einem schwarzen Loch in der Schläfe auf dem Bett. Erschossen von wem?

Bald ist die Reihe an mir, denkt Johan und fixiert Hardinger, der sich weiß Gott nicht in Havanna, sondern zu Hause hinter Schloss und Riegel befinden sollte.

Hardinger blickte ihn eindringlich an und nickte schwach.

»Schwer zu begreifen, nicht wahr? Eigentlich kam mir die Einlieferung ins Krankenhaus nicht ungelegen. Stern konnte schließlich wiederkommen. Ich meine, Havanna hat viele Augen und das Cerroviertel viele Münder zu füttern, und mit ein paar US-Dollar kommt man ziemlich weit. Auch Sie haben ja den Weg gefunden, nicht wahr, Herr Klinger? Vielleicht wollten Sie bloß überprüfen, ob Ihr Kollege ganze Arbeit geleistet hat. Oder ist alles ganz anders? Sie sind ziemlich schweigsam, Herr Polizist.«

Johan sah ihn an.

»Ich weiß nicht, was ich glauben soll.«

»Es ist schon merkwürdig«, sagte Hardinger. »Man mobilisiert all seine Konzentration und Energie, um sich von Normen und Konventionen, seinem Erbe und seinem Milieu zu befreien, endlich zu sich selbst zu kommen und ein unverwechselbares Individuum zu werden, und plötzlich ist die Zeit abgelaufen. Haben Sie darüber schon einmal nachgedacht? Plötzlich liegt man da, und es ist zu spät. Wohlweislich so eingerichtet, finden Sie nicht, Johan? Ich hoffe, Sie haben nichts dagegen, dass ich Sie beim Vornamen nenne. Wir sind ja praktisch verwandt.«

»Müssen Sie unbedingt mit diesem Ding auf mich zeigen?«

»Ich finde es so schrecklich banal, zu sterben. Und so sinnlos. Man möchte doch so gerne vorher etwas vom Sinn des Ganzen verstehen, und auf einmal ist alles vorbei. Vielleicht bin ich schon immer Nihilist gewesen. In meinem Innersten hätte ich vermutlich eine andere Form – nicht des Glaubens, das klingt mir zu gewöhnlich, aber der Überzeugung – bevorzugt. Haben Sie jemals eine katholische Messe besucht, Johan? Aber das führt wohl zu weit. Mir gefällt es in Kuba.« Hardingers Blick wanderte an der Decke entlang. »Und von Havanna bin ich geradezu begeistert.« Er sah Johan in die Augen. Mit brennendem Blick. »Die Leute sind genauso musikalisch, wie ich gedacht habe. Und diszipliniert.«

Während er sprach, gestikulierte er mit dem Revolver. »Trotz all ihrer Trägheit. Aber man findet sich zurecht.«

Er trank einen Schluck Wasser.

»Ich fühle mich hier heimisch. Bin allerdings früher schon dreimal hier gewesen. Kannte sogar einige Musiklehrer des Konservatoriums. Das Leben bekam nach und nach einen Sinn für mich. Nicht dass es leicht gewesen wäre, Gott bewahre, aber es hatte einen Sinn. Ich hatte ein Dach über dem Kopf, ein paar liebe Menschen um mich herum, ein festes Einkommen und nicht zuletzt – Teresa. Vielleicht bin ich es, der naiv ist, Johan. Vielleicht sind Sie es gar nicht.« Hardinger schaute auf seine Hände, die den Revolver umfassten.

»Und dann tauchte plötzlich dieser Stern auf.«

Johan fragte, ob er eventuell einen Schluck aus seiner Wasserkaraffe haben könne.

»Aber natürlich. So viel Sie wollen.«

Johan leerte beinahe die ganze Karaffe.

»Sie werden davon nicht krank?«, fragte Hardinger.

»Bestimmt«, antwortete Johan und wischte sich den Mund ab.

»Es ist schon etwas Sonderbares mit der Zeit. Vor allem wenn man hier liegt. Heute Nacht lag ich wach und dachte an Stern. Es hört sich verrückt an, aber ich dachte an ihn als den Mann mit dem Lachen.«

Johan setzte sich zu ihm. Hardinger zog die Füße an.

»Teresa«, sagte er, »ist meine neue Frau. Sie hat ein kleines Mädchen, ein wundervolles Kind. Sie selbst ist viel zu jung für mich. Aber man lässt sich doch gerne verwöhnen.«

»Hardinger …«

»Zuerst dachte ich, ihr wolltet mich nur im Auge behalten. Ja, irgend so etwas hatte ich wohl erwartet. Aber Teresa!« Hardinger schüttelte lächelnd den Kopf. »Sie war da völlig anderer Meinung. Sie ist auch ganz andere

Dinge gewohnt. Und nach und nach ließ ich mich überzeugen.«

Hardingers Stimme gewann an Festigkeit. »Im Grunde lag es ja auf der Hand. Und als wir den eleganten Herrn das erste Mal hier in Cerro erblickten, wussten wir, dass er es ernst meinte. Es gefiel mir zwar nicht, aber Teresa heftete sich an seine Fersen. Folgte ihm bis Santa María Del Mar. Zu einem neuen Hotel namens Marazul. Jede Nacht kam sie zu mir nach Hause. Da ist noch jemand, sagte sie. Stern hat einen Kompagnon. Er ist nicht bewaffnet. Wie Teresa so etwas herausfindet, interessiert mich nicht, Herr Klinger. Eines Abends hat sie mir das Aussehen des Kollegen beschrieben, falls er eines Tages hier auftauchen sollte. Er sei groß gewachsen, schlank, blond, gut in Form. Mitte dreißig. Polizist bis ins Mark, wie Teresa sagte. Die Beschreibung kam mir bekannt vor. Ich kann mich an Gesichter gut erinnern, und plötzlich wusste ich, wer dieser Mann ist. Einmal, vor ewigen Zeiten, stand er sogar in meiner Wohnung. Das scheint mir eine Ewigkeit her zu sein. Und jetzt war er also in Kuba, zusammen mit dem erfahrenen Schnüffler, Señor Stern. Wir ließen uns nicht aus den Augen, Señor Stern und Señor Rodriguez. Eigentlich hätte ich mich gern Rodrigo genannt, nach Joaquin Rodrigo, aber das fand ich dann doch zu anmaßend für einen unbedeutenden Musiklehrer.«

Hardinger lächelte matt und bat Johan, die Schublade des hohen Rolltischs aufzuziehen, der neben dem Bett stand. In der Schublade lagen ein Necessaire, ein spanischer Sprachführer und eine kleine Schachtel mit Spielkarten.

Hardinger bedeutete Johan, den Sprachführer aufzuschlagen.

»Ungefähr in der Mitte ist ein Foto meiner Liebsten, leider kein besonders gutes. Sie ist vierundzwanzig

Jahre alt und kommt aus Jamaika. Sie ist mein Schutzengel.«

Hardinger wandte den Kopf ab und fügte hinzu, alle Menschen brauchten etwas, für das es sich zu leben lohne.

Währenddessen legte Johan das Foto auf den Tisch und betrachtete seine Finger. Hardinger bat ihn, den weißen Hocker unter dem Bett hervorzuziehen. Und als Johan sich auf ihn setzte, war er nahe daran, in Tränen auszubrechen. Nicht, um sein Mitleid zu dokumentieren, sondern weil ihm alles so nahe ging.

Hardinger betrachtete das Foto, und Johan dachte an die hübsche Teresa, die mit heraushängender Zunge in der Duschwanne gesessen hatte. In Zimmer 302, Señor Lucas' Zimmer.

»Ja, ja«, seufzte der Musiklehrer. »Jetzt sind Sie dran, Klinger. Irgendwelche offenen Fragen?«

Johan schaute ihn an.

»Ich verstehe nicht, wie …« Er stand auf, um sich sogleich wieder hinzusetzen. »Ich fürchte, ich verstehe nur sehr wenig von der ganzen Geschichte. Aber Sie können mich ja zunächst darüber aufklären, wie es sein kann, dass Sie in Havanna ein neues Leben beginnen, obwohl Sie zu Hause einen Mord, ja, sogar zwei Morde gestanden haben.«

Hardinger schaute seufzend aus dem Fenster in den blauen Himmel. Es war ein sehnsüchtiger Blick, der für einen Augenblick seine Konzentration schwächte. Schließlich riss er sich los und schaute starr vor sich hin.

»Tja, eine gute Frage. Die Antwort ist noch viel besser, aber ich weiß nicht, ob sie Ihnen gefällt.« Seine Atmung beschleunigte sich, und ein Anflug von Ergriffenheit zitterte über sein Gesicht. Eine jähe, vermutlich unbegründete Sorge verdunkelte seinen Blick. Lange Zeit lag er einfach da, sog die Unterlippe nach innen und stülpte sie wieder nach außen, bevor er sich dazu zwang, Johan mit einem tapferen Lächeln in die Augen zu sehen.

»Es ist schon merkwürdig«, flüsterte er, »wie naiv man trotz allem ist. Und wie verletzlich. Unsere gemeinsame Bekannte sagt, ich sei ein hoffnungsloser alter Romantiker. Na ja. Aber erzählen Sie mir zuerst, warum Sie nach Kuba gekommen sind, Herr Klinger. Sie sind doch wohl nicht im Urlaub.«

»Ich bin hier, um den Mörder von Como zu finden«, sagte Johan geradeheraus.

Hardinger schloss die Augen und atmete tief durch.

»Einen Syrer namens Mehmet«, fuhr Johan fort.

»Der sich in Havanna aufhalten soll?« Hardinger öffnete langsam die Augen.

»Das hat man mir zumindest gesagt.«

»Ja, das ist wohl die offizielle Version«, seufzte Hardinger.

»Die offizielle Version?«

Hardinger nickte und sah aus dem Fenster. Diesmal ganz ohne Sehnsucht.

»So ist es. Übrigens …«, er schaute Johan an, »übrigens haben Sie mich überzeugt. Ich glaube, unsere gemeinsame Bekannte hat Recht. Das hat sie meistens. Ob das ein gutes Zeichen ist, weiß ich nicht.«

Er legte den Revolver auf den Rolltisch. Johan betrachtete ihn. Es war eine amerikanische Waffe älteren Datums. Ein gedrungener Colt 38. Keine harmlose Waffe.

Hardinger blickte zur Decke und bat Johan, den Revolver in die Schublade zu legen.

»Normalerweise bewahre ich ihn in meinem Necessaire auf. Deshalb ist es auch so groß. Auf mein Aftershave und Eau de Toilette muss ich zur Zeit verzichten. Ziemlich schwierig für einen Mann, der so eitel ist wie ich.« Der Musiklehrer wollte lächeln, schnitt jedoch nur eine Grimasse. »Ja!«, rief er. »Ich liebe diese Düfte in Flaschen, die man sich in die Haare reibt oder ins Gesicht tupft. Havanna ist einfach zu schmutzig, um gut riechen zu können. Was für ein Jammer, bei all den Früchten.« Er sah Johan in die Augen. »Und ich liebe schöne Frauen, gute Musik und edlen Wein.« Erneut blickte er aus dem Fenster. »In dieser Stadt muss man zwar auf einiges verzichten, aber dafür hat sie auch ihre Vorteile.«

»Woher haben Sie den Revolver?«

»Von einem Freund.« Ohne die Blickrichtung oder den Tonfall zu ändern, fuhr er fort: »Ich habe wirklich welche, Herr Klinger – Freunde.«

»Sie wollten mir erzählen, warum Sie …«

»Ich kann Ihnen erzählen, warum Victor Stern in Havanna ist«, unterbrach ihn Hardinger. »Was Sie angeht, bin ich auf Vermutungen angewiesen. Sofern Sie nicht ohnehin lügen, weil Sie dieselbe Aufgabe haben wir Stern.«

»Ich lüge nicht. Ich halte nur das Gefühl nicht aus, dass …« Johan senkte den Kopf.

Hardinger hielt ihm die Hand unters Kinn. Eine sonderbar altväterliche Geste.

»Ich bekam plötzlich Lust, Sie zu berühren«, sagte er leise. »Wahrscheinlich sollte ich Ihnen nicht trauen, Klinger, aber, Herrgott, ich tue es trotzdem. Vielleicht sind wir beide gar nicht so verschieden, wie man annehmen könnte. Komisches Schicksal … sind Sie eigentlich ehrgeizig?«

»Hardinger!«, sagte Johan ungeduldig.

»Ich weiß, ich plappere vor mich hin. Entschuldigung. Aber dieser fast religiöse Glaube an das System und seine Machthaber … all diese grauen Beamten und kleinen Entscheidungsträger … Ich werde versuchen, Ihnen zu erklären, wie alles zusammenhängt. Was Stern angeht, ist die Sache ziemlich einfach. Er ist nach Havanna gekommen, um mich, Wesley Hardinger, aufzuspüren. Ein Kinderspiel für einen Mann mit Sterns Fähigkeiten.« Hardinger schaute an die Decke. »Eines Abends stand er bei mir im Flur. Ich hatte gerade drei kleine Mädchen in den lauen Abend Havannas entlassen. Eine ganze Stunde hatten sie nur Tonleitern geübt. Ich war todmüde. Und da stand er plötzlich in der algengrünen Dunkelheit. Ich kann mich nicht erinnern, ob ich Widerstand leistete. Gott sei Dank habe ich immer Leute um mich und wohne in der Nähe des Krankenhauses. Das ist wichtig, wenn man weder Auto noch Telefon ...«

»Aber, Herr Hardinger«, fiel ihm Johan ins Wort. »Wie ist es möglich, dass Sie auf freiem Fuß sind? Hat man Sie aus dem Gefängnis befreit? Vielleicht waren es gar nicht Sie, der Rose Valentin ermordet hat?«

»Doch, das war ich. Ich gebe mich nicht mit Lügen, ab, verstehen Sie? Und das bereitet einem System Probleme, das ein ganzes Netz von Lügen gesponnen hat. Mahler und seine Leute haben wirklich ganze Arbeit geleistet. Es wimmelte nur so von Psychologen und Psychiatern. Ich verstehe nicht viel von Psychologie, aber irgendwann hatten sie wohl begriffen, dass sie mich nicht knacken konnten.«

»Knacken?«

»Die ersten Tage waren interessant, später wurde es trivial. Sie behaupteten hartnäckig, dass ich lüge. Dass Como nie in der *Maske* gewesen sei.«

»Aber Como wurde doch mit einer ganz anderen Waffe erschossen als Rose Valentin.« Hardingers Blick schoss förmlich zu Johan hinüber, der versuchte, seine eigenen Zweifel zu verbergen, indem er wegschaute. Die Erklärung von Hardingers Anwesenheit in Kuba wurde sichtbar wie ein Foto in Entwicklerflüssigkeit.

»Schließlich wurde ich an irgendeinen Ort gefahren. Wohin, weiß ich nicht. Außer mir waren nur Mahler und zwei andere Männer anwesend. Die beiden anderen saßen hinter einem Vorhang. Das hört sich zugegebenermaßen ziemlich merkwürdig an, aber so war es.«

»Und Sie wissen nicht, wer die beiden anderen Männer waren?«

»Doch, der eine war unser geschätzter Herr Justizminister. Man erkennt ihn an seinen charakteristischen S-Lauten. Beim anderen bin ich mir nicht sicher.«

»Worüber … wurde gesprochen?«

»Über den Mord an Como. Mahler redete auch über Verantwortung und Vaterlandsliebe. Ich glaube, er meinte es wirklich ernst.«

Johan trank bedächtig einen Schluck Wasser.

»Schließlich sagte Mahler, dass er zu einem Deal bereit sei.«

Johan stand auf und ging zum Fenster, von dem aus er auf das Viertel namens Jesús Del Monte hinunterblicken konnte, das sich bis zum blauen Meer erstreckte. Er dachte an Mahler und an Mahlers Büro. Und an den Chef des Geheimdienstes und den Aufenthalt im Hotel Bel-Air. Und an den kleinen, dicken Otto Volmar, der die ganze Zeit Recht gehabt hatte: Die Pessimisten hatten stets gute Karten. Und er dachte an den Abend, an dem er mit Otto in Hardingers Schlafzimmer gestanden hatte. An den Abend, an dem es zwei ganz gewöhnlichen Beamten gelungen war, den Mörder von Albert Como zu finden.

Er schaute Hardinger an, der seine Fingernägel studierte.

»Stellen Sie sich vor, einen Deal. Ich wollte meine verdiente Strafe auf mich nehmen, obwohl ich nie im Leben vorhatte, Como auch nur ein Haar zu krümmen. Eine schreckliche Tat. Und ein … fürchterlicher Irrtum. Aber wie hätte ich auch erwarten können, ausgerechnet den Außenminister bei Rose Valentin anzutreffen? Ich glaube, er wurde erpresst. Ich weiß es nicht genau. Im Grunde interessiert es mich auch nicht. Rose Valentin hatte keine Existenzberechtigung. Sie missbrauchte kleine Mädchen und nahm ihre Kunden aus. Ein sehr einträgliches Geschäft. Leuten vorzugaukeln, sie seien anonym, weil sie Masken tragen. Vor allem, wenn man dafür sorgt, dass in den Räumen, in denen die Kunden sich unbeobachtet glauben, versteckte Fotoapparate installiert sind. Und insbesondere, wenn man Kunden hat, die einen Ruf zu verlieren haben. Hochrangige Polizeibeamte und Parlamentsabgeordnete gingen bei Mercedes Benz ein und aus.«

»Sie hat doch sicher nicht alles alleine gemanagt.«

»Ich weiß nicht, was für eine Position sie innehatte. Ich weiß nur, dass sie es war, die von den Mädchen gefürchtet wurde. Die sie verprügelte und dafür sorgte, dass die Mädchen nachts schweißgebadet aufwachten. Ich weiß, dass Sie das als Selbstjustiz bezeichnen – ich nenne es Moral. Und ich war bereit, meine Strafe anzutreten.«

»Mahler behauptete, Sie stünden in Kontakt zu einer syrischen Terrorgruppe.«

»Ja, natürlich. Sündenböcke werden immer gebraucht. Mahler hatte selbst Probleme. Sprach von Landesverweisung. Komisches Wort. Der reinste Anachronismus. Wie passend für einen Mann wie mich.«

»Man wollte unter allen Umständen vermeiden, dass Comos Name in Misskredit gerät«, sagte Johan.

»Es war ein Tauschgeschäft. Nicht ganz sauber das Ganze, aber ein Tauschgeschäft. Ich gebe zu, dass mein Rechtsbewusstsein an diesem Tag schwer erschüttert wurde; ob Sie's glauben oder nicht. Und ich war mir nicht sicher, ob ich auf den Deal eingehen sollte. Ich tat es dann schließlich in Comos Interesse. Ich hatte keine offene Rechnung mit ihm. Außerdem war ein langes Leben hinter Gefängnismauern natürlich keine verlockende Aussicht. Es war ein fairer Tauschhandel, für alle Beteiligten.«

Hardinger öffnete die Schublade und nahm die Schachtel mit den Spielkarten heraus.

»So weit, so gut, wie man zu sagen pflegt. Man wird so philosophisch, wenn man einfach nur daliegt und auf den Tod wartet. Schauen Sie her, Klinger: Dies sind Spielkarten, wie sie in der spanisch sprechenden Welt sehr üblich sind. Als die Spanier nach Kuba kamen, hatten sie das Kartenspiel dabei. Wir kennen Canasta, nicht wahr? Aber die Kubaner haben natürlich ihr eigenes Kartenspiel erfunden, eine Art Patience. Interessieren Sie sich für Kartenspiele?«

»Eigentlich nicht«, entgegnete Johan.

»Die kubanische Patience wird Sie interessieren, weil Sie die Wahrheit interessiert.« Hardinger schaute ihn ernst an. »Sie unterscheidet sich von allen anderen Patiencen dadurch, dass sie nicht aufgehen kann. Es sei denn, man schummelt. Das Geniale an ihr ist, dass man immer glaubt, ganz nah dran zu sein. Man spielt stundenlang und sagt sich: Gleich hab ich's. Und was tut man am Ende? Man schummelt!«

Hardinger hatte die Karten fächerartig auf den Tisch gelegt und sammelte sie jetzt wieder ein.

»Mahler und der Justizminister und der gesamte Staatsapparat spielen kubanische Patience. Sie spielen falsch«, flüsterte er. »Wie merkwürdig, dass man selbst in meinem Alter über so etwas noch enttäuscht sein kann.«

Er lachte leise.

»Von Anfang an haben sie gewusst, dass die Patience nur aufgeht, wenn sie mich aus dem Spiel lassen. Also haben sie mich nach Kuba geschickt. Auf meinen eigenen Wunsch hin. Freies Geleit. Auf Lebenszeit. Man vertraute mir. Mahler und ich haben uns auf ein Unentschieden geeinigt. Doch als ich im Flugzeug saß, kam mir in den Sinn, dass man den Fall Como nun sicher zu den Akten legen würde. Vielleicht wollte man einen Unschuldigen zur Rechenschaft ziehen. Das beunruhigte mich. Doch je weiter man wegkommt, desto leichter fällt einem die Verdrängung. In Havanna habe ich ein neues Leben begonnen. Und mit jedem Tag, der verging, wuchs meine Zuversicht, dass es mir gelingen würde. Glauben Sie mir, es war wirklich wie ein Neubeginn. Voller neuer Möglichkeiten. Ich begegnete Teresa. Ich möchte sogar so weit gehen, zu behaupten, dass sich der alte Musiklehrer verliebt hatte. Doch meine Fantasie reichte nicht aus. Ich hatte nicht damit gerechnet, dass sie nebenher an der Ausführung eines zweiten Plans arbeiteten. Denn kaum hatte ich ein bisschen Fuß gefasst, tauchte Señor Stern auf. Und Señor Klinger. Und eines Nachmittags stand Stern plötzlich mit einem Messer bewaffnet in meinem Hausflur.«

Hardinger schaute zu Johan auf, der nickte.

»Natürlich wusste ich, dass es nur eine Frage der Zeit war, wann er in meinem Wohnzimmer sein würde. Und ich war vorbereitet. Ich hatte eine Waffe. Doch leider ist meine Fertigkeit im Umgang mit Waffen sehr begrenzt. Und als ich Sie sah, dachte ich, dass Stern seinen Schüler geschickt hatte, um die dreckige Arbeit zu Ende zu bringen.«

»Stern ist tot«, sagte Johan leise.

Hardinger starrte ihn an. Blickte dann zur Decke und schluckte.

»Teresa«, murmelte er. »Ich hätte nicht gedacht, dass sie dazu im Stande wäre.«

Johan schaute weg.

»In den letzten Tagen war sie im Hotel Marazul. Das heißt, wenn sie sich nicht in der Tabakfabrik aufhielt. Vielleicht wäre die Reihe auch an Sie gekommen, Klinger. Wenn da nicht unsere gemeinsame Bekannte wäre. Manchmal hat das Schicksal schon eine bizarre Art, die Karten zu mischen.«

Johan betrachtete den jetzt zu Tode erschöpften Mann, als die Zimmertür sich öffnete. Ein Arzt mit mehreren Krankenschwestern im Schlepp kam herein. Der Vorhang wurde zur Seite gezogen.

»Oh, you have a visitor«, sagte der alte Arzt lächelnd.

»A friend«, sagte Hardinger und lächelte zurück, sah Johan, der sich erhoben hatte, jedoch ernst an.

»Eines noch, bevor ich gehe«, sagte er und ergriff Hardingers ausgestreckte Hand. »Es betrifft Hannah …«

Hardinger nickte.

»Sie muss Ihnen selbst alles erklären«, sagte er. »Sie hat wohl in aller Stille das Land verlassen. Und eines müssen Sie noch wissen: Ich hatte eine Bedingung gestellt. Ich wusste ja, dass ich nie mehr zurückkehren würde. Das habe ich akzeptiert. Aber ich wollte meinen Sohn wiedersehen. Sie kennen doch Rune …«

Johan nickte.

Währenddessen wechselte eine Schwester den Kunststoffbeutel. Der Arzt schaute zu, während eine andere Schwester einen neuen Verband anlegte.

»Ich habe mein Versprechen gebrochen«, sagte Hardinger und legte sich auf die Seite. »Ich habe ihm einen Brief mit meiner Adresse gegeben. Kein Mensch kann von seinem Kind Abschied nehmen, wenn nicht die Hoffnung auf ein Wiedersehen besteht. Und Rune weiß natürlich nichts von den näheren Umständen. Ich musste ihm eine Nachricht hinterlassen. Und ich tat es mit gutem Gewissen.«

Johan betrachtete den Arzt, der sich ein paar durchsichtige Handschuhe anzog.

»Sie wohnt in einem kleinen, unauffälligen Hotel namens Deauville. Zimmer neun. Ich schlage vor, Sie nehmen ein Taxi, sonst finden Sie es nie. Grüßen Sie Hannah von mir, Johan.«

Johan nickte und reichte Hardinger ein letztes Mal die Hand.

»Gute Besserung«, sagte er. »Bis wir uns wiedersehen.«

»Passen Sie gut auf sich auf«, entgegnete Hardinger.

22

Als das gelbe Taxi vor dem Hotel Deauville an den Bordstein rollte, entledigte sich Johan seines amerikanischen und kubanischen Kleingelds, während er zu dem kleinen, eingeklemmten Gebäude mit der schmutzig rosafarbenen Fassade und der flackernden Neonreklame hinüberschielte. Im nächsten Moment war das Taxi verschwunden.

Meine Laune wird bereits besser, sagte er sich und betrachtete den Eingang. Der Musiklehrer hat mich … zwar nicht glücklich gemacht, aber immerhin dafür gesorgt, dass mir leichter ums Herz ist.

Mit der Schulter schob er die Tür auf und betrat einen dunklen Raum mit einer schwarzen Empfangstheke, hinter der ein weißhaariger Farbiger saß und einen Fernseher anglotzte, in dem gerade ein Werbespot über irgendein medizinisches Produkt lief.

Ohne Johan eines Blickes zu würdigen, sagte er etwas auf Spanisch, das dieser mit »keine Zeit« übersetzte.

Er ging zur Treppe.

Sagt Hardinger wirklich die Wahrheit? Warum soll ich ihm glauben? Warum soll der Mann mir die Wahrheit erzählen? Weil er mit Hannah verheiratet war! Weil Hannah in Kuba ist, in Havanna, im Hotel Deauville, auf dessen ausgetretene Treppenstufen ich gerade meinen Fuß setze.

Er blieb auf dem Treppenabsatz stehen und rieb sich die Augen. Von der Rezeption tönte laute Musik. Der Mann spielte offenbar mit der Fernbedienung. Victor

Stern liegt erschossen im Hotel Marazul! Mein Kollege, der vom Chef der Sondereinheit Como beauftragt worden war, liegt mit einem Loch im Kopf auf meinem Bett.

Hardinger ist vielleicht identisch mit dem Phantom Mehmet! Teresa womöglich ein Deckname für Ismet, und der angebliche Türke Yüce heißt in Wahrheit Hannah.

Er sieht sie auf einem Foto, in einer staubigen, grünen Armeeuniform. Sie ist ihr etwas zu groß. Die Sonne scheint, es ist brütend heiß. Auf der Rückseite des Bildes hat sie das Wort Damaskus durchgestrichen. Damaskus!

Im ersten Stock schaute er einen langen, schmalen Gang hinunter, der unverwechselbar nach verfaultem Fisch roch. Aus einem der Zimmer hörte man eine hitzige Diskussion. Irgendjemand bekam eine Ohrfeige. Dann wurde es still.

»Die gefährlichste Troika der Welt«, hatte Stern gesagt. Aber Stern hatte einen heimlichen Alliierten im Marazul gehabt. Señor Lucas. Er hatte Stern eine Pistole besorgt und Teresa getötet.

Falls Hardinger mit Mehmet in Verbindung stand, war es höchste Zeit, Lucas ausfindig zu machen. Vielleicht suchte er gerade nach Johan.

Fest steht, dass Hardinger auf freiem Fuß ist. Eine Tatsache, die über jede Theorie erhaben ist. Fest steht, dass Stern ihn, Johan, hinters Licht geführt und dass Mahler gelogen, wenn nicht gar Hardinger die Ausreise ermöglicht hat. War es so? Mehmet und seine Leute befreien den Musiklehrer mit dem gefährlichen Wissen aus dem Gefängnis. Mahler ist gezwungen, zu schweigen, und hetzt ihm Stern, Klinger und Lucas auf den Hals, um den Flüchtigen zu töten. Hannah, die zwei und zwei zusammenzählt, fliegt nach Kuba, um ihren Ex-Mann zu warnen.

Im zweiten Stock gab es vier Türen mit beinahe identischem Aussehen. Sie trugen die Nummern 9, 11, 15 und 17. Keine Geräusche, kein Geruch, und vor allem keine Menschen.

Über dem Treppenabsatz hing ein Spiegel, der entweder schmutzig oder zerschlagen war. Der unterste Teil war von großen, schwarzen Flecken übersät.

Wesley Hardinger hatte einen glaubwürdigen Eindruck gemacht. Otto sagte stets, man solle seiner Intuition vertrauen.

»Kann man überhaupt noch jemand trauen?«, murmelte Johan und ging zur Tür mit der Zimmernummer 9.

Vielleicht war Hardinger gar nicht von Stern niedergestochen worden.

Er spürte, wie sein Puls sich beschleunigte, als er an der Tür lauschte. In weiter Entfernung ließ ein Flugzeug die dumpf brodelnde Millionenstadt hinter sich. Und dieses eine Mal war keine Musik zu hören. Keine Samba, kein Jazz. Im Hotel Deauville gab es keinen Grund für Musik. »Hannah«, flüsterte er und drückte die Klinke hinunter. Die Tür war natürlich abgeschlossen. Vielleicht war sie da drin. Saß auf einem Sofa und wartete. Wie es der Plan vorsah. Der davon ausging, dass der naive Johan von Hardinger zum Hotel Deauville geschickt wurde, in dem Hannah, Mehmet oder Ismet mit geladener Waffe auf ihn warteten. Ein Loch im Kopf. Die Leiche ins Wasser.

In der Nacht, in der Stern ermordet wurde, war Hannah im Hotel Marazul gewesen.

»Ich habe dich vom Balkon aus gesehen«, flüsterte er der Tür zu, ging zwei Schritte zurück, stemmte seinen Rücken gegen die Wand und trat zu. Der Fuß traf gleichzeitig die Klinke und das Türschloss, das beunruhigend leicht aufsprang.

Das Zimmer war klein, ärmlich und leicht zu überblicken. Er betrachtete das ungemachte Bett und hatte ein mulmiges Gefühl bei dem Gedanken, dass sie darin geschlafen hatte. Warum war sie nicht hier?

»Hannah«, sagte er und spürte den Raum antworten.

Sie war da gewesen. Das Kissen roch nach ihrem Haar und ihrem Körper. In einem Kleiderschrank hingen drei Bügel, die wie Knochen aneinander schlugen. Die Schubladen waren leer, es befanden sich keine Gegenstände unter dem Bett. Erst jetzt sah er die Schrift auf den Kacheln über dem Handwaschbecken. Mit rotem Lippenstift stand dort geschrieben: *Ich bleibe heute nacht bei Wesley.*

Kein Zweifel. Es war ihre Schrift. Er schaute auf seine Uhr. Und sah sich die Kacheln genauer an. Weitere Nachrichten waren in aller Hast weggewischt worden. Auch sein Name. Das Verlangen nach ihr, nach Ruhe und Geborgenheit, lähmte ihn für einige Sekunden. Sein Magen krampfte sich vor Sehnsucht zusammen. Er bückte sich und ließ ein wenig kaltes Wasser über seinen Nacken laufen. Hatte schon zuvor gefühlt, wie seine Mattheit in Resignation übergehen wollte, gab dieser jetzt nach und fragte sich, ob er jemals wieder dieser Gluthitze entrinnen würde. Er drehte den Hahn zu und hörte in diesem Moment Schritte auf der Treppe. Das konnte Hannah sein. Das konnte auch ein anderer sein. Vielleicht jemand, der wusste, dass er sich im Zimmer befand und dem Ganzen ein Ende bereiten wollte. Hardinger war der Einzige, dem klar war, dass Johan sich im Hotel Deauville aufhielt.

Er hastete zur Tür und spähte auf den Flur. Der Betreffende – um wen auch immer es sich handelte – gab sich alle Mühe, so lautlos wie möglich von der Rezeption in den ersten Stock zu gelangen. Johan sah nur den Alten an der Empfangstheke. Der Spiegel war so platziert, dass man von der Lobby aus die Treppe überblicken konnte. Der Mann an der Rezeption beugte sich über das

Gästebuch. Der Schatten eines Mannes war auf dem Weg in den ersten Stock. Dann konnte Johan einen kurzen Blick auf ihn werfen. Er war dunkelhäutig und stämmig, trug eine dunkelblaue Hose, ein dunkelrotes Polohemd, ein leichtes Jackett sowie eine Sonnenbrille mit gelblichen Gläsern. Der Mann zögerte ein paar Sekunden. Lange genug, damit Johan an den Pass in seiner Innentasche denken konnte. Jetzt bestand kein Zweifel mehr. Der Mann, der die Treppe heraufkam, war Señor Lucas von Zimmer 302, und Johan wusste mit einem Mal, was er unter dem Jackett versteckt hielt. Die Frage war nur, ob er es auf Hannah, Mehmet oder auf Johan Klinger abgesehen hatte.

Johan schloss vorsichtig die Tür, lief zum Fenster und hielt nach einer Feuertreppe Ausschau.

Draußen war es sehr still geworden. Johan begegnete seinem Spiegelbild über dem Waschtisch. Er schwitzte. Der Feind ist Hardinger, dachte er. Hardinger hat diesen Mann geschickt. Stern hat Teresa erwürgt. Lucas hat Stern erschossen. Lucas ist auf Hardingers Seite. Ein Doppelagent. Er schaute erneut aus dem Fenster, doch es gab keine Feuertreppe, nur einen Abgrund.

Draußen ist es sehr still geworden, die Tür ist geschlossen, aber nicht verriegelt, weil das Schloss kaputt ist. Ein erfahrener Blick würde sofort feststellen, dass es aufgebrochen wurde, und Johan ist sicher, dass Señor Lucas einen erfahrenen Blick hat. Beinahe spürt er den schweren Atem des Mannes. Jetzt warten wir beide. Im Hotel Deauville in Havanna, in dem ein Mann sterben kann, ohne dass jemand Notiz davon nimmt.

Johan wusste, dass man immer ein wenig zögert, bevor man eine geschlossene Tür öffnet, vor allem, wenn man weiß, dass hinter ihr der Feind lauert. Er bückt sich und reißt das matte Metallrohr ab, das sich unter dem Waschbecken befindet. Aus dem Abfluss dringt der Geruch nach verfaultem Fisch. Das Rohr ist ungefähr einen halben Meter lang und an einem Ende ein wenig gekrümmt. Er dreht sich um, als die Tür mit dem emaillierten Handgriff zehn Zentimeter weit aufgleitet. Die Tür geht nach innen auf. Johan holt tief Luft und drückt sich an die Wand, während seine schwitzigen Hände sich um das Abflussrohr krampfen. Draußen auf dem Gang keucht Lucas in kleinen, kurzen Stößen. Unten auf der Straße fährt ein Auto mit laufendem Radio vorbei. Johan hebt das Rohr, während die Tür langsam aufgleitet. Lucas ist ein Profi, der sich nicht übereilt. Er weiß, dass sie ungestört sind, darum schiebt er die Tür bloß mit der Schuhspitze auf, bleibt jedoch selbst auf dem Gang stehen. Von wo aus er das ganze Zimmer überblicken kann. Mit dem Finger am Abzug. Johan hält die Luft an und tritt zwanzig Zentimeter zur Seite, damit ihn Lucas durch den Türspalt nicht sehen kann. Der Geruch eines aufdringlichen Aftershaves dringt in den Raum. Ein Geruch, den Johan aus Zimmer 302 kennt. Sein Hemd klebt am Rücken, er friert trotz der Hitze und spürt, wie ihm der Schweiß von den Handgelenken über die Ellbogen in die Achselhöhlen rinnt. Der Arm, der das Rohr durch die Luft schwingen soll, beginnt zu zittern. Er öffnet den Mund, um die Lungen zu füllen, als das Fenster krachend auffliegt. Der Raum erzittert. Johan steht vornüber gebeugt. Sämtliche Muskeln sind in Alarmbereitschaft. Er weiß nicht, ob er einen Laut von sich gegeben hat, ist sich jedoch bewusst, dass er einen der Fensterflügel nicht ordentlich fixiert hat, nachdem er nach einer Feuertreppe Ausschau gehalten hatte.

Ich kriege keine Luft, denkt er und richtet sich auf.

Lucas betritt den Raum. Den Blick auf das klappernde Fenster geheftet. Er hat Johan die Seite zugekehrt und hält die Pistole dicht am Körper. Johan umklammert keuchend das Metallrohr, als Lucas innehält. Er steht einen halben Meter weit im Raum, einen Meter von Johan entfernt, und dreht jetzt den Kopf. Für den Bruchteil einer Sekunde starren sie einander an, Stunden scheinen zu vergehen, bis ein Schuss die Luft zerreißt. Johan registriert, dass er vorspringt, hört einen weiteren Schuss und Lucas' Schrei, den Aufprall des Rohres, das Zersplittern des Brillengestells und das Krachen, als der schwere Körper das Waschbecken aus der Wand bricht. Lucas rollt über den Boden und will die Pistole von der rechten in die linke Hand nehmen, als Johan ihm mit dem Spann vor die Brust tritt. Danach ins Gesicht und in die Leiste. In der nächsten Sekunde stürzt Johan auf den Gang hinaus, verliert fast die Balance, stürmt die Treppe hinunter und taumelt in die Lobby, wo ein kleines Mädchen mit einer Zeitung den alten Mann anglotzt, der dumpf vor sich hin stiert. Johan gelangt auf die Straße und beginnt zu laufen.

Obwohl es dunkel geworden ist, hat die Wärme zugenommen. Binnen kurzer Zeit wird die Stadt in einem grauen Krater verschwinden, in dem Gesichter und Gestalten, Dunkelheit und Wärme wie in einem Tiegel verschmelzen werden, nur sparsam beleuchtet von der symbolträchtigen Notbeleuchtung der Stadt.

Er läuft und läuft, denkt an Lucas und Hannah und an die Kugel, die so dicht an seinem Kopf vorbeigeflogen war, dass er ihr Sausen vernommen hatte. Die Gedanken wirbeln durch seinen Kopf, denn vielleicht hat er einen großen Fehler begangen. Vielleicht hätte er mit Lucas reden sollen. Vielleicht standen sie auf derselben Seite. An einem Bach in einem öffentlichen Park lässt er sich niedersinken.

Teresa hat Stern erschossen. So muss es gewesen sein. Und Lucas hat Teresa erwürgt, nachdem er seinen Kollegen mit einem Loch im Kopf vorgefunden hatte.

Er legte sich auf eine Bank, sein Gesicht den Sternen

Havannas zugewandt. Und er dachte, hier liege ich auf einer Bank in Havanna und weiß weder ein noch aus, aber Hannah ist ganz in der Nähe. Er drehte den Kopf und erblickte einen Mann mit einer braunen Papiertüte. Sie schauen einander an. Der Mann steckt behutsam eine Hand in die Papiertüte und holt eine Tomate heraus. Er hat nur diese eine Tomate. Und er reicht sie Johan, der lächelnd seine Zähne in das weiche Fleisch schlägt.

Wenig später ist er in Centro Havana, geht an den erleuchteten Restaurants El Carmelo und Las Bulerias vorbei, lässt sich vor dem Hotel Habana Libre auf den Rücksitz eines Taxis sinken und nickt dem Fahrer erschöpft zu.

»Cerro, Hospital Salvador Allende, por favor …«

23

Sie saß an Hardingers Bett, die Hände in ihrem Schoß, und war sichtlich entspannt und resigniert. Hardinger hatte die Augen geschlossen und hing an einem Tropf, der eine Salzlösung enthielt. Die Infusionsnadel war an seinem Handgelenk befestigt. Sein Teint hatte einen gelblichen Ton angenommen.

Hannah sah aus wie immer. Helle Jeans, zerknittertes T-Shirt, ausgetretene Schuhe. Ihre bloße Anwesenheit machte Kuba, Hardinger und Havanna in Johans Augen realistischer, verständlicher und akzeptabler. Sie hob den Kopf, als Johan die Tür hinter sich schloss. Ihr Gesicht geriet in Bewegung. Sie atmete tief durch, kam zitternd auf die Beine und ging ihm in gebeugter Haltung entgegen.

Lange Zeit standen sie einfach da, während er sein Gesicht in ihren Haaren begrub und den Duft ihrer Haut einsog.

Sie nahm seinen Kopf in die Hände und schaute ihn genau an.

»Gott sei Dank, Johan. Gott sei Dank.« Sie zog ihn an sich, schmiegte ihren Kopf an seine Brust und hielt ihn fest. Währenddessen hatte Johan plötzlich Blickkontakt mit Hardinger, der sie verlegen anschaute.

»Ich dachte schon, ich wäre zu spät gekommen«, flüsterte Hannah und hielt ihn von sich weg. »Wir haben noch viel zu erledigen.«

Johan nickte und strich sich über die Stirn.

»Wesley sagt, dass Stern tot ist.« Sie setzte sich neben das Bett. Als wollte sie ihre Solidarität demonstrieren.

Johan schloss kurz die Augen und versuchte sich in aller Schnelle auf seine neue Rolle, seine neue Gruppenzugehörigkeit und sein neues Gefühlsregister einzustellen.

»Ja, das stimmt«, murmelte er und begegnete erneut Hardingers todernstem Gesicht, das ihn mit einem Anflug von Skepsis betrachtete. Vielleicht hatte auch er noch Schwierigkeiten mit seinem neuen Text.

»Ich kann gut verstehen, dass ihr gerne ein wenig allein miteinander wärt«, sagte er förmlich, »aber leider ist dazu keine Zeit.«

Johan blickte zu Hannah, die Hardinger anschaute. Wollte sie ihn in Schutz nehmen? War es das, was sie mit ihrem schwachen Seufzen zum Ausdruck bringen wollte?

»Wann hast du das Hotel Marazul verlassen?«

Johan stützte sich, von einem plötzlichen Schwindel befallen, auf die Bettkante.

Hannah nahm seine Hand.

»Wir fragen uns, warum wir nichts von Teresa gehört haben«, flüsterte sie.

Sie ließ ihren Blick über das spärlich beleuchtete Havanna schweifen, eine im Dunkeln liegende Millionenstadt, ein Dschungel ohne Bäume. Alle Menschen tragen einen Feigling in sich, dachte er, und meiner macht mich stumm.

»Du warst doch selbst im Marazul«, murmelte er und zog seine Hand zurück.

Sie saß nun ganz dicht bei Hardinger. Eine Frau am Krankenbett ihres Mannes. Zwei Menschen, die nach erzwungener Trennung wieder vereint waren, um ihre gemeinsame Aufgabe zu erledigen.

»Ich habe nach Teresa gesucht«, entgegnete sie. »Wir haben uns Sorgen um sie gemacht.«

Wir, dachte Johan. Wo finde ich ein Wir, auf das ich mich verlassen kann? Vielleicht war Stern mein Wir. Vielleicht Lucas, vielleicht Mahler und Otto. Vielleicht bin ich der Mann ohne ein Wir.

»Das war ich ihrer Mutter und nicht zuletzt Wesley schuldig«, fügte Hannah hinzu.

Er schaute sie an.

»Du hast nach Stern gefragt. Als du im Hotel warst …«

Es klang wie eine Anklage.

»Wir wussten schließlich, dass Teresa es auf Stern abgesehen hatte«, schaltete sich Hardinger mit entschiedener Stimme ein.

Und Hannah fügte hinzu: »Ich hatte erfahren, dass Stern noch nicht zurückgekehrt war.«

Johan räusperte sich und trat ans Fenster mit der großartigen Aussicht. Währenddessen nahm Hardinger einen Schluck Wasser.

»Wie ich es hasse, hier zu liegen«, sagte er und blickte an die Decke. Hannah trocknete ihm mit einer Serviette die Stirn.

Er schaute zu Johan.

»Ich habe eine Kanüle in der linken Niere. Ich soll … viel trinken. Aber wenn Stern tot ist, warum kommt sie dann nicht nach Hause?«

Hardinger wiederholte den Satz ein ums andere Mal. Hannah schüttelte sein Kissen auf und küsste ihn auf die Wange.

Er nahm ihre Hand.

»Du musst sie finden, Hannah«, flüsterte er. »Tust du das für mich?«

Sie nickte.

»Wir fahren jetzt, Wesley«, sagte sie sanft. »Wir bringen sie schon nach Hause.«

Hardinger drehte sich auf die Seite und schaute Johan erneut an.

»Sie würden mir doch erzählen, wenn sie tot wäre, nicht wahr?«

Johan fühlte die Luft aus dem Raum entweichen. Spürte Hannahs Blick und Hardingers Verzweiflung. Seine ganze Willenskraft.

»Hat sie Stern erschossen?«, presste Hardinger hervor. »Jetzt sagen Sie doch was!«

Johan breitete hilflos die Arme aus.

»Wenn ich das nur wüsste.«

»Natürlich war sie es«, sagte Hannah. »Wer sollte es sonst gewesen sein?«

Hardinger streckte Johan die Hand entgegen. Eine unmissverständliche Geste. Johan fühlte sich gezwungen, sie zu nehmen.

»Sagen Sie mir, wo sie ist, Johan.«

»Auf Zimmer 302«, entgegnete Johan leise.

»Auf Zimmer 302? Sterns Zimmer?«

»Das Zimmer eines Manns namens Lucas«, sagte Johan. Hannah fragte, wer dieser Lucas sei, und Johan antwortete, das würde er auch gern wissen.

Hardinger ließ Johans Hand los. Sein Mund war zusammengepresst.

Absolute Stille. Er rang nach Fassung.

»Wie … wie, ich meine …«

»Wesley!«, sagte Hannah.

»Ich will wissen, wie sie ermordet wurde!«, rief Hardinger.

»Sie wurde erwürgt«, sagte Johan.

Hardinger nickte und zog eine Schublade auf.

»Bitte«, sagte er. »Er ist geladen. In der Schachtel finden Sie noch mehr Patronen.«

Johan seufzte und steckte Revolver und Schachtel in die Tasche.

»Ich würde jetzt gern ein wenig allein sein«, sagte Hardinger gefasst.

Hannah beugte sich zu ihm und küsste ihn auf den Mund.

Er lächelte sie an und strich ihr mit der Hand über den Rücken.

»Mozart kann uns keiner nehmen«, sagte er.

Kurz darauf hatten sie das Krankenhaus verlassen. Die Dunkelheit war nun zäh wie Pech. Sie führte ihn zu dem jadefarbenen Motorrad mit Beiwagen, das er schon vor dem Hotel Marazul gesehen hatte.

Vor der Maschine hielten sie einen Moment inne und schauten in verschiedene Richtungen. Er sagte, er habe tausend Fragen an sie, und bemerkte erst in diesem Moment, dass sie weinte. Er zog sie an sich, erstaunt über sich selbst.

»Es tut mir alles so schrecklich Leid«, flüsterte sie. »Das ist so ungerecht. So ungerecht, dass er jetzt im Krankenhaus liegt. Was, zum Teufel, bilden die sich ein? Was sind das nur für Menschen?«

Sie putzte sich die Nase und atmete ein paar Mal tief durch.

Er starrte in die Luft.

»Wenn ich nur wüsste, was hier gespielt wird«, sagte er.

Sie nickte.

»Ein Stück weit kann ich dir helfen. Aber jetzt müssen wir erst mal zum Marazul fahren. Ich habe mir das Motorrad von Teresas älterem Bruder geliehen.«

»Warum müssen wir zum Marazul fahren?«

Sie stieg auf. Sah plötzlich sehr erschöpft aus.

»Wesley hat mir erzählt, dass Stern immer noch im Hotel liegt. Das hättest du ihm gesagt. Ist das richtig?«

Johan nickte.

»Wir müssen ihn wegbringen. Das verstehst du doch, Johan?«

»Weg?« Er stand auf wackligen Beinen und dachte, dass er während der Fahrt vielleicht ein wenig schlafen könne.

Sie schüttelte ihn. »Wenn sie ihn nicht schon gefunden haben, dann muss er weg, ehe das Hotelpersonal Alarm schlägt. Sonst kommst du nieder wieder aus Kuba raus. Sonst kommt keiner von uns mehr aus Kuba raus.«

Er kletterte in den Beiwagen. Nie mehr aus Kuba heraus.

»Ich habe Lucas' Pass!«, rief er dann.

»Wo ist dein eigener?«

»Den hat er.«

»Und du hast keine Ahnung, wer er ist?«

»Ich glaube, nein, ich weiß, dass er aus Madrid kommt. Und ich glaube, dass er Stern eine Beretta besorgt hat. Was die beiden miteinander zu tun hatten, kann ich nicht sagen.«

Sie stellte den Motor ab. Blickte ihn eindringlich an.

»Du weißt nicht einmal, ob er auf eurer Seite steht?«

Johan rieb sich seufzend das Gesicht.

»Willst du hören, was mir heute alles passiert ist?«, fragte er.

»Ja, erzähl mir, was dir heute alles passiert ist.« Ihre Stimme klang schroff, ein wenig irritiert und ein wenig ungeduldig.

Er schloss die Augen und sank auf dem unbequemen Sitz in sich zusammen.

»Der Tag fing damit an, dass ich Sterns Leiche entdeckte. Die Leiche meines wunderbaren Kollegen. Er hatte ein Loch in der Schläfe. Vermutlich wurde der Schuss mit seiner eigenen Beretta abgegeben. Dann fand ich die Leiche einer jungen Frau. Auf Lucas' Zimmer.«

»Teresa«, warf Hannah ein.

Johan nickte.

»Ich denke, dass sie Stern erschossen hat und daraufhin von Lucas liquidiert wurde. Das wäre auch ein Beleg für die Verbindung zwischen ihm und Stern.«

»Wir können Wesley nicht allein dort liegen lassen, Johan.«

Johan öffnete die Augen. »Und wir können Stern nicht im Hotel verwesen lassen.«

»Aber verstehst du denn nicht, dass Lucas das tun will, was Stern nicht gelungen ist, nämlich Wesley zu töten?«

Johan schüttelte seufzend den Kopf und dachte, dass er am liebsten auf der Stelle einschlafen würde.

»Das wird ihm nicht leicht fallen«, murmelte er. »Denn nachdem ich das Vergnügen hatte, Wesley Hardinger zu begegnen, weil ich Sterns Spur zu dem Haus nach Cerro gefolgt war, schlug er mir zunächst vor, dich im Hotel Deauville abzuholen ...«

Hannah sagte, sie wolle nie wieder an diesen Ort zurückkehren.

»Dort«, fuhr Johan fort, »begegnete ich rein zufällig Señor Lucas. Er hatte die Beretta dabei und es entweder auf dich oder auf mich abgesehen. Leider hatte ich keine Zeit, ihn zu fragen.«

Hannah schaute vor sich hin. Dann drehte sie sich auf ihrem Sitz ganz zu ihm herum.

»Johan! Sieh mich an. Und hör gut zu! Wir haben nicht viel Zeit, du und ich, zumindest nicht im Moment. Du hattest nicht damit gerechnet, Wesley hier zu begegnen. Und dann hast du wohl begriffen, dass Stern ausschließlich den Auftrag hatte, Wesley endgültig zum Schweigen zu bringen. Da liegt es doch auf der Hand, was für einen Auftrag Lucas hat.«

»Lucas' Auftrag?«

»Sag mal, schläfst du? Wusstest du etwas von einem Herrn Lucas aus Madrid? Nein, darüber haben dir weder Mahler noch Stern etwas erzählt. Wusstest du etwas von Wesley? Nein, denn du warst auf der Jagd nach Comos Mörder.«

Johan spürte, wie die Müdigkeit nachließ. Binnen Sekunden war er so klar wie ein Frostmorgen.

»Lucas«, sagte sie entschieden, »ist in Havanna, um Johan Klinger zu töten. Er wird dafür bezahlt.«

»Warum hat er dann so lange gewartet? Er hätte jeden Tag zwanzig Gelegenheiten gehabt. Ich bin mutterseelenallein durch Santa Maria geschlendert. Er hätte mich einfach abknallen und den Haien zum Fraß vorwerfen können.«

»Lucas hat zunächst darauf gewartet, dass Stern seinen Auftrag erfüllen würde.«

»Du scheinst dich ja ziemlich gut auszukennen.«

»Und du musst endlich lernen, nicht allen Menschen zu misstrauen!«, rief sie. »Schau endlich der Realität in die Augen! Diese Schweine haben Wesley außer Landes gebracht, weil er etwas weiß, das unsere verkommene, korrupte und kranke Gesellschaft nicht verkraften kann. All die vornehmen Herrschaften, die selbst so viel Dreck am Stecken haben. Doch Hardinger ist mit seinem Wissen nicht allein, denn da gibt es einen Polizeibeamten namens Klinger, der über Nacht befördert wird und mit dem Geheimdienstagenten Stern nach Havanna soll. Und gnade ihm Gott, wenn er nicht tut, was sie sagen. Aber er befolgt ohne zu Murren alle ihre Anweisungen. Wann wachst du endlich auf, Johan?«

»Bevor du den Motor startest, könntest du, die so klug ist, mir, der so dumm ist, erklären, wie es möglich ist, dass du plötzlich in Havanna auftauchst.«

Sie senkte den Kopf und zündete sich eine Zigarette an, während ein bitterer Zug ihren Mund umspielte.

»Wir haben nicht viel Zeit«, sagte sie. »Das ist eine lange Geschichte, aber von den wesentlichen Ereignissen will ich dir berichten.«

Sie starrte vor sich hin. »Ich will nur berichten. Ohne Gefühle, vor allem ohne Bedauern.« Sie schaute ihn an und lächelte in sich hinein.

»Eines Tages erhalten Rune und ich einen kurzen, förmlichen Brief von Wesley, der schreibt, dass er zur Emigration gezwungen sei. Wir würden später Näheres erfahren. Wir verstehen die Welt nicht mehr. Vergeblich versuche ich ihn zu erreichen. Das geschieht alles, während du bei deinen Eltern bist.«

»Warum hast du mir nichts erzählt?«

»Keine Vorwürfe jetzt, Johan. Was das betrifft, gibt es durchaus auch ein paar Kleinigkeiten, die du mir verschwiegen hast. Ich spürte, dass an dem Brief etwas faul ist. So förmlich nimmt einfach niemand von seinem Sohn Abschied. Der Brief war also getürkt oder ihm aufgezwungen worden. Doch einen Tag vor seinem geplanten Flug nach Kuba bittet er darum, ein letztes Mal seinen Sohn sehen zu dürfen.«

Sie ließ den Kopf hängen und zwinkerte eine Träne fort.

»Weißt du was, Johan? Das Allerschlimmste ist die Abgestumpftheit dieser Leute.«

»Von wem sprichst du?«

»Von euch!«, rief sie. »Von euch allen, die herrschen und regulieren und manipulieren … und lügen, Johan!«

»Hannah …«

»In ihrer unendlichen Güte arrangieren sie also ein Treffen zwischen Wesley und Rune. Stell dir vor, welche Gefühle dabei hochkommen … Und dabei wissen diese Schweine ganz genau, dass Wesley kurze Zeit später Besuch von Victor Stern erhalten wird.«

Sie schüttelte den Kopf und wollte die Hand nicht nehmen, die er ihr entgegenstreckte.

»Es gelingt Wesley, mir durch Rune einen Brief zukommen zu lassen. Ein Brief, der so erschütternd und empörend ist, dass ich für drei Tage am Boden zerstört bin. Er schreibt, er habe ein Verbrechen begangen, das er nicht bereue, über das er aber unter keinen Umständen reden könne. Der arme Wesley hält sich also an seinen Teil der Abmachung mit den hohen Herren. Auch uns bittet er natürlich über das zu schweigen, was wir wissen, hinterlässt uns aber eine Adresse auf Kuba. Ich weiß nicht, was ich glauben soll. Wesley ist normalerweise nicht der Typ, der irgendwelche geheimnisvollen Verbrechen begeht. Der Wesley, den ich kenne, kann keiner Fliege etwas zuleide tun. Was mich aber am meisten beunruhigte, waren die paradoxen Folgen seiner Tat. Ich meine, wenn man ein Verbrechen begeht und gefasst wird, wird man normalerweise zur Rechenschaft gezogen und nicht auf eine Ferieninsel geschickt, schon gar nicht in aller Verschwiegenheit.«

Sie trat ihre Zigarette aus.

»Vier Tage später beginnen sich die Dinge zu klären. In der Zwischenzeit hast du dich völlig verändert, bist ein Fremder geworden, und plötzlich willst auch du verreisen. Ich werde den Abend nie vergessen, an dem du mir gesagt hast, wohin die Reise geht … ein merkwürdig schwebendes Gefühl. Als kleines Mädchen war ich einmal mit meinen Eltern auf einer Automobilausstellung und ging dort verloren. Ich kann mich nicht erinnern, seitdem je so verzweifelt gewesen zu sein.

Bis zu diesem Tag. Ich konnte niemand von euch erreichen. Doch dann … eines Nachmittags im Park. Du warst abgereist, Wesley war fort – und Rune? Ja, wo war Rune eigentlich? Anfangs glaubte ich, ihr solltet einfach ein Auge auf Wesley haben. Doch dann stolperte ich in der Zeitung über eine kleine Notiz. Und wusste mit einem Mal, was Wesley getan hatte. Welches Verbrechen so groß war, dass er nicht darüber reden konnte. Hörst du mir zu, Johan?«

Er schaute sie träge an. Sagte, er höre ihr zu. Sie ließ seufzend den Motor an. »Wir reden später weiter. Halt dich fest!«

Sie fuhren die dunkle Maximo Gomez entlang, durchquerten den langen Tunnel mit den gelben Lichtern, der sich unter der Bucht von Havanna erstreckte, passierten Casablanca und gelangten über die nächtlich leeren Straßen nach Santa María del Mar. Er hatte sein Gesicht den Sternen zugewandt und träumte, er fliege.

Sie parkt ein Stück vom Hoteleingang entfernt.

Er sieht, wie sie sich den Schlüssel in die Hosentasche stopft und zur breiten Eingangstür läuft. Genau wie in jener Nacht, in der sowohl Stern als auch Teresa für ein Verbrechen büßen mussten, das unter einem ganz anderen Himmel, von fremden Händen begangen wurde.

Hannah untersucht das Terrain.

»Stern nimmt Teresa mit aufs Zimmer, weil er sie für eine Prostituierte hält«, murmelt Johan. »Vielleicht wollte der Alte feiern, dass der Auftrag erledigt war. Dass er bald nach Wien, in die Konzerthäuser zurückkehren würde.«

»Führst du etwa Selbstgespräche?«

»Tu ich das?« Er kletterte aus dem Seitenwagen.

»Johan, sieh mich an. Bist du sicher, dass die Klimaanlage bei Stern noch funktioniert?«

»Ja, die läuft die ganze Zeit. Sonst würden wir ihn schon hier unten riechen.«

Sie trat ganz nah vor ihn hin. Jetzt standen sie im Schatten eines großen Blumenarrangements.

»Bist du dir darüber im Klaren, dass Lucas vielleicht hier ist?«

Johan blickte an der Fassade empor.

»Ich glaube, Lucas ist in Havanna. Ich habe ihn mit einem Metallrohr ins Gesicht getroffen und bin mir sicher, dass er mit einer gebrochenen Nase herumläuft. Er ist bestimmt beim Arzt gewesen. Aber eines verstehe ich nicht, Hannah. In der Nacht, in der Teresa Stern erschossen hat, war ich hier im Hotel. Falls sie es war. Ich habe gehört, wie Stern nach Hause kam, verstehst du? Ich hörte, wie er seine Zimmertür aufschloss.«

»Teresa war bei ihm, Johan. Stern war in dieser Nacht in Cerro. Er glaubte, Wesley sei tot. Er hat sogar mit Mama Blanca gesprochen.«

»Mama Blanca? Die Frau mit der Seiko?«

»Wesleys Uhr.«

»Wo ist es passiert? Ich meine, wo hat Stern versucht, Hardinger umzubringen?«

»Drinnen im Haus«, antwortete sie leise. »Blanca und die Kinder fanden ihn in einer Blutlache. Aber komm jetzt, Johan. An der Rezeption steht ein junger Mann. Wir gehen einfach an ihm vorbei und tun so, als sei ich dein Gast. Hast du den Schlüssel?«

Als sie im fahrenden Aufzug standen, fragte er Hannah, was sie mit Stern vorhabe.

»Er muss weg. Wir legen ihn in den Seitenwagen und werfen ihn ins Meer. Oder was würdest du vorschlagen?«

Die Türen glitten auf. Vor ihnen lag der lange, orangefarbene Gang. Der wie immer von ihren Schritten widerhallte.

Wie effektiv du bist, Hannah, dachte er und ging in Sterns Zimmer.

Hannah hielt sich ihr Taschentuch vor die Nase. Trotz laufender Klimaanlage hatte die Leiche zu stinken begonnen. Johan wickelte sie in eine Bettdecke. Hannah sagte, sie gehe nach unten und lenke den Portier ab.

Fünf Minuten später lag das Bündel im Seitenwagen. Johan blickte es an.

Leb wohl, Victor, dachte er. Ein merkwürdiger Tod für

jemanden, der so viel von Jahrgangsweinen und Maßanzügen hielt.

Sie kam auf ihn zugelaufen.

»Lucas ist den ganzen Abend nicht im Hotel gewesen«, sagte sie. »Er ist immer noch in Havanna.«

Johan nickte.

»Und lässt sich die Nase begradigen.«

Sie schwang die Beine über den Benzintank.

»Oder er ist im Krankenhaus. Wir müssen zu Wesley.«

Sie ließ den Motor aufheulen, und erneut fiel ihm auf, dass jetzt alles wie am Schnürchen lief.

Nachdem sie den Geheimdienstagenten Victor Stern ins Hafenbecken geworfen hatten, sagte er sich, es sei gut, dass alles so schnell ginge, weil er so keine Zeit zum Nachdenken hatte, und dass er Gott sei Dank nicht ins Bett käme, weil er sonst Albträume riskieren würde.

»Vor allem freue ich mich«, sagte er träge, »dass du da bist, Hannah.«

Sie starrte ihn an.

»Hast du getrunken?«

»Getrunken?«

»Ja, du klingst so merkwürdig.« Sie schüttelte ihn.

Er bat sie, sich zu entspannen.

»Du weißt, dass wir Kuba morgen verlassen werden, nicht wahr?«

»Was ist mit Lucas?«, fragte er.

»Wegen ihm machen wir uns aus dem Staub.«

»Ja, das sagst *du*.«

Sie trat dicht an ihn heran.

»Was unterstellst du mir eigentlich?«

»Nichts. Ich tue alles, was mir gesagt wird. Niemand hat Lust, mit mir zu reden. Ist schon okay. Stern hatte auch keine Lust.«

»Habe ich dir etwa nichts erzählt?«

»Doch, jede Menge, aber da passt eins nicht zum andern.«

»Dann hör mir jetzt gut zu … nein, lies das, während wir zum Krankenhaus fahren.«

Sie ließ den Motor an, während er sterbensmüde einen kleinen Zeitungsausschnitt auseinander faltete. Es handelte sich um die Notiz über einen tödlichen Unfall, hinter dem sich womöglich ein Selbstmord verbarg. Geschehen an einer Böschung neben den Bahngleisen, irgendwo in der Provinz. Der Text war sehr nüchtern gehalten und endete mit dem Satz: »Otto Volmar wurde 46 Jahre alt. «

Er las ihn zweimal, knüllte dann das Papier zusammen und schickte es in die kubanische Nacht.

Sie schaute ihn an. Ihre Haare flatterten im Wind.

»Mahler ist weg vom Fenster. Sie haben ihn gegen einen Mann namens Tabor ausgetauscht. Bei der Polizei wird gründlich aufgeräumt.«

Was ist mit all den Politikern?, dachte er.

»Alles durch und durch verfault …«, hörte er sie gegen den Wind rufen.

Sie fuhren am Hafen entlang, bogen Richtung Innenstadt ab und waren eine Viertelstunde später beim Salvador Allende Hospital. Es war 2 Uhr.

»Noch zehn Minuten«, sagte sie, als sie vor dem dürftig beleuchteten Eingang anhielten, »dann kannst du schlafen. Gib mir deinen Revolver.«

»Was willst du damit?«

»Wesley kann doch nicht einfach wie eine lebende Zielscheibe in seinem Zimmer liegen bleiben, ohne sich verteidigen zu können. Es wäre das Beste, wenn wir an seinem Bett Wache hielten. Herrgott, was ist das nur für ein Leben?« Sie stampfte auf.

Er schaute auf ihre Hand.

»Gib mir den Revolver, Johan.«

Ich helfe ihr, Sterns Leiche zu beseitigen. Was mit Teresa geschieht, ist Lucas' Problem. Und jetzt gebe ich ihr auch noch den Revolver und warte brav ab, bis sie ihre Arbeit zu Ende gebracht hat. Ist es so? Nein, so funktioniert das einfach nicht.

»Grüß ihn von mir«, sagte er und reichte ihr Revolver samt Patronenschachtel.

Drei Sekunden später war sie verschwunden.

»Was für eine Energie«, murmelte er und trat aus dem Lichtkegel des Motorrads. Wenn ich doch nur klar denken könnte. Wenn ich nur eine Stunde bekäme, eine Stunde und ein wenig Schlaf.

Er rieb sich die Augen und ließ zerstreut seinen Blick wandern, als sie aus dem Krankenhaus gelaufen kam.

Er verspürte ein Gefühl höchster Alarmbereitschaft, als er ihr entgegenging. Ein Gefühl, das ihn mit einem Schlag hellwach machte.

»Er ist weg!«, rief sie schon von weitem.

Er starrte in die Luft.

»Das Bett ist leer!«

Er schaute hilflos an ihr vorbei, während er nach ihrem Arm griff, um nicht auf das weite Meer hinauszutreiben, das ihn völlig orientierungslos machte. Vielleicht gehörte dies zu ihrem Plan.

Ihn in einen Hinterhalt zu locken.

»Vielleicht haben sie ihn entlassen. Hannah! Hast du mit jemand gesprochen?«

»Nein, ich habe keine Menschenseele gesehen.«

»Irgendeine Nachtschwester wird doch wohl da gewesen sein.«

»Ich sag dir doch, dass niemand da war.«

Er blickte sie eindringlich an.

»Was schlägst du vor, Johan?«

»Wir können doch nicht einfach so tun, als sei nichts geschehen.«

»Du meinst ... ich soll nach oben gehen ... und nach ihm suchen?«

Er kniff die Augen zusammen und schüttelte leicht den Kopf.

»Was dann? Jetzt komm schon, Herrgott ...«

»Hannah!« Er packte sie am Ärmel. Sie fuhr herum. »Gib mir den Revolver.«

»Den Revolver?«

»Ja, den Revolver. Wenn du glaubst, Wesley ist in Gefahr, dann gib ihn mir.«

Sie reichte ihm Revolver und Patronenschachtel. »Geht's dir jetzt besser?«

Als sie die schummrige Station erreichten, die nur von den gelben Lampen über den Türen notdürftig beleuchtet wurde, kam ihnen eine junge Krankenschwester entgegen. Hannah fragte, ob sie Englisch spräche.

»A little«, sagte das Mädchen lächelnd.

Sie erklärten, es ginge um Señor Rodriguez.

»Si?«

»Why has he been moved?«

Die Krankenschwester sagte, das müsse ein Missverständnis sein. Rodriguez sei nicht verlegt worden.

Sie betraten das Zimmer, in dem der alte Mann seine Nase in die Luft streckte und schlief. Hardingers Bett war leer. Johan befühlte das Laken.

Die Krankenschwester sagte, dies sei ihr ein Rätsel. Man habe Señor Rodriguez strengste Bettruhe verordnet. Hannah fragte auf Spanisch, ob er Besuch gehabt habe. Die Krankenschwester dachte lange nach, lächelte dann verlegen und entgegnete irgendetwas.

»Was sagt sie?«, fragte Johan.

»Sie sagt, Señor Rodriguez habe vor einer halben Stunde Besuch bekommen.

»Was it a man?«, fragte Johan.

»Si, a man.« Die Krankenschwester machte zu Hannah eine weitere Bemerkung.

»Sie sagt, der Mann habe ein großes Pflaster über der Nase gehabt.«

Johan nickte und spürte, wie sich sein Magen zusammenkrampfte.

»Geht ihr ins Schwesternzimmer. Ich schaue mich um.«

Er zog den Colt und begann langsam dem geräumigen Aufenthaltsraum entgegenzugehen, der eine wunderbare Aussicht bot. In ihm befanden sich Stühle und Tische und drei hohe Schränke. Das Zimmer war menschenleer.

Dann schaltete er das Licht im gegenüberliegenden Vorratsraum an, in dem sich mehrere Rollstühle und Ständer für Infusionsflaschen befanden.

Er löschte das Licht wieder und betrachtete eingehend eine rote, kreisrunde Luke, die einen Meter über dem Boden in die Wand eingelassen war. Über der Luke befand sich ein Deckel mit einem Handgriff. Die Krankenschwester und Hannah gingen langsam zu ihm.

»Sie sagt, dort werden die Wäschesäcke reingeschmissen«, sagte Hannah.

Johan öffnete den Deckel und blickte in einen langen, rohrförmigen Schacht, der wie eine Rutschbahn funktionierte. Die Krankenschwester demonstrierte, wie die Säcke mit schmutziger Wäsche durch die Luke geworfen wurden. Johan nickte, ging in die Knie und fuhr mit dem Finger über die Innenseite der Öffnung. Hannah sagte irgendetwas zur Krankenschwester, Señor Rodriguez betreffend. Johan betrachtete seinen blutverschmierten Finger.

»Frag sie, wie man runter in den Waschkeller kommt«, sagte er leise und stand auf.

Hannah schaute ihn an. Er seufzte und schüttelte leicht den Kopf.

»Ich befürchte, wir sind zehn Minuten zu spät gekommen.«

Die Krankenschwester erklärte bereitwillig, wo sich der Eingang zum Waschkeller befand.

»Auf dem Weg nach unten könntet ihr vielleicht einen Arzt holen«, murmelte er.

»Kommst du nicht mit?«

»Nein … ich bleibe hier. Beeilt euch.«

»Johan!« Sie packte ihn am Arm. »Kein Risiko!«

»Beeilt euch jetzt!«, drängte er. »Vielleicht ist Hardinger noch am Leben.«

Er sah, dass ihr Tränen in die Augen traten. Vielleicht vor Müdigkeit.

»Warum kommst du nicht mit?«, flüsterte sie. »Was hast du vor?«

Johan drehte ihr die Seite zu und senkte den Blick.

»Lucas ist im Aufenthaltsraum«, flüsterte er und trat einen Schritt zurück.

»Hast … hast du ihn gesehen?«

»Er steht hinter einem der Schränke. Wenn man das Licht im Vorratsraum anschaltet, spiegeln sich der Gang und die Rückseite des Schranks in der Scheibe. Geh jetzt, Hannah.«

Sie nickte mechanisch und folgte der Krankenschwester, die dem breiten Aufzug entgegenging. Als die Türen aufglitten, blieben sie stehen. Ein Krankenpfleger schob ein großes Bett heraus und lächelte dem Patienten zu. Hannah und die Krankenschwester betraten den Fahrstuhl, der sich unmittelbar darauf Richtung Kellergeschoss in Bewegung setzte.

Auf der Station kehrte Stille ein. Johan schaute zum Krankenpfleger hinüber, der einen Handgriff unterhalb der Matratze betätigte. Er schien Probleme zu haben.

Johan ging langsam zum Aufenthaltsraum zurück, als der Pfleger ihn ansprach.

»Un momentito, por favor …«

Johan blieb stehen und drehte sich um. Der Pfleger breitete die Arme aus und zeigte lächelnd auf das Bett. Er bat Johan mit einer Geste, das Bett anzuheben, und sagte etwas auf Spanisch.

Johan ging zu ihm und hob das Fußende des Bettes an. Der Patient, ein unrasierter Mann mittleren Alters, lächelte dankbar.

»Gracias«, sagte der Pfleger, der froh darüber war, dass die Räder nicht mehr blockierten.

Als Johan sich umdrehte, sah er, wie Lucas aus dem Aufenthaltsraum flitzte und hinter einer schmalen Tür am Ende des Ganges verschwand. Johan setzte ihm nach. Irgendetwas ließ ihn in diesem Moment im Stich, vielleicht der gesunde Menschenverstand. Dieser Verdacht kam ihm auf dem Weg zur Tür, doch registrierte er, dass seine Beine selbstständig ihre Arbeit taten und sein erwachter Jagdinstinkt durch äußere Umstände nicht mehr zu beeinflussen war. Er blieb vor der Tür stehen, zögerte zwei Sekunden und trat sie dann so kraftvoll auf, dass sie gegen die Wand knallte. Er hastete die Steintreppe hinunter, die vielleicht dem Personal vorbehalten oder eine Feuertreppe war. Von unten hörte er Schritte. Eine Tür wurde geöffnet. Er lief rasch abwärts in den dritten Stock und riss die Tür zu einem langen Gang auf, der exakt so aussah wie der Gang im vierten Stock. Mitten auf dem Gang waren ein Arzt und zwei Krankenschwestern in ein Gespräch vertieft. Sie starrten ihn an. Vielleicht hatten sie seit einigen Sekunden so dagestanden, vielleicht hatten sie Lucas auch über den Gang laufen sehen. So, wie ich hier stehe, dachte er, kann mich Lucas jederzeit niederschlagen. Er musste im Wäsche- oder im Aufenthaltsraum sein. Der Arzt rief etwas Unverständliches. Eine alte Frau im blauen Krankenhaushemd schlurfte aus einem der Zimmer. Eine Krankenschwester ging zu ihr. Dann kam Lucas. Er kam aus dem Schwesternzimmer, sprang auf den Gang, ging hinter der alten Frau in Deckung und gab drei Schüsse ab. Die Krankenschwestern kreischten, während sich der Arzt auf den Boden warf. Johan hechtete in den Aufenthaltsraum und erblickte erst in diesem Moment zwei Frauen, die in ihren Bademänteln an einem kleinen Tisch saßen und rauchten. Sie starrten ihn an. Seine Hand krampfte sich um den kleinen Revolver, während er zur Tür robbte. Dort richtete er sich mit dem Rücken zum Türrahmen auf, glitt blitzschnell auf den Gang hinaus, ging halb in die Knie und umfasste den Griff der Waffe mit beiden Händen, als er Lucas zu der breiten Treppe sprinten sah. Der Arzt und die Krankenschwestern drückten sich an die Wand. Johan schoss zweimal, worauf Lucas nahe der Treppe zu Boden stürzte, dann aber wieder aufsprang. Ein dritter Schuss verfehlte den Flüchtenden. Johan spähte zur Treppe. Lucas war verschwunden.

Er blieb an der Ecke stehen, ging in die Knie und streckte kurz seinen Kopf hervor. In der nächsten Sekunde wurde wenige Zentimeter über ihm das Mauerwerk aufgerissen. Lucas musste irgendwo auf den Stufen liegen oder konnte sich vielleicht sogar noch auf den Beinen halten. Als Johan zur gegenüberliegenden Wand sprang, schoss Lucas erneut. Die Kugel schlug an derselben Stelle ein. Er lag also vermutlich auf den Stufen. Johan spähte um die Ecke. Lucas kauerte auf dem Treppenabsatz zwischen den Stockwerken. Sein eines Bein blutete, ansonsten sah er unversehrt aus. Er fummelte an seiner Pistole herum. Johan schätzte die Distanz und schoss zweimal. Beide Schüsse trafen Lucas' Hände, sodass die Pistole die Stufen hinunterflog.

Mit einem Satz war Johan bei ihm. Der große Spanier starrte ihn hasserfüllt an. Er lag auf der Seite und presste die blutigen Hände gegen seinen Bauch.

Johan wusste, dass es nur eine Frage der Zeit war, bis das ganze Gebäude von Polizei nur so wimmelte.

»My passport«, sagte er, »quickly … Señor Lucas.«

»In my pocket«, stöhnte der Mann.

»Give it to me!«

»Are you crazy?«, ächzte Lucas. »My hands …«

Als Johan sich über ihn beugte, schlang Lucas brüllend die Arme um seinen Hals und drückte zu. Es waren starke Arme. Johan wurde gegen die Brust des Mannes gepresst und spürte, wie Lucas mit einer Hand begann, auf seinen Rücken einzuschlagen. Mit letzter Kraft konnte er sich so weit aus Lucas' Griff befreien, dass es ihm gelang, die Mündung des Revolvers gegen dessen Kehlkopf zu drücken. Lucas wollte etwa sagen, brachte aber bloß ein Röcheln zustande, während ihm Johan seinen Pass aus der Tasche zog. In weiter Ferne waren Sirenen zu hören.

»Who payed you?«, fragte er. »Tell me.«

Lucas' Keuchen nahm fast hysterische Züge an.

»I have money. Lots of money. Forget about Stern. He is dead.«

»Who payed you, Lucas?«

»Stern payed me!«, brüllte der Spanier.

»Only Stern?«

»Si …«

»How do you know Stern?«

»… from the old days … Listen man, I have money.«

Johan kam auf die Beine. Lucas setzte sich mühsam auf. Er sah sehr erschöpft aus.

»Look«, sagte er und steckte eine blutige Hand in die Hosentasche. Johan hatte kaum gesehen, dass es sich um ein Messer handelte, da hatte Lucas es auch schon geworfen. Es streifte Johans Kinn. Die Effektivität des Mannes war furchteinflößend. Johan hob den Revolver und schoss, bis die Trommel leer war. Der Spanier wurde fast einen halben Meter die Wand hoch geschleudert, bevor er zusammensackte und mit glasigem Blick ein paar Stufen hinunterrutschte.

Die Sirenen waren nun beim Krankenhaus angekommen. Johan lief ziellos nach unten und gelangte ins Untergeschoss, das einer großen, dunklen Garage glich. Er sah weiße Krankenwagen sowie eine Art Empfang, der vermutlich zur Notaufnahme gehörte. Er überlegte, auf welcher Seite sich der Haupteingang befand, lief dann in entgegengesetzter Richtung und stand mit einem Mal auf einer abschüssigen Zufahrt. Es war keine Polizei zu sehen, doch er wusste, dass binnen kürzester Zeit die ganze Gegend kontrolliert und abgesperrt sein würde.

Er lief einer breiten, schwach beleuchteten Straße entgegen. Es war die Calzada del Cerro. Er brauchte ihr nur zu folgen, dann würde er automatisch zum Haus mit den beiden Palmen kommen.

Er erreichte das grüne Haus auf wackligen Beinen. Hannah stand neben Mama Blanca und zwei, drei Kindern vor der morschen Tür. Sie zogen ihn rasch ins Haus, in dem sich mehrere Männer und weitere Kinder befanden. Dem wilden Durcheinander der Stimmen glaubte Johan entnehmen zu können, dass sie hier keinesfalls Zuflucht finden würden. Er warf einen Blick auf Hannah und die beiden Koffer, die im dunklen Flur standen. Hastig fragte er nach Hardinger und verstand, dass ihm nicht mehr zu helfen gewesen war. Es gab keinen Grund, auch nur eine Stunde länger in Havanna zu bleiben. Während eine junge Frau kubanischen Kaffee servierte, erklärte ihm Hannah, dass bereits alles organisiert sei.

»In vier Stunden geht ein Flug der Iberia nach Madrid. Einer der Männer arbeitet am Flughafen und sagt, es stünden jederzeit noch freie Plätze zur Verfügung.«

»Haben wir Geld?«, fragte er.

»Wesley hatte … etwas«, murmelte sie.

Erschöpft, müde und völlig willenlos glotzte er die erregt diskutierenden Kubaner an, die Männer in den weißen Unterhemden und die Frauen mit den Kindern auf dem Arm. Zum ersten Mal in seinem Leben hatte er eine Halluzination und sah die Gruppe von Kubanern als Gemälde vor sich, das die Geschichte ihres Volkes darstellte. Er blickte kurz zu Hannah hinüber und spürte, wie ihm die Augen zufielen. Dachte, dass Wesley Hardinger in Kuba ein schönes Leben hätte führen können.

24

»Wie dreckig die Hotelseife ist«, sagte er gedämpft und dachte an die langen Tage im Marazul.

Er seifte sich mit der schmutzigen Seife ein und musste an die beiden Zwillingsschwestern auf dem Barajas Airport denken, an ihre blassgrünen Porzellangesichter, ihre traurigen Augen und ihre Hälse, die Stielen von Rotweingläsern glichen.

Sie starren sich eindringlich, beinahe gierig an, während sie ihr Eis essen. Große, weiche, rhythmisch schleckende Zungen und die verräterische Träne auf der Wange der Mutter.

Er nimmt die Koffer, folgt der resoluten Hannah und denkt, hier beginnt eine andere Geschichte, und wenn ich doch nur geschlafen hätte im Flugzeug, aber das konnte ich nicht.

Die Erleichterung, als die Räder vom Boden des kubanischen Flughafens abhoben. Ihre weiße Hand unter der Schlafdecke, während sie den Atlantik überflogen. Fort, fort, wie ein Traum, der beim Erwachen wie weggeblasen ist.

In der Ankunftshalle schloss er die Augen und hörte den langsamen, kühlen Luftzug des Deckenventilators in Mama Blancas Haus.

Und betrachtete die blauen Lichtstreifen, die durch die Fensterläden drangen und quer über die fahlgelbe Decke liefen, an der die Feuchtigkeitsflecken ein Muster bildeten, das ihn an einen zugefrorenen See erinnerte, an einem Tag im Februar, tausende Kilometer entfernt.

»Er lag zwischen den Wäschesäcken …«

Immer und immer wieder ihre Stimme.

Er sieht Hardinger vor sich, den halbnackten, verdrehten, blutverschmierten Körper, in dessen Hüfte ein surrealistisches Plastikrohr steckte. Erwürgt wie seine Liebste, die hübsche Teresa, das Mädchen aus der Tabakfabrik, das nie ins Hotel Marazul hätte kommen dürfen, in dem sie dem Wiener Victor Stern begegnete, der Österreich nie hätte verlassen sollen.

»Er lag zwischen den Wäschesäcken …«

Und er seift sich ein und spürt, wie ein Gefühl der Unwirklichkeit von ihm Besitz ergreift. Die spanischen Stimmen im großen Haus, die sich etwas zuraunen. Die dazugehörigen Gesichter würde er niemals kennen lernen.

Er lässt sich in die Badewanne gleiten; der Wasserspiegel schließt sich über seinem Kopf. Er sieht, wie Hannah sich über Hardinger beugt. Ihre erfahrenen Hände um seinen Hals schließt. Ihre Nähe zu Señor Lucas, der auf dem langen Gang steht und wartet. Auf den naiven Johan Klinger.

»Liegst du immer noch da? Johan …?«

Ihre Stimme klang vorwurfsvoll. Etwas ungeduldig, ein wenig verärgert. Sie hielt eine Flasche Budweiser in der Hand. Die hatte sie aus der Bar des teuren Hotels Princesa Plaza, das im Herzen Madrids lag.

Er stieg mit Mühe aus der Wanne. Sie gab ihm ein Handtuch.

»Morgen sind wir zu Hause«, sagte sie.

Darüber hatten sie natürlich viel gesprochen: wie es weitergehen sollte, wenn sie wieder zu Hause waren.

Er erinnert sich an die Glut ihrer Zigarette in dem feuchten Haus im Stadtteil Cerro und an den Klang ihrer Stimme: »Wir gehen der Sache schon auf den Grund, Liebster.«

Er hatte sich das Handtuch um die Taille gewickelt und schaute auf die Plaza de San Miguel hinunter, in der Tauben und Menschen ein unentwirrbares Chaos bildeten.

»Vielleicht hätte ich nicht so lange in der Wanne liegen sollen«, sagte er. »Ich bin schon ganz aufgeweicht. Doch meine Müdigkeit ist verschwunden.«

Er betrachtete den Stapel druckfrischer Zeitungen, die sie auf den Couchtisch gelegt hatte.

»Es sind keine von zu Hause dabei«, sagte sie und nahm ein spanisches Blatt zur Hand. »Aber mit ihnen können wir uns bis morgen die Zeit vertreiben. Stell dir vor, Johan, morgen sind wir wieder zu Hause. Zu Hause!«

Er blickte geistesabwesend auf den Verkehr der Calle Mayor hinunter.

»In Madrid fahren sie Fiat«, sagte er und ging zu ihr.

»Jetzt entspannen wir uns einfach«, flüsterte sie und küsste ihn auf die Brust.

Er sagte, er fühle sich zugleich schwerfällig und schwerelos.

Sie meinte, das liege an der Zeitumstellung.

»Liegt es nicht«, brummte er und schob sie weg.

Sie schlang die Arme um seinen Hals.

»Warum können wir nicht miteinander schlafen? So wie früher ...«

Er schaute ihr in die Augen. Sie sah aufrichtig aus. Er nickte und wusste ganz genau, dass er dazu nicht imstande wäre.

»Ich kann gut verstehen, dass du ... neben dir stehst.« Sie betrachtete seine Finger, und er dachte, dass sie das früher nicht getan hatte. Seine Finger betrachtet.

»Warum tust du das?«

»Warum ich was tue?«

»Meine Finger anschauen. Was passiert hier eigentlich?«

»Ach, Johan, wenn du doch nur ein wenig schlafen könntest. Du solltest dich selber sehen.«

Er ging ins Badezimmer und wollte sich gerade ein wenig Wasser ins Gesicht spritzen, ließ es aber bleiben, als er sein verzerrtes Gesicht im Spiegel sah. Tränen verschleierten seinen Blick, als läge er wieder in der Wanne, unter Wasser, so wie Stern und Rose Valentin. Mit zitternden Händen befeuchtete er sein Gesicht. Er drehte sich um und sah sie am Türrahmen lehnen.

»Würdest du mich bitte alleine lassen.«

»Was hast du vor?«

Er ging zur Tür. »Lass mich einfach in Ruhe, Hannah.«

»Du bist gar nicht bei dir, Liebster. Warum versuchst du nicht, ein bisschen zu schlafen?«

Er schloss die Tür, lehnte sich mit dem Rücken dagegen und atmete durch.

Fünf Minuten später klopfte sie an.

»Johan, bist du da?«

»JA! Ich bin da.«

»Darf ich reinkommen?«

Er öffnete die Tür und sah, wie sie den Kopf hereinsteckte.

»Ich habe Schlaftabletten besorgt. Unten an der Rezeption. Warum nimmst du nicht einfach zwei und legst dich für ein paar Stunden hin? Das würde dir bestimmt gut tun.«

Sie hatte eine Zeitung in der Hand. Auf dem Tisch standen eine Flasche Cola und zwei weitere Flaschen Budweiser. Neben einem Stapel Zeitungen und einer Tüte Erdnüsse.

Er spülte die Tabletten mit einem Schluck Bier hinunter.

Sie half ihm, sich hinzulegen.

»Dazu ist man nie zu alt.«

Sie schüttelte ihm das Kissen auf. Das hatte sie nie zuvor getan. Fürsorglich war sie eigentlich nicht veranlagt, eher resolut. Er schaute sie eindringlich an.

»Die Tabletten wirken innerhalb einer Viertelstunde. Entspann dich einfach. Und lies eine Zeitung. Das hilft.«

»So wie Schäfchenzählen?«

»So wie Schäfchenzählen«, sagte sie lächelnd und gab ihm den Daily Mirror.

Er begann in der Zeitung zu blättern. Sah sich die Bilder an und las die Sportergebnisse. »Über die Langstrecken und im Zehnkampf waren die Briten schon immer gut«, nuschelte er matt und spürte eine wachsende Benommenheit. Die Schwere des Körpers. Auf den letzten Seiten gab es kleine Bildreportagen und Lokalnachrichten. Vermischtes aus dem In- und Ausland. Er kniff seufzend die Augen zusammen und sah ein schönes Riesenrad, das so fotografiert war, dass es sich als Silhouette vor dem Hintergrund abzeichnete. Der Fotograf konnte mit dem Bild zufrieden sein. Er schloss die Augen. Das Rad begann sich zu drehen. Aus der Ferne hörte er ein Akkordeon, vielleicht handelte es sich auch um eine Drehorgel. Die Melodie klang französisch.

»Ich bin nie in Paris gewesen«, murmelte er, sperrte die Augen auf und schloss sie wieder.

Er sah ein weiteres Bild des Jahrmarkts, der sich Clacton Pier nannte, und eines der Stadt, die Clacton on Sea hieß. Der Betreiber des Riesenrads wurde von zwei identisch aussehenden Mädchen eingerahmt und lächelte in die Kamera. Johan murmelte vor sich hin und versuchte sich auf die Zeitung, das Bild und den Mann am Riesenrad, das sich fortwährend drehte, zu konzentrieren, bis der Schlaf ihn traf wie ein Hammer im Dunkeln.

Als er erwachte, war es finster geworden. Die Zeitung lag auf seinem Gesicht. Der vertraute Geruch der Druckerschwärze brannte in seiner Nase.

Wir sind in Madrid, sagte er sich. Hannah und ich sind in Spanien. Das ist die Realität. Ich habe nur geschlafen.

»Wie lange habe ich geschlafen?«, murmelte er, bekam jedoch keine Antwort. Er legte die Zeitung weg und schaute sich um. Im Zimmer war es schummrig. Er rief nach ihr und setzte sich auf. Ging ins Badezimmer, pinkelte, spülte sich den Mund aus und streckte sich.

Schaltete eine Lampe an, überlegte, ob er fernsehen sollte, warf sich dann jedoch wieder aufs Bett. Wo steckt sie bloß?

»Hannah!«, rief er.

Er öffnete die Tür zum Balkon. Es herrschte dichter Verkehr. Die Lichter waren hübsch anzusehen zu dieser Tageszeit.

»Ich habe geträumt«, murmelte er. »Feo meint, es sei wichtig, sich an seine Träume zu erinnern.«

Er setzte sich aufs Bett und schlüpfte in seine Hose, als sein Blick auf die englische Zeitung fiel. Auf das Foto mit dem Riesenrad. Es sah genauso aus wie das in seinem Traum. Im Traum war er immer wieder damit gefahren, während es nach Zuckerwatte und gebrannten Mandeln gerochen hatte.

Er lächelte bei dem Gedanken an Otto. Den guten, alten Otto. Otto und das Riesenrad.

Er hob die Zeitung vom Boden auf und sah sich das Foto der Stadt Clacton on Sea genauer an. Der Eigentümer des Riesenrads war auf dem Bild verewigt worden. Sein Name stand unter dem Foto. Er hieß Raymond Lewis. Und die Mädchen waren natürlich diejenigen, die er in dessen Haus an der Küste kennen gelernt hatte.

»Auch das Riesenrad habe ich schon mal gesehen«, murmelte er. »In Lewis' Büro.«

Er zog sich an und ging zur Tür, als Hannah mit drei Einkaufstüten und weiteren Zeitungen hereinkam.

»Wo willst du hin, Johan? Ich habe etwas zu essen für uns gekauft.«

»Bin sofort wieder da. Nur eine Sekunde.«

An der Rezeption kaufte er eine deutschsprachige Europakarte.

Während er die Stufen hinaufging, fand er auf der Karte Clacton on Sea, das in der Nähe von London lag, südlich von Ipswich.

Als er zurückkam, hatte sie bereits den Couchtisch gedeckt.

»Das ist alles, was ich bekommen konnte ... Was willst du haben?«

Er telefonierte und fragte nach der Nummer des Barajas Airport.

Sie kam zu ihm.

»Stimmt was nicht, Johan? Sag mal, was machst du da eigentlich?«

Er gab ihr den Hörer.

»Du kannst das besser als ich«, sagte er. »Erklär ihnen, dass wir unseren Flug stornieren wollen.«

Sie schaute ihn an, richtete ihren Blick abrupt auf die Einkaufstüten und schaute dann wieder zu ihm. »Unseren Flug ... stornieren?«

Der Mann an der Rezeption gab ihr die Nummer des Flughafens.

Johan schrieb sie auf.

»Was soll das?«, fragte sie leise.

Er wählte die Nummer.

»Ich versuche ... Hallo, yes, hallo ...«

»Uno momentito, por favor ...«

Sie hatte sich auf das Bett gesetzt. Die Hände im Schoß. Er hob die Zeitung mit dem Artikel vom Boden auf und warf sie ihr zu. Die Stimme vom Flughafen meldete sich zurück. Johan erklärte, er habe heute einen Flug mit der Iberia gebucht, den er stornieren wolle. Er wolle stattdessen nach London. Drei Minuten später hatte er einen Flug nach Heathrow gebucht.

Er legte auf, ging zum Balkon und öffnete die Türen zum Verkehr hinaus.

»Ich brauche dringend etwas Neues zum Anziehen«, murmelte er mit abgewandtem Rücken.

Sie kam mit der Zeitung zu ihm.

»Johan, sieh mich an. Was soll das bedeuten?«

»Bedeuten?« Er schaute sie an.

»Ja, was, zum Teufel, willst du in London? Hast du immer noch nicht genug?«

Er lehnte sich über den französischen Balkon, der wie an die Hotelfassade angeklebt schien.

»Ich weiß nicht, wie ich das erklären soll«, begann er.

Sie zog ihn ins Zimmer und schloss die Balkontüren.

»Mach dir keine Mühe, denn du wirst nirgendwo hinreisen.«

Und er dachte: Ich befinde mich in einem Sauerstoffzelt, dessen Wände aus grauem Plastik bestehen. Ich sehe Menschen, Gesichter und Körper da draußen, kann jedoch niemand identifizieren. Ich drehe durch, wenn sie mich nicht rauslassen.

»Ich befinde mich in einem Sauerstoffzelt, Hannah ...«

»Du stehst unter Schock, Johan. Du weißt nicht, was du tust.«

»Dann hilf mir doch!«

Sie packte ihn am Arm und sah ihn ängstlich und ratlos an.

»Wenn wir zu Hause sind. Zu Hause wird alles gut. Wir müssen an unsere gemeinsame Zukunft denken. Nur du und ich. Alles andere ist unwichtig.«

Er nickte, entzog ihr seinen Arm und setzte sich neben sie.

»In der Nacht, in der Hardinger Como und Rose Valentin erschossen hat ...«

Sie schlug sich auf die Schenkel und blickte resigniert zur Decke.

»Ich halte das nicht mehr aus! Du musst endlich aufhören, Johan. Es ist vorbei. Verstehst du nicht? Vorbei! Das war nie deine Sache. Lass sie selber aufräumen.«

Er starrte vor sich hin.

»Es war nicht Hardinger, der die Projektile aus den Wänden geholt hat, oder?«

Sie kniete sich vor ihn hin. Nahm seine Hände.

»Johan, Liebster, schau mich an. Vergiss es mir zu Liebe. Ich weiß auch nicht, wie es sich abgespielt hat, und ich glaube auch nicht, dass man es je herausfinden wird. Aber so ist es mit Millionen Verbrechen im Jahr. Was willst du daran ändern?«

Er stand auf und wandte ihr sein Gesicht zu, doch sein Blick ging ins Leere.

»Irgendjemand hat Rose zum Hafen und Como zum Westwald gebracht. Warum?« Er fixierte ihren Mund.

Sie schüttelte schwach den Kopf und schloss die Augen. Eine Regung zuckte wie ein Schmerz über ihr Gesicht.

»Ich sehe sie vor mir«, murmelte er. »In den Tagen danach. Lewis und seine Freunde. Sie verfolgen in Seelenruhe die Ermittlungen und lachen sich ins Fäustchen. Selbst als die Kindsköpfe Volmar und Klinger auftauchen, ist Lewis die Ruhe selbst. Und Koch kann uns gegenüber sogar eine dicke Lippe riskieren. Niemand kann ihnen etwas anhaben, denn sie wissen etwas, das kein anderer weiß. Vor allem wissen sie, dass die gesamte Staatsmacht, Politiker und Polizei, ja, die gesamte Comogruppe die Bevölkerung hinters Licht führt. Plötzlich hat Lewis das ganze System in der Zange. Welch unfassbare Freiheit dieser Mann jetzt genießt …«

Er schaut sie an.

»Und sie können sich ihn nicht schnappen, denn bei

Lewis weiß man nie, woran man ist. Vielleicht hat er bereits ein Schriftstück bei seinem Anwalt hinterlegt, vielleicht ist Koch eingeweiht, vielleicht sind es viele, die das Staatsgeheimnis teilen. Zumindest können sie nichts riskieren. Und dann all die unschuldigen Menschen ...«

Sie ging zu ihm und nahm seine Hand. Sehr behutsam, so wie man einen Vogel aufhebt, der aus dem Nest gefallen ist.

»Wann fängst du endlich an, wie ein Mensch zu denken, und nicht wie ein Polizist, Johan? Du glaubst, du könntest das Problem lösen, wenn du Raymond Lewis aus dem Weg räumst. Obwohl du selbst gesagt hast, dass nach ihm sofort der Nächste kommt. Im Grunde willst du nur Rache nehmen.«

Er warf ihr einen raschen Blick zu.

»Du hast völlig Recht.«

»Sind wir wirklich noch nicht weitergekommen?«, flüsterte sie.

»Offenbar nicht«, entgegnete er und begann seine wenigen Geldscheine zu zählen.

»Man wird Lewis früher oder später zur Rechenschaft ziehen. Wenn alles herauskommt. Was hast du damit zu tun?«

»Lewis? Der wird nie bestraft werden.«

Sie nahm den Hörer ab und bestellte Kaffee aufs Zimmer.

Kurz darauf erschien der Boy mit einem Tablett.

Sie schenkte ein und fragte, was er in Clacton tun wolle.

»Um zwölf Uhr lande ich in Heathrow. Ich habe also jede Menge Zeit, um an die Küste zu fahren. Ich denke, es sind so zwischen hundertfünfzig und zweihundert Kilometer.«

»Ich hatte nicht nach der Entfernung gefragt.«

Er warf die Hände in die Luft.

»Ich weiß es nicht, Hannah. Aber ich habe Lewis schon immer als Teil unseres Rechtssystems betrachtet. In Italien gibt es die Camorra. Wenn du den Mitgliedern an den Kragen willst, musst du die Sache selbst in die Hand nehmen. Du kannst das Selbstjustiz nennen. Hardinger nannte es Moral.«

»Wesley ist tot«, sagte sie.

Er schaute sie an.

»Ja, das ist er.«

»Das scheint aber keinen allzu großen Eindruck auf dich gemacht zu haben. Hauptsache, du bekommst deine Rache, nicht wahr?«

»So kannst du das nicht …«

»Alle Polizisten sind Richter, Henker und Moralisten. In dieser Reihenfolge.«

»Wie wortgewandt du bist.«

»Euren gesunden Menschenverstand habt ihr doch alle längst abgelegt. Mahler, Wagner, Otto und du. Der ganze Haufen. Das ist alles so sinnlos.«

»Dann hör mal gut zu. Es gab einmal ein Mädchen namens Suzan. Vielleicht lebt sie noch, ich glaube es allerdings nicht. Sie war eine von Rose Valentins Nutten. Ihr Zuhälter hieß Svenne. Von Rose und Lewis abgesehen, gehörte Suzan zu den wenigen, die von Comos Besuch in der *Maske* wussten. Vielleicht hat man Svenne beauftragt, ihr das Maul zu stopfen. Jedenfalls habe ich sie kaum wiedererkannt, als ich sie im Zentralkrankenhaus gesehen habe. Später erfuhr ich, dass sie nicht nur ein Auge, sondern auch das Kind verlor, das sie erwartete. Stell dir vor, die Nutte erwartete ein Kind. Vielleicht ja von Svenne. Und was tut dieser Kerl? Prügelt sie grün und blau.«

»Und was hast du getan?«, fragte sie leise.

»Mir … mir blieb in dieser Situation gar keine andere Wahl.«

»Und wenn du dich irrst, Johan?«

»Was soll das heißen?«

»Wenn sich alles doch ganz anders abgespielt hat? Warum wartest du nicht ein paar Tage? Lewis läuft dir doch nicht davon.«

»Die Zeit arbeitet nicht zwangsläufig für uns, Hannah. Wir wissen doch gar nicht, was uns zu Hause erwartet. Was mit uns geschieht, wenn wir unsere Füße auf heimische Erde setzen. Vielleicht sperren sie uns auf Lebenszeit ins Gefängnis.«

»Vielleicht entscheidet man sich für dieselbe Lösung wie bei Otto«, warf sie ein.

»Ja, vielleicht. Aber an Lewis hängt die ganze Geschichte. Der gute, alte Otto hatte Recht. Natürlich hat Lewis Como erpresst. Den armen Mann völlig ausgenommen. Nach einem einzigen Besuch, mit oder ohne Maske. Wer weiß? Was für ein perfides und cleveres Geschäft, besonders für Lewis, der im Hintergrund die Fäden zieht. Doch er hatte nicht mit dem Moralisten Wesley Hardinger gerechnet. Er hatte die Möglichkeit außer Acht gelassen, dass irgendein Fanatiker alle Regeln ignoriert und sich gleichzeitig mit dem Rechtssystem und der Unterwelt anlegt. Und der arme Hardinger konnte nicht wissen, dass die Sphären sich überlappen.«

Sie legte sich rücklings aufs Bett.

»Und jetzt kommt der große Jäger und knallt das Tier einfach ab?«

Er hörte ihre Worte nicht.

Im Badezimmer lief das Wasser.

Ich lasse mir nur ein wenig kaltes Wasser über den Nacken laufen, dachte er. Kühle mich ein bisschen ab.

Viel später, nachdem sich die Nacht über Madrid gesenkt hat, liegen sie Hand in Hand, Seite an Seite. Nur ein Laken bedeckt ihre nackten Körper.

Er hört sie flüstern, jeder Mord habe etwas von Kamikaze an sich. Sie dreht ihren Kopf im Dunkeln und sagt, sie wisse, dass Ramond Lewis' Tage gezählt seien. Hoffentlich gelte das nicht auch für den Moralisten Johan Klinger.

Und er hört ihre Stimme im Flugzeug: »Er lag zwischen den Wäschesäcken.« Und sieht Teresa mit heraushängender Zunge in der Duschwanne sitzen. Und lauscht dem dumpfen Platschen, als Victor Sterns Leiche in Havannas Hafen untergeht, um niemals wieder aufzutauchen.

25

Das Hotel in Londons Westend hieß Mount Pleasant, war so groß wie ein Gefängnis und ebenso anonym.

Er betrachtete den Mann an der Rezeption, der eine blaue Uniform trug und umständlich den Zimmerplan studierte, als habe er Schwierigkeiten, ein freies Einzelzimmer zu finden. Johan erkundigte sich, ob es auf den Zimmern ein Telefon gäbe.

»No, sorry, Mr. … Lucas«, entgegnete der Mann, während er das Formular betrachtete, das Johan gerade ausgefüllt hatte, »you have to use the line in the lobby.«

Der Mann streckte den Zeigefinger in die Richtung, Johan lächelte und ging zum Aufzug, der out of order war. Er entdeckte die Treppe, nickte dem Mann an der Rezeption noch einmal zu und verdrängte den Ausdruck ihres Gesichts, als sie am Madrider Flughafen voneinander Abschied genommen hatten. Sonderbar gefasst, blass und gefährlich nachgiebig.

»Bist du sicher, dass du das Richtige tust, Johan?«

»Es gibt keinen anderen Weg.«

Er sieht, wie sie ihm vom Rücksitz des Busses aus zuwinkt, und denkt, dass man sich im Laufe der Zeit so oft voneinander verabschieden konnte, dass sich ein Wiedersehen erübrigte.

Im Flugzeug saß er neben einem ungefähr vierzigjährigen Schotten, einem BBC-Journalisten, der ihn zuvorkommend mit Londons Verkehrsnetz vertraut machte. Der liebenswürdige Mr. Bremner begleitete ihn sogar bis zur Victoria Station, an der sie gemeinsam die Piccadilly Line ausfindig machten.

Die Hotelzimmer waren sauber, aber heruntergekommen. Ein Ort für Staubsaugervertreter und reisende Versicherungskaufleute. Er freute sich, nicht länger als eine Nacht bleiben zu müssen.

Er legte sich auf die Liege unter dem Fenster und ging seinen Plan noch einmal durch. In zwei Stunden fuhr sein Zug von der Liverpool Street Station ab.

Also wieder hinaus, runter auf die Straße und hinein in das lebhafte Geschäftsviertel, in dem er problemlos fand, wonach er suchte: eine Sonnenbrille mit gelben Gläsern, ein dunkelrotes Polohemd und eine billige, aber zweckdienliche Haartönung. Dann rasch zurück ins Mount Pleasant, wo er Lucas' Pass unter den Teppich legte und seinen eigenen verbrannte.

Die Tube mit der Haartönung stellte er vorsorglich unter das Wachbecken, studierte kurz sein Spiegelbild und stellte fest, dass alles in Ordnung war. Alles hat ein Ende, dachte er. Und genau wie für die U-Bahn ist der Weg vorherbestimmt.

Er verließ das Hotel Mount Pleasant um Punkt vierzehn Uhr und rief ein Taxi, das ihn zum Bahnhof brachte. Er entdeckte sofort den Zug nach Clacton on Sea. Dort angekommen nahm er sich ein weiteres Taxi: »The pier, please!«

Es war nun später Nachmittag, und die Fahrt dauerte nur zehn Minuten.

Auf den Straßen waren viele Menschen, auch einige Touristen, doch vor allem Einheimische, dicke und dünne Briten, die in langen Schlangen aus den Spielhallen und Schützenzelten der Stadt strömten, dem Wasser entgegen, über dem es langsam zu dämmern begann.

Ohne Interesse betrachtete er die Kinder, die auf rosafarbenen Elefanten ritten, und die Jugendlichen, die Fish & Chips, Zuckerwatte und glasierte Äpfel aßen.

»Alles ist so, wie es sein soll«, murmelte er und entdeckte eine Bank, auf der er für die nächsten Stunden sitzen und sich auf das Kommende konzentrieren konnte.

Um ihn herum dröhnte Popmusik aus den Lautsprechern, lärmten die Automaten in den Spielhallen, und vielleicht kam ihm das Ganze etwas ärmlicher und verzweifelter vor als sonst. Was auch an mir liegen kann, dachte er. Auf jeden Fall stand die Szenerie in grellem Kontrast zu den Kindern, die auf dem Trittbrett des Busses in Santa María vor dem Hotel Marazul gestanden hatten.

»Wenn man das überhaupt vergleichen kann«, murmelte er und erblickte einen groß gewachsenen Polizisten, der in aller Ruhe umherschlenderte und die Hände auf dem Rücken hielt.

Ihm gegenüber saßen einige Hausfrauen auf hohen Stühlen, ließen ihre dünnen Beine baumeln und verprassten das Ersparte beim Bingo. Und plötzlich kam die Müdigkeit wie eine innere Nebelbank, die vom Bewusstsein in die Glieder drang, die Ruhe so dringend nötig hatten.

Er gab der Müdigkeit nach, schwang seine Beine auf die Bank und streckte sich aus.

Die glauben sicher, ich bin stockbesoffen, dachte er und stellte fest, dass die Geräuschkulisse unwirkliche Formen angenommen hatte.

Er atmete ein paarmal tief durch und sagte sich, dass er nicht schlafen, sondern sich nur ein wenig ausruhen wolle. Plötzlich hatte er das Gesicht von Raymond Lewis vor Augen. Er sollte ausgeruht sein. Falls Lewis überhaupt hier war. Falls man den vermischten Zeitungsnotizen glauben konnte. Doch irgendwo, vielleicht war es im Taxi gewesen, hatte er ein Werbefoto vom *Great Lewis*

Ferris Wheel gesehen. Irgendwo da unten befanden sich das Riesenrad, der Jahrmarkt und Lewis. Er seufzte und sog die schwere, stickige Luft ein, die nach Popcorn, Autoabgasen und verbranntem Öl roch.

Kurz darauf konnte er die Brandung von Santa María hören. Das rhythmische Schlagen der Wellen und das Klappern der Palmblätter, wenn der Wind am Abend auffrischte. Feo läuft ihm auf dem Grund des Meeres entgegen und ruft ihm etwas zu, aber unter Wasser kann man nicht rufen. Als er es trotzdem versucht, bekommt er Tang und Algen in den Mund. Er will zu ihr, doch ihre Bewegungen sind langsam wie in einem Albtraum, und plötzlich dringen Blasen aus ihrem Mund, und er hört, dass sie ihn vor dem König der Meere warnt.

Als er erwachte, war es schon ziemlich dunkel geworden. Die meisten alten Leute und kleinen Kinder waren verschwunden. Die Betriebe wechselten gerade ihr Personal aus. Man hatte die elektrischen Lampen angeschaltet. Eine Idee zu früh. Sie leuchteten in Neonrot und Algengrün, in verlorenem Blau und vor allem in lockendem Gelb. Die magische Zeit des Lichts, bevor die Dunkelheit übernahm.

Der berühmte Clacton Pier ist eine lange Hafenmole aus Holz, die wie eine Buhne ins Meer hineinragt. Von der Marktstraße der Stadt sind es nur wenige Schritte zu diesem langgestreckten Jahrmarkt, einer Art Vergnügungshangar mit dem großen, dekorativen Riesenrad am Kopf der Mole, dessen Silhouette sich zum hellen Horizont hin fortsetzt. Familien und Paare schlendern an den Buden vorbei, an denen Pfannkuchen und Krapfen feilgeboten werden. Für drei Pfund kann man sich neben vollbusigen Schönheiten aus Pappmasché verewigen lassen.

Er bezahlte das Eintrittsgeld, um die Mole betreten zu dürfen, und erblickte sofort ein weiteres fotografisches

Angebot, das sich vermutlich an die anspruchsvolleren Kunden richtete, die sich neben einer Pythonschlange ablichten lassen konnten, die sich um den Hals ihres Besitzers wand.

Der Jahrmarkt war jetzt gut besucht, vor allem von Jugendlichen, und je dunkler es wurde, desto höher stieg der Geräuschpegel. Die ganze große Maschinerie war nun in Betrieb. Er sondierte das Terrain und trat an das Geländer, um die Distanz bis zum Wasser abzuschätzen. Zur Linken erblickte er ein orangefarbenes Plakat, das verkündete, dass heute um 21 Uhr unter Beisein des Bürgermeisters *Lewis Ferris Wheel* eingeweiht werden sollte.

Johan ging weiter auf die Mole hinaus, die in der Mitte etwa schmaler wurde und in einen quadratischen Platz mündete, auf dem das Riesenrad stand. Der Platz war mit rotweißen Bändern umspannt. Einige junge Männer in Jeans und T-Shirt gingen umher und überprüften die Lichter und die Technik.

Er schaute zu einer kleinen, erdbeerfarbenen Holzhütte hinüber, an der ein Schild mit der Aufschrift *Privat* hing. Dann ging er zum Kassenschalter, hinter dem eine alte Frau gerade damit beschäftigt war, die Kartenstreifen zu entrollen. Er klopfte an die Scheibe.

»We are closed, Mister«, sagte sie und schmatzte mit ihrem zahnlosen Mund.

»But … I wonder if I could …«

Sie öffnete ein kleines Fenster und sagte, der Kartenverkauf beginne erst um 21 Uhr.

Johan schaute auf seine Uhr. In einer Dreiviertelstunde.

»But you see, I am a friend of Mr. Lewis.«

»Yes?«

»Do you know, where I can find him?«

»Who?«

»Mr. Lewis.«

»I don't know. Come again at nine ...«

Er nickte ihr zu und bückte sich unter den Bändern hindurch, als sich die Tür des kleinen Holzhauses öffnete.

Er betrachtete die beiden bildhübschen jungen Mädchen, die identisch gekleidet – mit weiten, braunen Röcken und tief ausgeschnittenen Blusen mit Puffärmeln – zu einer Bude gingen und sich zwei Krapfen kauften. Ihre Namen waren ihm im Moment entfallen, doch konnte er sich genau daran erinnern, wie Lewis sie ihnen damals vorgestellt hatte. In seiner exklusiven Villa. Johan registrierte, dass eine schlanker war als die andere. Ansonsten sahen sie vollkommen gleich aus und aßen ihre Krapfen auf dieselbe Art und Weise wie die spanischen Zwillingsschwestern auf dem Barajas Airport.

Als er sah, dass sich die Mädchen noch zwei Krapfen kauften, ging er rasch zur zweigeteilten Tür der Hütte. Drinnen saß ein ungefähr vierzigjähriger Mann in dunklem Anzug mit grünspanfarbenem Hemd und gemusterter Krawatte. Sehr eitel, sehr geleckt, sehr britisch.

»Oh, I'm sorry«, sagte Johan.

»Yes?«

»I was ... I was looking for Raymond.«

Der Mann erhob sich. Schloss den mittleren Knopf seines Jacketts. Steckte kleine Kärtchen in drei cellophanumhüllte Blumensträuße.

»I am the manager«, sagte er. »Mr. Lewis will be here with the Mayor.«

Johan nickte und blickte sich rasch um.

»I am from the Mayors office. Security, you know.«

Johan lächelte verbindlich.

»Arh, yes.« Der Mann streckte die Hand aus. »Pender, John. Haven't seen you before.«

Johan dachte, dass Clacton etwas kleiner war, als er gedacht hatte.

»I am new here … from London. Michael Klinger.«

»What exactly was …?«

»Just … security. Can you spare a moment, Mr. Pender?«

Johan öffnete die Tür. Der Mann ging mit ihm hinaus. An der Absperrung strömten bereits die Leute zusammen. Hinter dem Kartenschalter hatte die kleine, zahnlose Frau Haltung angenommen. Und am Krapfenstand lachten die beiden eleganten Zwillingsschwestern über irgendetwas, während sie sich den Puderzucker vom Mund wischten. Johan kehrte ihnen den Rücken zu und dirigierte Mr. Pender bis unter das Riesenrad. Johan deutete auf ein kleines, nach Öl stinkendes Kabuff, in dem es sich zwei junge Männer auf ihren Klappstühlen bequem gemacht hatten. Auf einem Tisch standen eine Ölkanne und ein Transistorradio.

»I wonder if I could stay here, just for security«, sagte Johan.

»Yes, of course, no problem. Do you have some kind of identification?«

Johan lächelte entschuldigend und zeigte ihm seinen heimischen Polizeiausweis. Als Mr. Pender ihn eingehender betrachten wollte, schlug Johan ihn rasch wieder zu.

»I am from London«, sagte er.

»From London«, murmelte Pender und schaute ihn skeptisch an.

Johan trat dicht an ihn heran.

»I didn't catch your name!«, sagte Johan entschieden. »Was it Pender?«

»Okay, yes, Pender. It's all right«, sagte der Mann und klopfte Johan auf die Schulter. »We'll do it your way, help yourself.«

Danach ging er zu den beiden jungen Männern, die gerade die Beleuchtung in Betrieb genommen hatten.

Mr. Pender redete mit ihnen, worauf sie Johan, der sich an ihren Tisch gesetzt hatte, einen Blick zuwarfen.

Kurz darauf war Mr. Pender wieder in dem kleinen roten Haus verschwunden, in dem er Besuch von den beiden hübschen Mädchen bekam. Als genau eine Viertelstunde später eine Fanfare ertönte, konnte Johan vom Kabuff aus eine Reihe Majoretten ausmachen, die vom Anfang der Mole aus auf ihn zukam. Als sie sich näherten und er die sie begleitende Musik besser von den anderen Geräuschen unterscheiden konnte, erblickte er hinter ihnen eine offene weiße Karosse, hinter deren Steuer ein Chauffeur saß. Es wimmelte nun von Menschen. Das Abendlicht über dem Wasser verging endgültig. Eine frische, salzige Brise wehte über die Mole, auf deren Holzpfählen drei silberfarbene Möwen saßen. Er blickte zu den schaukelnden Gondeln empor, die jeweils vier Personen Platz boten. Während der Spielmannszug näher kam, tauchten auch die ersten Polizisten auf, die freundlich, aber resolut dafür sorgten, dass die Leute hinter der Absperrung blieben. Johan behielt den großen weißen Wagen im Auge, zog sich in den Schatten zurück und musterte den schmächtigen Bürgermeister, der einen anthrazitfarbenen Anzug mit blauer Schärpe trug. Neben ihm saß der elegante Raymond Lewis, dessen haiartiges Aussehen einen so glamourösen Touch hatte, dass selbst seine Zähne die bunten Lichter reflektierten.

Die Majoretten bildeten einen Halbkreis um die Absperrung, während die lächelnden Zwillingsschwestern den offiziellen Gästen Blumensträuße überreichten. Mr. Pender überwachte das Geschehen und sparte nicht mit demonstrativem Applaus. Der Bürgermeister sprach ein paar gleichgültige Worte in ein schnurloses Mikrofon und schritt o-beinig zu den Bändern, die er auf der Stelle durchschnitt. Die Leute applaudierten. Raymond Lewis drückte dem Bürgermeister lachend die Hand. In diesem Moment setzte sich der Spielmannszug wieder in Bewegung, worauf der schmale Bürgermeister mit Lewis und den beiden Mädchen in der ersten Gondel Platz nahm. Sie winkten den Menschen zu, die zum Kassenschalter strömten. Kurz darauf begann sich auch schon das große Rad zu drehen, die Leute klatschten und winkten, während Lewis Papierblumen aus der ersten Gondel warf.

Johan beobachtete, wie das Rad langsam eine ganze Runde drehte und schließlich stehen blieb, damit der Bürgermeister und Lewis wieder aussteigen konnten. Immer mehr Menschen stiegen ein, während der Bürgermeister in dem viel zu großen und viel zu glänzenden Wagen Platz nahm. In seinem Gefolge paradierten die Majoretten, doch die Leute blieben, denn alle wollten einmal mit *Lewis Ferris Wheel* fahren.

Johan verfolgte, wie Lewis mit Mr. Pender und den beiden Mädchen im Holzhäuschen verschwand. Das Rad drehte sich jetzt beinahe unablässig. Er nickte den beiden jungen Männern zu, die so taten, als sei er nicht da.

Nach einer halben Stunde öffnete sich die Tür des erdbeerfarbenen Holzhäuschens. Mr. Pender und Mr. Lewis steuerten zielstrebig das Kabuff unter dem Riesenrad an. Johan stand auf.

Lewis erkannte ihn sofort. Zunächst schien er verblüfft, schaute ihn dann jedoch nachsichtig an.

»Wer hätte das gedacht …«, sagte er lächelnd.

Johan blickte zu Boden und räusperte sich.

Lewis zündete sich mit demonstrativer Geringschätzung eine Zigarette an und hielt auch Johan fragend die Schachtel entgegen.

»Ich fasse es nicht«, sagte er. »Der Staat stürzt sich ja wirklich in Unkosten, damit Sie mich auf der ganzen

Welt im Auge behalten können. Wollen Sie meine Lizenz überprüfen?«

»Eigentlich nicht«, murmelte Johan.

»Also reine Routine?«, fragte Lewis mit gehobenen Brauen.

»Auch das nicht. Es geht nur um ein paar Minuten. Danach werden wir Sie endgültig in Ruhe lassen, das verspreche ich Ihnen.«

»Das versprechen Sie mir?«

»Ja«, sagte Johan und wandte den Kopf ab.

»Das klingt ja zu schön, um wahr zu sein.« Lewis lächelte seinem Manager zu, der zurück ins Haus ging. »Haben Sie eigentlich schon eine Runde mit meinem bescheidenen Rad gedreht?«

Johan betrachtete die schaukelnden Gondeln. Es war nun völlig dunkel, und die bunten Lämpchen leuchteten hübsch vor dem nachtschwarzen Himmel.

»Noch nicht, aber das ist vielleicht eine gute Idee.«

»Natürlich, ich lade Sie ein. Und danach kommen Sie zu uns herüber ins Erdbeerhäuschen, wie die Mädchen es nennen. Dann trinken wir eine Tasse Kaffee oder einen Schnaps zusammen. Oder trinken Sie nicht im Dienst?«

Lewis ging zu einem der jungen Männer im Kabuff und gab ihm einen kurzen Bescheid, während er auf Johan deutete.

»Sie bekommen eine ganze Gondel für sich allein!«, rief er. »Wir legen sogar ein paar Bleigewichte hinein, damit Ihnen nicht schlecht wird.«

Johan ging zu ihm.

»Ich habe nicht viel Zeit, Herr Lewis«, sagte er. Es geht nur um ein paar Fragen. Wollen wir nicht zusammen fahren?«

Lewis schaute Johan forschend an. Dann blickte er auf seine Zigarette, wieder zu Johan, lachte kurz auf und überlegte. Sein Blick war stechend, sein Körper schien unruhig. Wie der einer Ratte, wenn sie Gefahr wittert. Wie der eines Mannes, der seinem Instinkt vertraut.

»Ach, ich glaube, ich lasse das lieber.«

»Sie würden mir aber eine große Freude machen, Herr Lewis.«

Lewis schaute ihn mit schrägem Blick an.

»Ich glaube, ich habe Ihren Namen vergessen.«

»Klinger. Johan Klinger.«

»Ach ja, Klinger. An Gesichter kann ich mich ziemlich gut erinnern, aber bei Namen lässt mich mein Gedächtnis im Stich. Sie hatten einen stämmigen Kollegen, nicht wahr?«

»Otto Volmar.«

»Volmar, stimmt. Sie waren ein bemerkenswertes Team. Und jetzt wollen Sie mit mir zusammen Riesenrad fahren … Na, schön, Herr Klinger. Steigen Sie ein.«

Die kleine Metalltür fällt von alleine ins Schloss. Es ruckt in der Maschinerie. Das Rad beginnt sich zu drehen. Lewis sitzt mit dem Rücken zur Fahrtrichtung, während seine Arme auf der Kante der Gondel ruhen. Entspannt, aber auf der Hut. Er leckt sich über seine Unterlippe. Die Gondel erreicht ihren höchsten Punkt und bewegt sich wieder nach unten. Lewis lacht.

»Was nun, Herr Klinger? Sie wollten doch mit mir reden.«

Johan schaute ihn ernst an.

»Es geht um Albert Como«, sagte er.

Lewis' Gesicht zeigte keine Reaktion.

»Um Albert Como?«

»Ja, und ich werde mich kurz fassen. Ich weiß, dass Sie Albert Como nicht erschossen haben …«

»Schön zu hören«, sagte Lewis grinsend. Seine lackierte, weltgewandte Fassade bekam ein paar Risse.

»Das hat ein Mann namens Hardinger getan. Er hat

auch Rose Valentin erschossen, eine Bekannte von Ihnen. Beides geschah in der *Maske*, deren Miteigentümer Sie waren. Ich weiß auch, dass Sie und Ihre Helfer es waren, die nach dem ungeplanten Doppelmord die Spuren verwischten und die Nachforschungen behinderten. Nun stellt sich die Frage, warum Sie das taten. Welchen Nutzen hatten Sie davon?«

Lewis schaute nach links und ließ seinen Blick über die Mole, den Jahrmarkt und das unendliche Meer schweifen, auf dem die Lichter der nächtlichen Bohrtürme blinkten.

»Sind Sie auf eigene Faust hier, Herr Klinger?«

Johan nickte.

»Niemand hat Sie hierher geschickt? Kein Vorgesetzter hat Ihr Flugticket bezahlt? Sie müssen keine Reisekostenabrechnung vorlegen, wenn Sie nach Hause kommen?«

Er lachte kurz.

Johan wandte den Blick nicht von ihm ab.

»Vielleicht sind Sie einfach nur neugierig?«

»So könnte man das ausdrücken.«

Lewis schüttelte den Kopf und faltete die Hände.

»Was veranlasst Sie zu der Annahme, dass ich Ihnen irgendwas erzählen werde?«

Johan betrachtete den schwankenden Boden.

»Schwer zu sagen«, entgegnete er leise.

Lewis zündete sich eine neue Zigarette an, während die Gondel sich mit zunehmender Geschwindigkeit nach oben bewegte. Um sie herum begannen die jungen Mädchen zu jauchzen.

»Sie sind mir schon ein komischer Vogel«, sagte er philosophisch.

Johan beugte sich vor.

»Ich gehe davon aus, dass Como in der Mordnacht in der *Maske* war, um sich gegen die Erpressung zur Wehr zu setzen. Denn darauf beruht doch das ganze Prinzip, nicht wahr, Herr Lewis? Sich das System gefügig zu machen.«

Lewis schaute ihn zum ersten Mal eingehend an. Als gäbe es etwas, das er nicht bewältigen konnte. Eine Taktik, mit der er nicht gerechnet hatte. Ein Sachverhalt, der sich nicht leugnen ließ.

»Warum lassen Sie den Fall nicht endlich ruhen? Was habe ich mit Como zu tun?«

»Lassen Sie es gut sein, Lewis«, seufzte Johan. »Sie wissen genauso gut wie ich, wie Mahler und die ganze verdammte Comogruppe, dass wir Sie, nach allem, was geschehen ist, nicht zur Rechenschaft ziehen können.«

Lewis' Gesicht verhärtete sich ein wenig. Er lächelte ungläubig, aber wachsam.

»Haben Sie den Verstand verloren, Mann? Glauben Sie etwa, ich hätte was mit dem Mord an Como zu tun?«

»Ich will wissen, warum Sie die Spuren verwischt haben, nachdem Hardinger Como erschossen hat. Warum Sie Comos Leiche in den Westwald bringen ließen. Ich möchte gerne von Ihnen hören, dass Sie mit Mahler ein Abkommen geschlossen haben.«

»Sie sind völlig übergeschnappt!«

»Gut, dann beginnen wir eben noch mal von vorn.«

»Wir beginnen überhaupt nicht von vorn. Was glauben Sie eigentlich, wer Sie sind?«

Lewis starrte Johan an.

»Ein Mann hat Rose Valentin erschossen«, sagte Johan leise. »Er ist einfach in das Bordell eingedrungen und hat sie abgeknallt. Danach hat er das Bordell wieder verlassen und ist nach Hause gegangen. Ein Mann namens Hardinger. Er ist Musiklehrer und ein großer Moralist. Er verabscheute die *Maske* und das, was in ihr vor sich ging. Leider ist Rose an diesem Abend nicht allein gewesen.«

»Einen Moment, junger Mann.« Lewis streckte einen Finger in die Luft. »Wenn dies wirklich die Stunde der Wahrheit sein soll, dann hören Sie um Himmels willen mit dem Rätselraten auf. Es stimmt, dass irgendein Idiot Mercedes abgeknallt hat, und es stimmt auch, dass es niemand von uns war. Und es ist sehr gut möglich, dass einige von Mercedes' Freunden nach diesem traurigen Intermezzo ein wenig sauber gemacht haben. So ein Mord ist schließlich schlecht fürs Geschäft. Die Kunden werden von solchen Vorkommnissen verunsichert, vor allem, wenn sie anonym bleiben wollen. Geht das in Ihren Kopf, Klinger?«

»Sie vergessen etwas.«

»Ich vergesse was?«

»Sie vergessen die dritte Person in Valentins Büro.«

»Es gab keine dritte Person.«

Johan wandte den Kopf ab. Hatte er wirklich geglaubt, er würde so leichtes Spiel haben? Sollte ausgerechnet Raymond Lewis aufrichtiger sein als sie alle? Als Mahler und Stern? Auch er war an ihr bilaterales Abkommen gebunden. Und der Nutzen dieses Pakts zwischen dem Staatsapparat und der Unterwelt war für Lewis einfach zu groß, als dass er sich in Gegenwart eines x-beliebigen Polizisten in einer Gondel verplappert hätte.

»Ich habe … nicht viel Zeit«, sagte Johan.

»Wissen Sie was, Klinger, ich auch nicht. Also schlage ich vor, sie verschwinden, wenn wir wieder unten sind, oder bezahlen für eine weitere Fahrt oder wonach Ihnen der Sinn steht.«

Er schaute John finster an, sah dann auf seine Zigarette und schnippte sie über die Kante.

Der erste Schlag traf ihn auf die Wange. Johan hatte ihn gar nicht so hart treffen wollen. Lewis' Kopf schwankte für einen kurzen Moment hin und her, wie Seegras, bevor er die Kontrolle über sich zurückgewann. Er blutete an der Unterlippe.

»Sind Sie von allen guten Geistern verlassen?«

Der nächste Schlag war schwächer, traf ihn jedoch punktgenau am Kinn. Lewis rutschte halb auf den Boden. Johan zog ihn sogleich wieder hoch. Lewis' Augen wanderten ziellos umher, bevor er ganz zu sich kam, sich in die Ecke drückte und Johan fassungslos anblickte.

»Sie haben wirklich den Verstand verloren«, murmelte er.

In diesem Moment hielt das Rad an. Nacheinander leerten sich die Gondeln und füllten sich wieder.

Lewis murmelte etwas von seinem Hemd, auf das Blut getropft war.

»Ich lege größten Wert auf ein paar Antworten!«, sagte Johan verbissen.

»Sie haben wohl keine Ahnung, was eine Jacketkrone heutzutage kostet«, zischte Lewis und zog seinen Schlips gerade.

»Die Wahrheit, Lewis«, sagte Johan. »Spucken Sie endlich die Wahrheit aus!«

»Sind Sie wahnsinnig?«

»Ja, ich bin wahnsinnig.«

»Das glaube ich auch. Ich habe Ihnen bereits erzählt, wie sich alles zugetragen hat. Außerdem begreife ich nicht, was am Tod einer alten Schlampe so interessant sein soll. Mercedes hatte ein Heer von Feinden. Sie lebte mit diesem Risiko. Und sie starb daran.«

»Sind Sie Mahler jemals persönlich begegnet?«

»Mahler? Wer zum Teufel ist Mahler?«

»Sie wissen genau, wer Mahler ist.«

»Sie meinen den Jasager auf den Pressekonferenzen der Polizei?«

Johan nickte.

»Warum sollte ich ihm begegnet sein? Glauben Sie etwa doch, ich hätte Como ermordet?«

»Ich habe Ihnen schon gesagt, was ich glaube.«

»Okay, dann sage ich es Ihnen zum letzten Mal, und es tut mir Leid, wenn ich dabei etwas direkt bin, aber ich bin den Umgang mit Wahnsinnigen nicht gewohnt: Ich weiß, dass sich Mercedes' Freunde nach ihrem Tod die Mühe gemacht haben, die Flecken vom Boden zu entfernen. Es ist gut möglich, dass dieselben Leute ihre Leiche zum Hafen gefahren und ins Meer gekippt haben, doch so viel ich weiß, hat man sie wieder aus dem Wasser gefischt und den Mann festgenommen, der sie erschossen hat. Darüber hinaus haben wir die *Maske* schließen müssen. Also was wollen Sie noch?«

»Was ist mit dem Mädchen namens Suzan?«

»Welche Suzan?«

»Svennes Mädchen!«

»Was mit ihr ist? Auf welchem Planeten leben Sie eigentlich, Klinger? Der muss wirklich sehr weit weg sein.«

Johan nickte und dachte, an diese Worte werde er sich erinnern.

»Glauben Sie, dass Como in dieser Nacht in der *Maske* war?«

»Ich weiß, dass er da war«, sagte Johan.

Lewis ließ sich tiefer auf die Bank sinken.

In diesem Moment kamen sie unten an. Neue Fahrgäste warteten darauf, einsteigen zu können.

»Wir machen noch eine Fahrt«, sagte Johan.

»Kommt nicht in Frage«, knurrte Lewis und stand auf, doch Johan hielt ihn fest.

»Wir *machen* noch eine Fahrt, Lewis!«, sagte er entschieden.

Lewis Blick flackerte auf. Dann setzte er sich schulterzuckend wieder hin.

»Es freut einen natürlich, wenn die Fahrgäste so begeistert sind«, murmelte er und nickte dem jungen Mann zu, der den Leuten beim Ein- und Aussteigen half.

Sie starrten sich wortlos an, während sie Runde um Runde drehten. Schließlich fragte Lewis, was Johan eigentlich erreichen wolle.

»Warum sind Sie hier?«

»Um Sie zu töten«, antwortete Johan trocken.

Über ihnen kreischten ein paar junge Mädchen jedes Mal, wenn der höchste Punkt überschritten wurde. Lewis' Hände krampften sich so stark um die Kanten der Gondel, dass seine Fingerknöchel weiß wurden.

»Sie sind verrückt«, sagte er.

Johan antwortete nicht. Lewis blickte nach unten. Die Musik lärmte. Es klang wie ein Wienerwalzer für Drehorgel.

»Haltet das Rad an!«, schrie Lewis, als sie unten vorbeifuhren, doch niemand hörte ihn. Die Gondel bewegte sich wieder nach oben. Unter ihnen die blassen, etwas verfrorenen Gesichter. Die Wartenden fröstelten. Der Wind war kalt.

Johan beugte sich vor. Lewis schrie nach unten. Währenddessen öffnete Johan die kleine Metalltür, die sofort im Wind hin und her schlug.

»Stop the wheel!«, brüllte Lewis verzweifelt. »Help me …!«

Seine Augen traten aus den Höhlen, als wolle er sich ein letztes Mal aufplustern. Johan stand auf und fand in der schwankenden Gondel sein Gleichgewicht. Lewis knirschte mit den Zähnen, lehnte sich zurück und begann mit den Beinen zu strampeln. Johan hob ihn aus dem Sitz. Über ihnen kreischten die Mädchen, als ginge es um ihr Leben. Lewis versuchte Johans Kopf nach hinten zu drücken und zerrte an seinen Haaren. Johan rammte ihm sein Knie in die Leiste und sah, wie Lewis zusammenklappte. Das Rad bewegte sich jetzt mit höchster Geschwindigkeit. Unten standen die jungen Angestellten und lächelten den kreischenden Mädchen zu. Vielleicht konnten sie noch einen Zahn zulegen.

Lewis glotzte Johan an. Seine Augen sahen aus wie zwei Eier. Johan wartete, bis die Gondel den höchsten Punkt erreicht hatte, dann blickte er Lewis in die Augen und schob ihn sanft über die Kante. Mit ausgestreckten Armen und Beinen drehte sich Lewis in der Luft – ein Polygon in der Nacht, ein Fremdkörper des Jahrmarkts –, rammte ein Drahtseil und wurde halb herumgewirbelt, bevor er auf dem Asphalt aufschlug.

Das Rad drehte sich immer noch, doch von unten kamen die ersten Schreie, und binnen Sekunden breitete sich Panik aus. Irgendjemand erbarmte sich, das Rad anzuhalten. Die Augenzeugen hingen in den Gondeln und schrien um die Wette. Währenddessen gelang es Johan, von der Gondel auf die Stahlkonstruktion zu klettern, die das gesamte Fahrgeschäft trug, und von dort aus in die Menge zu springen.

Rasch schlängelte er sich durch die immer dichteren Menschenmassen hindurch, bis er den Platz fand, an dem er vorhin gestanden und den Abstand zum Wasser abgeschätzt hatte. Er stand nun ungefähr in der Mitte der Mole, auf der sich die Nachricht wie ein Lauffeuer verbreitete. Die Leute sprangen aus den Autoscootern und liefen aus den Spielhallen. Binnen weniger Minuten richtete sich aller Aufmerksamkeit auf *Lewis Ferris Wheel*.

Johan schwang die Beine über das Geländer, schaute sich kurz um und stieß sich ab. Als er den Wasserspiegel durchbrach, empfand er die Kälte und nicht zuletzt die Stille als Wohltat. Ein angenehmer, dunkler Raum, auf den er in den nächsten Minuten angewiesen sein würde. Mit langen, kraftvollen Zügen schwamm er unter Wasser, während er Algen, Tang und Quallen an seinem Gesicht spürte. Schließlich hatte er wieder festen Grund unter den Füßen und hob den Kopf aus dem Wasser. Er war ungefähr fünfzig Meter von der Mole entfernt, wo der Tumult sich beruhigt hatte. In der Ferne hörte er die unvermeidlichen Sirenen. Er watete auf einen steinigen Strand und spürte, wie ihm das Wasser aus den Taschen lief. Die Kälte war nun alles andere als behaglich. Er ging schneller, nahm seine Schuhe in die Hand und begann zu laufen. Nach einer Viertelstunde blieb er vor einigen bunten Badehäuschen stehen und lauschte. Er glaubte, den Motor eines fahrenden Wagens vernommen zu haben. Eines Wagens, der hinter ihm hergefahren war und dessen Motor jetzt im Leerlauf brummte. Hastig zog er sich sein Hemd über den Kopf und wrang es aus, während er sich auf den Kai schlich und auf einen Feldstein stellte, um einen Blick auf die Straße werfen zu können. Die Häuser auf der gegenüberliegenden Seite waren sicher sehr begehrt und sehr teuer, hatten jedoch nichts Luxuriöses an sich und keine Tendenz zu Hafenromantik. Dennoch prangte an einer Fassade die Aufschrift *Bellevue*. Johan schwang sein nasses Hosenbein über die Mauer. Der schwarze Morris parkte ein Stück entfernt unter einer Straßenlaterne und gab sich keine Mühe, unentdeckt zu bleiben. Aus der Distanz sah er aus wie ein Taxi. Johan setzte sich mit dem Rücken zur Kaimauer und zog seine Schuhe an. Drehte abrupt den Kopf, als er zu seiner Linken Schritte hörte. Eine Gestalt steuerte ruhig, aber zielstrebig auf ihn zu. Der Mann musste im Schatten der Bäume gestanden haben, da Johan ihn bisher nicht gesehen hatte. Er trug eine kurze blaue Jacke und hatte die Hände in den Taschen vergraben. Johan stand auf und erblickte ein weiteres Mal den lächelnden, rothaarigen Mr. Bremner von der BBC. Seine klaren blauen Augen sahen ihn, wenn schon nicht fröhlich, so doch aufmunternd an.

»Can I give you a lift, Mr. Klinger?«

Johan wusste, dass er dem Mann seinen richtigen Namen verschwiegen hatte. Abgesehen von der Tatsache, dass ein wildfremder BBC-Journalist wohl kaum die Mühe auf sich nehmen würde, einem wildfremdem Touristen nach Clacton on Sea zu folgen. Mr. Bremner hatte sich einfach im selben Flugzeug befunden und konnte im Grunde genommen aus jedem Land auf der nördlichen Halbkugel stammen.

Aus dem schwarzen Morris stieg ein zweiter Mann aus.

»Do I have a choice?«

»Certainly, Mr. Klinger.« Bremner hob die Schultern bis zu den Ohren.

»How do you know my name?«

»Come on, Klinger.« Bremner lächelte.

Johan seufzte. Der Mann war Brite. Vielleicht ein Kollege von Señor Lucas. Vielleicht mit demselben Spezialgebiet.

Sie gingen gemeinsam zum Wagen, wo Bremner ihm seinen Kollegen McDonald vorstellte.

Johan nahm auf dem Rücksitz Platz.

»Back to London?«, schlug Bremner vor.

Johan sah ihn nicht an. Fragte nur, was das Ganze zu bedeuten habe. Bremner zündete sich eine Zigarette an und sagte, er habe nicht die geringste Ahnung.

»You were just there, by coincidence?« Johan lächelte verhalten.

»No, of course not. I was ordered to Madrid to meet you, and to … take care of you.«

Johan blickte ihn an.

»Very kind of you.«

»Thank you, Mr. Klinger.«

Bremner klopfte an die Scheibe, die Vorder- und Rücksitze voneinander trennte.

»McDonald, to Mount Pleasant, please …«

Sie fuhren über die Autobahn, während Johan durch fünf, sechs verschiedene Fragen herauszubekommen versuchte, was es mit Mr. Bremner auf sich hatte.

Doch der Mann spielte hartnäckig den Ahnungslosen.

»Are you some sort of an agent?«

»I was. Interpol, you know.«

»And what now, Mr. Bremner?«

»Now I'm in S.S.C. … State Security Corps.«

Der Wagen hielt vor dem ärmlichen Hoteleingang.

»Do you know a man called Mahler?« Johan schaute Bremner eindringlich an.

»No, I don't think I do.«

Johan machte Anstalten auszusteigen. Bremner lächelte ihn an.

»You better change in a hurry, it's a cold night.«

Johan zögerte.

»Do you know, what I did tonight?«

»No, I don't, and I don't wanna know, Mr. Klinger. It's not our departement. Others will take care of that.«

»So you do know.«

»Goodnight, Klinger. Oh, just one thing before you leave. Please call Mr. Tabor, I believe he is your boss back home. It's very urgent. Please, Mr. Klinger. And one more thing … I know you are leaving the UK tomorrow at nine o'clock, you haven't changed your mind, have you?«

»No, I haven't, and if I do, Bremner, I'm sure you will be the first to know.«

Bremner lächelte und schloss die Tür hinter Johan, der in die Lobby stapfte und sich vom Nachtportier den Schlüssel geben ließ. Kurz darauf legte er sich ins Bett, um wieder warm zu werden. Seine Kleider hatte er über mehrere Stuhlrücken vor die Heizung gehängt, die er voll aufdrehte.

Er machte sich keinerlei Hoffnung, schlafen zu können, blieb jedoch eine halbe Stunde liegen, bis er sich einigermaßen erholt fühlte. Dann stand er auf, zog seine zweite Hose und das neue Polohemd an und begann sich die Haare zu tönen. Das war kein großes Problem, und nach einer halben Stunde sah er zwar nicht genauso wie Lucas, aber immerhin wie eine völlig fremde Person aus. Mit der gelben Sonnenbrille sollte es ihm eigentlich gelingen, dem lausigen Passfoto des Spaniers zu ähneln.

Es klopfte an der Tür. Johan schaute auf die Uhr und zögerte ein paar Sekunden.

»Yes, who is it?«

»It's me, Mr. Klinger, Bremner. Have you got two minutes?«

»No, I haven't. I am actually trying to get some sleep.«

»It was just the matter of your passport. When do you leave UK tomorrow?«

Johan öffnete die Tür. Schräg hinter dem freundlichen Bremner stand dessen großer, wortkarger Kollege.

»Oh …« Bremner betrachtete Johans neue Haarfarbe mit erzwungenem Ernst. »Oh, I see.«

»What do you see?«

»You have …«

»Yes. You see, Bremner, I am leaving Britain on another passport.«

»But Mr. Klinger …«

»I don't want to be stopped in the airport, just because someone fell from a Ferris Wheel in Clacton. That's all!«

»Don't worry about that, my friend.« Bremner setzte sich ungebeten auf das Bett. »We'll take care of that. No problem. Anyway, what are friends for?«

Johan sah ihn an. Erkundigte sich nach Bremners genauem Auftrag.

»To take care of you. To see that your journey back home is safe and sound. That's all, Klinger.«

»Who gave you this order?«

»My boss. I believe he's been in contact with your old man.«

Johan nickte. Bremner zündete sich eine Zigarette an und fühlte sich sichtlich wohl.

»Now, Klinger. The false passport …«

»What about it?«

»Could we just see it?«

»Why?«

»Is it fixed, or is it … somebodys?«

Johan setzte sich neben Bremner.

»I killed a man in Havana«, sagte er. »I actually shot him three times. His name is Lucas, and he was from Madrid. Now you know!«

Bremner lehnte sich zurück. Seine Verstellung ging Johan langsam auf die Nerven. Vielleicht lag dies an seiner Müdigkeit. Vielleicht an den gesamten Umständen. Eigentlich sollte er auch zu Hause anrufen. Es gab so viele Dinge, die er tun sollte.

Bremner bat darum, einen Blick in Lucas' Pass werfen zu dürfen. Johan warf ihm den Ausweis zu und sah, wie Bremner aus der Rolle des englischen Gentlemans fiel. Sowohl er als auch McDonald starrten ihn mit verändertem Ausdruck an.

Bremner war wie ausgewechselt. War jetzt ein ernster Kollege, ein Mensch mit authentischen Zügen. Er gab Johan den Pass zurück.

»Is he really dead?«, fragte er leise.

»Yes«, entgegnete Johan ein wenig verwundert. »He is dead. Why?«

»But … the whole world is looking for that man.«

Johan blickte von Bremner zu McDonald, der die Arme verschränkt hatte.

»Looking … for him? Lucas?«

Bremner schaute ihn forschend an.

»Who do you think this Mr. Lucas is, Mr. Klinger?«

»I … I don't know«, murmelte Johan und setzte sich auf den kleinen Tisch.

»No one knows his real name, of course«, fuhr Bremner fort, »but he is known as Mehmet from Damaskus.«

Der Satz stand Johan in großen gelben Lettern vor Augen. Dreidimensionale gelbe Lettern, die sich um eine unsichtbare Achse drehten. Immer schneller und schneller, eine Zentrifuge aus Wörtern.

Er beugte den Kopf zwischen die Beine.

»You are a hero«, sagte McDonald bewundernd.

Johan hob den Blick.

»Ich war … völlig ahnungslos«, sagte er zu Bremner.

»In English, please«, sagte Bremner mit trockenem Lächeln.

Johan kam auf die Beine. Vielleicht spielte ihm die ganze Welt einen Streich. Vielleicht konnte man ihn in Rio de Janeiro, in Houston und in Moskau auf einem Bildschirm beobachten. Vielleicht amüsierte man sich über ihn. Vielleicht war alles nur ein Spiel.

Wenn Lucas identisch mit Mehmet war, dann … nein, er konnte sich nicht konzentrieren. Wenn Lucas identisch mit Mehmet war, konnte er unmöglich mit Stern zusammengearbeitet haben. Falls nicht Stern …, aber das war unmöglich! Also war es Lucas, nicht Teresa, der Stern erschossen hatte. Vielleicht war es dennoch Stern, der Teresa zuvor erwürgt hatte. Vielleicht war Stern von Lucas reingelegt worden. Die Kubaner behaupteten, Stern habe Hardinger niedergestochen. Hannah behauptete dasselbe.

»Mr. Klinger …«, sagte Bremner.

Johan winkte ab. Er durfte den Gedankenfaden jetzt nicht abreißen lassen. In seiner Tasche lag immer noch der kleine Rollfilm, den er in Lucas' alias Mehmets Zimmer im Hotel Marazul gefunden hatte. Er fragte Bremner, ob es möglich sei, ihn im Laufe der Nacht entwickeln zu lassen. Bremner antwortete, das ließe sich in einer halben Stunde machen.

Eine Minute später war McDonald verschwunden.

»Do you want to hear a strange story?«, fragte Johan.

»No, Mr. Klinger. I don't think so.«

Johan nickte und betrachtete im Spiegel seine schwarzen Haare. Entweder finde ich jetzt den letzten Mosaikstein, oder dies ist der Beginn eines neuen Spiels. Oder das Ende aller Spiele.

Eine Dreiviertelstunde später war McDonald mit den entwickelten Fotos zurück.

Zu diesem Zeitpunkt hatte Johan die Gewissheit gewonnen, dass Lucas alias Mehmet im Voraus darüber informiert worden war, dass sich Stern und Klinger auf dem Weg nach Kuba befanden. Die Frage war, wer ihn informiert hatte.

Und weiter: Wusste Stern, dass Mehmet im Marazul wohnte? Dass er in Kuba war? Wusste Mahler davon? Einiges deutete darauf hin. Es hatte Johan die ganze Zeit über beschäftigt, dass man gleich zwei Männer nach Kuba schickte, um Hardinger zu liquidieren. Das wäre normalerweise die Aufgabe für einen Mann und für einen Mann von Sterns Kaliber kein Problem gewesen. Falls Stern nicht die Aufgabe gehabt hatte, den Polizisten mit dem großen Wissen ebenfalls aus dem Weg zu räumen. Aber hatte es Stern gleichzeitig mit Hardinger, Klinger und Mehmet aufnehmen sollen?

Er öffnete den Umschlag. Es waren insgesamt 108 Farbfotos, und es überraschte ihn eigentlich nicht, dass er auf sämtlichen Bildern zu sehen war. Auf der Straße, vor dem Haus, im Park, gemeinsam mit Otto … Viele Aufnahmen waren gut gelungen und zeigten sein lächelndes Gesicht, das die ganze Bildfläche ausfüllte. Das konnte man von einem versierten Auftragskiller wohl auch erwarten. Möglicherweise hatte er sie gar nicht selbst aufgenommen und sich eines Komplizen bedient. Das Überraschende hingegen war das Ambiente. Die heimische Umgebung auf den meisten Bildern. Mehmet hatte kein einziges der 108 Fotos aufgenommen. Es gab mehrere von ihm und Feo: im Park, im Schwimmbad, im Zoo.

Johan legte die Bilder in den Umschlag zurück und spürte eine bislang nicht gekannte Schwere seines Körpers, eine Leere und Apathie, die ihm fremd waren. Die Verbindung zwischen Mahler und Stern, zwischen Mehmet und Johan und so weiter und so weiter … »Vielleicht will ich das Puzzle gar nicht vervollständigen«, murmelte er.

Doch eines blieb ungeklärt. Eine Kleinigkeit, die darüber entschied, was er morgen tun würde. Ein letztes Fragezeichen, das hinter seiner Heimreise stand.

Er schaute Bremner an.

»I should like to make a call.«

»Now?«

»Yes, now.«

»We could drive you to the police-station, Mr. Klinger. In many ways …«

Johan öffnete die Tür.

»You can stay here if you like«, sagte er gleichmütig. »Or you can follow me to the lobby. I don't care, and one more thing, Mr. Bremner, I'm not planning to go anywhere. Just down to the lobby.«

In der menschenleeren Lobby spendete eine einzige Lampe ein trübes Licht. Der Nachtportier saß mit einem Taschenbuch und einer Tasse Tee da.

Johan sah, wie sich Bremner und sein Kollege vor der kleinen Box mit der trockenen Luft und dem runden Fenster postierten.

McDonald äußerte irgendetwas, worauf Bremner die Schultern zuckte. Johan schaute auf seine Uhr. Es war schon spät, aber daran war nichts zu ändern.

Er wählte die vielen Ziffern und hörte fünfmal das Freizeichen, nachdem die Verbindung zustande gekommen war. Dann meldete sich eine schlaftrunkene, wohlbekannte Stimme:

»Otto Volmar … mit wem spreche ich?«

Er starrt den Hörer an und stemmt den Rücken gegen die Wand. Sieht, wie die Finger seiner freien Hand sich an der Scheibe spreizen, denkt an Wasser und Sauerstoff und ertastet den runden Türknauf, der nur ein kleiner Knopf ist. In diesem Moment geht das Licht aus. Der Türknauf dreht sich mehrmals im Kreis, während die Stimme aus dem baumelnden Telefonhörer zunehmend verzweifelter klingt.

26

Er träumte, er ginge auf dem Grund des Meeres. Die Schwerkraft war aufgehoben. Alle Geräusche waren verstummt. Er ließ sich von der milden Strömung treiben, wurde von einem Wirbel erfasst und fremden Fischgründen entgegengeschleudert, über zahllose Körper hinweg, deren ölige Schuppen aufplatzen und das dorschfarbene Fleisch freigeben, das sich von Schädeln und Rümpfen löst und ein Gerippe nach dem anderen auf dem Grund des Meeres zurücklässt, eine Kathedrale aus Gräten und Seeanemonen.

Sie holten ihn am Flughafen ab: Ein kleines, eng geschlossenes, ernstes Empfangskomitee mit Tabor an der Spitze. Insgesamt neun Personen. Als er die Gangway hinunterging und seine Füße wieder auf heimische Erde setzte, dachte er ein weiteres Mal an Kuba und Havanna und das Haus in Cerro, in dem der Musiklehrer und Moralist Wesley Hardinger ein schönes Leben hätte führen können.

Im Hotel Mount Pleasant hatte er eine halbe Stunde benötigt. Erstens, um die Tönung aus den Haaren herauszuspülen. Zweitens, um über seine Situation Klarheit zu gewinnen. Doch während die letzte schwarze Farbe im Abfluss verschwand, gerannen seine Gedanken zu einem Ziehen des Zwerchfells und einer allgemeinen Mattigkeit, die ihm weiteres Nachdenken unmöglich machte.

Er wurde an Zoll und Passkontrolle vorbeigeschleust und zu einem VIP-Raum geleitet, in dem der Geheimdienstchef und drei seiner Mitarbeiter bereits auf ihn warteten. Ihr Händedruck war herzlich und fest. Die jüngeren Kollegen legten die Hände auf den Rücken, nahmen vor den taubenblauen Wänden Aufstellung und sahen Johan respektvoll an. Mir darf nichts entgehen, dachte er. Ich muss so viele Details wie möglich registrieren. Vielleicht habe ich eines Tages alle Puzzleteile beisammen, und ich will nicht, dass am Ende ein Teilchen fehlt. Die Stimmen waren gedämpft, ein wenig förmlich, aber freundlich. Er setzte sich hin.

»Ja, äh, setzen Sie sich doch«, sagte Tabor und schien etwas verlegen. Er war es bestimmt von zu Hause gewohnt, dass seine Frau sich um den Small Talk kümmerte.

»Eine Tasse Kaffee?«

Ja, danke, Johan wollte gerne eine Tasse Kaffee.

»Milch, Zucker?«

Nein, er trinke ihn schwarz.

Tabor war so, wie er ihn in Erinnerung hatte. Groß, dünn und trocken. Unpersönlicher als Mahler, weniger widersprüchlich. Ein Bürokrat, der mit nichts hinter dem Berg hielt.

Sie saßen um ihn herum und musterten ihn, während er seinen Kaffee trank. Endlich begann der Chef. Breitete zur Einleitung seufzend die Arme aus.

»Das war ja beileibe kein Kinderspiel, Klinger«, sagte er.

Die anderen murmelten beifällig. Die Jüngsten sahen bewundernd zu ihm auf.

»Solide Arbeit!«, bellte der Geheimdienstchef. »Durch und durch solide Arbeit!«

Erneut machte sich Stille breit. Die Kollegen scharrten mit den Füßen. Von draußen hörte man das regelmäßige Starten und Landen der Flugzeuge. Johan war dankbar für die Geräusche. Tabor rückte näher an ihn heran.

Die Stimmung war gedrückt. Johan dachte, das liege vielleicht daran, dass alle noch ihre Trenchcoats anhatten.

»Wir wissen natürlich«, begann Tabor, »dass schwerwiegende Fehler begangen wurden … in dienstlicher … und in menschlicher Hinsicht.«

Johan schaute ihn über die Kaffeetasse hinweg an.

»Ich würde gerne nach Hause fahren«, sagte er.

»Ja, natürlich«, erwiderte Tabor lächelnd und sah sich fast erleichtert in der Runde um, die ebenfalls lächelte. Der Geheimdienstchef stand auf, was als allgemeines Signal verstanden wurde, denn plötzlich verließen alle Beamten den Raum. Zurück blieben nur die beiden älteren Vorgesetzten sowie drei ihrer engsten Mitarbeiter.

»Wir erwarten in den nächsten Tagen natürlich einen vollständigen Rapport von Ihnen«, sagte Tabor. »Wir wissen so ungefähr wie alles abgelaufen ist mit Hardinger und Victor Stern.«

»Und mit Mehmet?«, fragte Johan und schaute ihm in die Augen.

Der Geheimdienstchef setzte sich auf die andere Seite von Johan. Sein grimmiges Gesicht zog sich zusammen, sodass es wie eine Schwiele aussah. »Ich möchte zum Ausdruck bringen, dass Sie in dieser Hinsicht ganz vorzügliche Arbeit geleistet haben, lieber Herr Klinger.« Er streckte seinen Arm aus, als wolle er Johan auf die Schulter klopfen, ließ es aber bleiben.

Kurz darauf hatten sie alle das Flughafengebäude wieder verlassen. Erneut musste Johan daran denken, dass Tabor von den Vorgängen weniger begeistert schien als manche seiner Kollegen. Vielleicht gehörte er zu den Typen, die sich niemals von etwas mitreißen ließen. Vielleicht war er, genau wie Johan, der Meinung, dass es nichts zu feiern gäbe.

Sie nahmen auf dem Rücksitz eines luxuriösen Dienstwagens Platz, hinter dessen Steuer ein uniformierter Beamter saß. Tabor beugte sich vor und schob die Trennscheibe zum Fahrersitz zu. Der Wagen begann der Stadt entgegenzurollen. Drei weitere Autos folgten ihm.

»Was wissen Sie eigentlich vom Mord an Como?«, fragte Johan beiläufig und schaute aus dem Fenster. Er spürte Tabors Blick.

»So einiges«, sagte er. »Im Übrigen ist der Fall offiziell abgeschlossen. Mehmets Foto war weltweit auf den Titelseiten der Zeitungen. Ein Wort von Ihnen, Klinger, und Sie werden zum Nationalhelden.«

Johan warf Tabor einen kurzen Blick zu, der sich eines Besseren zu besinnen schien.

»Sie müssen verstehen …«, er rieb sich die Stirn, »Sie müssen verstehen – als wir die Zusammenhänge zwischen Hardinger, seiner Ex-Frau und dem großen Mehmet und dessen Leuten erkannten, ging es nicht mehr allein um uns und unsere eigene Sicherheitslage. Ganz Europa, ja die ganze Welt hat diesen Mann gejagt. Ich will Sie nicht mit seinen Taten langweilen. Vielleicht ist er wirklich niemals in unserem Land gewesen. Es ist aber auch denkbar, dass Como von Mehmet in jener Nacht erschossen wurde. Ich gehöre auch gar nicht zu denen, die immer unbedingt wissen müssen, wer zuletzt den Finger am Drücker hatte. Doch als wir erfuhren, dass Rose Valentin und Albert Como mit derselben seltenen Waffe erschossen wurden, mussten wir natürlich davon ausgehen, dass Como wirklich in der *Maske* gewesen war. Damit bekam die Angelegenheit auch im weiteren Sinne eine politische Dimension. Mahler ließ zwei Teams, ein offizielles und ein inoffizielles, unabhängig voneinander am Fall Valentin arbeiten. Das Verbindungsglied war Wagner. Wir fanden schnell heraus, dass Como niemals im Bordell gewesen war. Wo er ermordet wurde, wissen wir nicht. Aber als Sie und Volmar plötzlich mit Hardinger auftauchten, wusste Mahler, dass er den Schlüssel zu mindestens drei Fragen in der Hand hatte: Erstens hatten wir Valentins Mörder geschnappt. Das stand außer Frage. Vom Geheimdienst wussten wir, dass Hardinger mindestens einmal, vor genau vier Jahren, in Damaskus und mehrmals in Kuba war. Außerdem gab es da dieses Fotoalbum, das Sie selbst gefunden haben. Man muss sich eigentlich über diese Unvorsichtigkeit der Organisation wundern, es sei denn, das Album *sollte* von Ihnen entdeckt werden. Zweitens wussten wir, dass uns Hardinger möglicherweise zu Comos Mörder und drittens zu Mehmet führen konnte. Aus politischen Kreisen war Mahler darüber informiert worden, dass Como auf Mehmets Abschussliste stand.

»Welche Rolle spielt ... Hardingers frühere Frau?« Johan bemühte sich um einen neutralen Ton.

»Dazu kommen wir noch«, entgegnete Tabor. »Mahler hat also Hardingers Geständnis in der Hand. Dem steht die Tatsache gegenüber, dass Valentin und Como mit derselben Waffe erschossen wurden. Eine verteufelt schwierige Situation. Wir wissen, dass Hardinger nicht der Täter ist, aber wir können es ihm nicht beweisen. Es handelt sich mit anderen Worten um einen perfiden Plan, einen Anschlag nicht nur auf unsere Arbeit, sondern auf unser gesamtes Gesellschaftssystem. Es genügte Mehmet nicht, Como zu erschießen. Die Aktion sollte auch seinen Ruf und den aller Menschen ruinieren, die ihm nahe standen und bei seiner Beerdigung anwesend waren. Die ganze politische Klasse sollte unter Druck gesetzt werden. Aber wir wussten mit hundertprozentiger Sicherheit, dass man Como nicht in Valentins Büro erschossen hatte.«

»Woher?«

»Von einem Mann namens Raymond Lewis.«

Tabor warf Johan einen kurzen Blick zu. Einen Blick, der keine Anerkennung ausdrückte.

»… und natürlich durch die Erkenntnisse der Spurensicherung. Daher wussten wir auch, dass Hardinger Bestandteil eines völlig anderen Plans war. Und dass dem Ganzen eine zentrale Planung zugrunde lag.«

»Was war Hardingers Motiv?«

»Fanatismus. In politischer und moralischer Hinsicht. Como hatte während seiner jahrelangen Verhandlungen im Mittleren Osten ja schließlich große Courage bewiesen.«

»Aber Hardinger würde doch Valentin nicht erschossen haben, um Comos Ruf zu ruinieren.«

»Zum einen muss man sich vor Augen führen, dass dieser Mann krank war. Dass er völlig besessen von der Idee war, Rose Valentin für ihren Missbrauch an kleinen Mädchen zur Rechenschaft zu ziehen, steht fest. Wir haben ihn ja von verschiedenen Psychologen untersuchen lassen. Darum passte er auch perfekt in Mehmets Konzept. Und genau an dem Abend, an dem Como ausnahmsweise das Auto seiner Frau benutzt – was zur Folge hat, dass die Sicherheitsleute nicht reagieren –, genau an diesem Abend schlägt Mehmet zu. Auf diese Gelegenheit hat er gewartet.«

»Zuerst Como und dann Valentin?«

»Vermutlich ja. Da die Leiche Rose Valentins eine ganze Weile im Wasser gelegen hat, können wir das nicht mit letzter Sicherheit sagen, aber es ist sehr wahrscheinlich, dass es sich so abgespielt hat.«

Johan nickte und dachte an den Sommertag zurück, an dem er und Otto beim Gerichtsmedizinischen Institut gewesen waren.

Währenddessen hielt der Wagen vor seinem Hauseingang im Studentenviertel. Er blickte die Fassade empor und die Straße hinunter. Wie zu erwarten, hatte sich nichts verändert.

»Wir hatten keine Wahl, Klinger«, sagte Tabor. »Natürlich hätten wir Hardinger für den Mord an Valentin festnehmen und ihn hinterher für schuldunfähig erklären können, was den Psychologen zufolge auch den Tatsachen entspricht ...«

»Meinen Sie wirklich?«

Johan schaute seinem Chef in die Augen, der ein paar Sekunden zögerte, ehe er weitersprach.

»Ich denke schon. Es nutzt zumindest nichts, darüber zu streiten, ob ein Mord besser motiviert ist als der andere. Man muss eine klare Trennlinie ziehen.«

»Es ist also niemals gerechtfertigt, einem Menschen das Leben zu nehmen«, schloss Johan.

»Niemals«, bestätigte Tabor und hielt seinem Blick stand.

»Ich habe Lewis das Leben genommen.«

»Im Dienst, ja. Aber ist er nicht eigentlich selbst aus der Gondel gesprungen? Es gibt Menschen, die bezeugen, dass er von sich aus gesprungen ist.«

»Aber wenn Stern auf Mehmet angesetzt war ... bedeutet das, dass Sie Hardinger laufen lassen wollten?«

»Hören Sie zu, Klinger: Mahler hatte verschiedene Theorien, und im Zentrum von einer Theorie stand Hannah Hardinger. Es fällt mir nicht leicht, darüber zu sprechen, aber ich möchte, dass Sie die Hintergründe verstehen. Diese Theorie hatte zur Folge, dass Sie gleichzeitig eine zentrale wie auch marginale Rolle einnahmen. Anders ausgedrückt: Sie waren sowohl nützlich als auch störend. Eine seltene Kombination.«

Johan nickte und verspürte ein Ziehen in der Magengegend. Und jetzt wusste er auch, was das zu bedeuten hatte: Es war die Sehnsucht nach Hannah. Eine Sehnsucht, die ihm die Luft abschnürte.

»Natürlich war es wichtig, Comos Mörder zu finden, aber Mahler war von der Idee besessen, den ganz großen Fisch zu fangen. Und eines Nachts, zu später Stunde, beschlossen Mahler und die gesamte Comogruppe und der Geheimdienst und verschiedene Politiker dieses Landes gemeinsam, allen Gerüchten über Comos angeblichen Bordellaufenthalt endgültig ein Ende zu bereiten. Hardinger sollte so weit weg wie möglich gebracht werden, und da dieser als Gegenleistung für sein Schweigen ohnehin freies Geleit gefordert hatte, schlug man zu. Mahler und Hardinger einigten sich auf einen Deal. Uns war klar, dass wir diesen Deal so schnell wie möglich außer Kraft setzen mussten. Mit anderen Worten: Wenn wir Mehmet geschnappt haben würden! Es versteht sich von selbst, dass dieser Deal die größte Sensibilität und die sorgfältigsten Vorsichtsmaßnahmen erforderte. Es durfte nichts durchsickern. Man sicherte sich die Dienste des erfahrensten Geheimdienstagenten von allen. Er wohnte in Wien.«

Johan nickte und sah den müden, hart geprüften, aber bis in die Fingerspitzen kosmopolitischen Victor Stern in seinem hellgrauen Sommeranzug vor sich.

»Außerdem ... wollten wir ihm einen zuverlässigen, jüngeren Kollegen an die Seite stellen, der mit dem Fall vertraut war, ohne jedoch zu viele Details zu kennen.«

Tabor räusperte sich und sah aus dem Fenster.

»Ein Mensch, den man die ganze Zeit im Ungewissen gelassen hat«, sagte Johan leise, »und der einem enormen Risiko ausgesetzt war. Ein Mensch, dessen Leben auf dem Spiel stand und dem weder die Kollegen noch die Politiker eine Träne nachgeweint hätten. Ist es nicht so, Herr Tabor?«

Tabor starrte vor sich hin. Die Spitzen seiner steifen Finger berührten sich.

»Ich will nicht prinzipiell ausschließen, dass jemand

so gedacht haben könnte. Für mein Empfinden liegt dieses Vorgehen außerhalb dessen, was politisch oder moralisch vertretbar ist. In diesem Zusammenhang kann ich Ihnen versichern, dass Mahler denselben Standpunkt vertrat und seinen Abschied nahm, als er hörte, dass man Sie ausgewählt hatte. Er betrachtete es als seine letzte, schwere Pflicht, Sie zu bitten, Stern nach Kuba zu begleiten. Victor Stern hatte übrigens selbst darüber zu entscheiden, inwieweit er Sie in die Details einweihen wollte. Er musste es letztlich von der Situation abhängig machen. Verlässliche Kontaktpersonen in Kuba sind ziemlich rar. Mehmet hatte in diesem Fall einen echten Heimvorteil. Stern konnte unter keinen Umständen riskieren, dass Sie ihn nach Havanna begleiteten, wo Hardinger wohnte, der Sie sofort wiedererkannt hätte. Sie mussten sich im Verborgenen halten, bis Stern auf Sie angewiesen war.«

Johan rief sich seufzend die vielen einsamen Stunden im Marazul in Erinnerung.

»Natürlich hatten wir ein Problem mit der Sprache und konnten auch in dieser Hinsicht kein Risiko eingehen. Darum vermittelte uns Interpol den Kontakt zu einem spanischen Agenten, der ebenfalls ein Zimmer im Marazul reservierte und bei Ihrer Ankunft bereits dort sein sollte. Er war dazu auserkoren, als Kontaktmann zu agieren, Stern zu unterstützen und vorbereitende Maßnahmen zu treffen. Nach außen hin sollte er als normaler Tourist in Erscheinung treten.«

Johan seufzte, während Tabor bekräftigend nickte.

»Sein Name war Ramón Lucas. Doch Mehmet muss informiert worden sein. Durch wen, wussten wir damals noch nicht. Irgendwie musste er von Ihrer geplanten Ankunft erfahren haben. Jedenfalls nahm Mehmet die Identität von Lucas an – mit verhängnisvollen Folgen.«

Johan öffnete die Autotür.

»Wie haben Sie erfahren, dass Stern Probleme bekam?«

»Wir haben ein paar Mal mit ihm telefoniert. Was schon schwierig genug war; der kubanische Nachrichtendienst arbeitet ziemlich effektiv. Unser Geheimdienst schlug eines Tages Alarm, weil Hannah Hardinger plötzlich abgetaucht und nach Kuba geflogen war. Nun brauchte man nur noch zwei und zwei zusammenzuzählen, um zu wissen, wer Mehmet informiert hatte.«

Johan, der auf dem Bürgersteig stand, schaute in die Luft und atmete tief durch. Tabor sagte, dass es ihm Leid tue. Es klang nicht sehr aufrichtig. Mahler hatte stets einen aufrichtigeren Eindruck gemacht.

»Wo … ist sie jetzt?«, fragte Johan leise.

Tabor drehte sich halb herum und setzte einen Fuß auf den Bordstein.

»Vermutlich in den Untergrund gegangen. Aber wir werden sie schon aufspüren.«

Johan sah ihn an und versuchte zu lächeln. Dann ging er die Treppe hinauf und fummelte am Schloss herum, bevor er die Tür aufbekam, ein paar Minuten im Flur stehen blieb und die trockene, stickige Luft einatmete. Danach marschierte er zielstrebig ins Wohnzimmer und hob den Hörer ab. Mit einem lakonischen Lächeln legte er wieder auf. Er ging in die Küche. Irgendjemand hatte die Post auf den Tisch gelegt und sich nicht einmal die Mühe gemacht, seine Anwesenheit zu verhehlen.

Einige Rechnungen waren dabei, ein paar Reklamezettel der umliegenden Geschäfte und eine Postkarte von Feo. Sowie ein kleiner blauer Umschlag ohne Absender. Er erkannte ihre Handschrift und stellte fest, dass der Umschlag bereits geöffnet worden war. Er faltete den Briefbogen auseinander, ging zum Küchenfenster und blickte auf den großen, schönen, hellen Innenhof hinab. Betrachtete die vielen dunklen Fenster, hinter denen irgendwelche Kollegen mit Kopfhörern und Ferngläsern ihrem Beruf nachgingen.

Lieber Johan,
es ist eine Ewigkeit her, seit wir uns in Madrid voneinander verabschiedet haben. Eine verfahrene Situation, nicht wahr, und wenn du diesen Brief liest, dann bist du vielleicht schon viel klüger geworden. Vielleicht.

Du musst mir glauben: Ich liebe dich, Johan. Sie werden dir alle möglichen Dinge erzählen, aber glaub mir, ich liebe dich. Es stimmt, dass Wesley und ich in jungen Jahren politisch sehr stark engagiert waren. Aber in der Zwischenzeit ist so vieles geschehen, das ich dir an dieser Stelle nicht schildern kann. Ich beweine die Welt, ich beweine Wesley, und ich beweine dich und mich. Du musst mir glauben, dass ich nach Kuba gereist bin, um dich zu warnen. Erst zu spät habe ich erfahren, dass Mehmet auch dort ist. Die Fotos hatte ich Wesley geschickt. Wir wussten, dass der Geheimdienst ihn niemals in Ruhe lassen würde. Eigentlich sollte er auch gar nicht in Kuba bleiben, sondern nach Südamerika weiterreisen. Doch als ich hörte, dass du nach Havanna solltest, bekam ich Angst. Ich wusste, dass man euch beide hinters Licht geführt hatte. Ich dachte, Stern sei beauftragt worden, Wesley zu töten. Ich wollte ihn warnen und gleichzeitig sichergehen, dass er euch erkennt. Ich wusste nicht, dass ihr euch früher schon mal begegnet seid. Also schickte ich ihm die Bilder. Ich konnte nicht ahnen, dass er sie an Mehmet weitergeben würde. Du musst mir glauben, Johan. Sonst ist alles umsonst gewesen.

Ich verstehe, dass du unsere Beziehung nun in ganz neuem Licht betrachtest, und natürlich war unsere erste Begegnung kein Zufall. Ich werde unser gemeinsames Jahr nie vergessen. Ich werde nie unsere Nächte vergessen, und ich werde niemals Feo vergessen. Ich werde dich immer lieben, Johan.

Eines Tages werde ich dich anrufen, von unserem alten Platz aus, an dem wir uns zum ersten Mal begegnet sind.

In Liebe
Hannah

Er lag auf dem Bett, den Brief auf der Brust. Starrte nach oben und dachte an die Wasserflecken an der Decke des grünen Hauses mit den beiden Palmen in Cerro, wo die Häuser keine Nummern haben. Wesley Hardinger hätte dort ein schönes Leben führen können. Ein erfülltes Leben. Leider hatte man ihn nur dazu benutzt, um Mehmet zu finden.

Genau wie man ihn benutzt hatte, um Hannah zu finden.

»Ich bin müde«, sagte er laut. »Hört ihr mich da draußen? Ich sagte, ich bin müde! Soll ich noch lauter rufen, oder habt ihr heutzutage so sensible Geräte, dass ihr sogar meine Gedanken empfangen könnt?«

Er rollte sich auf den Bauch und vergrub sein Gesicht im Kissen.

Es war, als würde sein Gesicht versinken und den Rest des Körpers mit sich ziehen. Tiefer und tiefer. Bis zum Grund des Meeres, auf dem er schwerelos umherging. Eine geliehene Zeit lang.

27

Der wachhabende Beamte, ein junger Kerl mit pickliger Stirn, verständigte einen älteren Kollegen, der mit einem Kaffeebecher in der Hand auf Johan zukam.

»Klinger, sind Sie das?«

Johan nickte.

»Haben Sie einen festen Wohnsitz?«

»Natürlich habe ich einen festen Wohnsitz«, murmelte er.

Es war im Spätherbst, viele Wochen nachdem er sich von Tabor verabschiedet hatte. Später hatte er Tabor noch dreimal getroffen. Dreimal ohne Resultat.

»Ich bin selbst bei der Polizei«, sagte er zu dem Beamten, der ihn aus der Ausnüchterungszelle holte.

»Sie sollten nach Hause gehen und sich ausschlafen«, entgegnete der junge Mann, der Johan mit unverhohlenem Ekel anstarrte. Johan schlurfte zur Tür.

Draußen standen zwei zivil gekleidete Kriminalbeamte. Johan kannte sie seit geraumer Zeit. Sie waren immer in seiner Nähe. Doch inzwischen hatte er das Gefühl, dass ihre Aufmerksamt ein wenig nachließ.

Das hatte er auch zu Otto gesagt, als sie sich eines Tages, nach einem seiner Treffen mit Tabor, zufällig auf dem Parkplatz vor dem Präsidium begegnet waren.

»Vielleicht bin ich so weit heruntergekommen, dass sie es nicht mehr für nötig halten, mein Telefon abzuhören. Vielleicht haben sie die ganze Angelegenheit aufgegeben, Otto.«

Otto hatte ihn lange angesehen und dann in sein Auto

gezogen. Sie saßen eine Weile schweigend da und glotzten durch die Windschutzscheibe, bevor Otto sagte:

»Ich weiß nicht, was du in Kuba getrieben hast, Johan, und ich will es auch gar nicht wissen. Verstehst du? Ich will es nicht wissen. An das Knacken im Telefon habe ich mich gewöhnt, und irgendwann wird es aufhören. Irgendwann werden sie sich neuen Dingen zuwenden. Mir völlig egal. Damit habe ich nichts mehr zu tun. Und was immer sie auch getan haben, sie werden Gründe dafür nennen können.«

»Ich habe damit auch nichts mehr zu tun«, murmelte Johan.

»Du hast immer noch sehr viel damit zu tun«, entgegnete Otto unumwunden. »Du steckst bis zum Hals in dieser Geschichte. Sieh dich doch an. Ich will dich ja nicht beleidigen, aber du riechst, als hättest du dich seit Wochen nicht mehr gewaschen. Und meinst du nicht, du solltest mal eine Weile mit dem Trinken aufhören?«

Johan betrachtete seine zitternden Hände.

»Leichter gesagt als getan«, nuschelte er.

»Warum besuchst du nicht deine Eltern?«

Johan zuckte die Schultern. Er konnte sich auf nichts mehr konzentrieren. Auch nicht darauf, seine Sachen zu packen, um seine Eltern zu besuchen.

Hin und wieder telefonierte er kurz mit Feo.

»Ich möchte sie doch nur wiedersehen, Otto …«

»Wen?«

»Hannah.«

Otto kurbelte die Scheibe herunter und schmiss seine Kippe raus.

»Hör bloß auf. Vergiss sie! Du kannst doch nicht für den Rest deines Lebens ihrem Schatten nachjagen.«

»Wenn ich doch nur wüsste, ob sie im Gefängnis sitzt.«

»Und wenn sie im Gefängnis wäre? Vielleicht ist sie längst abgeknallt worden, genau wie ihr Mann.«

Johan schaute abrupt zu ihm auf.

»Ja, entschuldige bitte, aber in meinen Augen hat sie nichts Besseres verdient.«

»Ich … ich habe nur so ein Gefühl, dass sie auf freiem Fuß ist«, murmelte Johan und fuhr sich mit der Hand über den Mund.

»Ich habe von Kollegen gehört, dass sie dir öfter den Magen auspumpen müssen. Stimmt das?«

»Das ist ein einziges Mal passiert. Ein Mal! Na und? Was heißt das schon?«

»Und dass du letzte Woche in der Stadt total abgestürzt bist und in der Zelle deinen Rausch ausschlafen musstest. Stimmt das auch?«

Johan schaute auf seine Hände.

»Mir geht's gar nicht gut, Otto. Gar nicht gut.«

Otto seufzte und sagte, das sei offensichtlich.

»Wenn ich nur wüsste, ob sie im Gefängnis ist.«

»Wirst du immer noch überwacht?«

»Ja, immer noch.«

»Und das Telefon?«

»Auch.«

»Also alles wie gehabt?

»Tag und Nacht.«

»Was glaubst du, warum sie das tun, Johan?«

»Ich weiß nicht, Otto. Wenn ich doch nur …«

»Kannst du nicht mehr klar denken? Natürlich sitzt sie nicht im Gefängnis«, stöhnte Otto. »Die ist doch gar nicht im Land.«

»Weißt … weißt du etwa irgendwas?«

»Nein, aber ich bin doch kein Volltrottel. Die beschatten dich doch wohl nicht aus Spaß an der Freud rund um die Uhr. Sie glauben, dass du mit ihr in Verbindung stehst.«

»Aber das tue ich nicht.«

»Nein, aber sie glauben es. Vielleicht taucht sie ja eines Tages auf.«

»Aber wo steckt sie bloß?«

»Was weiß ich. Vielleicht in Beirut. Oder in Kuba. Sie werden sie schon aufspüren, und ich wette, es kommt ihnen sehr gelegen, dass du so von der Rolle bist. In drei Wochen kannst du keinen klaren Satz mehr formulieren, und in einem Monat hast du dich um den Verstand gesoffen.«

»Du hältst dich für so klug, Otto. Du glaubst immer, dass alles so einfach ist.«

Kurz darauf hatte Otto ihn gebeten, auszusteigen.

Johan hatte dem Wagen nachgeblickt, bis er im Verkehr verschwand.

»Bis bald, Otto«, hatte er gemurmelt.

Sie begleiteten ihn nicht zum ersten Mal nach Hause.

»Ihr müsst es ja nicht übertreiben«, hatte er gesagt, als sie seine Wohnungstür aufschlossen und ihn ins Bett brachten.

»Vielleicht sollten Sie mal ein Bad nehmen«, hatte der Jüngere gesagt, bevor sie gegangen waren.

»Ich liege nachts wach und horche in mich hinein«, erzählte er Elis Frau, wenn er nachmittags am Stammtisch herumhing.

Sie entgegnete nichts.

Eines Abends, als er schlecht gelaunt nach Hause kam, sah er die Post durch, die wie üblich säuberlich gestapelt auf dem Küchentisch lag.

»Ah, seid ihr wieder da gewesen«, murmelte er und nahm zwei schöne Zeichnungen von Feo aus dem bereits geöffneten Umschlag. Auf der einen Zeichnung war der See zu sehen, an dem sie wohnte. Die andere zeigte Rockstars auf einer Bühne. Im Brief stand: ›Lieber Johan, alle Zeichnungen sind für dich. Jetzt hast du eine für jeden Tag der Woche.‹

»Ihr Schweine«, murmelte er. »Wo sind die anderen fünf Zeichnungen?«

Er griff zum Telefonhörer und schrie: »Ihr Schweine! Musste das unbedingt sein? Jetzt seid ihr zu weit gegangen!«

Dann schnitt er das Telefonkabel durch, leerte die letzten beiden Weinflaschen und schlief ein. Mitten in der Nacht wachte er auf, ging ins Bad, stellte sich unter die Dusche, bis sich die Temperatur veränderte, rasierte sich, schnitt sich die Haare und zog sein letztes sauberes Hemd an.

Zwei Stunden später stand er beim Bäcker, kaufte Kaffee, Milch, Eier und Brot, und hatte eine weitere Stunde später, als der Morgen graute, so viel gegessen, dass er alles erbrach. Dennoch fühlte er sich bereits besser. Am späten Vormittag ging er ins Hallenbad und schwamm vier Bahnen, bevor er das Dampfbad besuchte.

Von einer Telefonzelle aus wählte er Tabors Nummer und kündigte sein Kommen an. Tabor sagte, sein Besuch käme ihm etwas ungelegen, aber Johan legte einfach auf.

Eine Stunde später war er im Chinesenviertel. Er wusste, an wen man sich wenden musste, wenn man einen Revolver brauchte.

Unter Androhung einer Razzia besorgte er sich eine Luger und nahm ein Taxi zum Polizeipräsidium, während er die Waffe unter seinem Mantel verborgen hielt.

Tabors Büro sah vollkommen anders aus als das von Mahler. Es war kleiner und erinnerte an das Arbeitszimmer eines Verwaltungsangestellten.

Tabor bot ihm einen Kaffee an. Wie immer im Plastikbecher. Tabor lehnte sich lächelnd in seinem Stuhl zurück.

»Sie sehen erholt aus, Herr Klinger. Es freut mich, wenn es Ihnen besser geht.«

Johan schwieg.

Tabor stand auf. Gerüchten zufolge hatte er es auf die Stelle des Polizeidirektors abgesehen und zweifelte nicht daran, diese Position auch zu erreichen.

»Ich werde Sie in Zukunft nicht mehr behelligen«, sagte Johan.

Tabor drehte sich mit seinem Stuhl herum und schaute ihn nachdenklich an.

»Das wird auch nicht nötig sein«, sagte er. »Der Abschlussbericht ist fertig. Die Staatsanwaltschaft ist zufrieden, unsere verehrten Politiker sind zufrieden, da können wir doch auch zufrieden sein. Sie können tun und lassen, was Sie wollen, Klinger. Die Comogruppe ist aufgelöst worden.«

»Dann hören Sie endlich auf damit!«, sagte Johan eindringlich und spürte das Gewicht der Luger in der Innentasche.

»Wovon reden Sie?«, fragte Tabor und blickte zerstreut auf die Uhr.

»Vom Knacken in der Leitung. Von den Leuten, die mich in meinem eigenen Haus beschatten. Das endet wohl erst, wenn Sie Hannah gefunden haben.«

In diesem Moment klingelte Tabors Telefon. Er stand am Fenster, ging mit ungeduldiger Miene zum Schreibtisch und wollte abheben.

»Lassen Sie es klingeln«, sagte Johan und legte die Hand auf den Hörer.

»Ich bin sehr beschäftigt!«, sagte Tabor scharf.

»Lassen Sie es klingeln und sagen Sie mir, ob sie auf freiem Fuß ist.«

»Ich will jetzt ans Telefon gehen, Klinger. Und ich würde es sehr schätzen, wenn Sie Ihre Hand vom Hörer nähmen.«

»Antworten Sie mir: Ist sie auf freiem Fuß?«

Tabor ging zur Tür.

»Bleiben Sie hier, Tabor!«, rief Johan.

Tabor drehte sich um und starrte wie paralysiert auf die schwarze Luger. »Johan …«, sagte er.

Doch Johan schaute an ihm vorbei und dachte an die vielen Morgen, an denen er im Badezimmer gestanden, seine Bartstoppeln und den gelblichen Teint seiner Haut betrachtet hatte. An die vielen Vormittage, an denen er durch den Park geschlendert war, vorbei am Kastell, an dem sie sich immer getroffen hatten, an die unzähligen Abende in der Kneipe, ganz zu schweigen von den Nächten, den endlosen Nächten.

»Sie müssen es mir sagen, Tabor«, flüsterte er, während seine Hand zu zittern begann.

Tabor trat zwei Schritte nach vorne.

»Jetzt geben Sie mir erst mal die Pistole, Johan«, sagte er entschieden. »Ehe Ihnen die Situation über den Kopf wächst.«

Johan stand auf.

»Noch ein Schritt und ich schieße«, sagte er. »Zuerst erschieße ich Sie und dann mich selbst.«

»Ich weiß, dass Sie es nicht tun werden, Johan.«

»Sie wissen gar nichts von mir«, sagte Johan leise.

Tabor schaute ihn durchdringend an.

»Ich werde Ihnen nichts erzählen, solange Sie das Ding auf mich richten.«

Johan streckte den Arm aus. Seine Hand war jetzt vollkommen ruhig. Die Mündung zeigte direkt auf Tabor, der weniger als einen Meter entfernt stand.

»Er lag zwischen den Waschsäcken«, sagte Johan.

»Wer? Was zum Teufel soll das ganze Theater, Klinger?«, rief Tabor und machte einen Schritt zur Seite. »Wir wissen nicht, wo sie ist. Und nehmen Sie endlich die Waffe …«

»Kann ich Ihnen das glauben?«

»Ja. Außerdem gehört das gar nicht zu meinem Aufgabenbereich. Ich habe mich um die Rahmenbedingungen gekümmert. Alle andere ist Sache des Geheimdienstes. Das sollten Sie eigentlich wissen …«

Johan steckte die Waffe in die Innentasche und ging zur Tür.

»Warum lassen Sie uns nicht in Ruhe?«, fragte er.

Tabor stand schweigend neben seinem Schreibtisch; ein Finger ruhte auf der Telefonanlage.

Johan schaute ihn an. Er lächelte.

»Ich werde nicht wiederkommen«, sagte er. »Sie brauchen keine große Nummer aus meinem Auftritt zu machen. Lassen Sie mich einfach gehen, dann ersparen Sie sich weitere Aufregung.«

Tabor entgegnete nichts. Johan zog die Luger und wiegte sie in der Hand.

»Das Magazin ist voll«, sagte er. »Hier …«

Er warf sie Tabor vor die Füße, der sie fieberhaft an sich riss.

Johan nickte.

»Ich bin entwaffnet«, sagte er.

Drei Tage später saß er wieder in Elis Bistro und schaute in seine Kaffeetasse. Mit seinen Händen ging es besser, solange er sie beschäftigte.

Danach bummelte er durch die Stadt. Der Himmel war hoch und klar an diesem Tag. Vom Meer wehte eine sanfte Brise herüber. Gegen Abend erreichte er seine Wohnung, tastete vor der Haustür nach seinem Schlüssel und sah sich nach seinem Schatten um, der sich normalerweise in einer Nische auf der anderen Seite der Straße verborgen hielt. Da trippelte eine alte Dame auf ihn zu.

»Sind Sie Johan Klinger?«, fragte sie.

Johan nickte und fand den Schlüssel. Währenddessen zog die Frau etwas aus der Tasche, das aussah wie ein Stück Küchenrolle.

»Ich bin Frau Thielemann«, sagte sie. »Ich habe eine Nachricht von Hannah für Sie.«

Er starrte auf das kleine Stück Papier, das sie ihm in die Hand gedrückt hatte. Frau Thielemann war bereits auf dem Weg über die Straße. Auf dem gegenüberliegenden Gehsteig entdeckte er zwei Männer. Sie sahen äußerst entschlossen aus und versuchten sich rasch durch den fahrenden Verkehr zu schlängeln.

Als Johan die Haustür aufschloss und hinter sich zuschlug, hörte er sie rufen. Er sprang die Treppe hinauf. An seiner Wohnungstür hörte er, wie sie ins Haus eindrangen. Blitzschnell war er in der Küche und las die Nachricht. Es wurde gegen die Tür geschlagen. Er entzündete den Gaskocher. In diesem Moment wurde die Tür aufgerissen. Natürlich hatten sie einen Schlüssel. Als sie bei ihm waren, hatte sich das Papier in den Flammen bereits zusammengerollt.

»Okay, was stand auf dem Zettel?«, fragte der Ältere.

Johan schwieg.

»Kommen Sie schon, Klinger!«, rief der Jüngere und streckte ungeduldig den Arm aus. »Früher oder später finden wir es doch heraus.«

Der andere ging ins Wohnzimmer und wählte eine Nummer.

»Ich habe das Kabel durchgeschnitten!«, rief Johan.

Sie starrten ihn sprachlos an.

»Alles klar, Johan«, sagte der eine. »Sie bleiben hier in der Wohnung. Verstanden? Das ist ein Befehl!«

Johan nickte.

Kurz darauf waren sie verschwunden. Er sah sie über den Hof laufen und dachte an die arme Frau Thielemann, die den Abend und die Nacht in Gesellschaft der humorlosen Geheimdienstleute auf dem Revier verbringen würde.

Jetzt war alles eine Frage der Zeit.

28

Drei Stunden später war er im Bad gewesen, hatte sich rasiert, sein letztes Geld zusammengekratzt und vom Telefon des Nachbarn aus ein Taxi für 0 Uhr 30 bestellt, das ihn zu einer Adresse in der Nachbarschaft bringen sollte.

Dann ging er hinunter zu seinem eigenen Auto, füllte Benzin und Öl nach und parkte es fünf Meter von seiner Haustür entfernt. Um ihn herum saßen mehrere Männer paarweise in ihren Wagen und beobachteten ihn. Zweien winkte er sogar zu, doch aus irgendeinem Grund winkten sie nicht zurück. Wieder in seiner Wohnung, machte er sich ein paar Sandwiches, zog die Vorhänge vor und legte eine alte Al Jake-LP auf. Es war kurz nach Mitternacht. Er stellte die Musik etwas lauter, ging in die Küche zurück, öffnete die Tür zur Hintertreppe und schloss diese leise hinter sich. Mit sechs langen, federnden Schritten erreichte er die Tür zum Dachboden, horchte ein paar Sekunden und öffnete sie. Er knipste seine kleine Taschenlampe an, lief an den Dachbodenabteilen vorbei, passierte den Trockenboden, bog dort, wo der Gang einen Knick machte, um die Ecke und lief weiter, bis er die Tür erreichte, die zum Dachboden des Nachbargebäudes führte. Sie war abgeschlossen. Er nahm zwei Schritt Anlauf und brach sie auf, durchquerte in Windeseile den nächsten Gang und entdeckte die Tür zur Querstraße. Er lief die Treppe hinunter bis in den Keller, eilte an einem Fahrradraum vorbei und gelangte schließlich auf die Straße. Ein grünes Taxi wartete dort. Er blickte sich rasch um, sprang in den Wagen und bat darum, zum Hauptbahnhof gefahren zu werden.

Als er die große Bahnhofshalle durchquerte, fragte er sich, ob Al Jake immer noch auf seinem Plattenteller rotierte, dann kaufte er sich eine Fahrkarte für den Zug Richtung Norden, der in sechs Stunden, um 7 Uhr 12, abfahren würde.

Er nahm sich ein Taxi, das ihn zu einem kleinen Vorort brachte, dessen Bahnstation die erste Haltestelle auf der Strecke seines Zuges war. Mit Hilfe des Fahrers fand er ein kleines Motel, nahm sich unter falschem Namen ein Zimmer und bat darum, um halb sieben geweckt zu werden. Um Viertel nach sieben stand er an der Bahnstation und begann nach dem Zug Ausschau zu halten, der pünktlich um 7 Uhr 24 einfuhr.

Sein Platz im Abteil war neben der Tür, doch da er allein blieb, setzte er sich ans Fenster, legte die Beine hoch und stellte sich auf die vierstündige Fahrt ein. In dem direkt an der Autobahn gelegenen Motel hatte er nicht viel geschlafen, also döste er jetzt ein wenig vor sich hin, bevor er zum Speisewagen ging und eine Tasse Kaffee trank. Er wusste, dass der Zug noch einmal anhalten würde, bevor er seinen Bestimmungsort erreichte, und als dieser in die sehr ländlich wirkende Bahnstation des kleinen Ortes einrollte, wusste er auch, dass der Aufenthalt exakt fünf Minuten dauern würde. Als der Zug quietschend zum Stehen kam, schob er rasch die Tür auf, lief ins Bahnhofsgebäude und versteckte sich auf der Herrentoilette, deren Tür er angelehnt ließ. Im nächsten Moment eilten zwei Männer seines Alters ins Bahnhofsgebäude. Gepäck hatten sie keines. Der eine hielt eine Pfeife in der Hand. Sie spähten in verschiedene Richtungen, bevor der eine auf einer Bank in der Mitte der Halle Platz nahm, während der andere wieder auf die Straße lief, auf der ein Taxi wartete.

Johan schaute auf die Uhr. Der Mann auf der Bank saß mit dem Rücken zu ihm. Seine Arme ruhten auf der Lehne, während er unablässig seinen Blick durch die Halle schweifen ließ. Sein Kollege lief draußen hin und her. Noch zwei Minuten bis zur Weiterfahrt. An der Straße steckte der eifrige Beamte seinen Kopf ins Taxi hinein. Der andere wollte sich gerade seine Pfeife anstecken. Johan beobachtete, wie er die Streichholzschachtel schüttelte und dann zum Kiosk ging, der sich in einer der Ecken der Halle befand. Am Bahnsteig schritt der Schaffner den Zug ab. Am Kiosk bekam der Mann seine Streichhölzer und suchte in seiner Hosentasche nach einer Münze. Die Zugtür des letzten Wagens wurde zugeschlagen. Ein schriller Pfiff ertönte. Johan öffnete die Tür, drückte sich ein kleines Stück an der Wand entlang und schlüpfte durch den Seitenausgang, während der Mann am Kiosk schützend seine Hand vor die Pfeife hielt, um sie anzuzünden. Der Zug rollte bereits an, als Johan auf den letzten Wagen aufsprang und einen zurechtweisenden Blick des Schaffners erntete.

Er ging in sein Abteil und setzte sich. Ein wenig beeindruckt von der Reaktionsschnelligkeit seiner Kollegen, die ihm bereits auf den Fersen waren und möglicherweise alle ausgehenden Züge kontrollierten.

In diesem Moment liefen die Telefone heiß. Binnen kürzester Zeit würden sie die ganze Umgebung durchkämmt haben.

Sie wollten Hannah schnappen, koste es, was es wolle.

Genau wie mich, dachte er und stieg aus, als der Zug an der Endstation anhielt, die genauso windig und einsam war, wie er sie sich vorgestellt hatte.

Er setzte sich in die Cafeteria und wartete, ging wieder hinaus und stellte fest, dass er allein war. Ein weiterer von Ottos alten Tricks hatte funktioniert. Vor dem

Bahnhof fragte er nach dem Weg. Er hatte noch fünfundzwanzig Kilometer vor sich. Eine lange Strecke, wenn man kein Fahrzeug besaß. Doch gleichzeitig ein Umstand, der es beinahe unmöglich, zumindest äußerst mühsam machte, ihn aufzuspüren.

Er begann die Landstraße entlangzugehen und wurde eine halbe Stunde später von einem Lastwagen mitgenommen. Der Fahrer sagte, sie würden in zwanzig Minuten da sein.

29

Es war das Gebäude einer früheren Dorfschule, das zusehends verwitterte und eines Tages ganz verschwunden sein würde. An den kleinen, knorrigen Bäumen hingen immer noch reife Äpfel. Unter dem einen Giebel stand ein riesiger Birnbaum, dessen Äste sich unter der Last der reifen Früchte bogen.

Einst hatte sich eine Pforte in der Umzäunung befunden. Nun war der ganze Zaun umgekippt und von Knöterich und Geißfuß überwuchert. Sein erfahrener Blick verriet ihm, dass die Dachtraufen bereits von der Holzfäule befallen waren und das Fundament Risse hatte. Das zweiflüglige Holzhaus, rechtwinklig angelegt und im ersten Stock mit einem Laubengang versehen, sah verlassen und leer aus. Die Tür stand offen, und im Eingangsbereich hingen zwei gelbe Regenjacken über zwei Paar fast gleich großen Gummistiefeln.

Der vertraute Geruch nach brennendem Holz stieg ihm in die Nase.

Er betrat einen großen Raum mit braunem Linoleumfußboden. Dort, wo sich früher die Tafel befunden hatte, klaffte jetzt ein großes Loch an der Wand. In der Mitte des Raumes stand ein ramponierter Tischtennistisch. Unter dem Netz klemmten zwei Schläger und eine Schachtel mit vergilbten Bällen.

Er ging wieder hinaus und entdeckte eine cremefarbene Treppe, die in den ersten Stock führte. Zur Rechten der Treppe war eine Tür. Aus den Bohrlöchern konnte man schließen, dass sich einst mehrere Schilder an ihr befunden hatten. Er klopfte zweimal, bevor er die Tür öffnete, hinter der sich ein langer, schmaler Flur erstreckte. An den Wänden befand sich eine lange Reihe identischer schwarzer Garderobenhaken.

»Ist da jemand?« Seine Stimme klang hohl.

Kein Laut war zu hören, kein Mensch zu sehen. Doch dann entdeckte er ein kleines Zimmer mit einem Esstisch, auf dessen Wachsdecke Zeitungen des gestrigen Tages lagen. Die Möblierung war spartanisch und erinnerte ihn an seine eigene Wohnung.

Er ging zur Treppe zurück und lauschte. In der Ferne meinte er Pferdegetrappel zu hören. Er blickte die Treppe hinauf, zuckte die Schultern und betrat den großen Treppenabsatz, auf dem ein Krug mit frischen Feldblumen stand. Das Licht, das aus dem ersten Stock drang, zeugte von einem großen, offenen Raum.

Die Stufen knirschten gewaltig. Falls das Haus bewohnt war, konnte man unmöglich jemanden überraschen.

Er kam in einen großen, verwinkelten Raum, in dem alle Trennwände herausgerissen worden waren, um für etwas Platz zu schaffen, das einem Atelier glich. Die ursprünglichen Fenster waren durch verschiedenartiges Isolierglas ersetzt worden, vor dem man provisorisch ein paar Vorhänge aufgehängt hatte. Das Licht in dem Raum war überwältigend. Auf mehreren soliden Holzböcken lagen dicke Spanplatten mit kleinen, braunen Linoleumfeldern sowie Tuben mit schwarzer Farbe, Messer und Spachtel. Er dachte, das Linoleum stamme sicher vom Fußboden im Erdgeschoss.

In einer Ecke stand eine schwarze Walze, in einer anderen ein altes Radio.

Er trat ans Fenster und schaute auf die Wiese hinab. Ein kleiner Reiter drehte dort auf einem mageren Pferd seine Runden. Er wirkte ruhig und gelassen. Ein Stück entfernt grasten zwei weitere Pferde, doch er konnte nicht erkennen, ob sie durch einen Zaun von dem Reiter getrennt waren. Die ganze Gegend sah fruchtbar und verwildert aus. Es gab nur wenige Häuser, die auf nicht erkennbaren Grundstücken standen. Die Szenerie hatte etwas Ursprüngliches an sich, ein Bild wie aus alten Zeiten. Verstärkt wurde dieser Eindruck durch die Stille, die nicht bedrückend, sondern friedlich schien. Eine natürliche Ruhe, die man nicht stören wollte. Er betrachtete die abblätternde Farbe neben der Fensterbank, auf der fünf rosafarbene Muschelschalen und eine tote Fliege lagen.

In diesem Moment hörte er hinter sich ein metallisches Klicken, ein Geräusch, das er sofort mit einem alten Trommelrevolver in Verbindung brachte. Er drehte sich langsam herum. Die Person musste schon die ganze Zeit im Raum gewesen sein. Der Boden knarrte zu sehr, als dass sich jemand hätte hereinschleichen können.

Er schaute sie abwartend an. Sie war barfüßig, trug Arbeitshose, Wollpullover und Kopftuch. Ihr Mund war schmal, ihr Blick starr. Unten den Augen hatten sich zwei dunkle Tränensäcke gebildet, die ihm neu waren. Sie hielt den Revolver mit beiden Händen und gestreckten Armen und zielte direkt auf ihn.

»Hannah«, flüsterte er und wollte zu ihr gehen. Doch sie zielte weiterhin auf ihn, während sie mit größter Achtsamkeit um den Tisch herumging. Unbewusst breitete er die Arme aus. Sie standen nun drei Meter voneinander entfernt. Sie warf einen raschen Blick auf den Hof hinunter, bevor sie erneut Johan fixierte und den Revolver ein wenig sinken ließ.

»Bist du allein?«

»Ja, natürlich.«

»Ganz sicher?«

Er trat dicht an sie heran und kümmerte sich nicht

darum, dass sich der harte Lauf der Waffe in seinen Bauch bohrte.

»Was zum Teufel tust du da?«, flüsterte er.

»Man kann nicht vorsichtig genug sein. Setz dich.«

»Aber, Hannah …«

»Setz dich hin!«, schrie sie und offenbarte einen Grad der Verzweiflung, den er bei ihr nicht für möglich gehalten hätte, eine hysterische, fast neurotische Wachsamkeit, die ihn zurückweichen ließ.

»Du hast meine Nachricht also bekommen … von Frau Thielemann?«

Er nickte mit einem Seufzen und setzte sich hin.

»Und du bist sicher, dass du ganz allein bist?«

Er stützte seinen Ellbogen auf die Tischplatte und lehnte sich ein wenig entspannter in seinem Stuhl zurück.

»Natürlich wurde ich beschattet. Aber ich konnte die Leute abschütteln.«

»Bist du absolut sicher?« Sie sah aus dem Fenster.

Er antwortete nicht, sondern konzentrierte sich darauf, sie zu beobachten.

»Hannah …«, sagte er leise.

Sie drehte sich rasch herum, ließ dann die Schultern fallen, legte den Revolver auf die Fensterbank und zog eine Packung Zigaretten aus ihrer Gesäßtasche. Normalerweise sah man ihr an, dass sie das Rauchen genoss, jetzt schien es wie eine Plage.

»Ich vertraue niemandem mehr«, sagte sie. »Auch dir nicht. Nein, bemüh dich nicht. Vergiss es einfach. Aber ich brauche Geld. Viel Geld. Und ich brauche jemand, der mir das Geld bringt.«

Er blickte zu Boden.

»Das ist vielleicht nicht das, was du dir erwartet hast, oder? Sag mir, was du erwartet hast. Sag es mir! Warum … warum sitzt du nur da und sagst keinen Ton?«

»Ich möchte dir gerne helfen«, erwiderte er leise und versuchte vergeblich, die Hannah zu entdecken, die er früher gekannt hatte.

»Du willst mir gerne helfen? Okay! Aber kann ich mich darauf verlassen?« Sie drückte die Zigarette auf einer Untertasse aus. »Verdammt, ich muss mich drauf verlassen!« Ihre Stimme klang jetzt mehr bitter als verzweifelt.

Er räusperte sich.

»Ich dachte, ich würde dich nie wiedersehen«, sagte er.

Sie nickte und sog die Wangen nach innen. Atmete jetzt in kurzen Stößen.

»Was glaubst du jetzt, Johan?«

»Was ich jetzt glaube?«

»Ja, was glaubst du jetzt von mir? Erzähl mir das.«

»Ich glaube …«

»Du glaubst, ich bin übergeschnappt, nicht wahr? Übergeschnappt und hysterisch.«

Er sah weg. »So in etwa«, murmelte er.

»Tja, das bin ich wohl auch«, sagte sie mit erzwungener Leichtigkeit.

Er blickte zu ihr auf.

»Warum hast du auf mich gezielt?«

»Ach, hat dir das was ausgemacht?«

»Allerdings«

Sie schaute ihn mit verhärtetem Ausdruck an, während sie leicht den Kopf schüttelte und die Augen zusammenkniff.

»Ich traue niemand mehr«, sagte sie. »Kein bisschen. Die letzten Wochen … ohne Schlaf. Ich hab nicht mal Lust, dir davon zu erzählen. Ist ja doch nur Zeitverschwendung.«

Johan sah aus dem Fenster. Der Reiter ging über die sonnenbeschienene Wiese und fütterte sein Pferd mit langen Grasbüscheln, die er nach und nach abriss. Das Pferd folgte ihm gemächlich.

»Was haben sie dir eingeredet, Johan?«

»Wer?«

»Na, all die anderen Bullen, deine Freunde, Tabor und Mahler und wie sie alle heißen.«

Er verschränkte die Arme. »Können wir nicht vernünftig miteinander reden?«

»Herrgott, das tun wir ja wohl!«, rief sie.

Er nickte resigniert.

»Okay, okay, reden wir also. Was willst du wissen?«

»Alles.«

»Gut, wo soll ich anfangen? Nun ... zunächst habe ich herausgefunden, dass unser Freund im Hotel Marazul, Señor Lucas, in Wirklichkeit gar nicht Lucas hieß und auch kein Spanier war und auch nichts mit Stern zu tun hatte.«

»Was noch?«

»Als ich das also herausbekommen hatte, ich war gerade in London, kam ich auf die Idee, Ottos Nummer zu wählen.«

Sie nickte ungeduldig. »Und weiter?«

»Tja, er war selbst am Apparat, was mich doch ziemlich überrascht hat, Hannah!«

»Mehr ... erzähl mir mehr, Johan!«

Er nickte, während er darüber nachdachte, woher der sonderbare Ton ihrer Stimme kam. Ihre Art zu sprechen, die Wahl der Wörter.

»Was soll ich dir noch ... Ach ja, dann bin ich nach Hause gefahren. In erster Linie, um mit dir zusammen zu sein, aber auch, um den Zusammenhängen auf den Grund zu gehen.«

»Und ... bist du klüger geworden?«

»Ja und nein. Ich fand heraus, dass Hardinger gelogen hatte. Dass mich jemand ... sagen wir mal ... an der Nase herumgeführt hat. Mich in eine Falle hat laufen lassen. Und dass Mahler und Stern im Großen und Ganzen die Wahrheit gesagt hatten, wenn sie auch gewisse Dinge für sich behalten haben.«

»Was noch?«

»Ich glaube, das ist alles.«

»Nein, das ist längst nicht alles! Schließlich gibt es noch mich. Wie kannst du das vergessen, Johan? Ich sehe es dir doch an. Du bist immer wie ein offenes Buch gewesen. Aber vielleicht bist du zu rücksichtsvoll, um das Thema von dir aus anzusprechen.«

»Ich habe dich nicht vergessen, Hannah.«

»Haben sie dir denn nicht alles erzählt?«

»Doch, aber das ist schließlich nur eine Version.«

»Warum interessiert dich meine noch?«

»Weil ich dir anscheinend irgendwie noch vertraue«, murmelte er und hörte, wie sie tief durchatmete. Er schaute sie an. Sie hatte blanke Augen bekommen und war blass um die Nase. Ihre Unterlippe zitterte.

»Bist du etwa immer noch ... auf der Suche ... nach der Wahrheit, Johan Klinger?«, stammelte sie. »Reist du deswegen durch die Weltgeschichte, nach Kuba und London und schließlich hierher? Gott im Himmel, man sollte dich ausstopfen und am Kinderhilfstag zur Schau stellen.«

»Ich liebe dich, Hannah!«

»Einbildung!«, schrie sie und brach weinend zusammen.

Er ging in die Knie, legte seine Arme um sie und zog sie an sich. Sie hing schlaff in seinen Armen, weinte nun still in sich hinein, bis sie ein Taschentuch fand und sich die Nase putzte. Sie deutete vage in Richtung Fensterbank.

»Die Scheißknarre ist nicht mal geladen«, schniefte sie. »Ich habe sie hier in einer Schublade gefunden.«

Er nahm ihre Hände.

»Du hättest mich früher verständigen sollen«, sagte er und küsste sie auf die Wange.

Sie nickte.

»Ja, das hätte ich wohl, aber die Dinge haben sich anders entwickelt … als ich wollte.«

»Warum versteckst du dich?«

»Ach, Johan! Jetzt hör doch endlich auf, nach der Wahrheit zu suchen. Ich glaube nur noch an die Verdrängung. Die große kollektive Verdrängung.«

Sie schaute ihn traurig an. Ihre Nase tropfte. »Wahrscheinlich sollte man bei solchen Erklärungsversuchen immer mit Adam und Eva anfangen. Oder besser noch mit Kain und Abel. Ich weiß bald nicht mehr, wann das alles begonnen hat. Vielleicht weiß ich deshalb auch nicht, wie es aufhören soll.«

»Wir könnten uns auf Mehmet und den Mord an Como beschränken«, murmelte er. Sie senkte den Kopf, legte ihn dann jedoch in den Nacken und starrte in die Luft.

»Ja, das könnten wir«, sagte sie leise. »Wenn du willst.« Sie legte eine Hand auf seinen Schenkel. »Wesley und ich, wir waren eigentlich nie so richtig ineinander verliebt. Aber wir waren politisch sehr engagiert. Ich bewunderte ihn enorm. Er dachte so klar und war so konsequent. Das war unmittelbar nach dem Vietnamkrieg und dem Sechstagekrieg. Wir waren damals alle auf Seiten der Vietnamesen und der Palästinenser. Wesley unternahm eine Bildungsreise nach Damaskus. Er studierte Religionsgeschichte im Hauptfach. Später ist er dann noch einmal hingefahren und dem gleichaltrigen Ismet begegnet. Ismet hat uns auch zu Hause besucht. Er und sein Bruder Yüce haben sogar zwischenzeitlich bei uns gewohnt. Du weißt doch, wie das ist. Man wird langsam in etwas hineingezogen. Die beiden Brüder waren uns einfach sympathisch. Sie waren Idealisten, genau wie Wesley und ich. Ich glaube, es war 1973, als wir sie in Damaskus besucht haben. Wir redeten viel über Nixon, der zuvor 60 000 Tonnen Bomben über Hanoi hatte abwerfen lassen. Ich glaube, das war Anfang April. Das Wetter war herrlich und Damaskus unbeschreiblich aufregend. Es geschahen so viele Dinge, die ich nicht verstand. Es war eine ungeheuer bewegte Zeit. Sie sprachen ständig von der Organisation Schwarzer September, die in die Saudiarabische Botschaft in Khartum eingedrungen war und fünf Diplomaten als Geiseln genommen hatte, um Sirhan und die Mitglieder der Baader-Meinhoff-Gruppe freizupressen.«

»Wer ist Sirhan?«

»Der Mörder von Robert Kennedy, der ... ach, ich kenne mich da im Detail nicht so aus, jedenfalls überstürzten sich damals die Ereignisse. Es fällt mir so schwer, mich wieder in diese Zeit hineinzuversetzen ...« Sie schaute ihn hilflos an.

Er packte sie sanft im Nacken und schüttelte sie ein wenig. Sie keuchte und kniff die Augen zusammen.

»Ich habe mich in Ismet verliebt. Wesley bewunderte ich sehr, aber er war so ... so weltfern, ich weiß nicht, wie ich das erklären soll. Als wir nach Hause zurückgekehrt waren, ließen wir uns scheiden. In gegenseitigem Einvernehmen, wie es so schön heißt. Ich erwartete ein Kind von Ismet. Ich erzähle dir jetzt alles, wie es war. Aber Ismet war Moslem, alles war so kompliziert, und Wesley, dieser seltsame Mensch, bot an, die Rolle des Vaters zu übernehmen.«

»Heißt das etwa ...«

»Ja, Rune ist der Sohn von Ismet. Wir haben Rune nie erzählt, wer sein wirklicher Vater ist. Wir haben gemeinsam alles dafür getan, ihn gut zu erziehen, und Wesley, ach Wesley, er hat den Jungen geliebt, als wäre es sein eigener. Man könnte auch sagen, er hat ihn geliebt, so wie er alle anderen Kinder geliebt hat. Ich habe mit dem Wort Idealist nie viel anfangen können, aber in Wesleys Fall … na ja, du hast ihn ja kennen gelernt.«

Johan senkte den Blick und hätte gerne seine Gedanken geäußert, die in konzentrischen Bahnen unablässig durch seinen Kopf kreisten. Über den Musiklehrer Wesley Hardinger, das Haus in Cerro und das Sträßchen namens Trinidad, an dem die Häuser keine Nummern trugen. Er hätte dort ein schönes Leben führen können. Doch er endete seine Tage zwischen den Wäschesäcken des Allende-Hospitals, erschossen von einem Verrückten oder einem Moralisten, der sich genauso im Recht gefühlt hatte wie er.

Vielleicht war es im Sinne der Gerechtigkeit, dass keiner von beiden mit dem Leben davonkam.

Hannah wandte sich dem Fenster zu und sprach wie zu sich selbst:

»Der hübsche, naive Ismet kam 1983 in Beirut ums Leben. Er gehörte der Organisation Islamischer Dschihad an. Er hatte gemeinsam mit anderen einen amerikanischen Lastwagen voller Sprengstoff gestohlen und diesen mitten in das französisch-amerikanische Hauptquartier gelenkt. Als wir davon erfuhren, sagte ich zu Wesley, dass Ismet verrückt gewesen sei. Wesley sagte, er sei stolz auf ihn. Ein Jahr später wurde Ismets älterer Bruder Yüce von den Israelis im Südlibanon gefangen genommen. Zu diesem Zeitpunkt erschien Mehmet auf der Bildfläche. Wie ich verstanden habe, operierte er eine Zeit lang auf eigene Faust, beschäftigte sich nun aber mit dem Norden.«

Sie setzte sich hin und betrachtete ihre Fingernägel.

»Mehmet war ein Schiit. Ich mochte ihn nicht. Schwer zu sagen, warum. Ich fühlte mich in seiner Gegenwart nicht wohl. Ismet sagte immer, sein Vetter Mehmet sei ohne Herz auf die Welt gekommen. Der perfekte Partisan. Doch er hatte durchaus Gefühle und schwor, Yüce aus dem Gefängnis in Tel Aviv zu befreien. Zwei Jahre lang bereitete er die Aktion vor und orientierte sich an dem Anschlag von 1973. Von Flugzeugentführungen hatte man damals Abstand genommen. Ich glaube, es war 1985, als Wesley erzählte, dass Mehmet Albert Como entführen wollte, um Yüce freizupressen.«

»Sie müssen Wesley sehr vertraut haben«, sagte Johan.

»Uneingeschränkt. Aber er war ihnen ja auch von Nutzen.«

»Warum hat Mehmet ihn dann ermordet?«

Hannah blickte auf.

»Du kennst Mehmet nicht. Sie brauchten ihn nicht mehr, im Gegenteil. Außerdem gab es die Verbindung zu dir. Er fühlte sich nicht ohne Grund im Stich gelassen, und das begriff er wohl im Hotel Deauville.«

»Aber warum ausgerechnet Como?«

»Tja, warum? Unsere Politiker genießen auf der ganzen Welt einen guten Ruf. Die Aufmerksamkeit in der Presse war ihm gewiss, außerdem ist es nicht so schwer, an sie ranzukommen.«

Er rückte nahe an sie heran.

»Warst du über alles informiert, Hannah?«

»Im Großen und Ganzen, ja.« Sie blickte ihn an. »Verabscheust du mich jetzt?«

Er sagte, er wisse es nicht.

»Ich hatte ein kleines Kind, ein Leben ... und ... und eine Überzeugung. Ich wusste, dass es falsch ist, so etwas zu tun, aber so viel sagte mir der Name Albert Como nun auch wieder nicht. Herrgott, es kommen doch ständig Leute auf der ganzen Welt ums Leben. Irgendwelche Menschen in Uniformen, irgendwelche Freiheitskämpfer ...«

»Das ist etwas anderes, Hannah.«

»Ja, für dich, dem das System heilig ist. Ich fühlte mich an Yüce und Mehmet gebunden. Wir lebten jeder unser eigenes Leben, Wesley und ich. Er begann, seine persönlichen Rechnungen zu begleichen. Und er fing an, Musikstunden zu geben. Es war typisch für ihn, dass er sich dabei an die sozial Schwachen hielt und sich dafür einsetzte, dass sie eine öffentliche Unterstützung bekamen. Die meisten unterrichtete er gratis. Auf diese Weise lernte er eine Menge Familien kennen, und Wesley wäre nicht Wesley gewesen, wenn er nicht immer tiefer und tiefer gebohrt hätte. Bis er den Grund erreichte, dort, wo die kleinen Mädchen eine Ware sind, mit der Handel getrieben wird. Aber darüber weißt du mehr als ich.

Mehmet entwarf einen raffinierten Plan. Einen Plan, der absolut wasserdicht war. Ich habe das alles erst begriffen, als ich Wesley in Havanna besuchte. In gewisser Weise muss man voller Bewunderung sein.«

»Bist du das? Voller Bewunderung?«

»Nein, im Moment bin ich eher voller Ekel.«

»Erzähl mir davon«, sagte er und nahm ihre Hand.

»Sie hatten Comos Familie ja schon seit längerer Zeit im Visier. Aber um es kurz zu machen: Eines Abends im Sommer fuhr ein Wagen an Comos Haus vor. Ein Geheimdienstmann bittet Como und seine Frau, das Haus zu verlassen. Man habe eine Bombendrohung erhalten. Eine reine Routinemaßnahme, sagt er. Como und seine Frau folgen ihm zum Wagen, in dem noch zwei andere Männer sitzen. Was dann genau passiert ist, weiß ich auch nicht. Fest steht, dass Como es sich im letzten Moment anders überlegte. Der Plan hatte eigentlich vorgesehen, dass er in das Auto zu den Sicherheitsbeamten steigt.«

»Und Frau Como?«

»Como nimmt das Auto seiner Frau, um ins Parteigebäude zu fahren, während seine Frau sich von einem Taxi zu Freunden bringen lässt. Die Sicherheitsbeamtem bieten Como an, ihn zu eskortieren, und als sie am Westwald vorbeikommen, halten sie ihn an.«

»Woher weißt du das?«

»Hör mir einfach zu. Was dann passiert, ist alles minutiös geplant. Und jetzt … jetzt komme ich ins Spiel. Das wird sich alles etwas kompliziert anhören, Johan.« Ihre Stimme versagte, sie senkte den Kopf und zog ihre Hand zurück.

»Erzähl es mir trotzdem«, flüsterte er.

»Ja, irgendwann muss ich es ja doch loswerden«, seufzte sie. »Du musst mir glauben, Johan.« Sie schaute ihn an. »Jedes Wort, das ich sage, ist wahr. Ich würde dich niemals anlügen. Ich bekam damals nichts als einen Zettel mit einer Adresse.«

»Wo hast du ihn bekommen?«

»Ich kann mich nicht mehr genau erinnern, in irgendeiner Vorstadt. Ich nahm mir ein Taxi, holte einen Geigenkasten ab und brachte ihn zu Wesley. Ich habe keine Fragen gestellt. Ich ging davon aus, dass er irgendetwas organisiert hatte, um den kleinen Mädchen zu helfen. Aber natürlich wusste ich auch, dass er sich im kriminellen Umfeld bewegte.«

»Hatte Wesley selbst den Kontakt zu dir aufgenommen?«

»Ja, das hat er getan.«

»Woher hast du all die anderen Informationen?«

»Ebenfalls von ihm, wenn auch in kleinen Portionen. Das meiste konnte ich mir dann in Havanna zusammenreimen.«

»Und es war Mehmets Plan?«

»Absolut. Aber er passte gut mit Wesleys zusammen. Im Geigenkasten lag eine ziemlich seltene Parabellum. Ich verstehe nichts von Waffen …«

»Es war die, die ich bei Wesley gefunden habe.«

»Die, mit der sowohl Rose Valentin als auch Como im Westwald erschossen wurden.«

»Aber wer hat Como erschossen?«

Sie zuckte die Schultern.

»Vielleicht Mehmet. Ich weiß nicht. Wesley wusste es auch nicht.«

»Ich dachte, sie wollten ihn kidnappen?«

»Mehmet hatte sich zwei verschiedene Pläne zurechtgelegt. Das machte er immer so. Yüce war bereits 1985 in seiner Gefängniszelle gestorben. Was sollte es also noch für einen Sinn haben, Como zu entführen? Abgesehen davon, dass kaum etwas so riskant ist wie eine Entführung. Mehmet wusste auch, dass die Israelis sich niemals erpressen lassen. Seine Strategie war aber schon so weit gediehen, dass er sich nicht mehr aufhalten lassen wollte. Er hatte, mit anderen Worten, bereits ein großes Verbrechen geplant, das international für Aufregung sorgen würde, doch fehlte ihm das Motiv. Bis ihm Wesley von Valentins Bordell erzählte. Und von seiner geplanten Rache an einem Individuum, das in seinen Augen keine Existenzberechtigung hatte. Das war für Mehmet die große Chance, unseren gesamten Staatsapparat in Geiselhaft zu nehmen.«

»Indem er den Eindruck erweckte, Como sei im Bordell erschossen worden …«

»Genau.«

»Und die Mordwaffe sollte das Verbindungsglied sein. Wenn die Spurensicherung ergab, dass Valentin und Como zum selben Zeitpunkt mit derselben Waffe erschossen worden waren, dann brauchte man kein großer Ermittler zu sein, um zwei und zwei zusammenzuzählen. Como war also ganz offensichtlich an einem Ort erschossen worden, an dem ein großer Staatsmann es sich nicht leisten kann, erschossen zu werden.«

Johan stand auf und sah aus dem Fenster.

»Aber die Ermittlungen dauern eine ganze Zeit lang an«, murmelte er. »Denn Mehmet kann nicht wissen, dass Raymond Lewis und seine Leute unter keinen Umständen eine Leiche in ihrem Betrieb dulden. Sie räumen gründlich auf und entfernen alle Spuren. Und damit nicht genug. Sie schmeißen auch noch die Puffmutter ins Meer, was die Ermittlungen zusätzlich erschwert. Währenddessen wird Como zum Volkshelden gemacht, bekommt ein Staatsbegräbnis, ein Denkmal im Park und so weiter und so fort …«

Er drehte sich zu ihr um.

»Wie viel wusste eigentlich Wesley?«

»Er wusste das meiste. Aber er wusste nicht, dass Yüce tot war. Das erfuhr er erst in Havanna.«

Johan blickte seufzend aus dem Fenster.

Unten auf der Wiese war der Reiter wieder aufgestiegen und ritt dem Haus entgegen. Ein hübsches Bild: Der Junge und das Pferd in der Sonne.

Johan öffnete das Fenster, lehnte sich hinaus und erkannte jetzt Runes Gesicht.

Hannah war zum Tisch gegangen und hatte sich eine Zigarette angezündet. Er drehte sich um und schaute sie an.

»Doch Mahler hatte Mehmet ein Schnippchen geschlagen«, sagte er.

Sie blies den Rauch in die Luft.

»Ja, das behauptest du. Aber es ist ja so leicht etwas zu behaupten, nachdem weder Mehmet noch Stern oder Wesley noch aussagen können. Im Grunde sind nur wir beide zurückgeblieben, Johan.«

Johan sah schweigend zu Rune hinab, der auf dem Pferd seine Runden drehte. Er lachte laut und tätschelte dem Pferd den Hals.

»Aber okay, ich will nicht leugnen, dass Mahler möglicherweise auf der richtigen Spur war«, sagte sie. »Plötzlich ging ja alles sehr schnell.«

»Weil du dich eingemischt hast«, sagte er, ohne den Blick von Pferd und Reiter abzuwenden.

»Das kann doch wohl niemand verwundern, dass ich die Ermittlungen verfolgt habe. Und lange Zeit habe ich wirklich geglaubt, die Polizei sei der Auffassung, dass Como im Bordell getötet wurde und dass du und Stern in Havanna wart, um Wesley den Mund zu schließen.«

»Vielleicht hat Mahler Wesley nur als Lockvogel benutzt.«

»Vielleicht«, sagte sie. »Aber vielleicht wird das auch erst hinterher behauptet.«

Er ging zu ihr.

»Ich weiß, dass es so ist«, sagte er.

»Mahler wusste rein gar nichts. Er rätselte nur herum. Der ganze verlogene Staatsapparat zitterte vor Angst bei dem Gedanken, Como sei womöglich mit einer Maske vor dem Gesicht erschossen worden.«

Johan schüttelte den Kopf.

»Du irrst dich, Hannah. Mahler hatte einen unschätzbaren Zeugen, der versichern konnte, dass Como an diesem Abend nicht in der *Maske* gewesen war. Mehr noch, dass er *niemals* dort gewesen war.«

Sie blickte ihn an.

»Lewis?«

»Exakt! Und wenn ich jetzt darüber nachdenke, dann hat Lewis schon sehr früh mit der Comogruppe Kontakt aufgenommen. Und Mahler hatte sicherlich begriffen, dass die Dimensionen des Verbrechens weit über den Mord an Como hinausgingen. Und der Schlüssel konnte sehr gut bei Rose Valentin liegen. Ich bin davon ausgegangen, dass Lewis genau wusste, dass Como im Bordell erschossen worden war. Tatsache ist aber, dass Lewis zu den Wenigen gehörte, die das Gegenteil bezeugen konnten.«

»Die Freude muss sich also in Grenzen gehalten haben, als du ihn in Clacton aus der Gondel geworfen hast. Und noch was, Herr Polizist: Es gibt immer noch ein Detail, das nie in der Presse behandelt wurde«, sagte sie triumphierend. »Die Sache mit dem falschen Polizeiwagen. Frau Como hatte doch längst ausgesagt, es habe sich um einen Wagen des Geheimdienstes gehandelt. Hat man je etwas davon gehört, Johan? Überhaupt nicht. Denn Mahler musste eine Zeit lang die Möglichkeit mit einschließen, dass Como von Rechtsextremisten in Reihen des Geheimdienstes getötet worden war.«

»Ach, Hannah …«

»Der Chef ist ein Faschist!«

Johan seufzte.

»Es fehlt immer noch was«, sagte er. »Damit die Geschichte aufgehen kann.«

»Die wird niemals ganz aufgehen.«

»Du hast mir in Havanna eine Zeitungsnotiz gegeben.«

»Was Otto Volmars angeblichen Unfall betrifft, ja«, sagte sie lächelnd. »Vielleicht nähern wir uns jetzt dem Kern der ekelhaften Angelegenheit. Setz dich hin, hör gut zu und unterbrich mich nicht.«

Er setzte sich folgsam.

»Ich hatte lange Zeit eine Theorie, die davon ausging, dass der Geheimdienst irgendwann die Macht in der Comogruppe an sich reißen würde …«

»Können wir deine Theorien nicht außen vorlassen?«

»… mit dem Ergebnis, dass Mahler seinen Hut nimmt und hinnehmen muss, dass Victor Stern und Johan Klinger nach Kuba geschickt werden, um die dreckige Arbeit zu Ende zu führen. Anders ausgedrückt: Zuerst sollte

Hardinger aus dem Weg geräumt werden und dann du. Diese Theorie wurde bestätigt, als ich eines Tages, du warst bereits in Kuba, Besuch erhielt. Und jetzt sperr die Ohren auf, Johan: Ich bekam Besuch von deinem besorgten Kollegen Wagner.«

»Von Wagner?«

»Ganz genau, von Wagner. Er hatte diese Zeitungsnotiz dabei.«

»Warum sollte Wagner ...?«

»Ja, erklär mir das.«

»Ich gehe davon aus, dass du schon eine Erklärung parat hast.«

Sie setzte sich ihm gegenüber.

»Wagner wusste von unserem Verhältnis, Johan, und zu diesem Zeitpunkt wussten er und der Geheimdienst auch, dass ich früher mit Wesley verheiratet war. Und da bringt er also diesen Ausschnitt mit, aus dem hervorgeht, dass Otto Volmar, der Einzige, der denselben Wissensstand hat wie du, bei einem Unfall ums Leben kam. Wie praktisch, nicht wahr? Was wollte er damit bezwecken? Warum hat er mich so hinters Licht geführt, Johan?«

Den letzten Satz hatte sie förmlich hinausgeschrien.

Er schaute sie flehentlich an.

»Ich werde es dir sagen. Weil sie wollten, dass ich nach Kuba fliege. Weil sie wollten, dass alle Beteiligten, ob direkt wie Wesley oder indirekt wie du oder emotional wie ich, von der Bildfläche verschwinden.«

»Du vergisst Otto.«

»Ach, was ist schon mit Otto!«, rief sie ärgerlich. »Der ist doch völlig ungefährlich. Glaubst du wirklich, sie hätten von dem etwas zu befürchten gehabt? Wo steckt er eigentlich jetzt? Verkrochen hat er sich!«

Johan schaute weg.

»Das ist doch keine ausreichende Erklärung, Hannah.

Mahler konnte schließlich beweisen, dass Como nicht im Bordell erschossen wurde.«

»Ach ja? Wie denn?«

»Durch Lewis.«

»Was für ein vertrauenswürdiger Zeuge! Dem steht entgegen, dass Rose und Como in derselben Nacht mit derselben Waffe erschossen wurden. Und mein Ex-Mann, der glaubwürdige Wesley Hardinger, behauptet auch noch, Como in diesem perversen Bordell erschossen zu haben. Welchen Eindruck, glaubst du, würde das vor Gericht machen? Wie groß wären die Chancen für Mahler und die ganze verlogene Politikerkaste gewesen, Comos Ruf zu retten und zu verhindern, dass die Statue im Park fortan eine Halbmaske tragen muss? Hätte man es auf einen Prozess ankommen lassen? Nie im Leben! Und jetzt antworte mir, Johan: Kannst du dich an deine Gespräche mit Mahler erinnern, nachdem Wesley fort war?«

Johan nickte schwach.

»Hast du jemals deinem Chef gegenüber zum Ausdruck gebracht, dass du Wesleys Aussage trotz allem für glaubwürdig hältst?«

Johan starrte vor sich hin. Konnte problemlos den Film bis zu dem Nachmittag zurückspulen, an dem er in Mahlers Büro gesessen hatte:

Mahler trägt eine Strickjacke und fragt: »Was ist es, das Sie nicht loslässt, Klinger?«

Und Johan antwortet, es ist Hardinger, der ihn nicht loslässt.

Sie gehen zur Tür.

»Ich glaube, ich kenne ihn.« Johan wandte den Kopf ab.

»Sie glauben, Sie kennen ihn?«

»Ich glaube, Hardinger sagt die Wahrheit«, entgegnet er.

Er schaute Hannah an.
»Ich kann es nicht glauben«, flüsterte er. »Das kann doch nicht wahr sein.«
»Hör zu, Johan!« Ihre Stimme klang jetzt etwas sanfter. »Hast du dich nie gefragt, warum sie ausgerechnet einen relativ jungen und unerfahrenen Polizeibeamten gemeinsam mit Stern nach Kuba schicken, um eine solch heikle Mission zu erfüllen?«
»Natürlich habe ich mich das gefragt«, antwortete er. »Und es hat mich gewundert. Ich bin mir im Klaren darüber, dass Stern einen Verbündeten namens Lucas hatte, der im selben Hotel wohnte.«
Sie nickte.
»Bevor Mehmet Lucas ermordete und dessen Identität annahm, hat er Wesley Näheres über diesen Lucas erzählt. Ramón Lucas arbeitete hauptsächlich in Madrid, war ansonsten aber weltweit im Einsatz. Genau wie Stern hatte er eine undurchsichtige Vergangenheit bei der Grapo. Dieser Lucas war mit allen Wassern gewaschen.«
»Kann ich das glauben?«
»Darauf kannst du Gift nehmen.«
Johan lächelte schwach.
»Eigentlich«, sagte er, »könnte ich ja einfach Wagner anrufen, um deine Version zu überprüfen …«
Sie nickte und breitete einladend die Arme aus.
»Nur zu. Die Frage ist allerdings, ob du ihm glauben kannst.«
Johan seufzte und ließ sich schwer auf den Stuhl sinken. Sie ging zu ihm, legte ihre Arme um seinen Hals und schmiegte ihre Wange an seinen Kopf.
»Wo ist sie nur, Liebste?«, flüsterte er.
»Die Wahrheit? Über den Mord an Como?«
Er nahm ihre Hände.
»Irgendwo muss sie doch zu finden sein …«
Sie gingen zum Fenster und schauten hinunter in den

Garten. Rune hatte die Arme um den Hals seines kleinen Pferdes gelegt, das ihn sanft ins Ohrläppchen zwickte. Rune lachte laut auf.

»Bleib hier stehen«, sagte sie. »Bleib hier stehen und schau ihm zu. Ich mache uns einen Kaffee. Und danach schmieden wir Pläne.«

Er schaute sie an.

»Pläne?«

»Ja, Pläne.«

Sie standen sich gegenüber, von Angesicht zu Angesicht. »Wenn du meine Geisel sein willst, dann bin ich deine. Bis dass der Tod uns scheidet.«

Er lächelte ernst.

»Ehrenwort?«, fragte er und legte den Kopf auf die Seite.

»Cross my heart, so help me God!«